序　文化と精読

1

いくつかの偶然が重なって、私は今九階にある研究室から海の方向に東京の街を見おろしながら本を読んでいる。そして、自分なりに充分に楽しんでいる。本来そう言えばすんでしまうはずのことが、しかしながら、今ではそう説明するだけではすまなくなっている。問題は、本を楽しんでいる自分を見つめている私の中のもうひとつの眼の存在だ。このような意識の二重化は、何かについて思考する自分そのものを同時に意識の対象として内在させる存在様態のヴァリエーションとして、本を読むという行為にも必ずついてまわっていたはずなのだが、これまでの文学の研究ではそれを意識の対象としてとらえるための手続きは必ずしも必要とはされていなかった。少なくとも、三〇年前に私が学生であった頃にはそのような暗黙の了解があった。問題とされるのは、その読みがどこまで文学的であるかということだけであったと言ってよいかもしれない。しかし、今は違う。

それに、仕事柄、本を読むという行為を自己充足的な快楽の雰囲気のうちに解消させて、それで能事終れりとするわけにはいかない理由がある。大学という研究と教育のための制度の中にいる以上は、教師として学生に向かうということと文学を読む自分自身を対象化するということを義務として引き受けねばならないのであって、文学は教えられないという姿勢を誇示するわけにはいかないからだ。かつてはそのように考える必要などなかったのかもしれないが、今ではもう純粋に自足した享受者をきどるという生き方は通用しないであろう。時代の流れに逆向してあえてそのようなポーズを取ってみたいという欲望が自分の裡にもあることは分かっているし、そうした欲望に埋没して感性の様式化してしまった人々にある種の羨望を感じないわけではないのだが、そのことを承知した上で、私は時代の雰囲気を吸い込み、時代の流れの中に身をおくことを選択する――正確に言えば、自分のそうした位置を確認しようとしたときには、すでにその流れの中にいた。私は六八年世代に属している。

理論なるものが、人文学やそれとつながりのある社会科学の中で、ある程度予測のつくポジションをさす合言葉になってしまっているが、そうしたポジションの核になっているのは大抵、社会の変革、歴史の主体的な役割、自己の構成（いろいろあるにしても）、さまざまの文化の異種混在といった考え方であって――それらがすべて啓蒙思想への批判として出てきているのである。(1)

私はこのような理論が普及してゆく状況を体験してしまうのがいかなる結果をもたらすのか、自分の身体を通して確認してみるしかなかった世代に属している。

2

文学の研究には過去から継承されてきたものが多くある一方で、この三〇年ほどの間に、ほとんどすべての点について問題が発生し、新しい（ときにはそう見えるだけの）考え方が提唱されてきた。その中でも今大きな問題のひとつになっているのが文学と文化の――文学と社会、文学と歴史ではなくて――そして文学の研究と文化研究（カルチュラル・スタディーズ）の関係のあり方であることは間違いない。さまざまの論点を煎じ詰めるならば、文学そのものが文化の重要な部分であることは疑い得ないとして、その文学が文化のどの部分に位置し、互いにどのように規定し規定される関係にあるのか、それがさまざまの角度からさまざまのレベルにおいて問題にされているということである。その二つを極端な敵対関係におこうとする議論もいたるところで見かける。例えばハロルド・ブルームの『西欧のカノン』には次のような極論が登場する。

今英文科と呼ばれているものはカルチュラル・スタディーズ科と改称され、そこでは漫画のバットマンやモルモンのテーマ・パークやテレビや映画やロックが、チョーサーやシェイクスピアやミルトンやワーズワスやウォレス・スティーヴンズにとって替ることだろう。(2)

このような極論を誘発する状況がアメリカの大学の中にあるのは事実だとしても、今の時代に西欧の古き良き伝統に固執してみせるその調子からは、その伝統を足場として権威と名声を築きあげてきた学者の怨念めいたものが洩れてくるだけの話である。彼にとっての文化とは何よりもまずエリート階級の教養としてのそれなのだ。しかし将来につながる可能性をもっているのは、むしろそれとは対照的に、対抗文化の世代に属するジェイムズ・クリフォードの文化のとらえ方の方であろう。この人類学者は、当然のごとくにバフチンの思想を引用しながら、その文化概念を展開する。

さまざまの全体性を非物質的なものとして表象することに意を用いていたバフチンにとって、統合された文化世界や言語は存在しない……。そのような抽象的な統一体を措定しようとするあらゆる試みは、モノローグ的権力の構築物なのだ。ひとつの「文化」とは、具体的には複数の下位文化、部内者、部外者、多様なグループなどの制限のない創造的な対話である。また、ひとつの「言語」とは、地方語、職業用語、一般的な決まり文句の相互作用や闘争であり、異なった年齢グループ、個人等々の発話である。バフチンにとって、多声的小説とは（ジェルジ・ルカーチやエーリッヒ・アウエルバッハなどのリアリズム批評家の議論とは違って）文化的あるいは歴史的な全体化による力業ではなく、むしろ多様性のカーニヴァル的闘技場だ。バフチンは談話的複合性、ないしは複数の声の対話的相互作用に適した、あるユートピア的なテクスト空間を発見する。(3)

文化をさまざまの階級、人種、ジェンダー、セクシュアリティ、土地、宗教、年齢などによって差異化している価値観の複合体とする見方に、私も賛成する。しかもその複合体を構成する各部分は併存しながらも、絶えず大小強弱の対立を起こしているはずである。そこでは、全体が均質化して安定状態に達するなどということは考えられない。

イギリス産のカルチュラル・スタディーズの中でほぼ公認されている文化のとらえ方は、このような文化概念にこそ接ぎ木すべきものであるだろう。例えばレイモンド・ウィリアムズの有名な規定によれば、

文化とは、ひとり芸術や学問のみならず、さまざまの制度や日常の行動を通しても、何らかの意味

や価値観を表現することになる特定の生活のあり方を描き出すものなのである。この規定から出発すると、文化を分析するとは特定の生活のあり方、特定の「文化」の内にひそむ、そこに見てとれる諸々の意味と価値観を明らかにするということである(4)。

ということになる。ここで言われている「特定の生活のあり方」は特定の階級や民族や国家に限定されるものではあり得ない。特定の文化にしても、教養のあるエリートのみに（あるいは、大学の伝統的な文学部のみに）限定されるものではないし、逆に民衆文化やポストコロニアルな文化と同一視されるものでもない。純粋な民衆文化など存在しないし、エリート文化なるものが質の高いエッセンスのみからなるなどと考えるのは茶番にすぎない。かつてのマルクス主義の硬直した上部＝下部構造二元論への批判から出発したウィリアムズが考えているのは、その二元論を貫いてうごめく文化の力である。そのために彼は、「偉大なる伝統」に属すると認定された小説家だけではなく、イプセンの演劇も映画もテレビも論じたのだ。広告もSFもウエールズ地方の産業小説も論じたのだ。そのために、必要とあれば、バフチンの哲学にのめり込むということもやってのけたのだ。しかし、カルチュラル・スタディーズなるものがひとたび学問的な枠組みとして成立してしまえば、その枠組みの中で紋切り型の安易なテーマ設定が横行し、その迫力が澱んでしまうのは——どの学問分野でもよく起きることであって——仕方がない。その部分のみに眼を向けて学問の危機を叫ぶ人々は、さしあたり野放しにしておけば十分である。広く文化の研究と呼ばれるものがもたらした知見をフルに活用してなすべき仕事はたくさんあるし、文化の研究の理論的な側面にしても、まだ突きつめるべき部分が残っているからである。

3

文化の研究がテクストの精読とどう絡んでいるのか、少し具体例を通して見ておくことにしよう。素材として使うのは推理小説。このジャンルに属する作品の場合、その作品自体の中で与えられる情報が論理の上ではもちろんのこと、さまざまのレベルにおいて読者を満足させ、その作品の枠の中で充足感を与えなくてはならない――つまり、奇妙な感じがするかもしれないが、推理小説はフォルマリズム批評が要請する作品自律論に最もよく適合する仕組みをもっているはずなのである。エリート的な唯美主義が批評の次元に転化して成立したはずのフォルマリズム批評は、きわめて大衆的な文学ジャンルの中でその力を最もよく発揮するのではないかということである。しかしその一方で推理小説は、基本的には、リアリスティックな風俗小説でなくてはならない。何らかの犯罪が平凡な日常の中で起こらなくてはならない以上、それは当然のことであろう。このように考えてみると、推理小説を読むとは、作品を自律的に完結させようとする方向性に身をゆだねながら風俗的なものを、日常の文化的なものを読むということになるはずである（もちろん逆の言い方も通るだろうが）。そのようなテクストを精読するとは具体的にはどのような作業で、どのような問題が生じるのだろうか。アガサ・クリスティの作品から例をとる。

ミス・マープルはヴィクトリア時代的な外国人のとらえ方を完全には捨て切れないでいた。外国人にはどうも分からないところがあった。もちろん、そんな風に感ずるのはバカげている――彼女にはいろいろな外国の友人がたくさんあったのだから。しかし、それでも、ミス・クック、ミス・バロウ、カスパール氏、髪がぼさぼさのあの青年――それにエムリン何とか――革命家？――現役のアナーキスト？（『ネメシス』[5]）

彼はミス・マープルに理由を打ちあけた。「小さな子どもの頃から、いつかは田舎に住みたい、自分の庭を持ちたいと思っていたんです。昔からずっと花が大好きだったんですよ。家内は花屋をやっていましてね。そこで初めて出会ったんですが」（『ミス・マープルの最後の事件』[6]）

大急ぎで謎解きを楽しむことだけを目的にしているのであれば、二つとも読みとばしてもさしつかえない。しかしクリスティの推理小説が性格犯罪を基本にしていることを考えれば――性格と財産継承を作品の中心としているという意味では、彼女は一九世紀のイギリス小説の、さらにはジェイン・オースティンの正統な凝縮された継承者である――こうした箇処の精読はおろそかにできないはずである。

ミス・マープルの外国人に対するヴィクトリア時代的な偏見とは何を意味しているのだろうか。外国人は分からない、信用できないという感情はどこにでもありうるとして、それをヴィクトリア時代的なと形容することの意味は何なのか。しかも『ネメシス』の刊行は一九七一年である。ヴィクトリア時代における外国人偏見なるものを直接に肌で知っていた読者はきわめて少ないであろう。だとすれば、読者はこの形容辞をどのように了解し、また作者はどのように了解させようとしたのか、さらに今日本でこれを読む読者はどう了解すればいいのか。ここには作品自律論的なスタンスでは説明しようのない何かがうごめいている――私はテクスト内在論では説明のつかないその何かを暫定的に文化の力と呼んでいるのである。正確には、歴史絡みの文化の力である。革命家、アナーキストという語についても同じことが言えるはずであって、それらのもつ意味は歴史と文化のコンテクストに応じて大きく変動してしまう。田舎に住んで庭を持ちたいという欲望を表明する人物にしても、その発言の内にひそむ意味を正確につかむためには、イギリス人の田舎志向、庭もしくはガーデニングへの愛着という歴史的な現象に対する理解がそのための前提となる。それは単純にこの人物のやさしさを物語るものではない。クリスティの推理小説はある意味ではこのような文化的な細部のネットワークが、全体としての推理小説の自己完結性を演出していると言ってもよいくらいなのである。

『ネメシス』では、話を展開させる上での最も大切な要素として、さらに興味をひく仕掛けが使われている。

彼女が最初にもらしたのは「愛」の一語であったが、それから「愛はものすごく恐ろしい言葉になることがあるのよ」と続いた。それではっきりとした——クロティルドがこの少女に抱いた圧倒的な愛のことを言いたかったのだ。少女の方がまず彼女を崇拝し、彼女に頼りきったものの、少し大人になって来ると普通の本能がうごめきだしたのだ。少女は愛を望んだ。自由に愛して、結婚して、子どもを持ちたいと思った。そこへ少年が現われて、彼女は好きになってしまったのだ。(7)

この少女を殺害して庭に埋めてしまうことになるクロティルドに対してミス・マープルのぶつける推理は、次のようなものである。

あの娘は男の子を、ひとりの青年を好きになってしまった。ピッタリの相手とは言えないし、好青年の見本というのでもないし、過去に問題がなかったわけでもないのに好きになってしまって、相手の方もそうだったから、彼女は逃げ出したくなった――あなたと一緒に生きていくという愛の束縛と重荷から逃げ出したくなった。普通の女として生きたくなったんでしょう。自分が選んだひとと一緒に暮らして、そのひとの子どもを生みたかった。結婚して、あたりまえの幸福を手にしたかったのでしょう。(8)

今の時代ならば、ここにはレズビアン的な愛の存在を比較的容易に感知するところであろう。また作者がそのような可能性にまったく無関心であったとは考えられない。確かに一九七〇年代にはこの言葉はまだ公然とは口にできなかったかもしれないが、読者にしてもその内実には気がついたのではないかと思われる。しかも『ネメシス』ではこの名づけられざる愛が殺人事件の動機として設定されているのであり、その愛の性格と力とが理解できなければ、自己完結性を志向する謎解きそのものも納得できないはずである。そしてこのレズビアン的な愛が名づけられざるものとして存在するしかなかったのは、言うまでもなく、イギリスの性に関わる文化の制度の効果に他ならない。イギリスでは一九世紀の末になると、男同士の同性愛についてはホモセクシュアルという言葉で言表する可能性がでてくるものの、女性の間には同性愛など存在しないとする建て前論が生きのびてしまう。ラドクリフ・ホールのレズビアン小説『孤独の井戸』(一九二八)の発禁騒動があり、ヴァージニア・ウルフとヴィタ・サックヴィル=ウエストの間の事実としてのレズビアニズムがあったにもかかわらず、この黙殺は存続する。この抑圧的な言説の制度の中で『ネメシス』は書かれ、読まれることになる。まさか「私はね、どうしようもないくらいヴィクトリアンなのよ」(9)と言ってのけるミス・マープルにこの抑圧的な言説の制度を告発させるわけにはゆくまい。しかし、彼女はこの愛を理解できるのだ。ここにあるのは、前の二つの例とは別のかたちの、テクストと文化の言説の交錯であり、推理小説が文化との交差を微妙なかたちであらわにした例である——それをどう解釈するのか。推理小説を精読するというのは、謎解きの細部の合理性を云々するオタク的な遊びにかまけるということに限定されるものではなくて——それは、ある意味では、作品自律論の内側での児戯にすぎない——まさしく文化との交錯を読むということでもある。私にとってのカルチュラル・スタディーズは、ここからも始まりうる。

クリスティの小説から、ついでに、文学のカノンと娯楽文学の関係にまつわる教訓も引きだしておくことにしよう。例にとるのは一九三九年に出版された『悲しみの糸杉』であるが、そもそものタイトルそのものがシェイクスピアの『十二夜』からの引用であり、扉には原詩が掲げられている。そして途中に次のような場面があるのだ。


彼は多少メロドラマっぽくつけ足した。

　なのにあの娘は墓の中、ああ
　私には何という違い！

「なんですって?」とロディ。

エルキュール・ポワローは説明した。「ワーズワスですよ。私は随分読みましたから。この二行は

ひょっとしたらあなたの気持ちを表現していませんか？」(10)

ワーズワスを随分読んだと言う探偵が引用するにしてはあまりにも有名な詩句なので、ひょっとするとここには微妙な皮肉すら隠されているかもしれないし、しかもその皮肉はロディなる人物に対してだけではなく、ベルギー人の探偵にも向けられているかもしれない。かりにテクストの精読ということを云々するのであればその程度の反応はすべきであると私は思う。少なくともこの箇処を精読するためには、英文学のカノンとなっている詩人についての初歩的な知識は不可欠である。

それでも『悲しみの糸杉』では謎解きの楽しみのみを正面に押しだして、シェイクスピアもワーズワスも無視できるという理屈が成立するかもしれない。しかし問題はその謎解きの醍醐味を満喫させてくれる第三部の法廷の場面である。そこでは、殺人の容疑をかけられた女性の心の動きがほとんど内的独白に近い様式でつづられているのだ。これがジョイスやウルフの作品の中の一場面であれば、モダニズムに特徴的な意識の流れ、内的独白の手法という指摘をうけてもおかしくないところであろう。しかし所詮は推理小説である。楽しめれば十分なのだ。カノンと化したモダニズムの文学では内的独白という手法そのものが難解さを通して前景化され、それ自体に注意をひきつけるのとは対照的に、推理小説では多少変わった書き方として読者を楽しみの中に引き入れて、それで終る。注目すべきは、その効果は異なるにしても、ひとつの文学的技法がカノンとなった文学と娯楽文学とに共通して認められるということだ。『悲しみの糸杉』は言ってみればカノンと化した文学の技法を取り込んだ娯楽文学だということになる。ここに存在するようなさまざまの問題を扱いうる学問分野が例えばカルチュラル・スタディーズと呼ばれるのだとすれば、それに反対する理由はいっさいない。

4

カルチュラル・スタディーズが既成の学問分野や問題設定を横断するようにしてさまざまの方向に拡散と拡大を続け、かつ理論的にも整備されてきたことは、この分野のアンソロジーを多少開いてみるだけでも分かることであるが[11]、そして今では世界のさまざまの地域で展開されていることも容易に分かるのだが、多くの場合、その源流はイギリスに、さらにはバーミンガム大学現代文化研究所の活動に求められる。そしてそこの最初の所長であったリチャード・ホガートとレイモンド・ウィリアムズの名前があがり、マルクス主義への傾斜の強いE・P・トムソンの社会史に脇から支えられながら、そのあとにスチュアート・ホール他の人々の名前が続くことになる。トムソンはアルチュセールの構造主義的マルクス主義に激しく反発したものの、ホールは構造主義以降のフランスの現代思想をむしろ積極的に活用しようとしたし、実際にディック・ヘブディッジの『サブカルチャー』(一九七九)は、その理論構築においては、バルトとクリステヴァの仕事に大きく依拠している[12]。カルチュラル・スタディーズは出発点においてはイギリスの島国的な特性をかなり色濃くもっていたにしても、この三〇年ほどの間にフランス、ドイツ、イタリア、ロシアなどの現代思想を吸収しながら、ある意味では「ぶよぶよぶくぶくの怪物」的なジャンルに肥大してしまったとも言えるのである。それは理論的な許容性も奇妙に大きく、しかもどんなテーマでも扱える学問分野であるようにも見える。げんにジェフ・ルイスの『カルチュラル・スタディーズ、その基礎』(二〇〇二)となると、デュルケーム、ウエーバーから始めて、フランクフルト学派を経由し、ド・セルトーやブリュデューまでの理論の系譜を取り込み、ポストモダニズムやグローバリズムも当然のごとくにその視野のうちに置いている。民衆文化やメディア研究に仕事の場を縛ってしまうような姿勢は微塵も見られない。(13)

このようなカルチュラル・スタディーズの展開の中で私が長い間理解できなかったのがレイモンド・ウィリアムズの占める位置であった。『文化と社会』(一九五八)や『田舎と都会』(一九七三)は比較的早くから読んでいたものの、やがてそれらがひとつの新しい学問分野の開設につながる礎になるかもしれないというような予感はまったくしなかった。リチャード・ホガートの『読み書き能力の効用』(一九五七)に接しても、少なくとも私には、そのような予感はもてなかった。むしろ気になったのは、作品の読みにかけてエンプソン的な鋭利さと執拗さから来る刺戟力がないうえに、ウィリアムズの左翼的な文学観が理論的に十分に分節化されていない点であった。六八年世代の学生にとって、イギリスのマルクス主義の理論は話にならないくらいに微温的にしか映らなかった。階級闘争や歴史の進展に絡む諸問題を正面から取りあげるかわりに、上部構造の最たるものとされていた「文化」と社会の関係を歴史的に追いかけるというのは、とても魅力のある批評とは言いがたかった。しかも大陸の新しいマルクス主義の理論に取り組もうとしない姿勢は島国伝来の視野狭窄としか見えなかった。ルカーチ、ベンヤミン、アドルノ、ブロッホ、アルチュセール(そしてマシュレー)の仕事を前にして、どこか既視感のあるウィリアムズの文学批評にかかずらわるのは時間の浪費にさえ思えた。私にはまだしもクリストファー・コードウェルの仕事の方がはるかに大きな未完の可能性をはらんでいるように思えた。『批評とイデオロギー』(一九七六)におけるイーグルトンの激しいウィリアムズ批判に、少なくともその時点では、私は賛成できたし、『マルクス主義と文学』(一九七七)でバフチンの理論をフルに活用しながらウィリアムズが理論的な整理を試みたときには、何を今更という印象を抱いたことを鮮明に覚えている。すべては私の判断ミスだったのだろうか。もしそうだとすれば、なぜそのような判断ミスを犯したのだろうか。大陸のマルクス主義文学批評の鋭利さにくらべて、どこかでイギリスの特徴的な平衡感覚から抜けきれない、徹底して知的にはなりきれない彼の仕事が、こちらが若い時期には、十分には理解しきれなかったということだろうか。しかし彼の批評活動の全貌に触れることができるようになった今、それらを読み返してみても、そこにある知的な誠実さは十分に伝わってくるにもかかわらず、依然としてある種のもどかしい印象が残るのだ。別の言い方をしてみると、彼の批評は決定的に新しいようには見えないのだ。例えば、アルチュセールやバフチンを初めて読んだあとのような興奮と影響は、少なくとも私の場合には、残らなかった。なぜなのか。批評や思想の新しさを演出するのが、かなりの部分において、新しい方向の指示であり、そのことを明示する用語の捻出であるとするならば、ウィリアムズには確かにそれはない。文化と社会、田舎と都会といった二項対立はあまりにも日常的であって、例えば神話作用とかミニマ・モラリアといった表題と較べてみれば、その迫力のなさは一目瞭然であろう。そのことを逆手にとって、ウィリアムズは日常の言葉と視点を批評の武器に転化したと考えれば決着がつくのだろうか。彼の活動をひとつの有力な源流とするカルチュラル・スタディーズとは一体何なのか。

カルチュラル・スタディーズに関係する本の中で次のような指摘にでくわしても、今では何の異和感もないであろう。それどころか、その言説のひとつのあり方として大手を振って歩くかもしれない。

5

イギリスの特徴を語ろうとするときに我々の頭に浮かんでいるのは、実は小さな地域にすぎないかもしれない。アイルランドと、スコットランドと、ウエールズが排除され、しまいにはロンドンだけに、つまりそこへ往来する人々だけのことになってしまう。ロンドンのアカデミーの展覧会に出品されている肖像画といい、『パンチ』に載る公人やクラブの戯画の中の人物といい、店のウインドウに飾られている版画類といい、すべては明らかにイングランド的であって、アメリカ的ではないし、スコットランド的でもアイルランド的でもない。そこにはきわめて限定されたナショナリティしかない。(14)

イングランド精神の中には二つの性が共存している。七つの海と数多の植民地の女王ブリタニアを描くにあたって最近の小説家が使った言葉を借りることにしよう。「彼女は勇猛であるとともに柔和でもある。柔和であるとともに勇猛でもある」。イングランドの人々はひとりの人間の内に勇気とやさしさという両極が併存しているのを喜びとする。トラファルガーで死を間近にしたネルソンはコリングウッド卿への最後の言伝てを託したあと、ベッドに入る純真な生徒のように、「キスをしてくれ、ハーディ」と言って、眠りにつく。その同僚のコリングウッド卿はきわめてやさしい、家庭的な性格の人物であった。……このネイションが高く広く枝をはるのを可能にしている主根は、まさしくこの家庭志向である。彼らの交易と帝国の動機と目的というのは、自分たちの家庭の独立とプライバシーを守ることである。家族のつながりに意を用いるということほど、彼らの挙動、習慣を大きく左右するものはない。この家庭志向は法廷にも野営地にも持ち込まれる。ウェリントンはひとりの良き家庭人であるかのごとくにインドとスペインを統治し、自分の部隊を動かし、戦闘にのぞんだのである。(15)

大英帝国の文化を考えるにあたって大切な意味を発揮しうるこれらの文章を、私はトム・ネアンやリンダ・コリーのいずれかの本から引用したわけではない。出典はエマーソンの『イングランドの特徴』(一八五六)である。一九世紀の半ばにひとりのアメリカ人としてイギリスの諸相を観察したこのエッセイ集は今風に言えば、カルチュラル・スタディーズの手本のような趣きをもっている。そうだとすると、かりに独特の学問的なジャーゴンは使われていないにしても、一九世紀におびただしく出版された女の、そして男の旅行記は、もし成功しているならば、期せずしてカルチュラル・スタディーズ的な部分をはらんでいると言えるのではないだろうか。そうしたジャンルに親しんでいる者にとってはカルチュラル・スタディーズがつねにある種の既視感を伴っていてもいっこうにおかしくないはずである。

類例を探すのはさほどむずかしいことではない。カーライルの『過去と現在』(一八四三)中に見つかる次のようなくだりにしても、単なる経済的な視点からの分析では説明しきれないヴィクトリア時代の階級問題を、文化的な価値観をも視野に入れながら解釈してゆこうとするときの十分なヒントになるのではあるまいか。ここには、マルクスの言う平均的労働といった枠組みでは説明しきれない文化的な残余をはらんだ労働のとらえ方がある――かりにそのとらえ方が経済学的には意味がないとしても、当時の労働者の意識のありようをうかがわせるという意味では、カルチュラル・スタディーズの角度からすれば興味深い指摘と言えるのである。

ひとつのこと、お金を作ることについては、我々は実に真剣になる。働く者のマモニズム（拝金主義）と狩りの獲物を守ろうとするだけの怠惰なディレッタンティズムが世界を二分している――しかしマモニズムが、我々が真剣になれるものが、あるだけでも有難い！　怠惰は最悪だ、怠惰にだけは希望なぞない。何かに真剣に取り組んでいれば、大抵のものには少しずつ取り組めるようになる。たとえお金を作る仕事であっても働くことには無限の希望がある。[16]

ここにサミュエル・スマイルズ『自助論』（一八五九）を接続してみるならば、一九世紀のイギリスの労働者階級をささえた価値観が浮上してくるというだけではない、それこそがアーノルドの『教養と無秩序』（一八六九）の成立を促した文化のコンテクストなのである。カルチュラル・スタディーズの歴史の説明をこの本から始めるような概説を私はいっさい信用しない。『教養と無秩序』は確かに文化、教養という言葉を定着させるために大きな働きをしたものの、あくまでもひとつの中間地点でしかなかったと考えるべきであろう。

カーライルはまた次のような意見も吐いている。

［ジョン・］ブルは生まれつき保守的であって、この点については、言葉にできないくらいに立派であると思う。偉い人々はすべて保守的であって、新奇なものをなかなか信じようとせず、現実の中にある多くの誤ちに対しては辛抱強く、ひとたび正式に確立されて以来長きにわたって正しい最終のものと見なされてきた法、習慣の偉大さを深く、変わることなく確信している。――ラディカルな改革者よ、確かにこれが最終不動と断定できるような習慣はない。ありえない。けれどもすべての文明国には最終不動とされる諸々の習慣があるではないか。(17)

保守派の論客カーライルとしては当然の主張であるが、興味を引くのは彼が声高に抑圧排除しようとしている可能性の方である。つまり、法、掟、習俗、習慣に、すなわち諸々の制度に最終不動と言えるものはないということだ。制度も伝統もすべていずれかの時点で発明され、構築されたということだ――『衣裳哲学』（一八三三―三四）を書いた男にはそれくらいのことは分かっていたはずである。彼は単なる保守派ではない。伝統の発明、制度の構築、そしてそれらを誘発した価値のカオスを必死に抑圧しようとする身振りを通して、ヴィクトリア時代の代表的な保守のイデオローグとなったスコットランド人なのである。構築主義のインパクトを痛感していたのはアーノルドよりも、むしろ彼の方であった。

そのスコットランド人について、チャールズ・ラムが『エリアのエッセイ集』（一八二三）の中でよけいなことを書いている。「ネイションの場合であれ、個人の場合であれ、私は人間の差異なるものを不健全なほど極端に感じとるということを告白しておく」と断った上で、「私はスコットランドの人間をずっと好きになろうと努力してきたが、もう絶望してやめるしかない」と言い、「本物のカレドニア人は脳のしくみ[18]」が違うとまで主張する。問題のエッセイ「不完全なる共感」は微妙なるユーモアなどと評してすまされるものではなく、人種と文化の比較論になっていると言うべきだろう。文学史では英国的随筆の達人ということになっているラムは、さらにユダヤ人と黒人についても発言している。「私は理屈の上ではユダヤ人に対する軽蔑の念は抱いていない。彼らは大変に古い歴史の産物であって、それと較べればストーンヘンジなど未熟期にあると言うしかない。その起源はピラミッド以前まで遡るのだ。しかし私としては、このネイションの誰かと親しく交わるようになりたいとは思わない。正直なところ、彼らのシナゴーグに足を踏み入れるほどの神経の太さは持ち合わせない。どうも古い偏見がこびりついているのだ。……はっきりと言ってしまうならば、最近流行のユダヤ人とキリスト教徒の接近というのは私の肌に合わない。……ニグロの顔貌には優しさが強く出ていることがよくある。確かに私は、通りや街道で偶然出会ったおりに温もりのある眼を向けてきた彼らの顔に――と言うよりも、仮面に――ときたま心がなごむのを感じたことはある。……しかし、つき合いたいとは思わないし、食事を共にしたい、夜を共にしたいとは思わない――何しろ黒いから[19]」。確かにかすかなユーモアが感じとれなくもないものの、やはり表面を被っているのは、みずからの偏見性を意識しつつ刻印されている人種論であろう。その意味ではこれもまた、少なくとも今日の視点からするならば、一種の文化の言説と受けとめるしかないのである。そのように考えて読み直してみると、『エリアのエッセイ集』は、いや、『過去と現在』も『イングランドの特徴』もカルチュラル・スタディーズの倒立した実践例のように見えてくるのである。ロラン・バルトの『神話作用』をカルチュラル・スタディーズのひとつの見本とみなしうるというのであれば、これらの本も裏口からその仲間に入っていっこうにおかしくないと思われる。

しかしこのように拡大解釈してゆくと、ただちに厄介な事態が発生する。なぜならば、これまでのところで提示したような文化の言説の実例をいくらでも拾い出すことができるからだ。とりわけイギリス文学のひとつの示差的な特徴とされてきたエッセイというジャンルからは。一八世紀のアディソン、スティールの時代から現代の作家にいたるまで、このエッセイというジャンルは文学的散文の一形式でありながら、そしてそのために文体とレトリックの洗練を求められながら、そこで扱われる題材については狭義の文学的な関心に縛られることがなかった。むしろエッセイはつねに広義の文化をその素材にしてきたと言えるかもしれない。さらにスケッチやペイパーズと呼ばれる形式にしても上位文化、下位文化の諸相を考察の対象として取りあげる能力をもっていた（『ボズのスケッチ集』にしても、『ヘンリー・ライクロフトの手記』にしても、今日のカルチュラル・スタディーズとの逕庭は決して大きいものではない）。ヘンリー・メイヒューの『ロンドンの労働者とロンドンの貧民』（一八五一）以下の都市の下層民のルポルタージュにしても、民衆の文化についての夥しい言及と考察を含んでいるではないか――それに路上文学や各種の新聞も。このようにして類例の収集を始めると本当にきりがなくなってしまう。そして私が注目したいのはまさしくその点なのだ。

エッセイや旅行記やルポルタージュ（社会調査）、あるいはそれらに類する形式の中には、カルチュラル・スタディーズの素材となるべきものや考察が膨大な量収蔵されている。日常の生活の中に生きている文化の姿形への注目がカルチュラル・スタディーズとともに始まるという議論はバカげている。ラスタファリアンの音楽への注目は、それ以前のポピュラー・バラッドの収集運動の延長線上に十分構想できるものである。そうした関心を整理するのに構造主義以降の考え方が活用されたのは確かであるにしても、その関心の強くかつ広いうごめき自体は既にそこにあったはずである。レイモンド・ウィリアムズの『文化と社会』にしても、E・P・トムソンの『イングランドの労働者階級の形成』(一九六三)にしても、そこから出て来たはずである。仕事の必要上そうしたエッセイやルポルタージュになじんできた者にとって、この二つの著作に接したときに起こるのは断絶的な新しさの感覚ではなくて、視野がなにか澄みわたるような印象である――見ていたはずなのに見えてはいなかったものが見えてくるときの独特の既視感である。そこには断絶感も異和感もない。そこにあるのは時代とレベルを多少なりともずらした新鮮な反復である。

6

すべての言葉は、すべてのテクストは、歴史的文化を通してわれわれの手に届く。それを精読しようとして、構造分析であれ、物語論的な分析であれ、作品自律論に基づくフォルマリズム的な読みを行なうのみではその目的が達せられないのは容易に分かることである。もちろん、その一方で、従来型の無反省な実証的研究なるものを着実に繰り返していればテクストの言葉を歴史的文化に必要にして十分に接続できるというものでもない。それではどうするのか。文学の研究とカルチュラル・スタディーズを別個の分野として切り離そうとするのは論外であるとして、明らかに相補的な関係にあるこの二つを巧みに組み合わせながらテクストを精読するにはどうすればいいのか。われわれは今、それを考えるべきポジションに身を置いている。

注

（1）Timothy Brennan, "The Empire's New Clothes," *Critical Inquiry*, vol. 29 (2003 winter), p. 337.
（2）Quoted in Will Brooker, *Cultural Studies* (London: Teach Yourself Books, 1998), p. 1.
（3）ジェイムズ・クリフォード『文化の窮状』（太田好信他訳、人文書院、二〇〇三年）、六五頁。
（4）Quoted in Stuart Hall et als., *Doing Cultural Studies: The Story of the Sonny Walkman* (London: Sage Publications, 1997), p. 12.
（5）Agatha Christie, *Nemesis* (1971; New York: HarperCollins, 1992), p. 69.
（6）Agatha Christie, *Miss Marple's Final Cases* (1979; New York: HarperCollins, 1994), p. 59.
（7）*Nemesis*, p. 234.
（8）*Ibid*., pp. 219-20.
（9）*Miss Marple's Final Cases*, p. 113.
（10）Agatha Christie, *Sad Cypress* (1940; New York: Berkley Books, 1984), p. 133.
（11）例えばLawrence Grossberg et. als. ed., *Cultural Studies* (London: Routledge, 1992)やSimon During ed., *The Cultural Studies Reader* (London: Routledge, 1993)などを参照。
（12）Dick Hebdige, *Subculture* (London: Routledge, 1979), pp. 117–26.
（13）Jeff Lewis, *Cultural Studies—The Basics* (London: Sage Publications, 2002).
（14）Ralph Waldo Emerson, *Essays and Lectures* (New York: The Viking Press, 1983), pp. 794–95.
（15）*Ibid*., pp. 802–25.
（16）Thomas Carlyle, *Past and Present*, ed. Richard D. Altick (New York: New York University Press, 1977), p. 148.
（17）*Ibid*., p. 164.

(18) Charles Lamb, *The Essays of Elia* (London: Edward Moxon, 1853), pp. 87–88.
(19) *Ibid*., pp. 92–93.

I

批評の焦点

境界線の文学

1

このエッセイの標題はもともとは〈文学の境界線〉となるはずであったが、途中でそれを放棄したのは、暗黙裡の錯覚が自動的にまとわりついてしまうのを避けたかったからである。〈文学の境界線〉という言い方は、文学なるものが中心に存在し、それを根拠地としながら、その領域の周辺部における新しい可能性を検討してみるという暗黙の了解を発散させてしまいかねない。それに対して、私がここで指摘したいのは、いわゆる文学こそが――つまり、誰も明確には定義できないにもかかわらず、誰もがすぐわかった気分になる文学こそが――今では周縁的な、境界線上のものになっているのではないかということである。いや、私が改めて指摘するまでもなく、誰もがすでにそのことを感じているはずで、マルチメディアの時代という表現ひとつの内にもそのことが含意されているだろう。いわゆる文学あるいは文学研究の内側からも、そのことはすでにはっきりと言表されている。問題は、それに的確に対処するにはどうすればいいのかということであり、そのように考えると、何が、どう変わらざるを得ないのかということである。われわれは今その問題を真剣に考えてみなくてはならない状況に立たされている。

2

虚心坦懐に作品を読んでいれば文学の研究になるというものではない。文学の研究は、創造的な読みとそれに基づく何らかの表現行為を不可欠の両輪とする。研究にせよ、批評にせよ、他の研究者や批評家の声を同化吸収しつつ、あるいは耳元に聞きつつ営まれる行為であって、第一義的には、作者という名の他人をダシにして自己を語るものであるどころか、作者をダシにして他の研究者や批評家の声を模倣するものなのである。自己を語ったつもりになれるのは、記憶力が弱すぎるか、自己錯覚の力が強すぎるか、そのいずれかでしかないだろう。印象批評にせよ、創造批評にせよ、すでに存在するスタイルの模倣としてまず始まるのである。

英文学の研究に話を限定してみても事態に変わりはない。われわれの研究は、他の研究者の——それがゼミナールの指導教師であれ、面識のない学者であれ——研究スタイルの模倣から出発する。多くの場合、それが英米の代表的な研究者のスタイルから選択されることは、少し反省してみればすぐに納得のいくことである。そしてこの模倣という制度を前提にして出てくるのが、借り物はだめだ、自分の力（頭、感性）で読め、虚心に読め、借り物の理論はだめだ等々のいかにも日本人好みの言い回しである。模倣を前提にして独創を要求するというダブル・バインド的な状況ほど、日本の大学の英文科でよく見かける光景はないだろう。わが国の英文学研究の権威主義的な伝統でもあったこの模倣の制度に、微妙な、しかし不気味な亀裂が走り始めたのは、おそらくこの二十数年前からのことであろう。理由はごくごく単純なことであって、模倣されるべきスタイルを提示する人々の名前のなかに、従来は見られなかった異様なものが混じりだしたのだ。

思いつくままに何人かの研究者や批評家の名前を挙げてみるならば、T・S・エリオット、F・R・リーヴィス、ドーヴァ・ウィルソン、ウィリアム・エンプソン、レイモンド・ウィリアムズといった人々は、その洞察の一部分を借用しても、あるいはかりにそのスタイルを模倣しようとしても、殊にやっかいな問題が生ずるということはなかった。もちろんここにアメリカの新批評家たちの名前をつけ加えることもできる。R・P・ブラックマーの詩の分析を模倣しようとしたといって叱責されることなど考えられなかった。テリー・イーグルトンにしても、彼がオックスフォード大学の教師である以上、そう簡単に模倣可のリストから外すわけにはいかなかった。しかし、そのあとでこの模倣可のリストに加わったはずの人々の前で、日本の研究者たちは奇妙な精神的麻痺に陥ってしまうことになる。ポール・ド・マン、エドワード・サイード、ガヤトリ・スピヴァック、ホミ・バーバ等々の名前の前で。単純なことであって、彼らの批評についてゆけないのだ。

なぜ、ついてゆけないのか。表面上の理由はおそらく、彼らの批評が英語の文章そのものとしても難解なところに求められるだろうが、これを克服するための方法は、少々手間がかかるにしても、単純なものである。つまり、英語の読解力をたかめればいいのだ。しかし彼らの仕事が受容されにくいもうひとつの理由は、それとは別のところにあるのではないかと、私は思う。彼らがこれまでの英米の研究者や批評家と決定的に違うのは、その出身地が英米の外側にあるという地理的なズレの問題である。ド・マンはベルギーからアメリカに逃げ、サイードはパレスチナの難民としてアメリカに渡り、残る二人はインドから英米に仕事の場を求めた人たちである。その彼らの批評に共通する特徴というのは、英米的な文化的価値に対する単純な賛美や信奉の姿勢などまったく見られないということである。ド・マンやバーバがジェントルマンの理念について語ることなど、およそ考えられない。アメリカの文化に対して無い無い尽くしをあびせかけ、イギリスの文化的価値に身を寄せるとか、アングロ゠カトリックを自称してその社会に同化するなどというのは、もはや論外である。

彼らのそのような姿勢と比較してみると、日本の研究者の姿勢は別の意味できわだった特徴をもっていると言っていいだろう。それは、英米文学を研究するということが、それらの国の特徴とされる価値観に肯定的に同化してゆくこととあまりにも安易に一体化してしまっているという点である。英文学を研究するということはイギリスが好きだということであり、米文学を研究するということはアメリカが好きだということであるとされ、それが異様さを内包していないかどうか疑ってみることさえしないのだ。英文学を研究していれば、いつか紳士か淑女になったような気になり、米文学を研究していれば、開放的なライフ・スタイルが身につくものと信じ込み、そこにある単純きわまりない反映論の盲点になどまったく気がつきもしないのだ。このような素朴反映論が依然として根強く残っているかぎり、サイードやバーバの批評が受け容れられることは考えにくいだろう。これまで日本の研究者が仰ぎいただいてきた英米の学者の仕事をものともしない、ときには激しく批判する彼らの批評は不都合なものとしか映らないのである。英米の文学に対して同じように外在者として接しながら、この二つの姿勢の間には決定的な溝があるのだ。日本の研究者のなかにある欧米中心主義、西欧盲信が弱まらないかぎり、おそらくこの溝が埋まることはないだろう。皮肉なのは、英米の学問制度のなかで仕事をしながら、それらの国の価値観やイデオロギーと一体化することなく、むしろそれを積極的に批判しつづけるサイードやスピヴァックやバーバの仕事が、英米の学問制度のなかで影響力をもち、その批評や研究のあり方を変えつつあるということである。端的に言えば、今日の英米の批評や研究を模倣しよう、それを手掛かりとして自分のスタンスを決めようとするのは、とりもなおさず彼らの仕事に直面するということなのである。彼らの仕事や考え方を拒否する日本人の研究者は、逆に英米の批評と研究に拒否されてしまうことになるだろう。

このような悲喜劇的な事態が最も露骨なかたちで吹き出してくるのが、文学研究における理論の扱いをめぐってである。わが国の英米文学研究の場で繰り返し言われてきたのは、理論や方法では文学はわからないということであった。理論で文学作品を切ってはならないという、少し考えてみれば意味不明の隠喩があたかも適切なアドヴァイスであるかのように通用してきたのである。それでは何が推奨されるかと言えば、辞書を片手にして一語ずつ丹念に読むということであった。その結果として、一年かけてひとつの作品を読むという教育法が今でも各大学の英文科に堂々と生きのびていることは周知の事実であろう。私はこれが有効な読み方のひとつであることを否定するつもりはないが、あくまでもそれはひとつの読み方以上のものではない。問題はこのひとつの読み方にすぎないものを唯一至上の方法として強制するときに生ずる。それが外国語の作品を読む有効な方法のひとつであることは間違いないが、同時にそれは教える側の経験からくる優位性を保証するためのシステムともなってしまうのである。この最も確実にみえる読みの場は動きのとれない権力の場にもなってしまう。理論では文学はわからないという言い方は、文学を哲学や社会学や心理学から切り離してしまうだけではなくて、読みの場における権力の関係を固定するものとしても機能しているのだ。

このような権力の構造とひそかに一体化することによって地位の保全を図っているような研究者が、教えられる側から見れば紛れもなくそこに作動している権力の特徴を名指しし、それを脱構築してしまいかねない〈理論〉を拒むのは、ある意味では当然の帰結であろう。そうした研究者は、文学は理論ではわからないという言説そのものが——逆に言えば、文学は非合理をも容認する感性の領域であるという考え方そのものが——理論の接近を排除する振りをした頑迷固陋のもうひとつの理論にすぎないことに気づく気配すらないのである。わが国の英米文学研究から理論に反応する感性を奪ってしまったのは、実はこの経験への盲従に他ならない。文学の研究から理論をしめだそうとする人々は、理論なるものの長短を心得たうえでそうしているのではなく、文学教育の現場を牛耳っている権力の構造がゆらいでしまうのを恐れているだけなのだ。

わが国における英米文学研究のこのような現状に眼を向けてみれば、ド・マン他の人々の研究や批評が拒否され回避される理由はおのずと明らかになってくるだろう。彼らの仕事の特徴は、みずからの批評行為の前提そのものを反省し、批判する理論的な考察を文学研究の不可欠の部分として含んでいるということである。そうした前提を自明のものとして隠蔽したがるわが国の研究者にとって、それはまさしく眼をつぶってしまいたい部分なのである。皮肉なのは、そのようにして拒否されるポスト構造主義の批評が英米の学問制度のなかで強い影響力をもち、その批評や研究のあり方を確実に変えてしまったということだ。ド・マンがロマン主義におけるアレゴリーの重要性を指摘し、言語と意識の根本的な乖離を論じて以来、その問題提起に眼をつぶったまま、フランク・カーモウド的な「ロマン主義のイメージ」論に固執することは、研究者としては許されないはずである。内面と外面の一致とか、主観と客観の融合とかいった視点には疑問が生ずるし、自然や自我といった概念はそれ自体問い直されなくてはならない。もしそれを拒否するとすれば、どうなるか――文学という神話のなかで文学趣味というテーブルを囲むことはできるかもしれないが、最近の研究を読みこなすことはできなくなるだろう。その悲しむべき産物が英米の大学で学ぶ日本人の留学生たちである。彼らのほとんどは留学先の大学で初めて〈理論〉のコースに触れ、現代の批評の難解な英語と用語にとまどう。そしてときにはそれを呑み込んで帰国し、生硬なままに振りまわして、指導教師から叱責される、理論では文学はわからない、と。しかし、この滑稽な事態の責任は一体誰にあるというのだろうか。

3

人が変われば、文学の研究や批評のあり方も変化するというのはいっこうに不思議なことではない。われわれが認めなくてはならないのは、この二〇年ほどの間に、従来とはまったく異なる研究や批評の声が、従来とは異なる視点や可能性をともないながら、はっきりと聞きとれるようになってきたということである。それは決して外国から英米に到着した人々の間だけから洩れてくる何かではなくて、英米の文化制度の内側から洩れてくる声でもあるのだ。

われわれの子供時代は大体レストランで食事ができなかったし、ホテルで眠ることもできなかった。ある種のバス・ルームは使用できなかったし、店で服の試着をしてみることもできなかった。……私はウエスト・ヴァージニアの州警察がミネラル・カウンティ所轄ということで私の調査書を作り、人種暴動の発生したときには拘束する必要の起こりうる人物に特定したことを知った。[1]

自伝『カラード・ピープル』のなかでこう回想している一九五〇年生まれの人物は、いわゆる黒人運動家でも、詩人、小説家でもない。ハーヴァード大学の英文学教授で、アフロ＝アメリカン研究科の主任をつとめるヘンリー・ルイス・ゲイツ・ジュニアである。あえて言うまでもなく、アメリカのアカデミズムを代表する学者である。その彼によれば、「エリオットの言う同時的な秩序のうちに同時的に存在する西欧の伝統なるものを構成する代表的な文化のテクストという考え方においては……人種が背後に押しやられてしまった[2]」と指摘するのは、研究者としての義務と良心以外のなにものでもない。「西欧に関わる部分が四分の一か三分の一をしめるような、本当の意味でヒューマニスティックな必修の人文学のコースを工夫すべきではないかと、私は考えている[3]」というのは決して怨嗟の声ではないのであって、むしろバランスのとれた判断と言うべきであろう。

核となるカリキュラムを改革する、アフリカやアジアや中近東の伝統のもつ力強さをきちんと扱うというのは、学生たちが、フロンティアの最後の前哨地で白人男性中心の西欧文化の守備隊員として、傑作の管理人として世に出るのではなく——ベネットやブルームの望みはそれかもしれないが——むしろ、本当の意味で人間的な「人文学」を学んで、世界の文化をになう市民としての役割が果たせるようにするのに着手するということである。(4)

この議論にただちに賛成するかどうかは別にして、このような主張を堂々と開陳できる黒人の学者がアメリカのアカデミズムのなかで高い位置をしめていて、その仕事が高い評価を受けているのは紛れもない事実である。話は彼だけにはとどまらない。黒人の哲学者コーネル・ウエストや、イギリスで活動している社会学者のスチュアート・ホールの名前を挙げてもいいのだが、このような例を今では随処に見いだすことができるのである。だとすれば、それが文学の研究や批評に、そして学問一般に何の影響も与えないということが一体考えられるだろうか。

文学の研究や批評とその対象となる作品との間に、いくらかの時間的なズレはあるものの、ある種の並行関係や相互影響が見られるのは周知の通りである。ゲイツのような学者の出現する背後にジェイムズ・ボールドウィンからトニ・モリスンにいたる黒人作家の活動があったことは疑い得ないし、そもそも彼のケンブリッジ大学留学時代の指導教師は、ナイジェリア出身の劇作家ウォレ・ショインカであった。(5) トリニダード出身の思想家C・L・R・ジェイムズの仕事をはじめとして、カリブ、アフリカ、インドなどの英語圏の作家の最近のめざましい活動を踏まえて、(6) 従来のようなかたちの英米文学の研究方法の変貌を確認し、予測するのは、今日ではもはや既定の手続きと言っていいだろう。

そうした変貌から最も遠いところにあるはずのイングランドの文学に眼を向けてみても、従来の〈文学〉からの離脱を暗示する例を見いだすことができる。そのひとつの例を挙げるならば、ピーター・アクロイドの小説『ダン・レノとライムハウスのゴーレム』(一九九四)。端的に言えば、この小説は悪名高い切り裂きジャックの事件を、犯人を女性という設定にして、世紀末の歴史と社会のなかに置き直したものである。問題は、その世紀末の歴史と社会のとらえ方である——作者は、犯人の夫とマルクスとジョージ・ギッシングが大英博物館の読書室で机をならべて本を読んでいる光景を想像してみせる。そして殺人犯に狙われたひとりはマルクスであり、彼の友人のユダヤ人学者が誤って殺されたのだという設定にし、売春婦であった女と同棲している小説家ギッシングが警察の取り調べを受けるという展開にする。犯人の女は——語りの手法のために、実はこの真偽の最終決定は不可能であるが——場末の劇場の人気芸人という設定なので、この小説には芸能史や社会史の事実もすべり込ませることができるのだ。「ライムハウスのゴーレムの犯罪が初めて露見してから一年あとに、シャドウェル地区のスラム撤去計画が始まったのは、決して偶然の一致ではなかった[7]」。

確かにこの作品は、いわゆる事実と虚構を絡ませてポストモダン的な処理をした歴史小説ということになるのだが、興味をひかれるのは、その事実の出所であり、その事実と虚構の絡ませ方である。それは、伝統的な歴史小説とは違って——伝統的なというのは過去のものということではない、その種の歴史小説はエンターテインメントとして今日でもたくさん出版されている——むしろニューヒストリシズムという批評の方法の関心のもち方をなぞるようなかたちをしているのだ。ここにある歴史や文化のとらえ方が、これまでのような文学の研究方法で効果的に扱えるものかどうか、大きな疑問がある。もちろんそれはニューヒストリシズムの方法がただちに有効ということではない。この批評の関心や方法をフィクション化したような作品に対して、果たしてその批評が有効であろうか。批評や研究が対象となる作品を模倣し反復するのに対して、またその逆も当然起こりうるのであり、そのとき批評や研究はさらなるメタ・レベルの探究を強いられることになる。この関係はウイルスと抗生物質の関係に、院内感染の問題にどこかしら似ている。それともこのような連想を誘発してしまうこと自体が現代の典型的な徴候なのであろうか。

4

芸術表現の多様化、メディアの多様化、ジャンルの分散化、英語による文学の拡大化などといったことを論拠にして、これまでのような文学の研究や批評に体質改善を要求するのはきわめて分かりやすい、効果のある方法であろうが——ただし、そうした動向には眼をつぶり、従来通りのカノンに従来通りの方法で固執し、それを見識だと錯覚するものもでてくるだろう——私がここで指摘したいのは、文学の研究と批評の方法と視点そのものが、従来のそれを内側から崩し始めているということである。これまでのような〈文学〉の概念の再検討を要求しているということである。そのことの典型的な現われとして、文学史の書き直しということを挙げることができるだろう。時代区分と構成の様式をゆるやかに組み合わせた文学史なるものが作品評価の強力な物差しであり、文学とは何かを問うときの拠り所であることを考えると（文学史に所属しない傑作を考えることができるだろうか？）、その書き直しは〈文学〉の概念の手直しと密接に絡んでいるはずなのである。

文学史はただ作品を羅列することによって書かれるものではない。その作品を整序するための視点と枠組みを必要とする。エレイン・ショウォーターが『女性自身の文学』（一九七七）で試みたのは、一九世紀以降のイギリスの小説史を女性の作家の特徴という角度からくくり直してみることであった。彼女によれば、女性の小説史には次のような三つの段階が識別できるという。

> まず最初に、中心となる伝統のなかで現に広くみられる様式を模倣し、その芸術の規準や社会的な役割のとらえ方を内面化してゆく長い期間がある。次に、こうした規準や価値観に抗議し、自立への要求も含めて、少数者の権利や価値観を唱道する期間がある。最後に、自己発見の期間が、対立に依拠する姿勢からいくらか解放されて内に眼を向け、アイデンティティを探究する期間がある。(8)

この三つの段階の区分の精粗などさしあたりどうでもいい。大切なのは、ここには、「偉大なる伝統」などというイギリスの中流のエリート意識を臆面もなく押し出して、それを批評眼と主張するような傲慢さはないということだ。ショウォーターのこのような立場表明が女性の文学だけでなく、男性の文学の見方も手直しするきっかけとなったことは、そのあとのさまざまの研究が示している通りである。これは、ジェンダーという視点がこれまでの文学概念に亀裂を走らせる例である。

これに対して、文化唯物論の立場をとるアラン・シンフィールドの『ワイルドの世紀』（一九九四）は、ゲイというひとつのセクシュアリティのあり方をめぐって、エリザベス朝の演劇から現代の文学までを再整理する試みである。その核にあるのは、ゲイの男性は女性的であるという考え方は歴史のどの時点において成立したのかという問題意識である。「ワイルド裁判の段階まで、女性的であるということ同性愛とは、それ以降のような結びつき方をしていなかった」[9]。この問題は当然ながら男らしさとは何かということと絡んでくるし、文学作品の男女の登場人物が体現するはずの価値をどう評価するか、〈感性〉や〈感情〉の表現をどう読むのかということにも絡んでくるだろう。つまり、われわれが作品を解釈するときに暗黙の前提にしている基本的な枠組みを考え直してみることを要求しているのであり、小さな問題のようではあるが、きわめて具体的で重要な挑戦なのである。「〈女性らしさ〉というのは……いろいろの議論をともなう構築物であり、性の方向性のみには尽きないはるかに広い問題と関わっていた。男らしさにしても今ほどは限定されたものではなく、異性関係において成功するということ以上のさまざまの属性や行動とつながっていた」[10]。シンフィールドが試みたのは、性をめぐる感性の歴史という角度からイギリス文学を読み直すための素描だと言ってもいいが、最終章が現代におけるゲイの生き方の指針の提示になっているのは、彼においては文学の研究が生き方そのものに直結していることを示しているだろう。文学を人生の手引きとして若い学生たちに押しつけることに慣れてきたわが国の研究者たちは、彼のこのようなスタンスを前にして一体何と言うのだろうか——ただ無視するのみか？

テリー・イーグルトンの『ヒースクリフと大飢饉、アイルランド文化の研究』（一九九五）は、アイルランドの作家の何人かを英文学史の構成要素として見るのではなく、とくに一八世紀末から二〇世紀初めにかけてのアイルランドの歴史や経済や文化と交錯させながら、その文学史を書き直そうとしたものである。そこには、アイルランド文学史を英文学史から解放しようとする力業と、それを歴史や経済や文化のなかに置き直そうとする欲望が混在する。そしてその際の重要な枠組みになっているのがネイション（民族／国家）の概念である。

アーノルドにとっては、国家はすべての党派的利害を越えるものであるのに対して、アイルランドにおけるネイションはそれ自体が論議の対象なのである。ネイションはさまざまの勢力が競い合うための中立的な枠組みを提供するどころか、それこそがまさしく競い合いの対象であったのだ。コロニアリズムの状況下では、ネイションは固定した意味であるよりも、むしろ浮遊するシニフィアンなのであって、この概念を自分のものにした方が勝つのである。(11)

英語という言語を共有するという事実をもって、アイルランドとイギリスの文学をひとつにくくるのではなく、まず両者の関係を植民地主義の問題としてとらえ、そのうえでイギリス文学との関係においてアイルランドの文学を論ずるというのが彼の姿勢である。その方向からあえて文学史を書いたのだ。この視点からするならば、ジョイスやエリオットを「神話の方法」にいきなり結びつけ、現実の歴史から切断してしまうのはまったくのナンセンスと言うしかなくなる。

同じようにモダニズムも、冷ややかに距離をとろうとしたマテリアルな構造にもたれかかる。ナショナリズムもモダニズムもともにブルジョワ階級の精神的な廃嫡者の生み出したものであるが、モダニズムの芸術家は抑圧的な秩序に独力で反抗するのに対して、ナショナリストの知識人は集団としての自由な行動に、植民地の征服者のおしつける分断された社会よりももっと住み心地のよい場所である情念の共同体に眼を向ける。根を失った知識人たちは、芸術共同体にホームを見いだすよりも、奪われた人々との想像上の一体化を作りあげる方向に向かう(12)。

この一節を引用したのは、そこに特別に鋭い洞察が見られるからではない。そうではなくて、モダニズムを定位するための座標軸の変更がきわめて明瞭に打ち出されているからである。この変更を前提とするならば、エドマンド・バークやフランシス・ハチスンをこの文学史のなかで扱うのは少しも異様なことではなくなってくるだろう。それともこれは単なる文学史ではなくて、文化史に開かれたそれと言うべきだろうか。

永遠の価値とか人間の真実とか言語の美とかいったものを基準とするかわりに、ジェンダーやセクシュアリティやネイションなどを座標軸として選びとるとき、文学自体のとらえ方は大きく変わってくるし、文学と他分野の関係のとらえ方も大きく変わってくる。文学の研究や批評は対象とする作品の質の変化に対応して変わるだけでなく、それ自体の自己反省と自己批判によっても変わってくるのである。そのように研究の内側から産出されながら、英語による文学の拡大に対応できるような考え方を提出しているのが、エドワード・サイードの『文化と帝国主義』(一九九三)であろう。彼によれば、イギリスの小説史をその帝国主義的領土拡大と切り離して考えることは、具体的な事実からして、不可能なはずである。一八世紀のピカレスク小説にせよ、一九世紀の教養小説や社会小説にせよ、何らかのかたちで〈帝国〉のテーマを変奏しているのだ。

今日でさえ、ヨーロッパの文化史の大抵の説明はこの帝国なるものにほとんど注目せず、とくに偉大な小説家となると、そんなものとはまったく無縁であるかのように分析されてしまうので、研究者や批評家はその帝国主義的な態度やつながりに気がつきもせずに、その権威の中心性ともども受け容れてしまう癖がついている。［しかし］もはやロゴスは、言ってみれば、ロンドンとパリのみに棲みついているわけではないのだ。もはや歴史は、ヘーゲルの考えとは違って、東から西に、南から北に、洗練と発達の度合いをましながら、未開性と後進性を捨てつつ、直線的に展開するわけではないのだ。そうではなくて、批評の武器はすでに帝国の歴史の遺産の一部になっているのであって、そこでは「分割して統治せよ」による分離や排除は消されてしまい、驚くような新しい布置が生まれてきつつあるのだ[13]。

このような発言を前にしてわれわれは何をしようとしているのだろうか。ひょっとすると、このような考え方に眼を向けるのを、批評の新しいファッションへの迎合とみなす研究者があるかもしれない。私はそのような人を文学的感受性の徹底的に鈍い人と呼ぶ。英語によって書かれた文学の研究をするにあたって、西欧的なロゴスの中心でもなく、沖縄を除いては強いコロニアリズムも体験することのなかった国に生きるわれわれは、一体どのような研究をしようとしているのか。

注

（1）Henry Louis Gates Jr., *Colored People*（1994; London: Penguin Books, 1995）, pp. 17, 200.

（2）Henry Louis Gates Jr., *Loose Canons: Notes on the Culture Wars*（New York: Oxford University Press, 1992）, p. 47.

（3）*Ibid.*, p. 116.

（4） *Ibid*., p. 42.

（5） *Ibid*., pp. 88, 126.

（6） たとえば C. L. R. James, *American Civilization* (Oxford: Blackwell, 1993) を参照。また彼の *The Black Jacobins: Toussaint L'Ouverture and the San Domingo Revolution* (1938; London: Allison & Busby, 1994) は今日でもその衝撃力を少しも失っておらず、フランス革命期の英米文学を考えるときには必須の文献である。トマス・ド・クインシーの短編「ハイチの王」のモデルはおそらくこのトゥサン・ルヴェルチュールであるし、その名前はヴィクトリア時代のイギリスでも知られていた。

（7） Peter Ackroyd, *Dan Leno & the Limehouse Golem* (London: Mandarin, 1995), p. 268.

（8） Elaine Showalter, *A Literature of Their Own: From Charlotte Brontë to Doris Lessing* (1997 ; London : Virago Press, 1993), p. 13.

（9） Alan Sinfield, *The Wilde Century* (London: Cassell, 1994), p. 4.

（10） *Ibid*., p. 109.

（11） Terry Eagleton, *Heathcliff and the Great Hunger: Studies in Irish Culture* (London: Verso, 1995), pp. 254–55.

（12） *Ibid*., p. 284.

（13） Edward Said, *Culture and Imperialism* (London: Chatto & Windus, 1993), pp. 289, 295. 帝国主義およびコロニアリズムの問題を、植民地の従属エリートの心理的葛藤の視点を導入することによって、植民者対被植民者という二項対立をさけながら考察しようとしているのが Homi K. Bhabha, *The Location of Culture* (London: Routledge, 1994) であり、とくに pp. 66–92 である。イーグルトンはヘゲモニー論に依拠しつつ、一九世紀のアイルランドにおける中流知識人の弱体ぶりを指摘しているが、この二人の考え方は相補的である。サイードの『オリエンタリズム』以降の展開については、Patrick Williams and Laura Chrisman, eds., *Colonial Discourse and Post-colonial Theory, A Reader* (London: Harvester/Wheatsheaf, 1993) を参照。

フェミニズム批評の混沌

1

フェミニズムの立場から行なわれる文学批評が、今日の批評全体の中でも最も精彩に富むもののひとつであることは間違いのない事実であるが、その一方で、これほど大きな当惑と困惑をもたらす批評の様式は他にはあまり例がないようである。なぜこのような事態が生じたのであろうか。その原因はフェミニズム批評の内側にあるのだろうか、それともそれを取り巻く外部から来るものなのか。

男性の研究者がフェミニズムをめぐる諸々の問題について何らかの発言をしようとする場合、まず最初に問わなければならないのは、男性としての自分がどのような立場から、どのような角度からそれに関与してゆくのかということだろう——このような弁解がましい書き出しを女性の研究者が当然のものとして要求し、また男性の研究者もそれをすんなりと納得できたのは、すでに過去の話であるような気がする。もちろんそれは、そのような構えがまったく無効になってしまったということではないが、少なくともそれほど明確には割り切れなくなった。要は、女性の研究者であれば正当なフェミニストになれる、そうなる特権的な資格があるとする思い込みが激しく脱構築されてしまったということである。みずからの発言を正当化するために、〈女の側からすると……〉という前置きを不用意に置くことが困難になってしまったのだと言い換えてもいいだろう。かりに女性の研究者であるとしても、フェミニズムをめぐる諸問題について何らかの発言をしようとするときには、まず女性としての自分の立場と位置を問い直すことから始めるしかないのである。例えば自分の人種を、階級を、セクシュアリティを。

女性の研究者にしてもそのような自己反省を迫られるようにいたった経緯は、はっきりしている。ケイト・ミレットの『性の政治学』(一九七〇)が何人かの男の作家の性的偏見と妄想をきびしく批判してから三〇年を経ないうちに、いわゆるフェミニストの文学批評がすさまじいばかりの勢いで展開し、深化し、ときには内部分裂や対立を繰り返して、すっかり多種多様化してしまったというのがその理由である。今われわれが出会うのは大文字のフェミニズムではなくて、特定のいずれかの流派に属する小文字のフェミニズムだと言っていいかもしれない。今の時点でフェミニズム批評に何らかの関心を示すとすれば、そのような状況から出発するしかないのである。われわれの眼の前にあるのは、フェミニズムの内部においてすら多様な言語ゲームが乱立しているという状況であって、問題はこのような乱立のもつ豊かさをどのようにして生かすのかということだろう。

数えきれないほどのフェミニズム関係の選集(1)は、まさしくこの豊かな乱立の——私は、学問の世界においては豊饒な乱立こそが好ましい状態だと考えている——具体化したものに他ならないが、そうした状況を要約的に整理して呈示する文学辞典にも、それが転位している。ひとつの例を挙げてみることにしよう。『コロンビア大学版現代文学・文化批評辞典』(一九九五)は、次々と刊行される批評の辞典の中でも比較的新しいものであるが、ここにはフェミニズム批評一般についての記述がない。いや、正確に言うと、この項は見出しとしてはあるのだが、そこにあるのは他の五つの項を参照せよという指示のみなのだ。その指示に従って、その五つの細分化された項を読んでみると、おおむね次のような説明が与えられている。

リベラル・フェミニズム 「最も古いかたちのフェミニズム」であって、ウルストンクラフトの『女性の権利の擁護』(一七九二)や、J・S・ミルの『女性の隷従』(一八六九)から出発し、女性に対しても男性と同じ権利が認められることを要求するもの。文学研究の場においては、これは「何人かの〈偉大な〉女性作家をカノンに含めることを要求し、大学制度の中で女性にも均等の機会を求めることになる。しかし、既成の政治的、社会的領域の内部で動き、とくに文学については、伝統的な解釈の枠組み(例えば、〈偉大さ〉とか、〈カノン〉とか)の内部で動くために、手直しにはなっても、革命の哲学とはならない」(2)

否定的なニュアンスの感じとれる記述であるが、問題は、だからといって、このような契機を忘れていいということにならないという点である。フェミニズムがいかに多様化し深化したにしても、この契機はある部分においては断固として維持されなくてはならないのである。

この辞典は、それに続くものとして、次の三つのタイプを挙げているので、その特徴とされるものを抜き書きしてみることにしよう。

ラディカル・フェミニズム　公民権運動やニューレフトの活動に参加した人々が、女性に対する抑圧を問題化する視点をもたなかったことに対する反発から出発。すべての抑圧の原点は階級問題ではなく、性をめぐる問題であるとして、「私的なものは政治的なもの」という立場をとった。「結婚、家庭内労働、子育て、異性愛などは私的な活動ではなくて、父権的な制度であり、政治行動の目標になる(3)」

社会主義（マルクス主義）フェミニズム　この立場をとる人たちは、「資本主義だけではなくて男性優位を、生産問題だけではなくて再生産（出産）問題を、賃金労働者としての女性だけではなくて母親としての労働者に的を絞りながら……女性の『見えない労働』（料理、掃除、子供の世話といった賃金なしの仕事）を資本主義と父権制度の連鎖的な搾取の例とする考え方をまとめあげた(4)」

文化フェミニズム　一九六〇年代の末から七〇年代の初めにかけて勢いのあったラディカル・フェミニズムにとってかわろうとする立場で、「伝統的に女性のものとされてきた特質の多くを――自分へのこだわり、自然との親近性、共感力、他人への依存などを――取りあげ、それらをポジティヴな、ときには優れた特質とみなす」姿勢をとる。女性固有の価値なるものを強く前面に押しだす考え方である。しかし、その一方で、人種や階級といった視点が弱まってしまい、「西洋の、白人の、中流階級の女性の文化にすぎないものから、〈女性の〉文化一般を引きだしてしまう(5)」という弱点をもっている。

この三つの立場に対して、時期的には最も新しいのが、八〇年代の半ばから本格化してくる「ジェンダー研究」と呼ばれる分野である。その前提となるのは、個々人のジェンダーというのは解剖学的な人体のもつセックスと一対一の対応をするものではなくて、社会の中で構築されるものであるとする考え方。「〈男性性〉と〈女性性〉はある特定の場所と時間の中で意味をもつにいたる」[(6)]と考える。文学作品も性の行動もこのようなジェンダーのとらえ方を基にして検討し直され、場合によってはゲイやレズビアンの芸術の考察につながってゆくことになるだろう。この『現代文学・文化批評辞典』の記述をひとつの物語にまとめてみると、おおよそそのようなものになる。われわれはいとも簡単にフェミニズム批評という括り方をするのだが、少なくともこの五通りくらいの別個の、しかも相互に関連したアプローチがあることを念頭に置かなくてはならない。しかも、分類の角度を変えれば、精神分析学的フェミニズムとかポスト構造主義的なそれといった入口を設けることも可能なのである。そして、それぞれの方向から、『ジェイン・エア』からジョアンナ・ラスや人工授精やレイプの問題について発言しうるのである。

このような状況を前にした場合、かりに自分はフェミニストであると自認している男あるいは女の研究者がいるとして、その人はどのようなかたちで自分の立場を説明し、かつ正当化することができるのだろうか。他のかたちのフェミニズムを声高に攻撃し、みずからの正当性を主張しようとするのだろうか。他のかたちのフェミニズムとの対話と共同を試みようとするのだろうか（しかし、その場合、いかなる論理に基づいて?)。それとも、さしあたり、それぞれのフェミニズムにそれぞれの言語ゲームを認めるというポストモダン的な許容の姿勢をとるのだろうか。数多くの選集や辞典がすでにフェミニズムの内部分類をあるところまで確立している今の時点で、このことの問題性を自覚できないフェミニズム批評が行なわれるとするならば、それは批評的自覚に欠けると言わざるを得ないのである。そのことに思いいたらない批評は幸福なのではなくて、無責任と呼ばれるべきであろう。

この当惑すべき状況は、外部の人間にとってもひとつの試練となる。かりにフェミニズム批評に賛成するにしても反対するにしても、それではどのタイプの……という問いがつねについて回るからである。いや、そのような問いの連続する可能性に気づくことすらなく、フェミニズム批評を拒絶してかかる研究者がいかに多いことか——そのような唾棄すべき光景が、厳として、われわれの日常の光景として残っている。しかし、それはそれとして、この三〇年ほどの間にフェミニズム批評の産みだしたさまざまの成果とそれが提起したさまざまの問題は、われわれがどのような批評的立場をとるにしても、もはや無視して通ることのできないものであることだけははっきりしている。それについて言い争う必要はない。問題は、この、無視して通ることができないということが具体的にどのようなかたちでテクストの読みに現われてくるのか、そしてその新しい読みからさらに何が引き出せるのかということであろう。

2

ほぼ三〇年にわたるフェミニスト批評の成果は、われわれがそれ以前のように作品を読み鑑賞することを——よほど感受性が鈍い場合は別として——無責任で、かつ不可能なものにしてしまった。その典型的な例として、これまで文学史のカノンとされてきた作品に、新批評的な作品の言語鑑賞を試みて、あるいは人物論や印象批評を試みて、それで〈文学がわかる〉と思い込んでいるわけにはいかなくなったということがある。シェイクスピアと女性性といった問題設定はすでに当然のものになっているし、ディケンズの『骨董屋』に登場する女性たちを、天使的な少女ネルとそれ以外の者に分類して、道徳的な〈純粋さ〉を云々すれば、それが文学の研究になると思い込んでいられる状況ではないのだ。フェミニズムの思想に触れて、父権制度のメカニズムに眼の向くようになった研究者にとっては、この小説における祖父と少女の関係のうちに父権制度のひとつの歪んだ姿を感じとることもできるはずなのである（さらに言えば、メアリ・シェリーが一八一九年に執筆した、父と娘の近親相姦を明確なテーマとしてもつ小説『マチルダ』にしても、アナイス・ニンの小説にみられる同じテーマにしても、やはり父権制度の歪んだ鏡像とすることができるだろう。父権制度という視点そのものが、これまでの文学における愛の主題の解釈に手直しを迫る可能性が十分に存在するのである）。D・H・ロレンスの小説にしても、単純に愛の文学と呼ぶことはできなくなる。それが、ゲイやレズビアンを徹底的に排除したところに成り立つセクシュアリティのみを肯定する文学であることを、フェミニズム批評以後には、否応なしに意識せざるを得ないだろう。

われわれはこれからフェミニズム批評を始めるわけではない。すでにあるその成果を踏まえて、それを意識しながら、さまざまのかたちの批評を試みるのである――それが何を意味するかと言えば、男性の価値観を土台として形成されてきたこれまでの文学のカノンのみならず、フェミニズム文学の伝統を形成するものとされてきた作品もまた、今日までのフェミニズム批評の成果を踏まえて読み直されなくてはならないということである。端的な例を挙げるならば、エレイン・ショウォーターの仕事によってイギリスの女性文学の歴史が確立されたと安心するのはあまりにも安易なことで、それでは男性によるカノン形成の模写にしかならない。むしろ、彼女の仕事自体が次の読み直しを期待するものとしてあると考えるべきだろう。そもそも彼女の仕事自体が、『自分だけの部屋』（一九二九）の中でヴァージニア・ウルフが、一九世紀初めの女性作家が置かれていた状況と指摘したものへの反応という部分をもっているのである。「彼女たちには伝統というものがありませんでした、かりにあったとしても、あまりに短い、部分的なもので、ほとんど助けにならなかったのです。……ペンを紙に走らせようとして彼女が最初に気がつくのは、自分にも使える共通の文がないということだったかもしれません」(7)。今日の女性の文学に、あるいはフェミニズム批評にこのような不幸はない。むしろ、ありあまるほどの批評の成果が重荷として、既成の枠組みとしてそこにあると言うべきかもしれない。それは無垢の状態から発見される何かではなくて、すでに教育されうるものになっているのである。

フェミニズム批評の古典とされる『自分だけの部屋』にしても、そこでのウルフの主張を不動の真理としてそこから出発すればいいというものではないだろう。「あなた方が小説か詩を書こうとすれば、年に五〇〇ポンドと鍵のかかる部屋が必要でしょう(8)」という有名すぎる科白にしても、聴いているのがケンブリッジ大学の女子学生であるという事実を考慮しても、階級問題への目配りが欠落しているという批判的な読みが、ある傾向のフェミニストから提示されてもいっこうにおかしくはない。あるいはウルフの別の激烈な言葉を思い出してみてもいい。

家庭の天使。私が書評を書こうとすると、その私と紙との間に割り込んでくるのは、それでした。私につきまとい、時間を浪費させ、苦しめたこの天使を、私は殺しました。あなた方のように若い幸福な世代の方々には何のことか分からないかもしれません――家庭の天使とはどういうものなのか。なるたけ手短に説明しておきます。この天使はとても強い同情心をもっていることになっていました。大変魅力的で、利己的なところがまったくなくて。家庭生活をやりくりするむずかしい術をみごとに身につけていて、日々が自己犠牲なのです。チキンを食べるときは足を取り、隙間風がするときは自分がそこに坐り――要するに、自分自身の考えとか望みはいっさいもたず、他の人の考えと望みにいつも合わせる方を好むようにできているのです。申すまでもないことですが、何よりもこの天使は純潔でした。純潔であることがその一番の美しさとされていたのです――頬を赤らめて、とても優雅で。当時は――ヴィクトリア女王の最後の時代ですが――どの家にもこの天使がいました。(9)

この痛烈な言葉のうちにひそむルサンチマンにみずからのそれを重ね合わせて、ある種の解放感を味わうのは、女性の当然の権利である。しかし、ここでもウルフの言葉は階級問題には盲目である。ヴィクトリア時代の末のすべての家庭に「家庭の天使」という名のイデオロギーが存在したと考えるのは、単純な事実の誤認以上のものではない。中流家庭の中にはこの天使を棲みつかせているものがあったとしても、両親も子供も必死に働かなくては生きていけない下層の家庭には、このような天使が棲みつく余地はなかったはずである。家父長制度にしても、妻や子供が何らかの現金収入を得なければ生きてゆけないような生活レベルの場合、果たしてどこまで浸透しえたのか、疑問が湧いてくるのも当然だろう。そのように考えてみると、このウルフの言葉に全面的に感情移入し、それを真理と受けとめて、例えばヴィクトリア時代の文学を解釈してゆこうとするのは、フェミニズム批評の成果として現に存在する他の視点を無視してしまうことになりかねない。さまざまのかたちのフェミニズム批評の存在は、それを避けることを要求しているのである。

『自分だけの部屋』の中には次のような一節もある。「私がたとえ一ペニーを稼いだ場合であっても……それはむしり取られて、夫の知恵に従って使われるのです[10]」。結婚後はすべての財産が夫のものとなり、それを夫が管理するという制度に言及したものであるが、事この問題に関しては、メアリ・ウルストンクラフトの未完の小説『マライア』(一七九八)がはるかに明確なかたちですでに問題化していたのである。この場合には、フェミニスト批評の古典よりも、忘れられた小説の方が強さをもっているのであって、カノンなるものの相対性を証明してしまう結果になる。

『マライア』は、夫のために子供と財産を奪われて、テムズ河沿いの精神病院に監禁されてしまった女性の物語である。当時流行していたゴシック小説の影響もあるのか、感情表現が過剰すぎるという欠陥はあるものの、この作品の眼目となるところはきわめて明瞭に伝わってくる。作者も主人公にそのことをはっきりと語らせる。

妻というのは、馬やロバと同じように夫の財産であって、自分のものと呼べるものを何ひとつ持たないのです。妻が何かを手にした瞬間に、夫の方は法が彼のものとみなすそれを手に入れるためにどんな手段を使ってもいいことになっているのです、私の夫がやったように、私の書き物机の鍵を勝手にこじあけて書類を探しても――それも、公正を装って。私を養う責任があるということを口実にして。……妻のものを盗んで、堂々と娼婦のために浪費しても罰せられることはないのです。この国の法律は――女に国と呼べるものがあればの話ですが――抑圧する者の手から守ってくれるわけでも、償いをしてくれるわけでもありません。身体上の危険を訴えることができないかぎりは。(11)

「女性の抑圧された状態(12)」を描き出すことを目的としているウルストンクラフトは、妻に対する夫の暴虐行為が決して中流の者の問題につきるものではなく、下層にも及んでいることを示すために、精神病院で主人公の世話をする女にも悲惨な身の上話をさせている。そのうえで、法廷において、女性に離婚の権利を認めるようにという主張をさせるのである。

私に財産を放棄させるために、幽閉したのです――本当に、私設の精神病院に。……女にもみずからの良心に相談し、ある程度は自分の権利の意識によって自分の行動を決める力が認められるべきです。……私は、この国が、私のとった行動を認めてくれるように望みます。しかし強い者が弱い者を抑圧するために作られた法律があるのなら、私は自分自身の正義感に訴えて、人と人をつなぐすべての道徳的義務を踏みにじった者と一緒に住むつもりはないと宣言します。(13)

これに対する裁判官の判断は、「両親や親戚の選んだ男性を愛し、彼に従うのが女性の義務」であって、女性が自分の「感情」を論拠にするようになるとモラルの混乱が起きるというものであった[14]。確かに表現はウルフのそれのように洗練されていないかもしれないが、彼女をも拘束しつづけた問題群はこの小説の中にきわめて露骨なかたちで抉りだされているのだ。新しい作品がつけ加われば伝統のかたちが変化してくるというT・S・エリオットの考え方が、ここでは皮肉なかたちで生きてくるかもしれない。『マライア』の発掘によって、フェミニズム文学の古典としての『自分だけの部屋』の位置が相対的に少しずれてくるはずだからである。

誤解があってはならないが、このような位置の移動はウルフの批評の達成したものを決して小さくしてしまうものではなくて、逆にそれに前後のコンテクストを与えることによって、その突出と孤立を防ぎ、その意義を豊かにするのである。『マライア』についても似たことが言えるだろう。この未完の小説が衝撃的なものでありうるのは、そこで提起された問題がのちのフェミニズム文学によって大きく展開されたからこそである。文学史が生きているというのは、このような相互活性化の装置がそこに息づいているということに他ならない。当然のことであるが、この二つの作品はより大きな文学史とも相互活性化の関係をもちうるはずである。フェミニスト批評のひとつの大きな成果とは、まさしくそのような可能性を切開したということである。

3

『マライア』の最後の場面が法廷に設定されているというのは象徴的である。その設定は、本来（男性的な）理性の場とされる法廷において、主人公マライアに整然とした自己弁論をさせ、女性にも理性が十分に行使できることを示そうとする意図に貫かれている。その意味では、この小説は間違いなく『女性の権利の擁護』の延長線上にあることになる――ウルストンクラフトは、そこで、女性にも男性と同等の理性があり、しかるべき教育によってその正当な行使ができるようになると主張していたのだから。この本が男女同権を求める女性解放の運動の古典とみなされてきたのは当然のことである。しかし、今のわれわれは、そのことを認めたうえで、これまでのフェミニズム批評の成果を踏まえて、この古典の明察と死角を読み直さなくてはならない。

もはや普遍的に通用する理性なるものを信じがたい以上――それが男性的なロゴス中心主義の産物であるという批判をいちがいには否定できない以上――まず確認しておかなくてはならないのは、ウルストンクラフトの重視する〈理性〉がいかなる性格のものかということであろう。

理性とは……向上する力、もっと適切な言い方をすれば、真理を見分ける力そのもののことである。この点については、すべての個人がそれ自体としてひとつの世界である。人によって目立ち方は違ってくるだろうが、理性の性格はすべての人間において同一のはずである。それが神的なものの発露であり、人間と創造者をつなぐ絆であるかぎりは。(15)

彼女は神の存在と魂の不滅を前提としたうえで理性の働きを考えている。神意をともかく括弧に入れて、普遍的でかつ超越的な理性を構想するという一八世紀の西欧啓蒙主義に特有のスタンスをとっているわけではないのだ。しかしその一方で、そのような理性を信頼して、「真の文明を達成して人間の完成を」[16]図りうるとするところでは、啓蒙主義特有の発想をみせている。彼女は、このような曖昧さをもつ理性を男と女に、つまり人間に共通のものとして一般化しようとするのである。

> 確かに女性には別の義務があるかもしれないが、それは人間としての義務であり、その遂行をコントロールする原理は同じであるはずだと、私は強く主張したい。
>
> 尊敬されるに値するためには、彼女たちの理解力を行使することが必要であるし、人格の独立をめざすときには、それ以外の基盤はありえない。女性は世の意見のつつましい奴隷になるのではなくて、理性の権威にのみ頭を垂れなくてはならないと、私ははっきり言いたいのだ[17]。

ウルストンクラフトの念頭に、理性と理解力の行使による女性の自立、そして理性的な男女による文明と歴史の進歩という青写真があったことは間違いないが、まさしくそのような啓蒙のプロジェクトに対して、ポスト構造主義とポストモダニズムが強烈な疑問を突きつけてしまったのである。

ウルストンクラフトにとってだけでなく、今日の多くの女性にとっても、女性のアイデンティティの確立、女性としての主体性の確立は依然として重要な問題であり続けている。にもかかわらず、ポスト構造主義は、「主体とは、固定した核や本質をもつものではなく、言語によって構築されるのであって、そのために、主体といういくつものポジションの合体してできる、開かれた、矛盾をはらむ、文化によって異なる何かなのだ[18]」という考え方をもたらしてしまった。この考え方は決して女性にとってマイナスにのみ作用するものではない。それは男と女のジェンダーの文化的、歴史的な相対性を主張する論拠となって、女性をこれまでのステレオタイプから解放するための強力な武器になるからだ。しかし同時に、それは、女性の主体の確立ということを幻影の追求にしてしまいかねない。そうだとすると、この二つの相反する方向をひとつに結びつけることが果たして可能だろうか。主体とは複数のポジションの生みだす効果にすぎないとするならば、そのような主体のもつアイデンティティとは一体どのようなものであると考えればいいのだろうか――ここまでくると、問題はフェミニズムに限定できるものではなくなっている。男性にとっても、きわめて直接的な問題になってくるのだ。その意味では、フェミニズム批評に関心をもたないということは、現代の批評に参与する資格を放棄するということでもある。男女の別に関係なく、研究する者としての必要条件を裏切るということである。

理性についてはどうだろうか。ウルストンクラフトは、理性とは「真理を見分ける力そのもの」であると信じたが、現代ではそのような確信をもつことは困難かもしれない。真理とは権力と言説の生みだす効果にすぎないとするポスト構造主義の主張を前にすると、いわゆる永遠不変の真理なるものを今まで通りに信仰する姿勢はゆるがざるをえないだろう。それが西欧の白人の男性に都合のいい部分をもちすぎていたという批判を全面的にかわすことは不可能であるだろう。「身体からも、歴史の中の時間と場所からも独立できる理性[19]」、いわゆる超越的な理性という概念も、それに応じて、今まで通りには維持できなくなっている。だとすれば、フェミニストは、あるいはそうでない人々は、どこに行動の支えを求めればいいことになるのだろうか。

理性の行使によって、歴史はより高いレベルの文明に向かって進歩し、人間は完成するという啓蒙の物語にしても、リオタールの『ポストモダンの条件』における厳しい批判をまつまでもなく、その魅力を喪失している。しかし人間の解放、女性の解放という大きなテロスがとらえにくくなってしまったとき、歴史は一体どうなってしまうのか。ひたすら断片化して漂流するだけなのだろうか。そのような事態を小さな言語ゲームへのこだわりと言い直して、ひとまずそこに浮遊し続けるしかないのだろうか。これらはすべて、今日のフェミニズム批評がポスト構造主義やポストモダニズムと出会ったときに必然的に生じてくる諸問題である。決定的な解答はない。

決定的な解答のないまま、いくつもの問題が発生し、互いに多重決定しあいながら、あるひとつの方向に決定的に動きだしてしまうのを抑えられているというのが、今日のフェミニズム批評が置かれている状況であろう。しかしそれは決して不健全な停止ではない。むしろ大切なのは、このエネルギー過剰の状態が維持されて、さらに多くの成果がそこから生みだされてくることであろう。この混乱と混沌は否定すべきものではないだろうし、性急に刈り込むべきものでもないはずである。ただ必要なのは、この豊かな混沌に身を投じて、その内側からテクストの言葉を読み直してゆくというプロセスそのものが要求してくる明晰な持続力の方であるかもしれない。

注

（1）最も包括的なものとして Robyn R. Warhol and Diane Price Herndl, eds., *Feminisms: An Anthology of Literary Theory and Criticism* (New Brunswick, New Jersey: Rutgers University Press, 1991) を挙げることができる。

(2) Joseph Childers and Gary Hentzi, eds., *The Columbia Dictionary of Modern Literary and Cultural Criticism* (New York: Columbia University Press, 1995), p. 169.

(3) *Ibid*., p. 252.

(4) *Ibid*., p. 282.

(5) *Ibid*., pp. 62–63.

(6) *Ibid*., p. 122.

(7) Virginia Woolf, *A Room of One's Own* (London: Flamingo, 1994), p. 83.

(8) *Ibid*., p. 113.

(9) Virginia Woolf, *Killing the Angel in the House: Seven Essays* (London: Penguin Books, 1995), p. 3.

(10) Virginia Woolf, *A Room of One's Own*, p. 28.

(11) Mary Wollstonecraft, *Mary and Maria; Mary Shelley, Matilda* (London: Penguin Books, 1992), p. 118.

(12) *Ibid*., p. 92.

(13) *Ibid*., p. 144.

(14) *Ibid*., p. 145.

(15) Mary Wollstonecraft, *A Vindication of the Rights of Woman* (London: Penguin Books, 1992), p. 143.

(16) *Ibid*., p. 99.

(17) *Ibid*., p. 141.

(18) Lois McNay, *Foucault and Feminism* (Cambridge: Polity Press, 1992), p. 2.

(19) Linda J. Nicholson, "Introduction" to *Feminism/Postmodernism* (London: Routledge, 1990), p. 4. 混沌とした現代のフェミニズムに何らかの方向性を与えようとする試みも数多くあるが，Seyla Benhabib, *Situating the Self: Gender, Community and Postmodernism in Contemporary Ethics* (Cambridge: Polity Press, 1992) もその例のひとつ。とくに pp. 203–41 を参照。

これからのディコンストラクション

1

ディコンストラクション（脱構築）にせよ、ニューヒストリシズム（新歴史主義）にせよ、いずれもすでに過去のものとみなすのが英米の批評の最先端の流行であるようだ。これは、何らかの批評様式が強力なパラダイムとして力を振るったあとには必ず起こる反動であるが、今回のこの反動には、新旧の批評様式の交替のさいにみられるはずの特徴が欠落している。この二つの新しい批評様式のゆきづまりが声高に叫ばれる一方で、それらにとって替わるべき新しい批評のありようが提唱されてこないのである。ジャック・デリダの思想に由来する脱構築批評に対して、冷静でかつ適切な批判を展開しているM・H・エイブラムズでさえ、その批判のあとに掲げることのできるのは、次のような正論でしかない。「ヒューマニスティックな文学批評とは、ひとりの人間によって、多くの人間のために作られた、多くの人間とその関心事を扱う文学作品を対象とする批評である」(1)。ここ二〇年間ほどの批評の成果をいっさい無視してしまうようなこの堂々たる正論を前にして私が感ずるのは、確固たる安定感ではなくて、この発言が今意味をもちうる、権威をもちうると信じている姿勢そのものに対する深い失望感である。二〇世紀のアメリカにおける際立った批評の様式を思い出してみるならば、新批評、神話批評、現象学的批評、読者反応論、ディコンストラクション、フェミニズム批評、新歴史主義、ポストコロニアリズムなどであろうが、それらはいずれも既存の方法に対する不満と批判から出発して、何らかの新しい可能性を切り開こうとするものであった。また、そうであればこそ、成果としての批評作品の出来不出来には相当のばらつきがあるとしても、そこにある新しさと可能性を探究する情熱は疑いようがなかったのである。「ヒューマニスティックな文学批評」を求めるエイブラムズの文章のうちに感じとれるのは、そのような情熱ではなくて、まさしく権威の声である。私としては、権威の声とみればすべて拒絶すべきだと主張したいのではない。一九九二年にアラバマ大学で開催されたシンポジウムの記録である『皇帝の衣裳替え、批評理論を批判する』は、その副題が示唆しているように、ポスト構造主義の批評に対する保守派の不満を集めた論文集であるが、その巻頭論文の位置をしめるエイブラムズの評論は、アメリカの大学制度の中で有力になってきた保守化、右傾化と、実にたやすく連動してしまう。そのような場のもつ政治性に対して鋭い感覚をもつことを教えたのが、この二〇年ほどの批評であったはずなのに。

同じ論文集の中で、フレデリック・クルーズは次のように話を切りだしている。

時間がなくなりかけてきたようだ。ポスト構造主義という名で知られている文学の理論と実践にとって――ロラン・バルト、ジャック・デリダ、ミシェル・フーコー、ジャック・ラカン、ルイ・アルチュセール、ジュリア・クリステヴァなどの思想家によって提供されたモデルに従って、すべてのものを言説に還元してしまう言説にとって。それは一九七〇年代の半ばから現在まで続いた長くワイルドな陶酔であって、われわれの知のスタイルを幾つかの点で変えてしまった。その影響がおそらく数世代は尾をひくだろう。(2)

この安堵と不快感の漂う口吻は、みずからを良識派と信じて疑わない研究者たちの最近の気分に対応しているかもしれないし、もっと直接的にフランスの思想の流入が終焉したことを喜んでいる者たちも多くいるだろう。ポール・ド・マンの若い時代の親ナチ的経歴を追究することによって、ディコンストラクションの批評的生命に決定的な打撃を与えたと信じ込んでいるデイヴィッド・リーマンが、このアラバマ大学のシンポジウムに呼ばれてはしゃいでいる見苦しい光景も、このような状況のもとでは決して奇異なものではない。(3) ただ、この奇異でもない光景の記録を手にして、悪寒が走るだけだ。ここに寄稿した人々を満足させるには、この二〇年ほどの批評の成果をことごとく廃棄して、かつての貧しい批評の風土に後戻りするしかないのだろうか。彼らの思考の中にはそれ以外の代替案はないようにみえる――権威主義の正体とはそのようなものである。

あまりにもよく見かける光景。ディコンストラクションの流通を叩くという姿勢が──その動機の多くは、みずからの無反省で保守的な自称ヒューマニズムなるものにしがみつこうとする欲望の裏返しであったり、緻密な議論と錯綜した文体についてゆけないための苛立ちの表明であったりするのだが──可能になるためには、あるいはそれを可能にするためには、批判されるべき対象を極端に、ほとんど戯画に近いところまで単純化してしまう必要がある。例えば、次のようなかたちに単純化してしまうことが必要になるのだ。

2

ディコンストラクション　何よりもまず、客観的に規定できる現実があるということを否定し、すべての文学作品(つまりテクスト)は自己矛盾に満たされていて、本来的に内在する意味はもたず、したがって、いずれかのエクリチュールが本質的に他のいずれかよりも価値をもつことはないと結論するポストモダンの理論。ディコンストラクション的な分析を知るだけでも、いわゆる「西欧文学の古典」──シェイクスピア、ホメーロス、ミルトン等の作品──が、現代の大学の文学のカリキュラムの核になるべきだと主張することの愚かしさが簡単にわかるだろう。(4)

冗談半分に、同じ辞典で「ポストモダニズム」の項を引いてみると、「差別を排して、〈政治的に正しい〉考え方とされるようになったことの多くに対して、理論的な根拠を与えるような社会のとらえ方をする運動」と説明されている。さしあたりは、冗談半分の辞典なのだからと言ってしまえばすむことであるし、二項対立的な価値のヒエラルキーのずらしへの言及がなくても、デリダの名前がなくても放置すればいいことであるが、ディコンストラクションに対する批判の多くは、この程度の伝聞をもとにして吐き出されてくるのである。

右記の説明の中の、客観的に規定できる現実があることを否定し云々は、ポスト構造主義の思考法の大きな特徴とされる、言語の対象指示（レファランス）に関わる問題点であるが、この点を端的に示すものとして必ずといってよいほど引き合いに出されるのが、テクストの外部というものは存在しないというデリダの発言である。批判者を自称する人々は、この発言をとらえて、彼は現実の客観的な存在を否定したのだという結論に飛びつき、彼にニヒリストというレッテルをはろうとする。そして、ディコンストラクションは現代的なニヒリズムの病いであり、六〇年代的な政治意識の名残りであるとみなされてしまうことになる。しかし、少し考えてみれば分かることであるが、われわれが〈現実〉という言葉で了解されている時空の中に生きていることは、どんなに精緻な認識論や懐疑論によっても打ち消すことのできない共通の経験である。デリダにしても、歴史的、文化的に特定の現実の中に生きている。それにもかかわらず、いや、そのことを踏まえて、彼がテクストの外部というものは存在しないと発言するとすると、この発言を既成のテクスト観を踏まえて了解してしまうのではなくて、彼はテクストという言葉で何を言おうとしているのかを考えてみなくてはならないはずである（もちろん、この問いを設定する段階ですでに問題が生ずる。なぜなら、言語の対象指示性に疑問をつきつけるとすると、テクストは何かという問い自体の存立があやしくなってくるからだ――しかし、だからここにはニヒリズムしかないのだという短絡的な結論に飛びつきたいとは、私は思わない。その危険な可能性を絶えずにらみながら思考を続けるというのが、この場合の最も有効な方法であるだろう。『グラマトロジーについて』の中で、「ディコンストラクションの試みは必然的に内側からの働きかけとなり、逆転のための戦術と力とをすべて古い構造から借りうけ、構造的に、とはつまり、その要素や原子を分離せぬままに借りうけるので、ある意味では必ずみずからの仕事の犠牲とならざるを得ないのである」[5]と言われているのは、その辺の事情を十分に承知してのことである。危険な可能性を感じとりながら思考を続けるか、それに感づいたために古い構造の内部にもう一度逃げ込んでしまうのか、道が分かれてしまうのはそこにおいてである)。

デリダの考え方に従うならば、われわれはテクストに囲繞されている。いや、この言い方では、テクストがわれわれの外部に存在するという隠喩になってしまいかねないが、われわれが言葉というシンボルを使うということは、すなわち、言葉の世界つまりテクストに組み込まれ、その一部と化するということである。生きるとはテクストの内部に入る、その一部になるということである。生とはテクストの内部における生のことであり、テクストとしての生のことである。絶えざるテクストの産出のことである――例えば、テクストの外部なるものは存在しないと発言することも、事実確認的な発言も、発話遂行的なそれも、その意味ではこの規定の外に出ることはできない。そしてこの次元においては、デリダの発言はそのまま妥当するだろう。問題は、この次元のテクストの産出とは関係なしに存在するようにみえる、つまりテクストの外部に存在するようにみえる事物や現象について、どう考えるのかということである。自然の事物、眠る人間、自分が今直接には関与しない公共社会、歴史社会といったものは、テクスト産出の磁場の内にないときには、存在しないということになるのだろうか。この疑問を前にして、それらは存在しないとデリダが答えるとは思えないし、この段階で彼が絶対的な不可知論に陥るとも考えられない。彼の問題設定に従うならば、それらが存在する、あるいはテクストの外部に存在する、それらは存在しない、あるいはテクストの外部には存在しないと思考し、そう言うとき、それらの発言はすでに志向対象として、言葉の指示対象として、テクストの内部に組み込まれているのである。存在するとしても、存在しないとしても、すでにテクストの内部における出来事なのである。だとすれば、テクストの外部なるものは存在しないという言い方は決してパラドキシカルな異例の事態をさすものではなくて、むしろわれわれの現実の生の体験に限りなく接近しようとする立場だと言えるだろう。デリダの思考は、少なくともその初期の段階においては、きわめて日常的で常識的な問題から出発し——フッサール哲学の難解なテクストを素材とするときにも、そこから取り出されてくる問題自体はきわめて日常的なもの（発話、表現）である——その構制を問いつめる。彼は神や理性や歴史や存在を問わず、〈現前性〉を問うたのだ。彼の使う用語系がグラマトロジー、ロゴス中心主義、差延といった造語に近い系列と、痕跡、補遺、書かれたもの（エクリチュール）、間形成といった日常語に近い系列からなることに注目すべきであろう。それらの多義性の解説に時間を費やすよりも大切なことは、彼がおよそ非哲学的な日常の用語で思考しようとしているということであり、彼の使う日常用語が西欧の形而上学をゆさぶってしまうということである。

彼はそうした日常の用語を武器として、哲学や文学をはじめとしてさまざまの分野のテクストを解読し、脱構築してゆくことになる。その情熱の激しさに圧倒されて、彼の分析をテクスト万能主義、テクスト内在論と批判するのはナンセンスと言うしかない。彼の分析するテクストは政治的現実に言語をかいして関与してゆくものとしてのテクストであり、政治的現実を構成し、その一部をなすものとしてのテクストである。それはまさしくひとつの強烈なイデオロギー分析である。それにもかかわらず、なぜディコンストラクションは単なるテクストとの戯れとみなされ、非難されるのであろうか。社会とも政治とも関わりのないテクスト内の遊戯とみなされるのであろうか。あるいはその正反対に、左翼の生き残りの陰謀であって、文化多元論、フェミニズム、ゲイとレズビアンの運動、社会の流動化、価値の相対化を促進するものとみなされるのだろうか。

デリダによるテクスト分析は、強力なイデオロギー批判としての側面を明らかにもつのであって、その標的は、西欧の形而上学における価値の基体になっていると彼が考える現前性の神話である。神、ロゴス、主体のアイデンティティ、根源性、起源、独自性、統一性、直接性などの考え方を支えているのが、この現前性の神話だというのである。だとすれば、彼の哲学がいたるところで問題にされ、いたるところで種々の反応を引き起こすのはきわめて当然の成りゆきであった。現前性の神話は、西欧の形而上学と直接に連動する分野かどうかは別にして、さまざまの場所に確認されるのであって、その意味ではディコンストラクションを形而上学批判の次元に限定しようとするロドルフ・ガシェの試みは、奇妙なものと言わざるを得ない。彼がアメリカで流通している脱構築批評なるものに苛立ち、「哲学的論争の成果を文学の分野に……あまりにもナイーヴに、ときには……馬鹿げたかたちで適用する」(6)のを批判したくなる気持ちは充分に理解できるにしても、そうした批判自体が実は奇妙なゆがみをはらんでしまうことはすぐに分かる。デリダのディコンストラクションはこれこれのものであるとして、その派生形（例えばアメリカ化されたそれ）を拒むとするならば、その拒否自体がデリダの発言の起源性を前提とすることになり、彼の発明した補遺や反復といった考え方を裏切ってしまうことになるからだ。アメリカで流通している、あるいは歴史学や社会学やフェミニズムの分野で流通している脱構築なるものを、デリダの発言との対応度を基準にして裁くというのは論理の矛盾なのである。ここで、批評家がテクストを脱構築するのではなく、テクストがそれ自体を脱構築するのだというポール・ド・マンの言葉を思い出してみても、最終的な慰めにはならないだろう。彼の辿りついていたアイロニーの深さをのぞくことにはなるにしても。

3

デリダの考案したディコンストラクションは、それ自体がみずからの発言の起源としての権威をもつことを禁ずる構造をもっている。それが模倣され、反復され、水で薄められ、簡略化され、パターン化されることを拒絶できない構造をもっている。私の考えでは、彼の哲学が最もラディカルな相貌をみせるのはまさしくその契機においてなのだ。通常の哲学の体系はみずからの発言の正しさを主張し、それが正しいかぎりにおいて存立する資格を手にする、そしてその事態を持続しようとする。ところがデリダにおいては、その哲学の主張の正しさは、その可能性が十分に展開されて、その正しさが必然的に伴うはずの権威が失われたときにこそ実現する性格のものなのである。通常、正しいということ、真理であるということは、権威をもつことを伴うはずなのだが、デリダの哲学において実現するのは、そのような権威を伴うことのない正しさである。そして、そのためには、彼の考案したディコンストラクションが、彼のもとの意図に近いと思われるかたちでだけでなく、それから最も遠いかたちでも展開されることが要請されてくるだろう。

その展開を試みるのは、まず第一に彼本人でなくてはならない。彼がこれまでに産出してきたおびただしいテクストはそのための営為であると考えることができるし、その周辺に蝟集する、他の人々の手になるおびただしい数のディコンストラクション批評は、さまざまの質と分野においてその運動に参加するものと考えることができるだろう。そうしてみると、分析するテクストに応じてデリダが鍵となる用語を変えてくることにしても、意味の固定化と沈澱を避けるということのほかに、ディコンストラクションの可能性の開発という面がひそんでいると考えざるを得なくなってくる。

それだけではない。デリダ本人によるディコンストラクションの規定そのものが時期によって大きく変化しながら、その領域を確認しようとしているようにも思えるのだ。まず、『グラマトロジーについて』における説明は次のようなものであった。

> ディコンストラクションの運動は、構造を外側からこわすものではない。それは不可能だし、効果もないわけで、構造そのものに棲みつくことをしなくては正確な狙いもつけられない――もちろん棲みつくにはある方法がある。それどころか、ひとはつねに構造に棲みついており、自分でそうだと思わないときほどよけいにそうなのだから。ディコンストラクションの試みは必然的に内側からの働きかけとなり、逆転のための戦術と力とをすべて古い構造から借りうけ、構造的に、とはつまり、その要素や原子を分離せぬままに借りうけるので、ある意味では必ずみずからの仕事の犠牲とならざるを得ないのである。[7]

対談集『ポジシオン』での説明は、方法論的な定式化と思えるものまで含んでいる。

その一方で、われわれは逆転させる段階を通過しなくてはなりません。この必要性にきちんと対処するには、古典的な哲学上の二項対立を前にした場合、平和共存的な向かい合いを相手にするのではなくて、むしろ暴力的なヒエラルキーを相手にするのだということを肝に銘ずるべきです。二つの用語のうちの一方が他方を支配しているか（価値、論理の上で）、それとも上手をとっている。このような対立を脱構築するというのは、まず第一に、ある瞬間において、このヒエラルキーをくつがえすということです。このくつがえしの段階を見落としたのでは、対立と支配の双方を含む対立の構造を忘れてしまうということになるのです。(8)

このような明確な規定とデリダによる具体的なテクストの分析を踏まえてバーバラ・ジョンソンの与えた説明は、ディコンストラクションの最も明解な解説のひとつとしていいだろう。

出発点は二項対立的な差異であることが多いが、やがてそれは、はるかに究明しにくいさまざまの差異の働きによって作りだされた幻影であることが示される。実体（散文と詩、男と女、文学と理論、罪と無垢）の間の差異が、実体の内部における差異の抑圧に、実体がそれ自身との間に差異を作る方法の抑圧に、もとづいていることが示される。しかし、テクストがそれ自身との間に差異を作る方法は単純なものではない。それは矛盾をはらみながらも厳密な論理をもっているのであり、あるところまでは、その効果を読むことができる。したがって二項対立の「脱構築」はすべての価値や差異を抹消するものではなく、二項対立の幻影の内部ですでに機能している種々の差異の、微妙でしかも強い効果を追跡してみせるものなのである。(9)

一九八〇年代の初めに、これに類したディコンストラクションの解説が次々と出てしまった以上、若い学生たちがそれを都合のいいように「応用」してしまうのは避けがたいことであった。デリダの哲学は、それ自体の内に通俗化を禁じ得ない論理をはらんでいるうえに――皮肉なことに、みずからの他者を内在させているうえに――数多くの解説書という名の「補遺」によって代行され、反復され、通俗化と平板化を繰り返していったのである。そのようなときに、ジャック・デリダという「署名」のあるテクストの中にのみ真正のディコンストラクションがあるのであって、アメリカにおける流行は似非なるものであると批判するのは、滑稽なことであろう。

もちろんそれは、このような事態の進行に対して彼が苛立つことを禁ずるものではない。彼の苛立ちは、ディコンストラクションの説明のしかたの大きな変化として現われてくることになる。とりわけ「日本の友人への手紙」と題された文章の中で。

ディコンストラクションを、何らかの方法論的な道具とか、一連のルールと移し替えのできる手続きとかに還元することはできないと言えばすむことではないのです。あるいは、脱構築的な「出来事」のそれぞれは一回的なものであるとか、イディオムや署名のようなものに限りなく近いのだとか主張してもだめでしょう。ディコンストラクションはひとつの行為ですらない、働きかけですらないということを明らかにしなくてはなりません。……ディコンストラクションは起こるのです、それはひとつの主体による、近代性による熟慮、意識化、組織化を待っている出来事ではないのです。それはそれ自身を脱構築するのです。[10]

もしこれを正式な定義と認めるとするならば、これ以前に彼があちこちでまき散らしてきた説明との関係は、一体どうなってしまうのだろうか。『グラマトロジーについて』や『ポジシオン』におけるそれなりに明確な説明は、ディコンストラクションを内発的な出来事とするこの定義によって、ことごとく意味のないものになってしまうのだろうか。しかし、それでは文字通り意味の固定した中心を――たとえそれが中空の流動的なものであるにしても――作ってしまうことになることは疑い得ない。一体彼は何を考えているのだろうか。彼自身の哲学に従うならば、ひとつの鍵概念の定義や説明を何度繰り返してみたところで、それのもともとの創造者（起源）である彼自身が、テクストの世界の中でその概念のもちうる意味の幅を支配できるはずはないのである。ジョン・サールとの論争において彼が主張したのは、まさしくそのことであった。だとすると、このようにディコンストラクションの規定を差異をもたせつつ反復することによって、彼は何を意図しているのだろうか。デリダにその哲学的言説の意図を問うという凡庸な行為が明らかにするのは、その意図のもちうる意味のリミットを限定する力は、権力は、彼自身にもないということである。アメリカにおけるディコンストラクションの濫用を非難する人々は、その行為の正当性の根拠をどこに求めるのだろうか。ディコンストラクションの言説の内側には、そのような拠点は発見できないはずである。

もちろん彼の前にはバルトやフーコーの例がある。ひとたびはソシュールの記号学に徹底して身を沈めることによって、テクストの次元における意味の横すべりしか認めないと主張しながら、晩年には過去の一枚の写真に現実の強烈さを感じとってしまうバルト。自分のそれまでの著述を次々に否定することによって、〈言説〉という鍵概念の定義すら次々に否定することによって、みずからの思考を維持したフーコー。デリダの場合には、この二人の場合よりも、おそらく事態は深刻である。彼は、みずからの言説の内に無気味な増殖力をもつアポリアをかかえたまま、現実の政治的な次元に関わってゆこうとする。

4

そのようなデリダの言説の特性を考えるとき、彼に淵源するとされるディコンストラクションを、あるかたちにのみ限定することはできない相談である。哲学が、歴史学が、文学研究が、カルチュラル・スタディーズが、あるいはフェミニズムがそれぞれそれなりにそれを活用したとしても、それを全面的に拒絶し否定する内在的な論理は存在しないのだ。もちろんそれは、逆に、いかなるかたちの濫用も許されるということではなくて、何らかの価値判断が外側からおおいかぶせられてくるであろうが。

文学研究に話を限定してみるならば、デリダの仕事は依然としてその尽きない魅力とともにわれわれの前にある。そのテクストの分析が、文学作品の分析にも転用できるだけの緻密さをそなえていることは周知の通りであるし、例えばアメリカのニュークリティシズムがすでに開発していた精読の技法に、十分に接ぎ木できることも周知のことである。しかし、だからといって、脱構築批評が在来の新批評の現代的なかたちにすぎないと決めつけるのはナンセンスであるし、言葉の対象指示力を疑う考え方はすでにクワインなどの言語哲学の中にあったもので、そのようなアメリカ哲学の流れを無視してデリダの哲学的分析にひかれるのはおかしいという主張までくると、言語哲学とデリダのテクスト分析の質の違いを忘れた妄言というしかない。デリダの批評の魅力は、そのテクストから抽出できる概念そのものよりも、むしろそれを運用し具体化するテクストの運動にあると言っていいくらいだ。その魅力と迫力を否定することはできない。

かりに、アメリカにおける脱構築批評の最もかがやかしい時期は終わったとしても、[11] そのことはこの批評が力を失い、無用の長物と化したことを意味するわけではない。むしろそれは、当然の、かつ必須の前提として、ラベルを失ったまま潜在化してゆくと思われる。われわれは脱構築批評によってすでに大きく変化してしまった批評の風土の中にいるのであり、もはやそれを拒絶するとかしないとかいう次元の問題ではないのだ。今われわれの前にある課題とは、この批評のどの部分を生かし、どの部分を再考してゆくのか、この批評の成果をいかなるかたちで継承し、さらに展開してゆくのかということである。ディコンストラクションは、それを越えたとする批評の営為や成果をもきびしく批判する力をもっていることも、忘れるべきではない。この批評が、これまでにも現われては消えた幾つもの批評の様式と決定的に違うのは、言葉という記号のシステムとその外部にあるはずの現実の臨界点にまで突き進んでしまったからである。それはいつか消え去る様式ではなくて、つねにつきまとう様式である。

注

(1) M. H. Abrams, "What Is a Humanistic Criticism ?" in Dwight Eddins ed., *The Emperor Redressed: Critiquing Critical Theory* (Tuscaloosa: University of Alabama Press, 1995), p. 37. ディコンストラクションに対する批判は数多いが、真剣に耳を傾ける必要のあるものは少ない。John M. Ellis, *Against Deconstruction* (Princeton, New Jersey: Princeton University Press, 1989) は、そうした数少ない良質の批判のひとつである。

(2) Frederick Crews, "The End of the Poststructuralist Era," *The Emperor Redressed*, p. 45.

(3) David Lehman, "Deconstruction After the Fall," *ibid*., pp. 132–49. この論文の中で彼は、「ド・マン事件以降、ディコンストラクションはもはや二度と害のないスリリングなものにはなりえないだろう」(p. 140) と書いているが、この論文集を通して読むと、彼が悪しき意味でのジャーナリスト以上の議論はできないことがよくわかる。Cf. David Lehman, *Signs of the Times: Deconstruction and the Fall of Paul de Man* (New York: Poseidon Press, 1991). なお、このド・マン問題については、準備中の『政治と文学と歴史——ジェイムソン、ド・マン、サイード』の中で詳しく論ずる。

(4) Henry Beard and Christopher Cerf, *The Official Politically Correct Dictionary and Handbook* (New York: Villard Books, 1994), p. 16.

(5) Jacques Derrida, *Of Grammatology* (1967; Baltimore: Johns Hopkins University Press, 1976), p. 24.

(6) Rodolphe Gasché, *Inventions of Difference: On Jacques Derrida* (Cambridge, Mass.: Harvard University Press, 1994), p. 23. もっとも、ガシェはディコンストラクションをデリダに固有のものとはせず、リオタールやメルロ=ポンティにも認めている。Mark C. Taylor, *Altarity* (Chicago: University of Chicago Press, 1987) となると、ブランショ、レヴィナス、クリステヴァ、バタイユ、ラカン、ハイデガーとデリダをつなぐ線を探究しており、この本にはデリダ本人が推薦文を寄せている。ただし、彼のテクストを哲学の場に限定してしまうことには、Geoffrey Bennington, *Legislations: The Politics of Deconstruction* (London: Verso, 1994), pp. 11–60 に手厳しい批判がある。

(7) Derrida, *Of Grammatology*, p. 24.

(8) Jacques Derrida, *Positions* (1972; Chicago: University of Chicago Press, 1981), p. 41.

(9) Barbara Johnson, *The Critical Difference* (Baltimore: Johns Hopkins University Press, 1980), pp. x–xi.

(10) Jacques Derrida, *A Derrida Reader*, ed. by Peggy Kamuf (New York: Columbia University Press, 1991), pp. 273–74. Cf. Herman Rapaport, "Deconstruction's Other: Trinh T. Minh-ha and Jacques Derrida," *Diacritics*, 25, 2 (Summer 1995), pp. 103–05.

(11) Jeffrey T. Nealon, *Double Reading: Postmodernism after Deconstruction* (Ithaca: Cornell University Press, 1993), p. 22には、「今日、文学科ではディコンストラクションは死んでしまったようにみえる。それについての言説はまだたくさん生産されてはいるものの、その最盛期は明らかに終わった」という認識が示されている。もっともこの本の主眼は、ポストモダンの問題を考えるにあたってそれをいかに活用するかという点にある。

文学史が崩壊する

1

歴史学の基本はさまざまの資料から歴史的な事実なるものを再構成し、その事実と事実をつなぐ因果関係を明らかにすることにあると考えていいだろう。もちろん、「大きな物語」への信頼が失われつつあるポストモダンの時代にあっては、そのようにして設定された因果関係が歴史の合目的的な法則性にまで達すると信ずるのはきわめて困難であるにしても。ある女性史家の言葉を借りるならば、歴史家の方法は二つの部分から成り立っている。「そのひとつは本質的に記述。つまり、解釈も説明も加えず、因果関係を云々することもせず、諸々の現象や現実に言及するものである。もうひとつは因果関係の説明で、現象や現実の性格についての考え方を述べ、それらがいかにして、なぜ、現にあるようなかたちをとるにいたったかを理解しようとつとめる(1)」というわけである。歴史的事実の再構成のしかたや因果関係の説明の様式について、依然として激しい議論が続けられているということはあるにしても(2)、その議論のための共通の場としてこの二つをあげることにはあまり異存はないであろう。

この標準的な歴史記述のモデルと比較してみるとき、やはり歴史記述のひとつであるはずの文学史はどのような特徴をもつことになるのだろうか。まず最初に、歴史的事実の位置に個々の文学作品を――もちろん、何をもって文学作品とするかという基本的な問題はあるにしても――置くことができるだろう。しかし、因果関係の方は、どうなるのだろうか。ひとつの作品が成立するにあたって、それを可能にする社会的な環境や作者個人の条件とその作品との間にひとつの因果関係を考えることもできるし、作品（つまり事実）と作品の間の因果関係を考えることもできるはずである。前者の関係を念頭に置くのであれば、ことは歴史学一般の場合と大差はないように思える。しかし、後者の作品間の関係となると、話は一挙に複雑化してしまわざるを得ない。そこにあるのは、作品と作品との間の影響史という決定的な難問であって、ロラン・バルトのインターテクスト論のような、強力ではあるにしても、綱領的なレベルにとどまる議論ではとても説明しつくせないような多重決定的な出来事だからである。バルトの軽やかな理論を具体的に作品のテクストにぶつけてみると、ほとんどの場合、軽やかに横滑りしてしまうはずである。

この作品間の影響史なるものが、歴史学一般における因果関係とくらべていかに異様なものであるかを示すには、簡単な思考の実験をしてみれば十分である。例えば、現代の日本の劇作家がシェイクスピアの影響をうける場合、あるいは『嵐が丘』という小説を日本の戦国時代の物語として映画化する場合、あるいは、明治時代の日本の作家がイギリスのロマン派の詩人の影響をうけた例を考えてみてもいいだろう。文学史は――更に言えば美術史にしても、建築史にしても――歴史学一般が排除してしまう、このようなクロノロジカルな順序を越えてしまう因果関係にみちあふれているのである。その意味では、歴史学者が、いわゆる実証性が欠如しているとして文学史や美術史を軽蔑するのは、この基本的な相違を見すごしたための誤解にすぎないし、逆に、実証的な文学史の試みなるものも根本的な錯誤の産物以上のものではあり得ない。

作品間の影響史のひとつの具体例を英文学の分野から挙げてみることにしよう。

彼らは、ふりかえり、ほんの今先まで
自分たち二人の幸福な住処の地であった楽園の東にあたる
あたりをじっと見つめた。その一帯の上方では神のあの焔の
剣がふられており、門には天使たちの恐ろしい顔や燃えさかる
武器の類がみちみちていた。彼らの眼からはおのずから
涙があふれ落ちた。しかし、すぐにそれを拭った。
世界が、——そうだ、安住の地を求め選ぶべき世界が、今や
彼らの眼前に広々と横たわっていた。そして、摂理が彼らの
導き手であった。二人は手に手をとって、漂泊の足どりも
緩やかに、エデンを通って二人だけの寂しい路を辿っていった。
(平井正穂訳)

ああ、このやさしい風の中には浄福がある!

緑の野原から、たなびく雲から、そして大空のかなたから
吹き渡るこの風は、私の頬に吹きつけては
自分の与えるよろこびを、なかば気づいているようだ。
おお　ようこそ使者よ！　来たれ、わが友よ！
おもえば久しい間　虜囚のように幽閉の日々を過ごしてきた
あの遥かな都会の城壁から解放され、束縛された住まいから
脱出してきた身の私は、思わずそなたにそう呼びかける。
いまこそ私は釈放され、解き放たれ、自由になったのだ。
自分の住まいを好きなところに決めることができる。
いったい、どんな住まいが私を待っているのだろう。どんな谷間に
私の憩いの家があるのだろう。どんな森かげに
自分の住まいを定めたらよいのか。どんな清流のせせらぎが
私を優しい眠りにいざなうだろう。
大地はひろびろと、いま私の眼前に横たわっている。喜びに
胸を躍らせ、限りない自由さにおびえもせずに、
私は周囲を見わたす。私が選ぶ案内人が
たとえ流れる雲ほどに頼りなくとも、これから先、もう
行く道を間違えることはありえない。

（岡三郎訳）

前者はミルトンの『失楽園』の第一二巻の結末、アダムとイヴがエデンの園を去る場面、後者はロマン主義を代表する詩人ワーズワスの『序曲』の冒頭である。ここにある関係を、文学用語を使ってアリュージョン（言及）と呼ぶにせよ、あるいはパロディと呼ぶにせよ、それが確実な影響関係つまりある種の因果関係であることは歴然としている。ロマン派の詩人が自我の解放をうたうとき、表面的にはそれは「遥かな都会の城壁」からの解放ではあるにしても、同時にそれは、ミルトン的な聖書の思考の枠組みからの解放でもあった。楽園を失い、摂理のみを導き手（原語はguide）として「漂泊の足どり」を踏み出すアダムとイヴを念頭に置きながら、ワーズワスは「私が選ぶ案内人（原語はguide）が／たとえ流れる雲ほどに頼りなくとも、これから先、もう／行く道を間違えることはありえない」とうたった。それはまさしく激烈な一瞬である。それは、ほぼ一五〇年の時代差を越えて、イギリス詩の伝統が、つまりその歴史が激しく接続しながら、なおかつ決定的に断絶してしまう瞬間でもある。いかにもロマンティックな解放感と自然描写にかかわるテクストの内部に、激しい拒否の身振りとそれにともなう情念のほとばしりが感じとれるのだ。ここにあるのは、自然の万物との交感をやさしくうたう抒情詩人ではなくて、そのような外装をまとった、まさしく闘う詩人の像である。それは、科学史家トマス・クーンの、彼の意図とは関係なしに流通するようになってしまった用語を転用するならば、パラダイムの変換と呼んでさしつかえないほどの飛躍である。詩の聖書的なパラダイムからロマン主義のパラダイムへの。しかも科学史の場合と違って、文学史においては、一度は使い尽くされて古くなってしまったはずのパラダイムがいつ蘇生してくるかもしれないのである——影響史の生理そのものがその可能性を保証しているのである。〈生きている過去〉というのは世紀末的なある小説のタイトルにとどまるものではなくて、文学史における過去の特徴的なありようを示す表現にもなりうるであろう。

文学史とは〈生きている過去〉の歴史である。通時的であると同時に共時的にならざるを得ないこのような文学史を縦横につらぬく影響史という名の因果関係が、普通の意味での歴史記述の枠組みの外にあることは明らかであろう。しかし、この問題を扱わない文学史というのは考えがたいのである。さらに、因果関係の有無が、大きく見れば歴史の連続、非連続の問題にまで展開してゆくことを考えると、ことは文学史の連続性の問題でもあるだろう。一体、文学史の連続性とは何のことをいうのであろうか。あたかも歴史的な事件が次々生起してくるのに似て、作品が次々に書かれて、それらが連鎖をなすことをいうのだろうか。それともジャンルの存続のうちに認められる何かを連続性と呼んでいるのだろうか。言い換えるならば、文学史における連続とは、例えばイギリス文学史、日本文学史というようなレベルで論じうるものなのだろうか、それともイギリス詩史、和歌史というようなジャンル史のレベルでしか論じようのないものであろうか。

さらに、通常の歴史記述においては蔭にひそんでしまう、あるいは、学問的な客観性の名のもとに潜在化させられてしまう価値評価という契機が、文学史では大きな比重をしめるものとして正面にせり出してくるということがある。文学史とは作品の選択と評価の歴史であると言ってもいいくらいなのだ。歴史年表なるものが幾つも作られるのに対して、文学史年表を要求する声があまり強くないというのは、そのことと関連しているだろう。文学史成立の可能性について挑戦した最近の数少ない研究者のひとりであるデイヴィッド・パーキンズも、次のように述べている。

文学史が普通の歴史学と違うのは、そこで考察される作品が、歴史の一部分としてのその作品がもつのとはまったく別の、しかもしばしばそれを越える価値をもつとされるからである。言い換えれば、文学史は文学批評でもあるのだ。その目的とするところは、過去を再構成して理解することにつきるものではなくて、文学作品そのものを解明するという、その先の目的ももっているのである。それは、ある作品がなぜ、いかにしてその形式やテーマをもつにいたったのかを説明しようとし、それによって、読者の態度決定を助けるのである。文学の鑑賞に奉仕すると言ってもいい。文学史の働きとは、ひとつには、読みに関与するということである。われわれが文学史を書くのは、文学作品を説明し、楽しみたいからである。(3)

歴史学者の立場からみると、文学史がひどくだらしのない雑然としたものに思えるのは、文学史が「批評的目的と評価」を含めることを強く要求されるからである。この価値評価と超クロノロジカルな影響史は文学史を——さらには諸々の芸術の歴史を——政治史や経済史をその典型とする歴史学とは異なるものにする重要な要因であろう。逆に言えば、それ以外の側面においては、文学史は歴史学一般と接触し、交差し、重なり合うはずだということでもある。そして、文学史がその特異性の中に安住しないためには、そうした側面のもつ意味を力説しておくべきかもしれないが。

文学史が批評と評価をその存在理由の不可欠の部分として内包するということは、実は、文学史がイデオロギーの歴史だということに他ならない。つまり、それは書く側と読む側の人種、階級、ジェンダー、セクシュアリティなどに対応して変わってこざるを得ないということである。メルヴィルの『白鯨』のような途轍もなく異形の作品が、はたして若い女性にとっても無条件に傑作となりうるかどうかという例をひとつ考えてみるだけでも、ここにある問題性は感じとれるはずである。現在われわれが手にすることのできる各国ごとの文学史の多くが、一九世紀の末に民族国家の一体感の強化のための手段として成立したことは、周知の事実であろう。イギリスのように、ウエールズ、イングランド、スコットランド、アイルランドの四つの地域からなる国では、イングランドの立場から書かれた文学史を〈イギリス文学史〉と称して、それを標準としたのである。にもかかわらず、標準的な文学史の存在が、各国レベルでも、世界的なレベルでも信じられているとするならば、そこには強力なイデオロギー装置が作用していると考えざるを得ない。このように考えてみると、文学史が、少なくともそのある部分において変化する、書きかえられるというのは当然のことなのだ。特定のイデオロギー的角度からしか書きようのない文学史が別の角度からのそれによって批判されるということも、人種、階級、ジェンダーに応じて複数の文学史が存在するということも、文学史という装置の内包している可能性が具体化したものにすぎない。むしろ、あまりに標準的な文学史が存在する、あるいは存在すると信じられることの方が異様なのである。だとすれば、その文学史を構成するカノン（規範的な作品）の問い直しの作業が行なわれるのは必然的なことであると言うしかない。

2

かつて学生の頃に教えられ、自分でも興味をもって吸収していったアメリカ文学史が目の前で崩壊してゆく――この雰囲気は爽快だ。文学史なるものが、それを構成する作品の増加ということからして、決して自己充足的に閉じてしまうことのない、境界線のない、開かれた性格をもつ以上、既存の文学史は絶えず崩壊してゆく運命にあると言うべきだろうか。文学史のそのような不安定な構造を説明するのは、ジャック・デリダの次のような解説である。

中心などというものは存在しない、中心は現前する何かというかたちで考えることはできない、中心は自然の位置なるものをもたない、それは固定した場ではなくて、ひとつの機能であって、無限の記号の代換がそこで生ずるような一種の非-場なのである。この瞬間こそは……中心もしくは起源が不在であるために、すべてが言説と化してゆく瞬間なのである……中心的な意味されるもの、起源的な意味されるもの、超越的な意味されるものが差異のシステムの外側にあることは絶対にない、そういうシステムにすべてが転化してしまう瞬間なのである。(4)

言うまでもなく、中心がないシステムについてその全体化つまり完結性を語ることは不可能である。「中心あるいは起源の欠如、不在によって起こることになるこの動きこそ、補遺の動きと呼ぶべきものである」。(5)もともと中心のないシステムにひとつの記号がつけ加わるとき、まさしくその記号がつけ加わることによって既存のシステムは変容し、かりに中心とみなしうるものがあるとしても、それすら動いてしまうはずである。それでもなお、「自由な代換の動きを停止させ、それに礎を与えてしまうような中心[6]」について語ろうとするならば、それは機能としての中心とでも呼ぶしかないであろう。あるいは中心効果とでも呼ぶしかないであろう。一見すると、デリダの議論は何とも摑みどころのないもののようにみえるかもしれないが、ここで彼の述べていることは文学史の構造をうまく説明する部分をもっている。文学史とは諸々の差異によって構成される言説のシステムなのである。

しかし、文学史のこのようなとらえ方はデリダの哲学を導入しなければ到達できないものというわけでは決してない。T・S・エリオットの評論「伝統と個人の才能」はすでにそのような見方を提示していた。ただ、その可能性がモダニズムの詩学の内側でしか読まれてこなかったというだけの話である。

> いかなる詩人も、いかなる芸術家も、自分ひとりで意味を完結させることはない。その意義は、その評価は、死せる詩人や芸術家との関係をどのように評価するかによって決まる。彼をひとりだけ切り離して評価するわけにはいかないのだ。比較対照のために、彼を死者の間においてみなくてはならないのだ。……新しい文学作品が創造されるときに何かが起こるとすれば、それは、先行するすべての作品にも同時に起こることなのである。現存する記念碑的な作品は互いにひとつの理念上の秩序を形成しているが、新しい（本当に新しい）芸術作品がそこに導入されると、何らかの変化が生ずる。現存する秩序は、新しい作品が到着する前は完結しているが、新しいものが付加されたのちにも秩序が存続するためには、どんなにわずかであるにしても、現存する秩序の全体が改変されなくてはならない。[7]

T・S・エリオットとデリダというのは異様な組み合わせかもしれないが、その一方で、両者の思考の間にある類似を見逃すわけにはいかないのである。エリオットが伝統と呼んでいるものは、実は文学史の問題そのものなのである。

興味深いのは、二人とも既存の差異のシステムもしくは秩序に新しい記号や作品が付加されるときのメカニズムを問題にしている点である。しかし、考えてみれば、これは当然のことかもしれない。既存のシステムがその性格をあらわにするのは、それが他者と接触して、その他者との間に連続と非連続のいずれの関係を結ぶかを問われる瞬間だからである。文学史が崩壊するとは、そのときに大きな非連続が生ずるということに他ならない。エリオットの伝統論の保守性は、この可能性にみちた非連続の瞬間を凝視しつづけることを拒む点にある。文学史の崩壊、カノンの解体はそれらを支えている原理が裸形で見えてくる瞬間であるが、そこで眼を閉じてしまう〈良識派〉の人々に私は何の関心ももたない。

3

文学史の非連続が生ずる場に身を置いて、ひとつの思考実験をしてみることにしよう。例えば、次の詩をイギリス文学史に取り込むとは、一体どのような手続きのことなのだろうか。

めぐる日に、アダムは
楽園で眼をさまし、

変わらぬ言葉を口にする
「ああ、素晴らしきかな」
しかし、イヴの来たりて、至福の場より
彼を永遠に連れ出しぬ。
それを思えば思うほど
女房殴りに力がこもるよなあ。(8)

イギリスの詩の伝統の中では、いわゆるライト・ヴァース（戯詩）に属するものである。ミルトンの『失楽園』などとは比較すべくもない。しかし、このような説明のしかたそのものがすでに幾つかの前提を温存してしまっているだろう。私の前にさし出されたひとつの活字のテクストを「詩」として同定し分類した瞬間に、すでに私は文学史の枠の内に立ってしまっているのである。私はこのテクストを、政治や経済や歴史、哲学や宗教や美術に属するものではなく、文学に属するものと判断している。その判断の根拠が形式にあるにせよ、内容にあるにせよ――因みに、哲学や宗教や政治を詩の形式で語ることは可能である――この活字テクストを文学作品と判定させるのは、まさしく文学／文学史という制度なのである。文学史を構成するのは文学作品かもしれないが、しかし作品が文学史を作るのではなくて、逆に文学史の方が不定形のテクストを文学作品という枠組みの中に囲い込んでゆくことになるのである。純粋な意味での作者の仕事はテクストの産出であって、それを文学作品に作り変えるのは読者（もちろん、読者としての作者も含む）の方なのである。

文学という制度は共時的な次元のみからなるわけではない。それは必然的に通時的な次元も含むのであって、文学と文学史は表裏一体をなした制度として存在する。その意味では、文学史を知らなくても作品が読めるかどうかといった議論はまったくのナンセンスと言うしかない。文学史という通時性と共時性をそなえた制度の外側には、ものとしてのテクストは存在し得ても、文学作品なるものは存在しないのである。「すべては構造、布置、関係をもって始まる」(9)。これまで文学作品と呼ばれていたものをテクストととらえ直し(「作品からテクストへ」)、そのすべてをインターテクストの無限の戯れに解消してしまうやり方は、いかにラディカルに見えようとも、この文学史という言説の制度を、その機能と効果を無視できるという思い込みの産物にすぎないであろう。

それでは、文学史という言説の制度はどこに存在するのか。実体としては、文学も文学史もどこにも存在しない。かつて文学の独自の特性を〈文学性〉のうちに求めようとしたロシア・フォルマリズムの試みが失敗したように、文学史の特性をその文学史性に求めようとする試みは失敗するしかないであろう。テクストが文学史の媒介をへて文学作品となるのに似て、のちに文学史となるものは他の諸々の言説の制度との比較において、つまりそれらとの差異において文学史となるのである。このときには、文学史は文化の言説一般の中で差異化されることになる。それが機能もしくは効果としてしか存立しえない所以である。またそうであればこそ、文学史という言説の制度は絶えず変化する権力の動きにさらされて、それ自体として漂動するという性格をもつことになるのである。

先ほど取りあげた短いテクストは、このようにして差異化された言説のシステムの境界線とみえるものの中で〈実際には、中心が不在の文学史のシステムにそのような固定した境界線などあるはずもないのだが）、そのシステムによって分節化され、差異化されてライト・ヴァースとなる。そして、そのようなものとして評価されるのが適切だということになる。つまり、エドワード・リアやルイス・キャロルの詩と同じジャンルに属するものとして評価されるのが適切だということになる。基本的には、われわれが未知のテクストに出会うたびにこのようなプロセスが生起しているはずであるけれども、実際問題としては、一般の読者が生身のテクストに出会うことはほとんどないと考えてよい。書物のかたちをとったテクストを手にするとき、すでにそれは出版の制度によって、出版社によって、装幀によって文学作品であることを保証されているわけである。われわれはすでに文学史のシステムの中にいて文学作品を読んでいるのである。そうではない作品にしても、決して何らかの言説の制度から自由になって、その外側に浮遊しているわけではなく、例えば哲学や経済といった言説のシステムによって差異化された作品として、そこに存在するのである。文学史における非連続とは、このように自己を対象化することを可能にしてくれる〈間〉のことに他ならない。

4

そのような〈間〉はいかにして生ずるのであろうか。ひとつは既存のシステムに新しい何かがつけ加わろうとするときである――ということは、論理的に言えば、新しい作品が形成され続ける限り文学史はそのような〈間〉につきまとわれるということであり、そのことが逆に文学史の完結不能性を物語ることにもなるのである。しかし、それだけの話だろうか。

今、過去のある時期の文学史を構成する文学作品が固定していると想定してみよう。この場合には、文学史が自己照射を許すような〈間〉の生起をいっさい抑圧してしまい、その文学史は不動の標準型に達してしまうことになるだろう。かつてはそれが可能だと考え、それを学問的な達成のようにみなしたひともあったかもしれない。しかし、文学史は作品との関係においてあるものではなく、他の言説系列との関係を通して文学史的機能としても存在することを思い出してみよう。そのときには、このような不動の固定性などおよそ信じがたいものになってしまうはずであるし、文学史の崩壊にしても、その内部からではなく、その外部から来る可能性もあることになる。

今、アメリカで起こっている文学史の書き直しの理由の大きなものは、そのような外圧であるように思われる。グローバルな情報社会における文学のありようを考えようとするマーク・ポスターは、進行中の事態を次のように要約している。

文化多元論は、一般には、高等教育の場におけるカリキュラム改革のことをいう言葉である。マイノリティの人々がこうした機関に進学する数がふえるにつれて、人文学や社会科学の基礎コースの多くで、西欧文化の普遍性やヨーロッパ中心主義を安易に想定するのが、事態にそぐわないようにみえてきた。あちこちのキャンパスで、教授陣の手で、さらにそれ以上に経営陣の手で、文学や歴史のコースに非西欧の、あるいはマイノリティの要素を取り込もうとする論争絡みのカリキュラム改革が進行している。……そのときに言われるのは、非ヨーロッパ的な諸文化をカリキュラムに導入することによって、ポストモダンの差異称揚に対応する視点の多重性が得られるということである。[10]

ポストモダンの時代における価値の相対化とは、互いの差異をまず第一に尊重するということであった。それが各文化の差異の尊重につながってゆくことは自明であろう。ディコンストラクションにせよ、ポストモダニズムにせよ、すべて平板化してしまうとされるアメリカの思想が——そうした批判の多くは、およそ無反省な西欧中心主義（とくに独仏中心主義）に基づいている——なおかつある種の健全性をもつのは、それが高等教育の現場にまでもち込まれて、平板化という代償を払いながらも、ある種の効果を発揮するときである。アメリカの大学におけるカリキュラム改革は、決して単純に国際化に対応しようとするものではなくて、ひとつの思想の帰結なのである。

その流れの中で、文学史が書き換えられ、カノンが入れ替わる。これまで標準的とされていた文学史が崩壊してゆく。評論家レズリー・フィードラーの挙げている例によれば、彼の夫人の教えている私立のハイ・スクールに赴任してきた若い教師の担当するアメリカ文学のコースでは、ホーソン、メルヴィル、トウェイン、ヘミングウェイ、フォークナーが外され（残念ながら、それ以外の誰が残っているのかは言われていない）、「もちろん女性作家とアフリカ系アメリカ人の作家は——その大半はあまり大した作家ではないけれども——きちんと入れてある」[11]。彼はこのようなやり方を批判するために、この例を挙げている。彼をも含む良識派、保守派によれば、これは文学史の崩壊につながる動きだということになるのである。文化多元論派による作品の読みの杜撰さなどをついて、あるいは文学的感受性の弱体化をついて、この動きへの正当にしてかつ十分な批判と信じ込んでいる彼らには、およそ事態が把握できていないと言うしかない。文学史の書き直しとは、脱ヨーロッパ中心主義、脱中流男性中心主義、脱白人主義の、さらに言えばファロス＝ロゴス中心主義からのひとつの脱出路を模索しようとする実践なのである（こうした相互連関を念頭におくならば、西欧のそれとは違う文学史の可能性を示唆したことのみをもって、夏目漱石の文学史観を現代に救出しようとする読みがいかに軽薄なものであるか、見当がつくはずである）。

若いハイ・スクールの教師を孤立させないために、実際に文学史の書き直しに関与した人物の証言を挙げておくことにしよう。彼、ジョナサン・アラックは『ケンブリッジ大学版アメリカ文学史』の一九世紀中葉の散文の部分を、つまり、いわゆるアメリカン・ルネサンスの部分を書きあげたあとで、こう述べている。

私は四つの方法を使った。一人称の複数形（われわれ）の使用を避けること。国家を前提や目標ととらえないで、むしろひとつの問題ととらえること。理解のための基本単位として、作者ではなく、ジャンルのシステムをおくこと。「文学的なもの」の出現を、国家をめぐる諸問題に対応する、ジャンルのシステム内部の出来事とみること。(12)

ホーソン、ポオ、メルヴィルの時代は、ネイティヴ・アメリカンの絶滅化を進めながら、民主主義の名のもとにアメリカの国家制度が整備されてゆく時代でもあった。その時代を、彼はアメリカン・ルネサンスと呼ぶことを拒否する。そして、それによって、アメリカ文学史上最も有名な概念を切り捨ててしまうのである。そのときひとつの文学史が爽快に崩壊する。

注

(1) Joan W. Scott, "Gender," *The Journal of Amemican History*, vol. 91, no. 5 (December 1986), p. 1056.

(2) Cf. Gabrielle M. Spiegel, "History, Historicism, and the Social Logic of the Text in the Middle Ages," *Speculum*, vol. 65, no. 1 (January 1990), pp. 59–86.

(3) David Perkins, *Is Literary History Possible* (Baltimore: The Johns Hopkins University Press, 1992), pp. 177–78.

(4) Jacques Derrida, "Structure, Sign, and Play in the Discourse of the Human Sciences," Vassilis Lambropoulos and David Neal Miller ed., *Twentieth-Century Literary Theory* (New York: SUNY, 1987), p. 37.

(5) *Ibid*., p. 47.

(6) *Ibid*., p. 47.

(7) T. S. Eliot, "Tradition and the Individual Talent," *The Egoist*, vol. VI, no. 4 (September 1919), p. 55.

(8) A. E. Houseman, "Occasional Poem," Kingsley Amis ed., *The New Oxford Book of Light Verse* (Oxford: Oxford University Press, 1987), p. 179.

(9) Jacques Derrida, *op. cit*., p. 44.

(10) Mark Poster, "Postmodernity and the Politics of Multiculturalism: The Lyotard—Habermas Debate over Social Theory," *Modern Fiction Studies*, vol. 38, no. 3 (Autumn 1992), pp. 576–77. 文化多元論に批判的なもので，アメリカ思想史との関係を整理したものに John Higham, "Multiculturalism and Universalism: A History and Critique," *American Quarterly*, vol. 45, no. 2 (June 1993), pp. 195–219 があるが，この問題をめぐってはすでに多量の文献がある。

(11) Leslie A. Fiedler, "The Canon and the Classroom: A Caveat," Susan Gubar and Jonathan Kamholtz ed., *English Inside and Out: The Places of Literary Criticism* (London: Routledge, 1993), p. 34.

(12) Jonathan Arac, "What is the History of Literature ?" *Modern Language Quarterly*, vol. 54, no. 1 (March 1993), p. 107.

ニューヒストリシズム

1

一九八六年一二月、Ｊ・ヒリス・ミラーがアメリカ近代語協会の会長として行なった講演は、批評の関心が「言語から歴史へ移行」しつつある状況を確認した上で、テクストのもつ修辞性を「注意深く、辛抱強く、丹念に読み解く」ディコンストラクションの必要性を改めて力説するという戦略的なものであった。この講演は幾つもの意味できわめて興味深いものである。何よりも、ロゴス中心主義やディコンストラクションといった用語がもはや何の注釈も要しないものとして使われていることにまず気がつくし、批評（広くは文学研究）と教育の関係のあり方が批評の考慮すべき問題として位置づけられている。批評のもつべき社会性をそこまで拡大して考えてゆこうとする姿勢がにじみ出ているのである。そのような講演の中の次の一節は、批評もしくは理論がいわゆるポスト構造主義の磁場を何らかのかたちで脱却しようとするときに直面する問題群を巧みに拾い出していると言えるだろう。

ご承知のとおり、文学研究は、過去数年間のうちに、言語そのものに向かうという意味での理論から、ほとんどいたるところで突然方向転換して、それに対応するかのように、歴史、文化、社会、政治、制度、階級とジェンダー、社会的コンテクスト、制度化という意味での物的基盤、とくに「文化の産物」の生産、技術、配分、消費の条件などの方へ向かい始めました。この方向はいたるところに見てとれますから、よけいな説明をするまでもないでしょう。(1)

このリストにはさらに権力、人種、他者、植民地主義などの視点を追加する方がいいかもしれないが、それはそれとして、彼が「歴史への転回」と呼ぶこのような事態は、すでに他の批評家たちも注目する動きになっていた。この会長講演の行なわれた翌年に、あたかもその主旨を追認するかのようなかたちで出版された批評論集『表象の目的、主体/テクスト/歴史』の序文でマリ・クリーガーが指摘しているのも、ほぼ同じ批評の動向である。

最近の批評の動向の中で焦点となっているもの、つまり、文学作品をコントロールする作者という名の主体、それからテクスト一般によって産出され、その内部に吸収されていくものとしての作品、その次に、権力によって動かされる歴史の諸力によって産出され、その内部に吸収されていくものとしてのテクスト一般、言い換えるならば、主体、テクスト、歴史の三つは、それぞれ意識の批評、ディコンストラクション批評――ラカン流か、デリダ流かは別にして――そして、フーコー/マルクス的な社会権力の理論とでも言うべきものの批評が次々に中心にせり出してきたことを反映しているのである。(2)

会長講演をしたヒリス・ミラーは、アメリカの在来のニュークリティシズムを乗り越えようとして、まず意識の批評と呼ばれる現象学的批評の、そのあとはディコンストラクション批評の推進者となった人物であり、クリーガーはサルトルの実存主義を援用しながらニュークリティシズムを乗り越えることをかつて模索した人物である。その二人が、来たるべき批評のかたちに言及しているのである。

この二つの発言は批評の方向転換の確認という働きをしているように思われる。そこで言われている歴史への転回、社会権力への関心なるものを批評の現場で具体化したもの――端的に言うならば、それがニューヒストリシズムの批評ということになる。時期的な目安ということでは、スティーヴン・グリーンブラットの『ルネサンスにおける自己成型』(一九八〇)の刊行と、彼を創立メンバーのひとりとする雑誌『リプレゼンテーションズ』(一九八三―)の発刊がそれにあたるものとしていいだろう。一九八九年にはH・アラム・ヴィーザー編の論集『ニューヒストリシズム』が刊行されて、賛否を含むこの批評の全体像がさらにはっきりしてくることになる。この編者によれば、「ニューヒストリシズムは諸々のテクストと他の意味作用を行なう実践の関係のあり方を考え直し、アカデミックな批評が伝統的にある種の距離をとってきた歴史の複合体の中に〈文学〉なるものを解消するところまで進む」ことになる。そして社会的な出来事と文化の産物の複雑きわまりないもつれあいを解明することによって、「歴史を研究するための新しい方法、および歴史と文化の相互規定のしかたの新しいとらえ方(3)」を最終的には確立することになる。

2

一九六〇年代後半から、つまり、いわゆる大学紛争の前後の時代から、アメリカの批評と文学研究は、ニュークリティシズムや神話批評を軸にして語りうるそれまでのものとはまったく別のものになってしまった。その激変ぶりを象徴するのが、例えばフェミニズム批評やディコンストラクション批評ということになるのだが、新しい動向に共通するモメントを要約するならば、ニュークリティシズム的な作品論から脱却する方向の模索ということである。それからほぼ一世代を経て、現在では幾つかの批評の事典がまとめられ始めたが、それらの中で必ず大きなスペースを割いて記述される項目のひとつがニューヒストリシズムなのである。それらの記述は大体共通して、ルネサンス研究におけるグリーンブラット他の人々の業績に触れ、権力、転覆、取り込みといったその概念装置を説明し——場合によっては、それらは六〇年代を今もひきずる知識人の屈折した心性を投射するための装置としても働いていると補足し——他の時代と分野への波及のようすを追い、理論的な影響源となった人々の名前を、例えば思想家フーコー、人類学者ギーアツ、思想史家ホワイト、批評家バフチンといったように挙げてゆく。(4) その意味では、この批評の動きを説明するための基本的な定式はすでに確立されているのであって、とくに何かを付加する必要などないように思えるのだが、ここではそれをいくらかでも違う方向から検討してみることにしよう。

ヒリス・ミラーやクリーガーがいわば外側から理論的にニューヒストリシズムを囲い込もうとするのに対して、ニーナ・ベイムによる説明はその実践者としての内側からのものになる。彼女は、ある書評の中で、「おおむね過去の思い出になってしまった脱構築の戦略」[5]というきびしい決めつけ方をしたあとで、新しい批評の方法について次のように述べている。

この方法では、文学作品はその文化的な決定要素なるものに分解され、かつての創造者は、美的な創造力を奪われて、文化的エネルギーを手渡しするだけの者になる。その結果として、作者の意図なるものも否定され、主のない物的実践の増殖へとつながることになるだろうが、それは、文化が一時的にたちどまる場以上のものではないポジションとしての主体を経由して、勝手に文化の力が循環するということでもある。[6]

これはまるで『性の歴史』第一巻におけるフーコーの力の定義の書き換えの練習をしているような文章であるが、このような見方を土台とするときに成り立つのが「文化の詩学」と呼ばれるものである。言うまでもなく、これはグリーンブラットがみずからの方法をさすものとして使う言葉だ。

テクストを解釈するためのひとつの方法としての文化の詩学は、文化の中で文学的なものと呼ばれる何かの対象と他のかたちのエクリチュールを並べて論じていくような文学研究において最もうまく機能する。この場合、その対象となる場は、文学の研究というよりも、エクリチュールの研究というかたちで構造化されることになる。……文化の詩学が次にうまく機能するのは、エクリチュールが、他のさまざまの芸術品、日常の産物、儀式的に反復される行動なども含む、文字化されていない文化の産物と並べて論じられるときである。[7]

ここで言われている文化の詩学がニューヒストリシズムとほぼ同じものであることを念頭におくならば、具体的にはそれは、文学のテクストを他のさまざまの領域のテクストと併置し、接ぎ穂をしながら、そのようにして設定されたネットワークの中を循環する「文化の力」なるものを解明してゆくことになるだろう。そして、その場合の「力」とは創造する力であると同時に、何らかのかたちでそれを支配しようとする権力でもあるだろう。

しかし、この説明はただちにひとつの疑問を引き出すことになるかもしれない。この方法は、これまでにも試みられてきた脱領域的な、あるいは学際的な実証研究とどこがどう違うのかという疑問を。確かにこの方法が、従来の作品自立論による作品のみの分析とは異なるのは明らかであるにしても、その結果は、ある意味ではニュークリティシズムよりもさらに古くからある文化の実証的な研究を復活させるだけの話ではないのか、と。これまでとはまったく別の素材を扱うわけではない以上、あるレベルでの類似が見られるのは避けがたいものであるし、多くの場合、新しい研究法というのは従来のすべてを無化するものではなくして、それらの有効な範囲を局所化する方向に働く性格をもっているので、その意味でも、古い研究法との重なり合いは、むしろ必然的なものである。しかし、そのような表面上の類似と併行して、根本的と言ってよいほどの大きな変化が進行していることも否定できない。

ひとつの例を想定してみることにしよう。ある文学作品もしくはテクストを解明するにあたって、文学以外の多領域の資料を利用するという場合、従来の方法ではそれらはほとんど自動的に副次資料という位置を与えられ、中心となる作品の解明に奉仕させられることになった。その中心となるのは、あくまでも文学という特権化された領域であった。考えてみれば、このような発想が、他とは違う文学の固有の特性を追い求めて、文学自立論と結託してしまうことになるのは必然の帰結であった。文学が経済や政治や宗教とは異なる自立した次元であるという考え方は決して文学史の内的な論理のみから出てくるものではなくて、文学の研究という制度そのものも強力にそれをあと押ししたはずなのである。それ固有のもの、本来的なものと副次的、派生的、周縁的なものの二項対立は、文学史と文学研究という二つの次元で併行して働いたはずなのである。それに対して、ベイムの解説からは、文学中心主義の神話が少なくとも表面的には消えてしまっている。この方法によるかぎり、幾つかの異なる領域の資料を併置する場合であっても、そのいずれかが中心化され特権化されることは、少なくとも理論上は起こり得ないはずである。理論上は、すべての資料はネットワーク状の連鎖を構成し、それに参加するひとつの項となる。そして、そうだとすると、ここに成立しうる因果関係というのは、これまでのように線条的に中心に向かって伸びてゆくタイプの因果関係ではなくなるだろう。そこで考えられる因果関係があるとするならば、フロイトが夢の発生について指摘し、アルチュセールがそれを政治と経済の次元に転用したように、多重決定という性格をもつことになると考えられる。優劣関係を失った幾つものテクストが多重決定の状態で構成するネットワーク――文学の作品もしくはテクストはその連鎖の中に組み込まれたひとつの項ということになる。これが従来のいわゆる比較研究とは似て非なるものであることは、簡単にみてとれるであろう。

もちろん、このような一般論ですべてがかたづくものでないことは、文学の研究あるいは批評という得体の知れない作業に少しでも拘わったことのある者ならば、ただちに気がつくことだ。具体的な――いや、まさしく理論上のそれでもあるのだが――問題点は幾つもある。例えば、これから分析しようとする作品をネットワークの中に挿入しようとするときには、ネットワークのどの部分を選択すればいいのだろうか。すべての項は他のすべての項に連鎖してゆくという理論的前提のみでは、この選択の仕組みを説明できるものではない。この選択は、ときには、分析しようとする作品に読みとれる何らかのテーマやモチーフを手掛かりにすることもあるだろうし、時間的、空間的な近接関係を手掛かりとすることもあるだろう。そのために、これらの点に関しては、ニューヒストリシズムといえども従来のテーマ批評や資料研究の手法を継承することになるのである。しかし、その先は別の方向に進むことになる。ネットワークの中に組み込まれた作品は、その多重決定的な相互関係の中で、予想もしなかった姿を見せてくることがあり得るし、予想もしなかった方向にわれわれの思考を誘惑することもある。そして、作品をネットワークに接ぎ穂するさいの選択の妥当性、そのイデオロギー性をも思考させるのである。それは確かに作品を読むための新しい方法のひとつではあるのだが、最近の批評の方法に共通する特徴として、その読むということ自体のもつイデオロギー性をも思考させる力をはらんでいる。読むこと、それは確かに人間の発明した途轍もない快楽ではあるだろう。しかし、もはやそれだけですませるわけにはいかない。

3

ルイス・モントローズの発言も、基本のところでは、ベイムのそれと相同性もしくは家族的類似性をもっていると言っていいだろうが、力点の置き方は当然ながら異なっている。彼によれば、ニューヒストリシズムが新しいと形容するに値するのは、これまでの批評とは違って、「〈文学〉と〈歴史〉を、〈テクスト〉と〈コンテクスト〉を単純に区別することを拒み」、「作者とか作品といった統一性と自律性をもつ個体を特権化して、社会的、文学的な背景の前においてしまうという一般的なやり方に抵抗する」(8)からである。それは「インターテクストの展開する軸の方向を換え、自立する通時的な文学史のテクストから、共時的な文化のシステムを構成するテクストに眼を移す」ことになる。つまり、文学作品を「他のジャンルや文学様式との関係において改めて位置づけるだけでなく、同時代の社会制度や言説によらない実践活動との関係においてもそうする」(9)のである。作品は宗教、政治、経済、思想、絵画、建築、儀礼などとインターテクストをなすものとして、そのネットワークの中に組み込まれ、いわば相対化されてゆく。もちろん、ただ相対化されて終るものではなくて、そこからひとつのテクストが、あるいはインターテクストの断片が〈文学作品〉として立ちあがってくる経緯が考察されなくてはならない。作者とは何か、読者とは何か、書物とは何か、流通とは何かといった問題は、そのような場でこそ問われなくてはならないだろう。それは必然的にその社会における制度および権力の分析と表裏一体をなしてくるはずである。

モントローズ自身は次のように整理している。この新しい批評の挑戦すべき問題というのは、「文学」が他の諸々の言説から区別されることになる本質的、歴史的な基礎。文化的実践と社会的、政治的、経済的プロセスの相互関係のあるべき分節化。ポスト構造主義のさまざまのテクスト理論が、歴史的批評あるいは唯物的批評を試みるにあたって及ぼす影響。主体が社会の中で構成され拘束されるさいの手段。イデオロギーが産出され、維持され、疑問をつきつけられるプロセス、価値観や利害関心が、ある個人の——例えば知的な労働者、大学教授、ジェンダーを付与された家庭人、社会人、政治家、経済人の——絶えず変化しつづける立場からなる主体という結節点で具体化してくるさいに、そこにある一致と矛盾のパターン、などである。私が言いたいのは、ひとつの明確な企図としての「ニューヒストリシズム」が、あるいは自他によってそれを実践しているとみなされた特定の個人の仕事が、こうした問題に必ず(一時的なものにせよ)解答を与えてくれるだろうということではなくて、むしろ、そのような問題を作動させて、それによって生み出された言説の空間の内部に特定のポジションを画定するために、あるいは追い詰めるために、「ニューヒストリシズム」という言葉がさかんに使われているということである。(10)

私もこの考え方に賛成する。ニューヒストリシズムと呼ばれる批評の方法は、問題を発見し、境界線を画定し、批評という行為自体のもつ得体の知れない胡散臭さを反省するためのパラダイムと考えるべきだろう。それは生きている、流動する批評である。それを創立者とされるグリーンブラットの仕事に収斂させて、この長短を云々するというのは、それこそこの批評のカノンの形成にかまけるということであって、文学史におけるカノン形成に関与したイデオロギーを鋭く問いつめるこの批評のあり方を裏切ることにほかならない。それとも、この批評の問題提起をまったく理解できていないと言うべきだろうか。

4

引用したモントローズの解説を読んでみるだけでも、ニューヒストリシズムと呼ばれる批評の鍵になっているのが、従来とは異なる主体とテクストのとらえ方であることが感じとれるであろう。すでに見たように、クリーガーは現代における批評の中心問題が主体からテクストに移行したとし、その主体を意識の批評と結びつけて位置づけたが、私はこの把握のしかたが必ずしも適切だとは思わない。問題は、主体からテクストへの移行ということではなくて、この二つが表裏一体をなして、フランスのポスト構造主義の中で問題化し、それがアメリカの批評にも導入されたということである。

主体とテクストの同時的な問題化を最もよくあらわしているのは、やはりロラン・バルトであろう。例えば、評論「作者の死」の中の、「テクストとは多次元の空間であって、そこではさまざまのエクリチュールが結びつき、異議をとなえあい、そのどれもが起源となることがない。テクストとは、無数にある文化の中心からやって来た引用の織物である。……作家……の唯一の権限は、いくつかのエクリチュールを混ぜあわせ、互いに対立させ、決してそのひとつだけに頼らないようにすることである」[11]という指摘。作品の根源にあって、作品を超越する、意味の中心としての作者像は——創造者である神の似像としての作者は——ここでは完全に崩壊している。作者とは、諸々のテクストを織りあげるためのかりそめのポジション以上のものではないのだ。作者はもはや従来の意味での主体ではあり得ないし、従来の意味での主体が作者になることもない。そのような何者かによって織りあげられたテクストは、起源不明の引用の連鎖になるほかはないだろう。

テクストはそれ自体が他のテクストのインターテクストであるから、あらゆるテクストはテクスト相互連関にとらえられるが、この関連をテクストの何らかの起源と混同することは許されない。ある作品の〈起源〉や〈影響〉を探し求めることは、系譜の神話を満足させることだ。あるテクストを構成している引用は作者不詳、出典不明である。(12)

このようなインターテクストの考え方はニューヒストリシズムの方法の根幹をなすものとしていいだろう。この考え方を突きつめてゆけば、すべての作品のテクストどころか、書かれたもの(つまり、エクリチュール)のすべては他のテクストによって構成されていることになり、ある作品のテクストを文学史上の他の作品や他分野のテクストと連結し、併置し、比較考察するのが正当化されることになる。もちろん、何のためにという問題は残るにしても。シェイクスピアのある戯曲を同時代のある歴史文書と併置して論ずるというのは、たとえその両者の間に、これまでの歴史的実証主義が認めるような因果関係がはっきりとは設定できないにしても、この考え方によって正当化できることになるのである。その比較を恣意的と批評できるのは、従来の因果論に固執する場合に限られるのであって、それ自体としては有効なものではない。むしろ、恣意的ともみえる比較によって、双方のテクストが相互照射され、有効だとか価値があるとか思える解釈が産みだされるときには、少なくとも批評上はその方法を容認するしかないだろう。グリーンブラットが植民地支配にかかわる歴史上の〈挿話〉を手掛かりにしてシェイクスピアの戯曲を解釈してみせることの是非をめぐる問題は、インターテクスト論を踏まえるならば、実は問題として存在しないのである。(13) 残るのは、その併置と比較が何のために試みられるのかということであろう。

ただし、その問題に話を移すまえに、ポスト構造主義のテクスト論をめぐるもうひとつの論点に触れておかなくてはならない——言うまでもなく、言語の対象指示性をめぐる問題である。ソシュール系列の記号学が言葉という記号に内在する恣意性と社会的な約束事性を重視して、その外部に存在すると信じられてきた現実とか事実とか出来事と総称されるものを再現表象する可能性に根本的な疑問を突きつけたことは、周知のとおりである。極端な場合には、そこから言葉という記号の、その連なりとしてのテクストの、外部には何も存在しないという、見たところラディカルな立場が引き出されたりした。もちろん、これは単純な論理の矛盾でしかない。記号によって、その射程の外にある非在のものを否定してみても、その陳述の真偽を判断する根拠が与えられていないのだから、記号の外部の非在性についてもう少し慎重な人々は、その問題点を括弧にくくって、別の方向に議論を展開させる。それでは、現実にあるモノや出来事をさすことのない言葉は——但し、考慮されるのは名詞、形容詞、動詞、副詞などで、さまざまの助動詞、前置詞、接続詞などは大抵無視されてしまう——何をさすことになるのかというかたちに。『一般言語学講義』によれば、その答えは、他の記号、他の言葉ということになる。ひとつのテクストは他のテクストをさす。つまりインターテクストを構成するということになる。

この考え方をいわゆる歴史の資料と歴史の記述に適用すればどうなるか。歴史の生の現場あるいは事実を言葉によって再現表象するのは不可能ということになるだろうし、したがって歴史の資料にしても記述にしても、すでにある言葉を組み合わせるだけのものということになる。そこから現実に還るルートは見えないのだ。思想史家ヘイドン・ホワイトの主張は、そのような事態をポジティヴな方向に切り換えようとするものである。

実際問題として、歴史は——時間の中に展開する現実の世界は——詩人や小説家がそれを理解しようとするときと同じようにして、つまり、問題含みの謎めいた何かとみえるものに、我々の知っている判別可能なかたちを付与することによって、理解されるのである。その世界が実在するとされるか、想像の産物とされるかは問題ではない。それを理解する方法は同じなのである。(14)

彼の歴史哲学がニューヒストリシズムの理論的な装置のひとつになったと言われる理由は、この引用のみからでも十分に感じとれるのではないだろうか。彼にとって、歴史記述はひとつの物語構成として説明されるものであり、そのさいには文学のジャンルが強く関与してくることになる。そしてイデオロギーも混入してくる。

しかし、このような、ある意味では文学の研究者にとっては都合のいい議論は別の危険性をはらんでしまうことになる。文学と歴史の垣根をはずし、すべてのテクストを文学のジャンルと比喩形象によって支えられたフィクションとして読み解くとすれば、そこにはフォルマリズム的なテクスト分析がそのまま残存し、拡大適用されているにすぎないという結果が出てきかねないからだ。それを避けるためには、文学と歴史の垣根をはずして、歴史を文学の次元に接ぎ木するだけでなく、その逆も必要になってくる。具体的に言えば、文化のテクストが他の諸々の社会的言説ともつれあうさまを、そのもつれあう場において特徴づけるような方法が必要になってくる。ミシェル・フーコーの仕事がニューヒストリシズムにとって決定的な重要性をもってくるのは、まさしくこの点においてである。

彼もまたテクストから現実へ、あるいはその作者なるものへ、透明なルートを経由して直接にたち返れるとは考えていない。しかし、それでは、テクストの外部なるものは存在しない、作者は死んだ、在るのはシニフィアンの無限の循環と戯れなのだと宣言するかと言えば、決してそうではないのだ。彼はデリダよりも、バルトよりもはるかに現実志向が強い。別の言い方をするならば、テクストがモノとして生産され、流通し、消費される唯物的な過程に対するこだわりが強いのである。それは、彼が独自の権力論を構築するにあたって、ルイ・アルチュセールのイデオロギー論を継承しながらも、それを脱却するために必死の努力を試みざるを得なかったことの痕跡とも考えられるだろう。彼にとって、作者は存在し、力をふるう——作者機能というきわめてイデオロギー的なかたちをとって。

作者は、作品を埋めつくす意味作用の無限の源ではないし、作品よりも先に存在するわけでもない。我々の文化の中では、限定し、排除し、選別するさいの機能的な原理なのである。……作者とは、我々が意味の増殖を恐れるさまを刻印するためのイデオロギー的形象なのである。[15]

このようなかたちの作者機能は特定の時代の特定の言説によって規定されるものだというのが、フーコーの立場である。しかも、「言説の循環の仕方、評価の仕方、帰属のさせ方、私有の仕方はそれぞれの文化によって違うし、それぞれの文化の中で手直しされる」ものであって、その「歴史的分析」と「類型化」が可能であるとする。[16] 考えようによっては、ここまでの部分は、『メタヒストリー』その他におけるヘイドン・ホワイトの歴史の言説の分析と比較的容易に重ねあわせることができるかもしれないが、二人の方向が決定的に分かれてしまうのは、そのあとの部分である。フーコーにとって、言説を分析するというのは、ただ単に比喩形象を解読して終るものではなく、それと不可分の〈力〉および〈真理〉とそれとの関係を分析するということでもあるのだ。

我々が生きているような社会の場合、いや、基本的にはどのような社会の場合であっても、社会体に浸透し、それを特徴づけ、それを構成するさまざまの力関係が存在するのだが、このような力関係は、言説を産出し、蓄積し、循環させ、機能させないかぎり、それ自体が成立し、安定し、作用することがないのである。このようなつながりを通して、そしてそれを土台として機能する真理の言説がいくつか集まってある種の制度をなしていないかぎり、力の行使ということはあり得ない。我々は力によって真理を産出させられる一方で、真理を産出しなくては力を行使できないのである。(17)

ここで言われている真理は決して超越的な、絶対的なものではなくて、あくまでも言説の制度の中で保証される暫定的で、相対的なものではあるだろう。しかし、ともかく、この機能としての真理によって、言説／力のシステムは相対主義の悪循環に陥るのを防止されているのである。彼の議論からするならば、いわゆる作者にしても、主体にしても、そのような機能としての真理のひとつということになるだろう。

互いに産出しあい、互いに支えあう力と言説。その言説が最も具体的な限定されたかたちで存在するのがテクストであるとするならば、テクストを読むとはそこを流れる力の大きさと方向を知り、その流通に手を貸し、あるいは阻止することでもあるだろう。テクストを読むとは、具体的に言えば、次のような問いを立てることになるのである。「歴史上の特定の場所に現われる、性についての特定のタイプの言説において、特定のかたちの真理を引き出すにあたって……そこで機能している最も直接的で、最も局所的な力関係とは何であったのか。そうした力関係がいかにしてそれらの言説を可能にしたのか、また逆に、力関係を支えるためにそれらの言説がどう利用されたのか。このような力関係の動きは力の行使そのものによってどのように修正され、ある項を強化し、別の項を弱くし、ひとつの安定したタイプの征服／従属関係のみが存在するのではないようになったのか[18]」。この問いは、ほとんどそのままニューヒストリシズムの分析を導く問いだと言ってもいいだろう。フーコーの問いそのものが、広義のテクストの精密な読みを前提としないかぎり答えようのない性格のものなのである。

しかも彼は力を、例えば絶対君主の側から一方的に伸びてくるような権力としてはとらえていない。「力関係は構造の外側に位置するものではない[19]」。それは言説に、テクストに内在し、その無数の点から多方向に動きだす。しかも、「力のあるところには必ず抵抗がある……この抵抗は力の関係において、その外側にあるものではない[20]」とされるのである。さしあたり、今は、この力をめぐる考察を受けいれることにしよう。その場合に明瞭になってくるのは、この考え方に立つかぎり、権力の転覆あるいはそれによる囲い込みといったニューヒストリシズムの課題とされるものが、少なくともある意味では幻想の問題でしかないことが見えてくる。逆に言えば、フーコーの理論に依拠したとされるこの新しい批評は、あるところでそれから離れることによって、その外部を確立したということである。

6

すでに見たように、インターテクスト論はジャンルの異なる諸々のテクストを併置し、比較することを可能にした。それが既成の文学の枠を破壊してしまったことは、否定しようのない事実である。問題は、それではどうするのかということだろう。ニューヒストリシズムはフーコー型の力と権力の分析に踏みだす姿勢を表立っては示していない。それは文学の古い枠組みを破壊し、新しい作品を文学のカノンに組み込みながら、文学の建て直しを試みようとするのだろうか。それとも批評を活性化するためのひとつのファッションとしての役目を果たしたあとは、静かにしかるべき位置に引きさがろうとするのだろうか。もちろん、今も流動しつつあるこの批評を前にして、そうした疑問への解答が今すぐ用意される必要はない。それはこれからの課題である。今の段階で何か言いうることがひとつでもあるとするならば、それは、「文学は文学であって、それ以外の何物でもない」という信仰を、いや、妄想をもはや手離すときが来たということくらいであろう。

注

（1）J. Hillis Miller, “Presidential Address 1986. The Triumph of Theory, the Resistance to Reading, and the Question of the Material Base,” *PMLA*, 102(May 1987), p. 283.

（2）Murray Krieger, “Introduction: The Literary, The Textual, The Social,” *The Aims of Representation* (1987; Stanford University Press, 1993), p. 2.

（3）H. Aram Veeser, “Introduction,” *The New Historicism* (London: Routledge, 1989), pp. vii-viii.

(4) 例えば M. H. Abrams ed., *A Glossary of Literary Terms*, 6th ed. (New York: Harcourt Brace Jovanovich, 1985), pp. 248-55; Irena R. Makaryk ed., *Encyclopedia of Contemporary Literary Theory* (Toronto: University of Toronto Press, 1993), pp. 124-30; Michael Groden and Martin Kreithwirth ed., *The Johns Hopkins Guide to Literary Theory and Criticism* (Baltimore: the Johns Hopkins University Press, 1994), pp. 534-39 を参照。私の感想では，最初に挙げたものが1番要領を得ている。

(5) Nina Baym, "Theorizing the Nation: American Literary Study Now," *Modern Philology*, 91 (August 1993), p. 67.

(6) *Ibid.*

(7) *Ibid.*, p. 68.

(8) Louis A. Montrose, "Professing the Renaissance: The Poetics and Politics of Culture," H. Aram Veeser ed., *The New Historicism* (London: Routledge, 1989), p. 18.

(9) *Ibid.*, p. 17.

(10) *Ibid.*, p. 19.

(11) ロラン・バルト『物語の構造分析』(花輪光訳，みすず書房，一九七九年)，八五―八六頁。

(12) 同書，九八頁。

(13) この挿話の効用をめぐる議論については，Joel Fineman, *The Subjectivity Effect in Western Literary Tradition* (Cambridge, Mass.: The MIT Press, 1991), pp. 59-87 を参照。

(14) Hayden White, *Tropics of Discourse* (Baltimore: The Johns Hopkins University Press, 1978), p. 98.

(15) Michel Foucault, "What Is an Author?" Paul Rabinow ed., *The Foucault Reader* (New York: Pantheon Books, 1984), pp. 118-19.

(16) *Ibid.*, p. 117.

(17) Michel Foucault, "Two Lectures," *Power/Knowledge: Selected Interviews and Other Writings 1972-1977* (New York: Pantheon Books, 1977), p. 93.

(18) Michel Foucault, *The History of Sexuality*, vol. I (1976; New York: Random House, 1978), p. 97.

(19) *Ibid.*, p. 94.

(20) *Ibid*., p. 95.

文学、フィクション、歴史

1

このエッセイの中で指摘したいと思うのは、歴史に関わるひとつの小さなポイントにすぎないのだが、しかしともかく、もう一度、分かりきった単純な話から始める方がいいかもしれない。歴史について書く、歴史を書く、何らかの歴史記述をするというのは、その結果として出来上がるのがいわゆる歴史随想やエッセイ、論文、立派な研究書、知ったかぶりのイカサマ本のいずれであるにしても、ともかく今自分の帰属している時代の中から過去の時代に何らかのかたちで関わってゆく作業になるはずである。科学史や思想史や文学史であっても、フーコー流儀の系譜学であっても、このことに変わりはない。問題は、そのさいの関わり方である——どのようにして過去に関わってゆくのか。すでに歴史学の訓練を受けている者からは、きちんとした資料を通してという答えがすぐに返ってくるであろうが、もちろんこれでは十分な説明にはならない。きちんとした資料を読む、見るというかたちで実体験したところで、それでただちに歴史が再現できる、構成できる、書けるというわけではないのだから。

われわれが過去と関わるときその関わり方を説明するのは、想起するという言葉だろうか、それとも想像するという言葉だろうか。比較的に近い過去のことで、自分が直接体験したか、間接的に聞き知っていることならば、何らかのかたちで想起できるとわれわれは考えるし、想起された内容が、つまり過去の表象が、現に過去にあったことに対応していると素朴に思い込んでしまいやすい。今ここでは想起という行為のもつ特性一般の議論には立ち入らないにしても、想起された内容そのものがただちに歴史となるのでないことはあれこれ論ずるまでもないだろう。想起された内容は何らかのかたちで加工されないかぎり――例えば、物語化を経由して、ひとつの制度的な言説に変換されないかぎり――いわゆる歴史の記述とはならない。

想起の対象となるものが近い過去の何かではなくて、遠い過去の時代の、例えば中世に属するとされる何かであった場合にはどうなるのだろうか。まさか想起という言葉を軽々しく使うわけにはゆくまいが、そうなると、歴史家は一体何をしていることになるのか。中世史家は資料を読みかつ見ることによって、一体何をしているのだろうか。歴史家自身が何らかのかたちで体験しなかったものを想起するということが可能なのだろうか。それともこの場合には、想起という言葉ではなく、想像という言葉を使うべきだろうか――しかし、大抵の歴史学者はこの想像という言葉を毛嫌いする。彼らは、想像とは文学の領域に属する働きだと信じているからだ。しかも彼らが堂々と文学という言葉を口にするとき、その頭にある文学のイメージはおよそ紋切り型かつ凡庸なものであって、とても歴史と文学の関係を論ずるのに必要十分とは思えないことが多い。私にとってはホセ・レサマ・リマやジョルジュ・ペレック、ウィリアム・ギャスやウォルター・アビッシュはまさしく現代文学であるのに、恐らく歴史学者にとってはこうした小説家たちは文学の領域にすら入っていないであろう。

もう少し別の例を考えてみることもできる。中世の歴史を研究している人間が、その対象となる事件の起きた城、館、寺院、古戦場などを訪問して、何らかの雰囲気をつかみ、それが歴史の理解に微妙な影響を与えたとする、あるいは遺跡に立ってそれに似た感興を得たとする。これは想起という言葉で説明すべき事態であろうか、それとも特殊なかたちの想像とみなすべきであろうか。実はこの例と似たような状況が歴史研究の現場で頻繁に体験されているはずなのである――外国の歴史の研究をしている人間が、その国のしかるべき場所に実際に足を運ぶことによって歴史の理解が深まったと言ってのける場合である。ときにはそうした体験が歴史紀行として臆面もなく本にまとめられることもある。しかし、その外国史の研究者は一体その現場で何をしているのだろうか、想起なのか、想像なのか。もしそのいずれでもないとすると、かつての事件の現場を訪問することによって深まる歴史の理解とは、一体どのような性格の理解と言うべきであろうか。

想起をめぐっては、このようにその構造と機能をめぐる問題点のほかに、もっと初歩的な問題点がある。想起の性格についてはとりあえずごく常識的な理解にとどめておくとして、そもそも想起はどのようなかたちで作動し始めるのだろうか。想起は昼間の生活の中で、その寸前までの思考を突然たち切るかたちで始まることもあれば、想起自体が明確に意図されることもあるし、夢の中でそれが始まることもある。どうやら想起は意識のいかなるありようの中にも介入してきうるように思えるのだが、問題はどのようにしてそれがスタートするのかということだ。想起とは、想起される内容があらかじめ決まっていて、それが何かの合図でスタートするというよりも、むしろ何かのキッカケで始まった想起という行為の中でその対象が呼び出され、構成されてゆくように思える。だとすると、そのキッカケとは何であるのか。例えば比較的最近体験した地震とか事故、あるいは感動的な出来事を想起するという場合、そのキッカケは実にさまざまで、とても整理しきれるものではないかもしれない。過去に体験した出来事が突然眼の前に浮かぶということもありうるだろう。フロイトならば、本人にもつながりの理解できない想起まで視野に入れるであろう。テロ行為の標的となって崩壊する世界貿易センタービルの姿を想起する場合を考えてみれば、このようなメカニズムも十分に納得できるはずである。この場合の想起は、ひとつの映像からでも、テロリズムという言葉からでも、ビン・ラディンという固有名詞からでも、二〇〇一年九月一一日という日付けからでも始まりうる。

そのことを確認した上で、ひとつの思考実験をしてみよう。今から一〇〇年後にこの事件を誰かが想起しようとしたときに、その想起の有力な手がかりとなるのは何であろうか——もちろんさまざまの可能性はある。しかし、その中でも、二〇〇一年九月一一日という日付けがひとつの有力な手がかりになりうることは否定できないだろう。

問題を一般化すると、遠い過去の、つまり歴史的な過去の何らかの出来事と関わりをもつ（広い意味で、想起する）ためのひとつの有力な手がかりは日付けではないかということである。他の候補も挙げることはできるだろうが、ほとんど普遍的と言ってよいほどの妥当性をもつものとしては日付け以外には考えられない（近い過去の想起においては、日付けは絶対的な要件ではないかもしれないが、逆にそれがあれば想起を不可能にするというものではない）。外国の歴史を研究する者にとっては日付けは不可欠のものである。さらに、その日付けを土台として構成される年譜、年表なるものが歴史学の研究にとっていかに重要なものであるかは説明するまでもない。それなくしては、学問としての歴史学は存立しえない。年代抜きの実証史学などというものは考えられない。歴史的事実に関わる実証史学にとって、日付け、年代はまさしく生命線であって、それのないところで資料を云々するとしたらまさしく歴史学にとっての自殺行為ということになるだろう。その生命線を失えば歴史学は歴史学であることをやめて、文学になってしまう。フィクションになってしまう。私が指摘したいのは、その日付けとか年代なるものが実はフィクションではないのかということだ。

2

過去の何かを想起するための、想い出すための手がかりをめぐる少し変わったエピソードが『ガリヴァー旅行記』の第三篇に出てくる。具体的には不死の人をめぐる話の中に出てくる（この第三篇にはスウィフトの歴史論が含まれている）。作者の狙いは、人間の抱く不死願望の盲点をついて――不老のままでいられるという妄想をついて――不死のまま老衰してゆくことのグロテスクさをえぐり出すことにある。不死であるならば歴史の記録者としてうってつけのはずであるが、実は齢とともに知力、記憶力ともにおとろえてゆくのだから、彼らはとても歴史の保管人にはなり得ない。「覚えていることといえば若い時代から中年にかけて見聞きしたことのみ、しかもそれとて覚束ないことかぎりなく、何事かの真相、詳細となれば、自分の記憶をひっぱり出すよりも、世上の噂に頼るほうが確かなのです」。当然ながら、彼らは自分の年齢のことすら忘れてしまう。興味深いのは、そのようなときに彼らの年齢を推定する方法である。みずからの人生がカバーする期間を正確に、自信をもって想起できないときにはどのような手段が残されているだろうか。

その出生の経緯が詳細に記録され、その台帳にあたれば彼らの年齢は分かることになっているのだが、肝心のその台帳が千年以上は保存されることがなく、時の経過や動乱のために破壊されてしまうこともある。しかし、彼らの年齢を推定するにあたっては、どんな国王もしくは偉人を憶えているかを質問して、歴史にあたるというのが普通である、というのは、彼らの記憶している最後の君主は、必ず、彼らが八〇歳を越える以前にその治世を始めているからである。

八〇歳を越えた人間の記憶力、つまり過去を想起する力の正確さなどあてにならないとするこの一節でもうひとつ示唆されているのは、いずれかの「国王もしくは偉人」の想起を手がかりにして歴史の中へ入ってゆけるということである。つまり、年代が、場合によっては年号が歴史の中に入ってゆくための手がかりになるということである。われわれは恐らく経験的にこのことを知っている。そして、社会生活の中でこのメカニズムを自明のものとして利用している――だからこそ、見えにくいのだ。しかし、いわゆる歴史／事実といわゆる文学／フィクションの関係を考えるときには、この自明性を自明のものとして了承するわけにはいかない。

3

ひとことで歴史と文学と言うのは何でもないし、われわれはそれで何かを十分に理解したような気になりやすいが、ことはそれほど簡単ではない。歴史と文学をまず二つに分けてその共通性と差異を確認し、互いを適当に棲み分けさせれば万事が終るような時代ではない。歴史（学）はいわゆる歴史的な事実を扱い、文学はフィクション（しばしば嘘の意）の領域のものであるとして話を始めること自体、少し考えてみれば、実に奇妙なことなのだ。例えば、いわゆる歴史小説を単純にフィクションとみなして、歴史的な事実からまったく切断してしまうことが果たして妥当であるだろうか。逆に、二〇〇年前に書かれた小説は、たとえそれが社会を動かす力を発揮したとしても、小説というフィクションであるがゆえに歴史的な事実としては扱いえないのであろうか。それでは二〇〇年前の公文書の中に書かれた〈嘘〉はフィクションであるのか、それとも歴史的な事実であるのか。

この歴史と文学の関係を扱いにくくしている理由のひとつは、歴史学者と文学の研究者があまりにもお互いの仕事を知らないにもかかわらず、それを知っていると錯覚しているということである。文学の研究者にとって歴史の本、研究書というのは事実を教えてくれる本のことである。現在の歴史学の中に政治史、経済史、社会史等々の区分けがあることも、統計処理を援用する分野があることも、さしあたりは関心の対象にならない。ギボンもトレヴェリアンも、E・P・トムソンもパトリック・ジョイスも、ギンズブルグもサイモン・シャーマも等しく歴史家であり、そこから出てくるのは歴史的な事実であると信じられている、あるいは、それしか期待されていない。それでいて歴史学のことを知っているつもりなのである。逆に歴史家にとっての文学研究者とは、文学作品を読んではわけの分からぬことに感動し、所詮フィクションでしかないものを真面目な顔をして論じたて、最後には文学的感性とか何かとわめき出す社会的効用ゼロの生き物としか映っていないのかもしれない。文学はフィクションである、娯楽品である——それで終っているのかもしれない。文学には詩、戯曲、小説、評論などのジャンルがあり、かつその中が歴史学の比ではないくらいに細分化していても、フィクションの一語でくくれると歴史学者は信じているのかもしれない。小説ひとつをとってみても、小説にはリアリズム小説からメタフィクションまであっても、すべてフィクションに押し込まれてしまう。ある政治家の残した手紙は歴史的な事実であっても、自伝的小説はフィクションに分類されてしまう。

しかし、このような状況を批判するために歴史と文学の境界線をなし崩しにして、安易に〈文化史〉に逃れてみても、あるいは両者を〈物語〉というレベルで結びつけてみても、さしたる意味があるとは思えない。とくに〈物語〉については、文学の場におけるそのあまりの多様性を知っているならば、歴史と文学の架橋用に持ち出す気などすぐに失せてしまうはずである。ギンズブルグやN・Z・デービスの仕事を物語と呼ぶのはいい。しかしそれは数多ある物語のヴァリエーションのひとつにすぎないのであって、物語といえば文学とフィクションなるものが自動的に喚起できると考えるのはあまりに安易と言うしかない。

4

歴史学は歴史の現場にある無数の事実のうちのある部分を対象として扱うのだと、われわれは考える。その考え方に反対するつもりはないのだが、しかし、歴史学が扱う事実とは一体何だろうか。この問題を考えるにあたって恐らく決定的に重要なのは、歴史の現場に出来するのはいわゆる歴史的事実ではなくて、出来事（event）だということである。歴史の現場に出現するのは、〈XがYを殺した〉とか、〈Xが即位した〉とか、〈Zが倒壊した〉とかいうかたちで表明される出来事である。それはそのままでは事実ではない。それが歴史上の事実となるためには——つまり、歴史学の扱いうる対象となるためには——その出来事の場所と日付け（date）が特定されなくてはならない。対照的に、フィクションとしての文学では、場所と日付けが特定されなくても、ある種の言明は文学の本質的な要素として機能しうる。例えば She walks in beauty. という一文は、それだけで見事な詩句として機能するだろう。しかしこの一文は場所と日付けが特定されない限り、歴史の中の事実とはならない。

問題は日付けである。日付けとは何なのか——明らかにフィクションである（ここでは日付けを何月何日という言い方のみに限定しないで、何世紀、何々時代という言い方も含めて考えることにする）。二つの言明を比較してみることにしよう。

Xが即位した。

一八三七年六月二〇日、Xが即位した。

二つめの言明は歴史の中の事実として機能するはずであるが、重要なのは一八三七年六月二〇日とは何をさすのかということである。それはある特定の時代の人間が発明し、工夫した、時間を区切るためのフィクションである。西暦の年月日、世紀、時代の区分などはすべて人間の頭脳が生みだしたフィクションであり、その支えなくしては、歴史の現場にそれこそ多方向、多次元的な連鎖をなして生起する（アルチュセールが構造論的因果性と呼んだもの）出来事は歴史的な事実として立ち現われてこないのである。それは、出来事と日付けの不可分とみえる複合体となったときに初めて歴史的な事実（historical fact）となるのであり、歴史学の基本的な対象となるのはこれである。歴史記述が最終的に〈物語〉のかたちをとらざるを得ないか、そうではないのかはさて措くとしても、歴史学の基本対象はすでにしてフィクションの侵入をうけているのである。

もちろんこれは出来事自体もフィクションであることを意味しないが——あらかじめ日付けを特定されなくても出来事は起こる、というか、本来何らかの連続性もしくは関係性をもつ出来事が、事後的に、日付けによって分節化されるのである（例えば、同時多発テロが起きた、それは二〇〇一年九月一一日のことであったという認識が、二〇〇一年九月一一日、ニューヨークで同時多発テロが起きたという〈歴史的な事実〉に転換される）——その出来事を出来事として保証するのは日付けというフィクションなのである。歴史学はフィクションの網を通して、フィクションではないはずのものを垣間見ることになるのだ。このように考えてくると、歴史学は事実に関わり、文学はフィクションの領域であるという区別など、議論の立脚点にはそもそもなり得ないはずなのである。

しかし、考えるべき問題はまだ残っている。それは、日付けはいかなるフィクションであるのかということだ。例えば一八三七年という記号のシニフィエとは何であるのかと訊かれたときに、われわれは何と答えることができるだろうか。一八三七年という記号は一体何をさしているのだろうか。これが土地や場所の名前であるとするならば、われわれは普通の場合ならばそこを(つまり、遺跡か何かを)訪ねることができる。そして言葉、記号、シニフィアンがそれに対応する〈事実〉を持つかのように錯覚し、その錯覚を多くの人間で共有することができる。しかし、年号、そして広く一般に日付けはどうなのか。ヴィクトリア時代は何処にあるのか。もはや再訪するすべのないこのヴィクトリア時代の性格は明らかに地名のそれとは別個である。さらに一八三七年という記号のシニフィエを、いかにして〈事実〉として、あるいは出来事として確認するのか、確認できるのか(あるいは、〈一〇年に及ぶ戦争〉という〈歴史的な事実〉から、いかにして、〈一〇年に及ぶ戦争〉という〈歴史の現場における出来事〉に辿りつくことができるのか)。

一八三七年という記号がさしているのは一八三六年以前の各年とも、一八三七年以降の各年とも違う、つまりそれらと区別できる一年ということのはずである。そのありようはソシュールの考え方に依拠して説明するしかないかもしれない。しかし、だからといって、一八三七年が差異としてしか説明できないからといって、いわゆる歴史的な事実と呼ばれるものがすべてフィクションであり、事実とフィクションの区別がつかないといった類の軽薄きわまりない暴論が導き出せるものではない。一八三七年は、歴史の現場に出現したある期間(これも出来事の一種)を分節化するフィクションとして機能し、その複合体が共通の約束事(convention)として機能することによって、一八三七年という歴史的事実を立ち現われさせるのである。

このようなフィクションとしての日付けは一種類だけのものではない。年号ひとつをとってみても、一九四七年（昭和二二年）という表記が通用するし、その年号と月日、時代、世紀では明らかにそれを支える差異関係のレベルが異なる。日付けというフィクション自体がある種の異種混在性をもつということである。しかも実際の歴史記述においては、明らかにそれらが混在する。それは、日付けにもかかわるさまざまのフィクションによって支えられているのであって、歴史学者たちに共通の議論の場を提供しているのは、まさしくこの異種混在的なフィクションのネットワークに他ならない日付け群なのである。歴史に関わる議論のすべてはそこから出発するしかない。

何かが歴史の中の事実となるためには、まず歴史の現場に生起した出来事と（当然そこにはその当事者としての人間も含まれる）場の指定と日付けの指定が必要である。その場合、出来事や場は何らかの固有名詞によって表記されるのが普通である。そして固有名詞こそはその指示対象がそこに存在したとわれわれに納得させやすい性格を持っている（ヴィクトリア時代的な道徳が実在したことを疑う人でも、ヴィクトリア女王が実在したことは疑わないであろう）。恐らく、ひとつにはそのために、日付けのもつフィクション性が見えなくなってしまうのかもしれない。

一八三七年六月二〇日、ヴィクトリアが即位した。

この歴史的な事実の表明はフィクションの介入なしには成立しないのである。

5

自明のことではあるが、歴史学の研究は資料を読むことから始まるのではない。これは詭弁ではなくして、少し反省してみれば、当然理解できることである。資料を手にする前に、あるいは文書館に赴く前に、ひとはすでに歴史に関わるための mind-set をそなえているはずであり、そのための訓練をうけ、そのために必要な知識を身につけているはずである。資料はまずそこにある何かではなくて、探し出して自分の前に置くものである。資料はまず選択されて、そこに置かれる。なぜそのような作業が可能になるかと言えば、すでにその資料について何かを知っているからであり、歴史学的な知識があるからである。教師から教えをうけたのか、すでにある歴史記述を読んだのか、ともかく何らかのかたちで修得された知識と mind-set が初めに来る。歴史学に赴く、資料に向かうというのは、すでにある歴史の研究のシステムの中から出てくる行為なのである。最初にあるのは歴史のとらえ方、歴史の解釈のしかた、既存の歴史記述というシステムであって、資料ではない。歴史の研究はすでにあるイデオロギーと権力の中から出発するのであって、資料はむしろそれに同意するか、抵抗するか、あるいは曖昧に妥協するための場になると考えるべきであろう。資料を読むのは出発点ではなく、すでにして中間点である。

資料を読むとは、具体的には、どのような作業であろうか。何らかの文書を前にして過去の歴史を想像するというのは、具体的には何を、どのように想像するということなのか。しかも歴史学者がつねにこのような想像上の過去の世界に定住しているはずはないのであって、その過去の世界と自分の生きている現代の間をたえず往来しつつ、それらを二重に重ねあわせているはずである。そのとき、想像された過去の世界が過去の歴史的な事実に関わっているとしても、その関わり方に何らかの影響を及ぼさずにはいない歴史家の現代における関心のありようは、その過去に対しては他者として、つまりその過去が知り得なかった一種のフィクションとして機能するはずである。現在という時間の中にいて過去の資料を読み、それを解釈するということは、その過去にとっては未在の絶対的なフィクションでしかない未来（つまり、われわれにとっての現在）の侵入をうけるということである。しかし過去の資料はこのような、過去の時点においては未在の未来というフィクションを通過しないかぎり、われわれにとっての現在の内には届きようがないのである。われわれにとっての〈事実〉としての〈現在〉を、〈事実／フィクション〉として過去に投射するのは、歴史学という学問としては避けて通れないプロセスであるだろう。

ここにある問題を別の角度から浮彫りにしてみせるのが外国の歴史の研究である。この場合の最初の、しかも重要な問題は、資料そのものが研究者にとっては外国語で書かれているということであり、歴史の中の事実を云々する以前に、その外国語がどこまで正確に読めるのかという問題が絡んでくるはずである（日本では、外国の歴史を研究する人々の語学力がどのようなかたちでチェックされているのか、私は知らない。英文学の研究者としての経験からすると、話し書く能力と、テクストとりわけ難解なテクストを読む能力は正比例しないことが多い）。そもそも外国語の資料を読むとはどういうことなのか——実は解釈の正確さ以前に厄介な問題がある。それはわれわれが、殆んどの場合、外国語の資料を読みながら、その意味を日本語によって理解しているということであり、その成果が例えばイギリスの英語の資料を読んで日本語で論文を書くというかたちをとるのである。そして、この一見自明とみえるプロセスが含む理論上の問題は考察の対象にすらならないのだ。端的に言えば、ここにあるのは外国語の資料に対して、その資料にとっては他者であるはずのひとつのフィクションをかぶせるという行為のヴァリエーションと考えてもいいだろう。そして、そのように考えるとすれば、日本人が外国語の資料を読むというときには、その読むという行為そのものの中にフィクションが介入し、フィクションこそがその読みを可能にするという構造が存在することになる。

この問題は外国の歴史の研究にのみついてまわるわけではない。人類学者のフィールドワークには当然この問題がついてまわるし、日本史の場合も同じである。例えば平安時代の資料を現代の日本語で理解するときが、そうである。図像資料を言葉で読み解くというときにも相同性の問題が発生する（この問題は、突きつめてゆけば、ベンヤミンが取りあげ、ポール・ド・マンがさらに追求した〈翻訳〉の問題に辿りつくはずである）。

文学の研究においてはこの問題が、ある意味では、はるかに絶望的なかたちをとる。その絶望の深さを示すために、ディケンズの英文で九〇〇頁位ある小説を読む場合を考えてみることにしよう。研究者がそれを読みとるプロセスでも十分に日本語が介入してくるし（辞書を引きながら読む場合はそのあからさまな例）、いざ、それを批評、研究しようという段階にいたって、作品の中に書かれていたことを想起しなければならないとき、よほど例外的な人でないかぎりは、ディケンズの小説を日本語で想起するはずである。英文を読むとしても、記憶の中にあるのは日本語であり、それを日本語で研究する――外国文学の研究には（あるいは一般に、外国語の資料を読むときには）このメカニズムがほぼ必然的についてまわるのである。しかも、このメカニズムこそが外国文学の研究を支えているのだ。問題はもともとのテクストが、あるいは資料が何語で書かれているのかということ以上に、何語によって読みとられ、解釈され、記憶され、想起され、そこに何語によるコメントが介入してゆくのかということである。そのプロセスで、もともとの資料あるいは作品、テクストに対してある種のフィクションと呼ぶべきものが関与してくるというのが、私の考えである。歴史と文学を〈事実〉と〈フィクション〉の対立として処理してしまうようなやり方では、あるいはこの対立の図式を温存したままで、両者に共通する〈物語〉を云々するようなやり方では、問題の解決にはならないであろう。

話を先に進めるならば、歴史家の仕事は資料を読みとるだけで終るわけではなく、そこからしかるべきデータ（つまり、歴史的事実）を選択、抽出して、それを論文や本のかたちにまとめてゆかなくてはならない。そのまとめあげにさいして、ヘイドン・ホワイトが指摘するように四通りの物語の様式が絡んでくるのか、モーリス・マンデルボームのようにそのような考え方を全面否定してしまうのかどうかはさしあたり措くとして、そのまとめあげの絶対的な指標となるのが日付けというフィクションであることは疑い得ない。実証主義の史学にとってこの日付けは絶対の、したがって疑う余地のない前提である。実証主義の史学は、出来事の間の因果関係を時間的（日付け）、空間的にできるかぎり細密に提示することを目的とし、そのことによって日付けのフィクション性を忘れてしまおうとする。このような実証主義を、可能なところでは温存しながらも、いわゆる実証的な因果関係の設定ができないところにも何らかの歴史的な関係性を想定してゆこうとする文化史（サイモン・シャーマの『風景と記憶』とか、英文学の分野におけるニューヒストリシズム）、あるいはフーコー的な系譜学にしても、決して日付けのフイクションから自由なわけではない。実証主義史学をかかげる人々が、その内実をほとんど理解できないままに非難の対象としているポストモダンの歴史学にしても、同じことである。歴史学と文学研究の関係を考えるためには、事実かフィクションかという考え方自体を解消するところからスタートするのが妥当であろう。あるいは他のルートもあるのかもしれないが、私自身はそこからスタートする。

引用文献

ジョナサン・スウィフト『ガリヴァー旅行記』（ユートピア旅行記叢書6、岩波書店、二〇〇二年）。
富山太佳夫「歴史記述はどこまで文学か」兵藤裕己編『フィクションか歴史か』（講座文学第9巻、岩波書店、二〇〇二年）。
Fay, Brian et als. ed., *History and Theory: Contemporary Readings* (Oxford: Blackwell, 1998).
Fulbrook, Mary, *Historical Theory* (London: Routledge, 2002).
Jordanova, Ludmira, *History in Practice* (London: Arnold, 2000).
Roberts, Geoffrey ed., *The History and Narrative Reader* (London: Routledge, 2001).
Schama, Simon, *Landscape and Memory* (New York: Vintage, 1995).
Tosh, John, *The Pursuit of History* (London: Longman, 1991).
White, Hayden, *Metahistory* (Baltimore: The Johns Hopkins University Press, 1973).

批評における均整について　エドマンド・ウィルソン考

1

まず、最初に、ひとつの文章を読んでみることにしよう。

チャールズ・ディケンズの父親の父親はチェスターの国会議員で、クルー・ホールのジョン・クルー（後のクルー卿）の屋敷で執事頭をつとめており、父親の母親は、ジョージ三世の宮内長官であったグロヴナー・スクウェアのブラッドフォード侯爵のもとで奉公人をしていた。この祖母は結婚したあとクルー・ホールの家政婦となるが、その息子ジョン・ディケンズが海軍主計局の役人になれたのは彼女の雇い主のあと押しによると考えられている。

ジョン・ディケンズは年収七〇ポンドから始めて、やがて三五〇ポンドももらうようになった。しかし彼には常日頃からジェントルマンの趣味があった。しかも愛想がよく、身のこなしもエレガントで、華のある喋り方をし、友人たちをもてなすのを好み、財力以上の生活をしているような印象を与えないではおかなかった。請求書をめぐるトラブルはいつものことであった(1)。

この平凡そうな表情をした文章は、文豪ディケンズの生涯について何かの新しい事実を報告しているわけではない。それどころか、ここに書き込まれているのはすべて既知の事実である。しかし、それにもかかわらず、この文章が微妙なウイットの漂う魅力を持っているのは、そこに書かれている要素の絶妙な配分に、つまり広義の文体の力による。

まず初めの段落に眼をやると、いささか仰々しい貴族の肩書き、役職名、地名の間からディケンズの家系がおずおずと浮かびあがり、その中から小役人のジョン・ディケンズが浮上してくるという趣向である。年代は特定されていないが、ジョージ三世の名を出すことでほぼその推定はつくようにしてある。この家系は例えば『貴族名鑑』の中に長い歴史を抱えて存在する類の確固たるものではなく、むしろ貴族の名にすがりついて自己を規定しようとする、ある意味では心もとないものであると同時に、まさしくそのような関係を持つことによって、ただの貧民労働者とは区別される家系であることを保証されているのだ。肩書きや役職名の林立するこの最初の段落では何となく息のしづらそうであったジョン・ディケンズが、その次の段落に移ると、その冒頭を飾る有能な主人公にまで格上げされる（給料の上昇こそはその有能さの何よりの証しであろう）。そこで前景化されるのは彼の名前であり、彼の性格であるが——地位による規定から性格と能力による人間規定への移行は、一八世紀から一九世紀にかけてのイギリスの社会史の変化にみごとに対応している——そのようにして自立した主人公は、逆に借金地獄に堕ちてしまう。少なくとも二つ目の段落はそう伝えている。才能による地位の上昇、地位にまつわる誘惑（ジェントルマン志向）、そして没落とつながれば、そこにはすでに一九世紀のビルドゥングス・ロマンの基本型があると言ってよいくらいであって、要するに小説家ディケンズの仕事の基本となる人生のかたちがその父親の実人生のうちに読みとられているということでもある。わずかに二つの段落にすぎないが、これはすでに見事な文学批評になっていると言うしかないだろう。これがエドマンド・ウィルソンの批評である。

この二つの段落にはもうひとつの大事な仕掛けがある。それは、大抵の伝記作者ならばすぐさま無用心に口にするはずの階級という言葉をいっさい口にせずに主人公の階級を、さらには彼を囲繞する社会を彷彿とさせながら、その画割りの中でその性格を描き出しているということである。気負いのない、平静な文体で。それは初期から晩年にいたるまでつねにウィルソンの批評を支えていた特質である。それこそがエドマンド・ウィルソンの批評である。リットン・ストレイチーならばもっとけれんみのある挿話と文体を使って、多少なりとも鼻につく独特の知的な趣味を誇示するところだろうが、ウィルソンはそのような批評の言説を十分に承知しながらも、見たところ芸のない透明な文体を選択する。その結果として残るのがあまりにも平明な彼の批評である。『アクセルの城』においてフランスのサンボリスムの作家たちを論じたときにも、その晦渋さが彼の文体に伝染してしまうことはなかった。彼の批評のもつ平明さは決して劣性としての素朴さからくるものではなく、ひとつの確固たる決断の証しであることを忘れるわけにはゆかない。もちろん、難解をきわめるガヤトリ・スピヴァックやホミ・バーバの現代批評を排除するための権威主義的な武器として、いわゆる文芸批評の手本として彼をほめあげてすませるわけにもゆかない。彼はこの文体で文化研究やポストコロニアリズムが好んで取りあげるのと共通の問題を論じてきたのだから。この文体でマルクス主義の思想史も死海文書も税金問題も論じてきたのだから。ヨーロッパ旅行記をまとめ、カナダの文化を論じ――のちにスーザン・ソンタグが彼女の批評の文体で歴史小説『火山に恋して』を書くように――幾つもの小説を書くのだから。

ウィルソンの著作活動を人文主義的な教養とか幅広い豊饒性といった表現で説明しようとしてもほとんど意味がない。その全体を貫いているのは教養でも幅広い自由の精神でもなく、いや、当然それもあるだろうが、それ以上に平明な文体であり、それとひとつになった強い精神であるように思われる。その強い精神を彼の批評のいたるところにまざまざと感じとることができるのだが、それを抽象化して特徴を規定し、他の批評と比較することは不可能である。人文的教養と幅の広さということを口実にして、彼の批評とジョージ・スタイナーのそれを比定するのなど、論外であるだろう。ウィルソンの批評の文体は、誤解しようのないくらいにはっきりとウィルソンの批評がそこにあることを感じとらせるにもかかわらず、その類似物を他の何処かに見いだすことは不可能である。それはそれ以外の何処にも存在しない。そして、ひとつの批評が文体をもつとはまさしくこのような事態をさしているはずなのだ。

彼の平明な文体は学問分野や文化領域のカテゴリーをいとも易々と何の力みもなしに越えてしまう。しかし、彼はそのために脱領域、横断性、インターテクストといった旗印をいささかも必要としなかった。同時代の英米の知識人の中で彼が気にしたのは、おそらく唯一気にして、ときに対抗心を燃やしたのは、ブルームズベリーの文人たちだと思われるが、その彼らの場合には、文化の伝統的なカノンを越える人物を取りあげようとすると、まずその対象を〈畸人〉とか〈女〉という特別枠で囲いとるという言い訳の儀式が必要であったのに対して、ウィルソンの好奇心は、彼の書き残した夥しい書評をみれば分かるように、どのような対象に対しても実に軽やかに伸びてゆく。そして、いかにも彼らしい文体をあとに残してゆく。

ストレイチーやウルフ夫人のエッセイはひとつひとつが実に簡潔に、それでいて美しく仕上げられているものの、完全に自己完結していて、それを越えて何かにつながるということがない。そのために、最後には、輝くように見事であるにもかかわらず、われわれは退屈に感じ始める。T・S・エリオットの中にも時代特有のこのような衒学趣味と不毛性が大いに認められる(2)。

この平明で鋭い批判をした彼は、眼前にある批評の対象それ自体を越えるところにまで関心の触手を伸ばしていって、退屈することを知らない様子である。これは彼に趣味と価値の基準がないということではなく、それらがどんな仕切り枠でも乗り越えられるように調整されているということだ。

しかし、それでは、ひとつの批評対象との関わりを通して自己完結しない批評とは、批評のどのようなあり方をさすのだろうか。このことと関連して、評論「韻文は滅びゆく技法か」の中に興味深い議論の展開されているところがある。ウィルソンによれば、西洋における韻文の発達史において大切なポイントになったのは言葉と音楽の関係であった。「ギリシャの韻文は音楽とひとつになって成長した、韻文と音楽は一緒に学ぶものであった。……ギリシャ人は風景について歌い、ローマ人は心の眼に見えるようにそれを固定する。我々の時代のイマジストにいたるまでの後代の絵画的な詩を先導することになるのはウェルギリウスとホラティウスである(3)」。ギリシャから現代にいたるまでの伝統を云々するのは

――T・S・エリオットやアウエルバッハを持ち出すまでもなく――いかにも人文主義的な批評の雰囲気を漂わせたまとめ方であるし、このあとにシェイクスピアを配して、「英国の詩の主流はミルトンを経由して相当に音楽に近いところにとどまり続ける」[4]と指摘し、サンボリストやジョイスにつなぐとなると、この場合にはウィルソンもT・S・エリオットの伝統論に賛同しているようにみえるかもしれない。確かにそのような部分も存在するだろう。しかしウィルソンはこの直後に、西欧における韻文と音楽の関連性という批評対象を、その核心にある問題を維持しながらも、乗り越えてしまう。

ロシアでは音楽がずっと大きな役割を演じてきた。今日のソビエトでも人々は酒宴の席でも、船や汽車で旅をしているときでも、アコーディオンやバラライカにあわせて歌をうたい、詩を朗唱し、コンサートに行くのと同じように詩の朗読会におしかける。……ここ合衆国に眼を転じてみても、最も真実味のあふれる詩の中のある部分は、音楽と切り離すことのできない民謡の中にこそ含まれている。……この一〇年か一五年の間に登場したアメリカのポピュラー・ソングのコレクションをめくっていると、この大陸に多くの人が住むようになった結果、その副産物として、パーシーの『古代英国詩選』に収録されることになったものにさほどひけをとらないような民衆の手になる韻文詩群を手にすることになったのを発見して、びっくりするはずである。[5]

このような議論のしかたがなぜ注目に値するかと言えば、例えばブルームズベリーの知識人についてまわるような西欧中心主義から微妙にずれてゆく視点が内在しているからである。言葉と音楽の関係という問題がホメーロスからイマジストまでという西欧中心的な枠組みを越えて、その外側にまであふれ出してゆく仕掛けになっているからである。西欧の外部という意味ではソビエトも合衆国も大差ないのだ。ウィルソンはそのようなマージナルな部分にこそ今日に残る韻文の生命力を感じとろうとしているのである。もうひとつの重要な点は、韻文をめぐる彼の議論がいわゆる高級文化と民衆文化の境界線をわけもなく踏み越えてしまっているということである。モダニズムの擁護者、西欧文学の批評家ウィルソンという限定的な評価はもはや通用しないと言うべきだろう。もちろん彼の批評がきちんと読まれていれば、最初からそんな誤解がついてまわるはずはなかったのだが。

彼の批評は、逆に、きわめて今日的な性格を持っているようにも思える。現代の文化史やカルチュラル・スタディーズの枠の中にならば、彼の批評のいずれかの部分を暴力的にそぎおとすこともなくすんなりと受け容れることが可能であるかもしれない。そしてそのような可能性を考えてみたときによけいにはっきりと浮上してくるのが、彼の批評のもつ弱い政治性である。彼は西欧の外部にあるマージナルな部分に向ける眼をもっているし、下位文化のうちにひそむ可能性に反応するだけの感受性をもっているにもかかわらず、その批評は内から外へ踏み出す境界線上にあくまでもとどまって、価値の上下、内外をくつがえす意欲はみせないのだ。その意味では、政治性を前面に押しだすのを強迫観念的な義務と思い込んでいるふしのある現代のさまざまの批評の立場からするならば、彼の批評は、少なくともその中核となる部分においては、既存の価値のヒエラルキーの転倒にまでは踏み込むことのない弱い政治性しかもたないことになるかもしれない。むしろ既成の価値をしっかりと体現して、それと共謀しているだけのように見えるかもしれない。しかし、そうであるにしても、そのように保守的な柔軟性の枠の中で、彼の思考と文体にはある種の品位とも言ってよいものが漂うのは確かであって、この何十年かにおける文芸批評の衰退と学問的な批評の隆盛がその印象をよけいに強める働きをするのである。ときには、彼の保守的な柔軟性をもつ批評の方が、自称ラディカルな批評よりもはるかに過激に響くことすらある。ラディカルな言説環境の中でその色に染まってしまうよりも、保守的な批評状況の中で異化を試みることの方がはるかに批評的だという理屈も充分になりたつのである。

2

考えてみれば、ウィルソンはどのような対象に対しても批評家として関わる力をもっていた。もちろん、これは彼が手あたり次第に論じたということではない。彼はヘンリー・ジェイムズ、イェイツ、T・S・エリオット、ジョイス、ガートルード・スタインなどを自由に論じながら、フォークナーについては驚くほど寡黙であったりする。しかし、いずれにしても、彼が文学、文化、政治、宗教と多分野に眼を向けたのは事実であるし、文学ひとつをとってみても、大作家、群小作家いずれも批評の対象とすることができた。死海文書にもズーニー族の宗教儀式にも関心を示すことができた。そのような彼であってみれば別に意外というほどのことはないのかもしれないが、彼にはいわゆる公人や作家ではなく、身近な人々を論じた文章が幾つかある。「ロルフ先生」という文章もそのひとつ。これは大学に進学するための寄宿予備学校の教師について語った文章であるが、決して短いおざなりな回想録ではなく、本格的な人物評論である。二〇世紀初めのアメリカの代表的な学者批評家ポール・エルマー・モアについてのある種の素気なさをもつ回想文とくらべると、この「ロルフ先生」という文章の密度はとくに際立っているように思える。

この文章は、プーシキン、フロベール、ヘンリー・ジェイムズ、バーナード・ショウ、ベン・ジョンソンなどを論じたウィルソンの代表的な文芸評論『三重の思考者』の中に収録されている。なぜなのか。最も明白な理由は、回想されるロルフ先生に託して批評家本人の考え方、信念が表白されているからということであろう。

ロルフ先生は、神や国家など自分の外にある何かに頼らずに自分で考え行動する姿勢をはぐくんだアメリカの個人主義の伝統と、古い人文主義の伝統の双方を体現しておられた。つまり、人間が人間としてなしとげたことの高邁さと美しさを信じ、その記録としての文学を大事にしておられた。私はヒル・スクールでこの人文主義の精神と霊感宗教の両方と出会うことになり、その宗教は私の頭の中ではいつも産業の町ポッツタウンとセットになっていたが、その宗教がいかがわしいものと思えるようになってからも、その人文主義の方は私をささえ続けてくれた。三〇年前のあの教室でクセノフォンやホメーロスから輝き出したものは、今もずっと私のために輝いている。(6)

ウィルソンがギリシャ文学に強い愛着をもち、ギリシャの韻文と音楽との関係を主張するのも、このロルフ先生の薫陶によるところが大きい。しかしそうしたことは別のかたちの回想文によって書くこともできたであろう。「ロルフ先生」が興味をひくのは、そこに語られているのが人文主義の伝統を尊重するひとりのギリシャ語の教師の想い出であるだけではなくて、その全体像だからである。そして、まさしくこの点にこそ問題の核心部分がある——ひとりの人間の全体を語るとはどういうことで、そのためにはどのような手法を必要とするのか。

ウィルソンはこのギリシャ語の教師の授業のときの印象から語り始める。「初めて彼のクラスに出た生徒に強い印象を残したロルフ先生の第一の特徴といえば、突嗟の皮肉がきつくてウイットに富んでいたこと、その要求がいっさい妥協のないものであったことである」(7)。当然のことであるが、彼は初めこの先生に反発するものの、語学力が向上するにつれてその魅力にひかれるようになる。「次第にそのウイットが楽しめるようになってきた。実は私自身にも諷刺を好む性格があったのだ」(8)。対象について語りつつ自己を発見してゆくという手続きは、言ってみれば創造批評の王道なので、ウィルソンの使うこうした手法には紋切り型の安定感しかないと言ってよいかもしれない。大抵の回想録はあるいはこの手法に終始するのかもしれないが、彼は次に一九〇九年におけるヒル・スクールについて、その学校の歴史、宗教的背景、現状について説明し始める。これは決して無意識の、技法意識のない構成法ではない。『アクセルの城』、『三重の思考者』、『フィンランド駅へ』あるいは他のどの評論に眼を通してみても、およそ本格的と呼べる評論においては、彼はその対象を必ず歴史的な背景に結びつけるということをする。ニュークリティシズムと実践批評の全盛の時代に仕事をしながら、彼はそうした批評の新しい流れに足をとられるということはなかった。エンプソンの『曖昧の七つの型』(一九三〇)と彼の『アクセルの城』(一九三一)がまったく同時代の作品であることが、ある意味では皮肉なほどにウィルソンの批評を際立たせる結果になっていると言っていいだろう。

彼が援用するコンテクストには二つの種類がある——そのひとつは歴史的背景に関わるもの(ときにはそれが個人史への関心となって、精神分析的なアプローチに近づくこともある)、もうひとつは西欧の文化と文学の伝統に関わるものである。この複眼的な批評の前にロルフ先生はニューイングランドの人間であると同時にヘレニストでもある人物として登場してくることになる。長老派教会の信仰を礎とする学校で、ギリシャ語を教える教師として。質朴さ、鋭い精神、繊細な感受性などのニューイングランド的な特質が、コンコード出身の彼の中には認められる。「先生のそうした面が岩のような土台となって、そこにヘレニズムの花が開いているのだ。磨き抜かれたユーモアのセンスや、細やかな文学趣味や、おだやかに輝く精神などが花と開いているのだ」[9]。彼は有能で厳しい教師であると同時にパロディ好きで、学生にも愛され、のちにはヒル・スクールの運営までゆだねられたこともある。そのような人物を、ウィルソンは回想録の常道に従って、さまざまの挿話を通して語ってゆくのだが、しかしその場合に、いわゆる挿話にすべてを語らせる式のイギリス的評伝のある種の典型が守られているわけではない。彼はあくまでもひとりの人物をさまざまの状況を通して、さまざまの挿話を通して、語ろうとしているのだ。確かにここには数多くの挿話が書き込まれている。しかしそれらの挿話から浮上してくるロルフ先生は、いかなる価値の枠組みもない場でやみくもに変身を続けていかなる焦点も結ばないかといえば、そうではなくて、既に述べた二つのコンテクストに必ず繋留されているのである。それでは逆に、彼は二項対立的な思考の枠の中にすっかり閉じ込められているかといえば、決してそうではない。要するにウィルソンは二項対立的な枠組みに依拠しながらも、対象をその枠組みの内に縛りつけてしまうことのない批評を達成してしまっているのである。彼の批評は、二項対立とその脱構築といったような、それこそ二項対立的な図式を実に軽やかにすり抜けてしまうのである。今、なぜ彼の批評が私の興味をひくのか。それは彼の〈古い〉人文主義的な批評が現代批評のアポリアなるものをするりとくぐり抜けて、その向こうへ出てしまうからである。この二項対立的な思考の展開とそれをすり抜けてしまう自由きわまりない多様性――ウィルソンの批評にはこの二つの絶妙のバランスが認められる。「この限りない柔軟性と途轍もない幅の広さ」。もしその二つが備わっていなければ、どうしてひとりの人間があんなに楽々とマルクス主義の思想史と南北戦争期のマイナー文学を論じられるだろうか。『アクセルの城』と『死海写本』を書けるだろうか。

この限りない柔軟性と途轍もない幅の広さ――ウィルソンの批評の特質をこれ以上にないほど見事に言いあてたこの表現は、彼がプリンストン大学時代の恩師クリスチャン・ガウスを回想した文章の中に見いだされるものである。「文学の教師としてのクリスチャン・ガウス」は、「ロルフ先生」とならんで、私の最も好きな文章のひとつである。その中に次のような一節がある。

この限りない柔軟性と途轍もない幅の広さが彼の講義の特徴であった。彼は大抵の時代の大抵の文学を説明し、鑑賞する力があった。作者が何を狙っていて、その目的を達するためにどんな方法を使っているのかを説明してもらえるのだ。その読書の幅は古代、中世、近代と西洋の全体に及んでいたので、比較文学に見事な腕の冴えをみせた。[10]

この特性は批評家としてのウィルソンのそれに限りなく近い。『アクセルの城』は他でもないこのガウスへの感謝の言葉から始まっているのである。

文芸批評はどうあるべきなのかということを――人間が考え、想像したことを、それを形作った諸々の条件を背景として歴史的にみることであることを――私は何よりもあなたから学びました。……自己主張を控えることを通して、多くを教えて下さった批評の達人……。(11)

ロルフ先生の場合に似て、ガウスもまたさまざまの挿話を通して語られることになるのだが、それらの挿話をつなぐように見えるのは人文主義的な比較文学と狭義のアメリカ文学(あるいはイギリス文学)との対比、つまり二項対立的な枠組みである。一八九〇年代の末に海外通信員としてパリに滞在して、晩年のオスカー・ワイルドにも会見し、世紀末の唯美主義を信じていた彼を、ウィルソンは「繊細な精神をもつのと同時に複雑な性格の人で、その印象はなかなかに区分しにくい(12)」とした上で、その仕事の特徴を二項対立的な枠を使いながら明確にしようとする。そのことがよく分かる文章を二つ引用してみることにしよう。

フランス語とイタリア語の教授としてのガウスを際立たせていた特徴のひとつは、稀にみる精神の流動性であって、彼は最後までそれを維持していた。アーヴィング・バビットのような教師はドグマティストで、自分の考えを押しつけるか、強い反発をくうかのいずれかであった。クリスチャン・ガウスはそれとは別のタイプの教師であった――ある考え方の糸口はつけても、自分でそれを結論までもってゆくことはせず、その展開は学生の手にゆだねてしまうのだ。それを展開させ、敷衍し、別の言葉に置き換えて、自分自身のものを作りあげるのは学生の自由である。ガウスは決して押しつけることをせず、むしろ示唆した。いずれかの対象についての彼の考えはつねに新しい方向に向かっていった。(13)

ここでは西欧的な人文主義の伝統とアメリカ文学の二項対立が、精神の流動性とドグマティズムの関係としてとらえられている。そして、そのような二項対立そのものをすり抜ける力が（「つねに新しい方向に」）前者に託されているようにみえる。西欧対アメリカ、それはウィルソンが好んで取りあげるアメリカの作家たちを拘束し続けてきた枠組みであるだけでなく、この批評家自身をも縛りつけた枠組みである。彼の尊敬する二人の恩師、ロルフ先生とガウスもまたこの枠組みの中で仕事をし、その引き裂かれた状況の中で、前者はニューイングランド色を濃く漂わせ、後者はヨーロッパ色を濃厚にたたえていたということである。ウィルソンはこの二人以上に、この二つの価値体系の均整をとろうとした。意識的にその二つのバランスをとろうとした。それこそがひとりの批評家の達成した成果の中に『アクセルの城』と『愛国の血糊』が共存する所以である。この二つの批評は二つ合わせて、表裏一体のものとして読まれなくてはならない。世紀末文学からモダニズムに関心のある人々が一方のみを大切にし、一九世紀のアメリカ文学あるいは今日の戦争文学に関心のある人々がもう一方を称揚して彼の批評の本質をとらえたかのごとくに語る光景ほどグロテスクなものはない。「この限りない柔軟性と途轍もない幅の広さ」を特徴とする彼の批評は、読む側の場当たり的な必要と関心に応じていずれかの部分のみを拾い読みすることを容認しない。逆である。彼の批評は、数多い書評も含めて、そのすべてを読むことを求めている。幅広いもの、多様なるものは、その全体を通してこそその全体像に迫ることができるのである——彼はプルーストの小説を通してその骨法を心得ていた。

もうひとつの引用。ここでもガウスは西欧とアメリカの狭間に立つ人物として描かれる。

第一次大戦が終る頃になると、ヨーロッパの小国分化がさらに進んでもトラブルしか起きないだろうということを彼は予測し、また繰り返しそのように主張していたし、第二次大戦の終る頃には、彼の眼にアメリカ的なナショナリズムの展開と映ったものに対して激しく反対していた。そのことと関連して、三〇年代の半ば以降の大学で、健全な国際的価値をどんどん脅かすとしか思えない勢いで進行しているアメリカ文学の徹底した養成を大いに批判していた。アメリカ研究の成長を否とする点では、私は全体としては同調できなかったが、彼としてはイギリス文学にあまり関心がないのに加えて、世紀の末には、アメリカ文学に対しても極端に低い評価しか与えていないのも、私は知っていた。彼はヘンリー・ジェイムズにまったく関心を持たなかったし、ウォルト・ホイットマンへの関心もさほどのものではなかった。(14)

この二つの引用を比較してみて興味深いのは、ほぼ同じ二項対立の枠組みでそれぞれの対象をとらえているにもかかわらず、一方では西欧的な精神の流動性にまさしくそれをすり抜ける可能性が託され、他方では逆に西欧中心の健全なはずの国際的価値の限界と弱点が指摘されている点である。ひとは異なる状況に応じて異なるアスペクトをみせる、したがってその全体像をつかむには多様な状況と多様な挿話が必要とされるというのがウィルソンの信念であった。ほぼ同じことが彼の批評では、その対象となる人間や作品に対してだけではなくて、その批評の根幹をなす思考の方法そのものについてもあてはまる。彼の批評は二項対立を構成する二つの項のずらし、転倒にかかわるのではなく、むしろ二項対立を次々に増殖させせてそれ自体を相対化してしまうことをめざしているように思える。別の言い方をするならば、彼の批評における二項対立はそれぞれの場において異なった機能をになっており、論理的に言うならば、その集積が彼にとっての二項対立の全体像をなすということである。だとすれば、それぞれの場における機能としての二項対立はたえず全体化に向かうプロセスとしてあって、プロセスとして生成し続けるがゆえにその全体像は実現することがないことになる。それは死によって中断することがあるのみである。

死によって中断する二項対立——彼はそれをみずからの両親のうちに認める。常識的には、この場合には二項対立などという仰々しい言い方をしないで、性格の対比とでも言えばすむところかもしれないが、そこに同じ問題がひそんでいることは否定できない。彼は両親のことをこう回想している。

私の父と私の母は別々の趣味と気質をもっていて、お互いに対立しあった。母は「外向的」で、ブリッジと庭いじりと、馬と犬が好きであった。元気にあふれ、抜け目がなく、知的な関心などからきし持たなかった。父はますます神経症が昂じて、五〇歳になる頃までには体調不良が何ケ月、何年と続くようになっていた。そんな父にあれこれの話をして「兆候」からひっぱり出し、楽しませ、気晴らしを用意するのに母もうんざりし始めていた。……この間ずっと私は母の味方になりはしたものの、父以上にこの母と私の共通点は少なかったと思う。要するに、淋しい母親がひとりっ子を独占したということだ。母には愛した好きな者を支配したい、思うままに動かしたいという衝動もあったようだが——父にはそんな本能などからきしなかった。父は忠告をするだけで、それ以上ひとをコントロールしようとはしなかった。(15)

ウィルソンの批評がもつ平静で軽快な文体と思考と、彼の取りあげる対象の多様性に眩惑されてきた読者は、そのいたるところで機能している対比思考にある種の驚きを味わうことになるのかもしれないが、なおかつそれが単調な繰り返しという印象を残さないのは、それがその都度そのコンテクストに応じて微妙に調整されているからである。彼の批評における均整とはそのことだ。

父と母の二項対立の狭間にあって、それでは、ウィルソンはどのような方向へ進もうとしたのだろうか。弁証法的な統一に似たなにかを隠喩的に実現するような行動の様式は、彼には見られない。彼が試みるのは西欧対アメリカの対比と同じことで、対立する二つの項の一方の側に比較的に体重をかけて、その二項対立をすり抜けかつ温存してしまう、温存しつつすり抜けてしまうという方法である。それこそが彼の批評における均整のとれた柔軟さということの意味である。「母はカレッジ・スポーツの熱狂的なファンで、年をとってからも動けるかぎりはプリンストンでのフットボールや野球の試合に足を運び、シーズン・オフになると、やむを得ないからと言ってバスケットボールの試合を見にでかけた。母は父の仕事を理解しなかったが、それ以上に私の仕事は理解できなかったはずである」[16]。ウィルソンは父の生き方の方に比重をかけて、父と自分との連続性を意識することになる。私は、彼の批評全体を貫くある種のメランコリアはまさしくここに淵源すると思う。確かにそれはベンヤミン的な深遠性はもたないとしても、それ以外の言葉では表現しようのない雰囲気である。「私はそのとき以来、宗教とは他の人々が抱く幻影であって、ひとはそれを認めて理解するしかないのだとしか思わなくなった」[17]と言い、イギリス国教会に逃げ込んだT・S・エリオットを激しく批判したウィルソン。その背後にあるメランコリアこそが彼の関心を人間に関わるすべての対象へと導き、マルクス主義思想史から死海文書、インディアンの宗教へと向かわせるのである。それは時代と父とに由来する。

我々は、自分たちの生まれた時代の物質主義と重苦しさを拒否することによって、アメリカの生活を自由に作り変え、父の世代よりももっと楽しくやっていけるはずだと考えた。しかし、我々の側にも被害者がでた。私の友人のなかにも狂気になるもの、命を落とすもの、カトリックに改宗するものが数多くでた――その中には一番豊かな才能をもつものもいた。自殺したものも二名。私自身も三〇代の半ばで突然神経をやられた。父が初めて暗い症状につきまとわれだしたのとちょうど同じ年齢に達したのだとも言われた。私は父の神経異常のある部分を遺伝的にうけついだに違いない。そして同じような運命を辿るのではないかという無意識の不安にとりつかれていたのかもしれない。(18)

いかにも健全なバランスのとれた批評家とみえるウィルソンが六〇歳を迎えて口にしたこうした言葉は確かにある種の驚きをもたらさずにはいないが、正義心の豊かな有能な法律家であった父が神経の病に侵されていたことは間違いない。その父の狂気の発作を眼にして母はショックのあまり聴力を失い、とうとう最後まで回復しなかった。当時のアメリカで唯一の有効な治療法とされていたのはウィア・ミッチェルの開発したそれであった。「ウィア・ミッチェルの発明した『安静療法』によって人々は悩みから逃げ出せるはずであった。私の父は人生の後半になると、そうしたサナトリウムにずっと出入りしていた」(19)。一度はロンドンの「神経学者」のところに出かけたものの、その医者は妻に向かって、「あなたのご主人は狂気です」と宣告しただけであったという。ウィルソンのすぐそばには神経症と狂気の世界が存在したということになる。それは彼個人の問題につきるものではなかった。世紀の転換期から第一次大戦期にかけて、人種の退化からシェル・ショックにいたるまで、精神の病いをめぐるもろもろの言説が社会の各層に広がっていたことは今日では周知の事実であるが、彼もまたその言説と無縁ではあり得なかったということである。彼の批評がたとえば優生学にまつわる言説を前景化することはないものの、その存在は充分に意識できたはずである。しかし、六〇歳の彼が直截的に語ったのは父と母の対比のことであり、その間で彼が保とうとしたあやういバランスのことである。彼の批評のもつ均整は西欧対アメリカの諸々の二項対立の上になり立っているだけではなく、この精神のバランスをも踏まえているように思えてしかたがない。彼にとっての均整とは、確かに直接的には文体のレベルで実現されるものであるにしても、その背後には歴史の次元と精神の次元がひかえている。彼が作家、作品を批評するときに何らかのかたちで歴史的な次元（思想史、文化史、文学史）と伝記的な事実とを組み合わせながら、その言葉そのものに執着してゆくというかたちをとるのは、おそらくそのためである。それを人文主義的な批評と呼ぶかどうかということなど、実はどうでもよいことなのだ。彼の批評は新批評、マルクス主義批評、精神分析批評、脱構築、ニューヒストリシズム、ポストコロニアリズムのいずれとも何らかの親和性をもちながら、しかもそのいずれかに還元することができないまま、エドマンド・ウィルソンの批評としてわれわれの前にある。彼の批評はそれらの部分の総和として、それらの部分を越えるものとしてある。互いに不連続の批評として存在するものが、まごうことない連続体としてのウィルソンの批評を構成する。

3

これまで述べてきたことは私の思い過しではない。『フィンランド駅へ』の冒頭のミシュレを論じた部分はウィルソンの批評の方法を考えるうえできわめて重要なところであるが、彼はミシュレの父が「半ば精神病院」のようなところで働いていたことに軽く言及したあと、彼の著作に「内在する典型的な二項対立」や「二つの対立する情緒の柱」を指摘し、次のように述べている。

個人や地域集団のクローズ・アップと全体の分析的な概観の間をゆきつ戻りつするミシュレの技法はまさしく名人芸的な側面のひとつであって、それにますます磨きがかかってゆく。……ミシュレの注目すべき工夫のひとつをのちに活用して有名にしたのが小説家のマルセル・プルーストで、彼は……登場人物の性格の相対性という考え方の手掛かりも彼から引き出しているように思える。ミシュレの書く歴史の中では、重要度の高い人物は描き出される時代と状況の差異に応じてまったく別々の印象を与えることが多い――つまり、それぞれの人物が、あとで演ずることになる役割とは関係なしに、ある特定の時点でそのときに演じている特定の役割を通して出現してくるようにできているのだ。ミシュレは『革命』の第五巻のおしまいのところで、自分のしていることを説明している――「歴史とは時間のことである」と。プルーストの場合、このことが、トルストイなどの影響とならんで、ドラマティックな対比をなす側面をつらねていって登場人物を提示するという方法を意図的に採用することにつながった。(20)

このプルーストの創作法については、『アクセルの城』の中ですでに説明されていた。それを読んでみると、ウィルソンの批評の方法が何よりもミシュレとプルーストを結ぶ線に由来することが納得できるはずである。

非連続と言えるのは、プルーストの描く人物の性格の展開のしかたではなく、その提示のしかたの方である。彼自身の言い方を借りるならば、それはある種の法則性を具体的に示すようにできている。彼らは、時と場所と観察者の違いに応じて、我々の前にいくつもの違った側面を見せることになるけれども、その行為、人格には圧倒的なロジックが存在することになる。しかしながら、一度にひとつの側面のみが見えるように登場人物を提示するプルーストの方法は彼のすぐれた技法上の発見のひとつである。(21)

ウィルソンはこれと似た方法をヘンリー・ジェイムズの内にも発見できるだろうし、われわれとしては、のちのジル・ドゥルーズの見事なプルースト読解の先取りをここに認めることもできる。ここで言われている「ある種の法則性」とか「圧倒的なロジック」は決してア・プリオリに存在する超越的な連続性のことではない。それは時間の外にある。ウィルソンが小説家の中に読みとっているのは、差異の構造としての時間の中にありながら、そこから浮上してくるある種の連続性のことである。プルーストはそのことを考えながら登場人物を造形し、ウィルソンはそのことを考えながら批評を書いた。この二人にとって、差異の非連続性を越える連続性は差異のつながりの中からしか出てこない。別の言い方をするならば、差異の存在こそがそれを超越する可能性を保証しているのである。ミシュレの霊感源となったヴィーコを引用してみせるウィルソンが洞察していたのは、まさしくそのことのはずである。「物象の本質は、ある時に、ある方法で、それが存在するにいたるということに他ならない」[22]。

ウィルソンの批評にとって歴史の次元は必要不可欠のものであった。伝記的な事実を援用するときにも彼がこだわっていたのは、伝記という名の歴史であった。すべての批評対象は何らかのかたちの歴史の中に位置づけられて、評価される。比較は歴史の中でのみ可能になる。彼が好んで使う二項対立的な枠組みにしても、決して構造主義的な道具として機能しているのではなくて、時間と歴史の中に生ずる多様な差異をその都度つなぎとめるための手段として働いているにすぎない。彼にとっては二項対立的な思考法もまた歴史の中にあり、歴史の産物なのである。彼は自然と人工とか、男と女といったような超歴史的と見えかねない二項対立には関心を示さず、必要に応じて、つまり歴史のコンテクストに応じて、利用する二項対立を変えてゆく。当然のことではあるが、彼の批評の達成する均整にしても一定不変のものであるはずがない――彼の批評はその都度均整を達成するのだ。そして、それがわれわれには信じがたいことなのだ。しかし、ウィルソンの批評はともかくそれをなしとげたのである。評論「文学の歴史的解釈」の終り近くにはその彼の辿りついた地点が簡潔に語られている。

> 人間がこの地上で経験することは、ひとが発達し、新しい要素の組み合わせに直面するのに合わせて絶えず変化する。先行する作家たちのたんなるエコー以上のものであろうとする作家は、これまで表現されたことのないものを表現する方法をつねに発見しなくてはならないし、これまで処理されたことのないものを処理しなくてはならない。歴史、哲学、詩などのどの分野であっても人間の

知性がそうした勝利を収めると、われわれは深い満足を味わう。われわれは無秩序から来る痛みを少しはいやされ、理解できない出来事がもたらす重苦しい重圧から少しは解放される[23]。

注

（1）Edmund Wilson, *The Wound and the Bow* (1947; New York: Oxford University Press, 1965), p. 5.
（2）Edmund Wilson, *Axel's Castle* (1931; New York: Charles Scribner's Sons, 1959), pp. 123–24.
（3）Edmund Wilson, *The Triple Thinkers* (1938; New York: Farrar, Strauss and Giroux, 1976), pp. 27–28.
（4）*Ibid*., p. 28.
（5）*Ibid*., p. 29.
（6）*Ibid*., pp. 254–55.
（7）*Ibid*., p. 234.
（8）*Ibid*., p. 237.
（9）*Ibid*., p. 240.
（10）Edmund Wilson, *The Portable Edmund Wilson*, ed., Lewis M. Dabny (New York: Penguin Books, 1983), pp. 47–48.
（11）*Axel's Castle*, "Acknowledgement."
（12）*The Portable Edmund Wilson*, p. 59.
（13）*Ibid*., p. 45.
（14）*Ibid*., p. 58.
（15）*Ibid*., p. 35.
（16）*Ibid*., pp. 40–41.
（17）*The Triple Thinkers*, p. 250.
（18）*The Portable Edmund Wilson*, pp. 41–42.

(19) *Ibid.*, p. 23.
(20) Edmund Wilson, *To the Finland Station* (1940; New York: Farrar, Strauss and Giroux, 1972), pp. 20–26.
(21) *Axel's Castle*, p. 147.
(22) *To the Finland Station*, p. 5.
(23) *The Triple Thinkers*, p. 270.

II

文学史再読

最初は女
イギリス小説の成立

1

イギリスにおける小説の成立をめぐっては、ひとつの定説とも言ってよい考え方がある。すなわち、一八世紀に近代市民社会が形をなしてくるのに歩調を合わせて、その産物として、その価値観を表現するのにふさわしい小説というジャンルが成立した、と説明するのがそれである。小説こそは近代市民社会を代表する文学形式であるというわけだ。そして、その価値観の中心をなすのがキリスト教の縛りから自由になろうとする市民的個人主義と経験尊重の姿勢。例えば『ロビンソン・クルーソー』(一七一九)を資本主義的な経済活動の個人的な寓意と解釈して納得してしまう背景にあるのは、小説の成立をめぐるそのような考え方だろう。この考え方はイギリス文学史や小説史のいたるところに必ず書き込まれていて、小説の成立をめぐるわれわれの常識となってきた。そのような例をひとつだけ挙げてみるならば、より大きな社会意識、個人の意識から出てくる考え方や感じ方を包み込めるだけの柔軟性をそなえた適切な散文のメディア。しだいに成長してくる政治制度のもとで、そのような意識が解放されてくること。そうした富を手にして、それを文学的に表現することを求める中流階級が増加してくること。一八世紀においてイギリスの小説を人々が育てることを可能にしたのはこれらの条件であった。(1)

一八世紀のイギリスにおける中流階級の台頭、その生き方に対応するイデオロギーの明確化、そしてそれに応える散文ジャンルの出現――端的に言えば、小説の成立事情を説明するのに必要とされたのはこれらの組み合わせであり、その組み合わせの巧拙が論の有効性を左右したということである。別の言い方をするならば、小説の成立を論ずるにあたっては、他の文学ジャンルの場合と違って、話をいわゆる文学の枠の中にのみとどめておくことが不可能であったということである。小説の成立は文学の歴史の中でのひとつの事件であると同時に、社会経済史の中のひとつの事件でもあったのであり、この二つのレベルの連動性を体現したという意味では、詩や演劇の比ではない。そのことをよく示すのが受容者層の問題である。図式化した言い方をするならば、詩や演劇がきわめて高い教養をもつエリート層か、それを欠く大衆層を受容者としてもっていたのに対して、一八世紀のイギリスの小説はそのいずれでもない、中途半端な教養しかもちあわせない人々を受容者として選びとる。地位と教養のある人々でも、それらを決定的に欠く人々でもなく、社会経済史のただなかにあって日常生活を生きている人々を選びとる。小説は、言ってみれば、そもそもその出発点において、文学ジャンルとして自立することを拒まれた形式であったという言い方もできるであろう。

イギリスにおける小説の成立をめぐる数多い議論もすべてこのような問題構制の内にあると考えていいと思われる。なかでもイアン・ワットの『小説の成立』（一九五七）はそれ以降の小説論に決定的な影響を与えた研究であるが——彼はすでにテオドール・アドルノに原稿の一部を読んでもらっている——そこで展開される議論は、このような問題構制をさらに踏み込んで論ずるものであった。ワットが強く打ちだした論点は二つある。そのひとつは、一八世紀の小説を他のジャンルと区別する文学的特性の同定であり、もうひとつは読者層の問題である。

このような伝統的な文学観に最初に徹底的な疑問をつきつけたのが小説であって、その第一の基準とは、個々の経験に——つねに一回的なものであって、従ってつねに新しい個々の経験に——忠実であることであった。またそうであればこそ、小説は、この何世紀かの間、独自性に、つまり目新しいものに前例がないほどの価値を認めてきた文化の文学的媒体となってきたのである。[2]

彼によれば、類型性や典型性ではなく、「小説の中で個々の経験の優位を主張するというのは、哲学におけるデカルトのコギト・エルゴ・スムと同じくらいに挑戦的なことであった」[3]ということになる。そして、こうした方向を志向する技法をリアリズム（写実主義）と呼んだのである。

小説特有のリアリズムは、時間的、空間的環境の中に置かれた個々の経験を、他の文学形式以上に直接に模写することを可能にする。そのために小説の約束事というのは、他の大抵の文学形式の場合よりも、読者に対する要求がずっと小さくてすむ。……もちろん厳密に言えば、このようなリアリズムはデフォーとリチャードソンによって発見されたものではないが、彼らはそれ以前よりもずっと徹底してそれを援用したのである。(4)

読者層の問題をめぐってワットが殊に注目するのは、出版のあり方の変化と読者層の拡大である（その背景に人口の増加があることは自明であって、一八世紀末のゴドウィンやマルサスの人口論はそれに対処しようとする議論であった）。例えば彼は、毎年の新刊の点数が一八世紀の半ばあたりまでは一〇〇点に満たなかったのに対して、一九世紀の初めには三五〇点を越えていたことを指摘する（因みに、二〇世紀の初めにはその数が一万点に近くなる）。一七四〇年にはロンドンに貸本屋が登場する。さらにこの世紀を通じて商店主や商人、役人や事務員の数がふえ続け、

おそらくその豊かさがましたおかげで、それまでは少数の豊かな商人や商店主や重要な業者が独占していた中流文化の枠の中に入ることができるようになった。本を買う人々が実質的にふえたのは、人口の大半を占める貧しい人々のためというよりも、おそらくはこれらの人々のためであった。(5)

女性の読者も、主としてロンドン周辺や地方の都市に限定される変化であったとはいえ、余暇の増大とともにふえていった。小説はそうした諸者層に最も ふさわしい文学形式として歓迎されたということである。ワットはそのように了解して、デフォー、リチャードソン、フィールディングの三人の作家の代

表作を精読し、みずからの了解の妥当性を示そうとしたのである。

極論すれば、イギリスにおける小説の成立をめぐるこれ以降の研究は、ほとんど例外なしにこのパラダイムの中を動き回るしかなかった。もちろんワットの議論に対する批判や手直し案はいくつも提案されてはいるものの、それらが新しいパラダイムと呼べる域に達しているとは考えられない。小説の成立をめぐる議論は依然としてこの場所から出発するしかないのである。その場合に考えるべきことは、要約すれば、二つに絞られる。そのひとつは、ともかく小説なるものが一八世紀前半のイギリスで成立したとして、小説はその前後にひろがる〈文学〉の歴史の中で、そして同時代のエクリチュールの総体の中で、いかなる位置にあるのかということ。小説は本当にロマンスというジャンルのあとに来て、それを超えたのか——もしそう考えるとすると、ワットの言うリアリズムが成立したあとに、一八世紀の末にゴシック・ロマンスが流行して、それ以降の小説に影を落としたことをどう説明するのか。イギリスの小説とは違うアメリカの小説の特性をそのロマンス性に求める議論がつい数十年前にあったのは、どう理解すればよいのか。それとも小説は厳密な内的システム性をもつジャンルではなく、戯曲や詩、ロマンス、宗教書、手紙と日記、歴史記述、ジャーナリズムなどが混在する場に寄生するものなのか。他の諸ジャンルが脱構築される、中心をもたない場として現象するジャンルなのか。

もうひとつの問題は、小説と社会の関係である。小説の成立と中流階級の台頭が歴史的に併行したプロセスであることは否定し得ないとしても、その両者の関係をどのように説明すればいいのだろうか。一八世紀のイギリスの中流階級のなかに経済的個人主義のイデオロギーが認められ、『ロビンソン・クルーソー』にもそれが読みとれるからといって、あるいは社会の中のある階層のもつ家庭的な愛のイデオロギーが『パミラ』にも読みとれるからといって、その二つの間の因果関係をただちに一般化できるものだろうか。読者のことも考えあわせてみるならば、読者は小説の中に既知のイデオロギーをなんらかのかたちで再確認するのだろうか、それとも小説によってイデオロギー的主体に形成されてゆくのだろうか。そもそも主体、つまり一八世紀前半のイギリスにおける主体とはどのようなものとして存在していたのだろうか。グリーンブラットの『ルネサンスにおける自己成型』(一九八〇)以降にあっては、この問いを立てるのは研究者の義務である。いや、そもそも小説と社会という問題の立て方そのものに疑問がでてくるのではないか。なぜならば、ワットの言うリアリズム小説は社会を描きうる一方で、明らかにリミット不明の社会の一部分でもあるからだ——一体一八世紀のイギリス社会(の中流階級)とは何であるのか。イギリスにおける小説の成立をめぐって、現在最も精力的に仕事をしているジョン・リチェッティは『歴史の中のイギリス小説、一七〇〇—一七八〇年』(一九九九)を始めるにあたって、まず、「一八世紀の異質性が十分に分かるようになったのはごく最近のことである[6]」と書かざるを得なかった。

歴史学者W・A・スペックは、「一九八〇年代の初め以来[ここ一五年かそこらの間に]、一八世紀の歴史と文学のコンテクストは、ほとんど見分けがつかないくらいに変貌してしまった[7]」と認めている。要するに、イギリスにおける小説の成立を論ずるにあたって、われわれは決して新しいパラダイムに期待とともに移行したわけではなく、依然としてワットの手で明確化されたパラダイムの中にいながら、それを支えていたはずの各部分がボロボロと崩壊してゆくという事態に直面しているのである、あたかも幽霊屋敷の中にいるかのように。今、小説の起源について論じようとするならば、少なくともその程度の状況認識は必要である。

2

J・ポール・ハンターは、「過去一〇年かそこらの間、一八世紀研究、とりわけ一八世紀のイギリスの小説に対する学問的関心が猛烈にたかまった(8)」と証言している。確かにその通りである。もちろんここではそれを全面的に検討するわけにはいかないので、話を小説の成立に限定していくつかの研究をみておくことにする。

『イギリス小説のさまざまの起源、一六〇〇―一七四〇年』(一九八七)の中でマイケル・マッキオンは、ワットの研究の大切な論点のひとつは、小説の台頭と一八世紀初めのイギリス社会における変容を結びつけようとした部分にあるとする。そして、そのさいの鍵になったのが「中流階級」なるものの存在であった。しかしこの発想では、文学のレベルと社会的現実なるものをまず分断しておいて、そのあとで二つの接続法を(単純な反映論はとらないにしても)さぐることになりかねない。それに対してマッキオンが提唱するのは、この二つのレベルを「媒介する概念的な枠組み」としてのジャンルを巧みに利用できないかということである。彼によれば、一八世紀初めのイギリスにみられたのは文学のジャンルの混乱と社会的なジャンルの混乱であったことになり、その両者を媒介しようとしたのが小説に他ならないという考え方になる。「ジャンルのカテゴリーの不安定さは認識上の危機、つまり物語の中でどのようにして真偽を語るのかをめぐって大きな文化的移行が起こりつつあることを示すものである。……

社会的なカテゴリーの不安定さは、外の社会の秩序をどのようにして各人の内的、道徳的な部分と結びつけるのかをめぐって文化的危機が起こりつつあることを示している。……一六〇〇年から一七四〇年にかけてジャンルならびに社会のカテゴリーが不安定になるのは、真偽と美徳を最も正しいかたちで示すのにはどうすればよいのかが変化しつつあったことの目印である。しかしこのような変化を媒介するためにこそ小説が登場するのであって、それが互いにかみ合わない要素の矛盾にみちた合体物とみえるのも不思議ではない[9]」。

一七―一八世紀の文学ジャンルと社会的カテゴリーの多様化と混乱の分析はそれ自体としてみごとなものであるが、にもかかわらず彼の議論は致命的と言ってよいほどの弱点も抱えている。それは、リチャードソンとフィールディングの登場をもって、媒介的な小説というジャンルがひとまず完成してしまうという物語になっているからである。しかしながら、そのようにして一八世紀の半ばに成立した小説と、それから二世紀半にわたって命脈を保ってきた小説というジャンルは、果たして同一の、もしくは連続するものなのだろうか。もし二つの間の非連続がそれなりに大きいとするならば、それこそ小説の第二の成立を論じなければならなくなる。いや、それよりももっと単純に、一八世紀の半ばに小説というジャンルが安定したという文学史的事実が存在しないのである。まだその時期にも小説、ロマンス、テール、ストーリーといった枠組みが相互侵入を繰り返しながら併存し続けたのである[10]。

ホーマー・オウベド・ブラウンもこの点を徹底的に批判し[11]、今日的な意味での小説というジャンルが確立されるのはむしろ一九世紀の初めだとする大胆な見方を提起する。彼のこの見方が注目に値するのは、それが成立時期やジャンルの特性規定にかかわるもうひとつの新説というものではないからだ。彼が問おうとするのは、イギリスにおいて小説はいつ、どのようなかたちで成立したのかということではなく、そのような問い自体がいつから可能になったのかということである。小説の成立史を問うメタ・レベルの〈理論的な〉問い自体が歴史の中の特定の状況によって規定されるものだという認識が、そこにはある。何らかのジャンルの成立史を問うということは、当然ながらそのジャンルがジャンルとして存立したあとに可能になるし、しかもその成立史は現にある状況をテロスとする歴史的展開として把握されることが多い。しかもその場合には、その成立史を構成する作品が、現にあるジャンルの状況を説明されるべきテロスとして暗黙の前提としながら選びだされてしまうという循環性が生じてしまう。イギリスの小説史をなぜ『ロビンソン・クルーソー』から始めるのか、その周辺にもさまざまの形式の散文の物語があったのに。あるいは、なぜ詩的な物語から始めないのか——それに対する解答は、探究されているのが、今あるイギリス小説の起源だからということになるだろう。結果的には、そもそも小説というジャンルの成立時点では、その枠組みが分節化されていない以上、小説というジャンルの内も外も区別できなかったはずであるのに、小説の成立史はのちに成立したジャンルによって選択された作品間の差異を論ずることによって、あたかも小説というジャンルの成立を論じたかのように錯覚してしまうことになる。そうした錯覚に基づく研究は、たとえどんなに精緻なものであろうとも、すでに小説というジャンルの内に囲い込まれた作品間の差異を論じているのであって、小説というジャンルそのものがそうでないものに対してもつ関係を論じているのではない。つまるところ、小説の成立、小説の起源とは、歴史の中のある場所のエクリチュールの状況の内に特定できるものではなくて、むしろ小説というジャンルが事後的に要求する神話であると考えるべきなのだ。神話には、それが成立する時期というものがあってもおかしくない。

全面的に同意するかしないかは別として、『イギリス小説のさまざまの制度化』（一九九七）の中でブラウンが試みたのは、小説の成立をめぐる議論を従来とは別のレベルに移すための考察である。彼自身の言葉を引くならば、それは例えば次のようなかたちをとる。

今日われわれが〈小説〉と呼んでいるものも、本来フィクションとしての性格をもつ一八世紀の多種多様な散文の物語が、〈小説〉という名のもとにひとつの制度としてくくられるようになる一九世紀の初めにいたるまで、ひとつの公認の〈ジャンル〉として眼に見えるようになることはなかった。私の議論は、ワットやマッキオンのような研究者によって作られた、〈小説〉の〈起源〉を一八世紀の初めから半ばにおく定説と衝突するものになる。私はむしろ、今われわれが〈小説〉と呼んでいる初期のフィクショナルな物語は、ずっとあとになって初めて、多少なりともまとまりのあるジャンルとして一括されることになる、その時点では多様な、まとまりのない、個々の具体的な産物であると考えている。言い換えれば、そうした初期の物語は、このジャンルがみずからの制度としての歴史をあとから正当化しようとしたときにその先駆形態となる、より現代に近い文化の制度、文学の制度によって小説と名づけられることになると、私は主張したいのだ。……私が論じたいのは、のちに小説と呼ばれることになるものを形成するのに寄与した概念や問題のとらえ方がもつれあう中で、自己や個人のアイデンティティや家族や歴史といった政治的、文化的概念が制度化されていくプロセスに、こうした初期の物語のうちのいくつかが関与してゆくありさまについてである。[12]

従来とは趣きを異にする、そしてそのために難解にもうつるこうした議論の組み立て方の根底にあるのは、言うまでもなく構造主義以降の思考法であるだろう。げんにマッキオンはレヴィ＝ストロースやアルチュセール、バフチン、ジェイムソンなどを援用して枠組みを作り、ブラウンはデリダやヒリス・ミラーの知見に学んだことを認め、リチェッティはフーコーやハバーマスを当然のこととして活用する。それは要するに、イギリスにおける小説の成立をめぐる議論がこれらの思想家や批評家の仕事の影響をうけてまったく様変わりしてしまったということでもある。とすれば、この十数年の研究に対しては、借り物の理論を振りまわして作品を切るだけ云々の批判を浴びせてよいことになるのかもしれないが、今ではそうした批判のしかたそのものが無能さの証明として失笑を買うだけだろう。例えばこの三人の仕事においては、理論が作品を切るのではなく、資料の読み込みと作品の分析を通して理論のもつ可能性を批判的に検討する作業が実践されているのであって、そこから出てくる成果こそが次の理論構築を呼び込もうとしているかのようにさえみえる。マッキオンの本は多量の資料の分析を含んでいるし、リチェッティにいたっては、すでに『リャードソン以前の大衆小説、一七〇〇―一七三九年におけるナラティヴの類型』（一九六九、一九九二年復刊）において、この時代における女の作家のきわめて実証的な研究を試みていたのである。言ってみれば、実証派が理論の波をくぐり抜けたというのに近く、そのことによって、忘れられた女性の大衆作家たちの作品を時代のディスコースと結びつける方策をつかみだし得たのである。[13] さらにブラウンの『トム・ジョーンズ』論は、この長編小説の核となる部分に一七四五年のジャコバイトの反乱があることを読み解くみごとなものであった。これらの一八世紀学者の仕事においては理論的考察と資料分析は決して乖離していない。それどころか、互いに他の補完を絶対的に必要としているのである。

J・ポール・ハンターは一八世紀小説の新しい研究動向に大きな影響を与えたものとして、その第一に、最近の思想や批評をあげるよりも、むしろ「新しい文化史」の存在を指摘する。彼によれば、旧来の歴史学は政治史、経済史、軍事史などを軸にして公の歴史を扱うことが多かったのに対して、新しい文化史は公私両面にわたってその価値観や欲望を記述するために、「あらゆる種類の記録やテクストやモノ」を取りあげる。このような新しい文化史に貢献したものとして彼が具体的に名前を挙げるのは、例えばE・P・トムソンたちの一八世紀歴史学であり、アナール学派の仕事であり、J・G・A・ポコックの新しい政治思想史であり、ハバーマスの公共圏をめぐる議論であり、フーコーの一連の仕事である。さらにそこに民衆文化に対する関心のたかまりやニューヒストリシズムの研究がつけ加わる。別に驚くには値しない。それは、少し眼をあけていれば日本の中でも十分に体験できた知の風土である。このような新しい文化史の洗礼をうけた人々の眼が、女性や家庭生活の問題、マイノリティの問題、民衆文化のさまざまなレベルでの解読、テクストのもつ修辞性への関心、家庭内や都市の空間デザインの問題などに向かうことになったという指摘にしても、わけなく了解できるはずである。

そこから生まれてくる歴史学は家庭にかかわること、物的なもの、日常的なもの、互いにつながりのあるものをより強く意識し、権力をもたずにないがしろにされているようにみえる普通の人々をもっと取りあげ――文化の概念自体が歴史を研究するさまざまの方法論とさまざまの探究の場を含むように気を配るようになる。もちろんこの新しい歴史学が公の歴史の重要性を否定することはない。それは、イギリスが世界的な権力として重みをましてゆくことを暗黙の裡に認め、そのアイデンティティと誇りを決定的なものに仕上げていったナショナリズムと帝国主義の進行に眼をつむることもない。(14)

一八世紀のイギリス小説の研究はこれらのさまざまの方向からのインパクトを正面からうけとめ、イギリス文学の他の分野における研究と同じように、大きく様変わりしてしまったのである。小説の成立をめぐる従来の定説はもはやそのままでは通用しない。ときには小説というジャンルの制度性そのものが問われるところまで来ているのである。デフォー、スウィフト、リチャードソン、フィールディング、スモレット、スターンらの名前を数珠つなぎにして、その中で小説の成立や歴史を語ることは不可能である。これらの男の作家以前に、あるいは彼らと併行して、数多くの女の作家が存在していたことがはっきりと分かっているからだ。最も単純かつ明快な言い方をするならば、アフラ・ベーン、ドラリヴィエ・マンリー、イライザ・ヘイウッドなどの女の作家の手になる〈小説〉を無視して小説の成立を語ることは不可能なのである。(15) 私自身が学生時代に学んだイギリス小説史は崩壊した。

3

今必要とされているのは新しいかたちの一八世紀イギリス小説史である。その仕事を引き受けるのに最もふさわしいのは、多方面からのインパクトを充分にうけとめ、なおかつ女の作家の作品の発掘にもかかわってきたジョン・リチェッティだと思われる。少なくとも彼がその資格をもつひとりであることは疑い得ない。『歴史の中のイギリス小説、一七〇〇―一七八〇年』が注目に値するのはそのためだ。リチェッティのこの本では作品の丹念な読みが実践されると同時に、それ自体がハンターのいう新しい文化史ともはや分断できないかたちで結びついている。そこでは文学史は歴史の中にあり、しかも独自の次元としてその外にもある。

彼自身の言葉によってそのことを確認してみよう。すでに見たように、彼は一八世紀と現代の異質性をすべての議論の出発点とする。

> これまでずっと文学批評が一八世紀小説の特徴とみなしてきた〈リアリズム〉にしても再考を要するかもしれない。というのは、これらの小説が映し出すようにみえる（というか、リアルなものとみせる）現実にしても、われわれのそれとは決定的に違うし、そうしたフィクションの提示する個人なるものも、二〇世紀末の西洋の先進世界に生きる人々と、われわれが教えられてきたほどには共通点をもたないかもしれないからである。[16]

ワットの『小説の成立』から四〇年を経て、議論はここまで来てしまった。小説史の再構築の作業はまさしくこのような場から手をつけるしかないのである。一八世紀初めのイギリスでは、小説というジャンルそのものが未確定であっただけでなく、中流階級の個人主義そのものも流動的な状態にあったと考えるしかない。『ロビンソン・クルーソー』の中に経済的個人主義を読みとるというのは、のちに実現するそのイデオロギーの神話的な系譜学としては機能するとしても、この作品がその当時の歴史の中で機能したさまをつかむのを逆に妨害しかねない。小説は社会と対峙してはいなかった。そのことをリチェッティは、フーコーの社会編成という概念をふまえて、「小説はこれから出現してくる社会編成の一部である」[17]と表現する。小説はひとつのジャンルとして、あるいは文学という制度として自立していたのではなく、社会編成に不可欠の部分として関与していた。小説と社会の関係は単純な反映でも照応でもなく、形成でも先取りでもなく、そのすべてを含みながら、そのいずれかひとつではないプロセスとして、社会編成のプロセスとメビウス的な関係にあったと考えるべきであろう。リチェッティ本人がこのような隠喩を使っているわけではないが、私はそのように説明していいと思う。そして、このように説明するとき、小説のあり方が、『性の歴史』の第一巻でフーコーが〈力〉に与えた定義と似てくるのは否定し得ない事実である。

リチェッティ本人の説明を引用してみるならば、

小説は、さまざまの古い社会構造をこれから出現してくる近代のもろもろの条件に適応させてゆくプロセスの一部分である。例えば家族や結婚といった制度が多くの小説の中で描かれているのは、とくに女性の読者にとっては問題の提起であるとともに、その解決策を示すものでもあった。大抵の小説に書かれている父権的構造は、確かに抑圧的で、腐敗の因ではあったが、物語を通してそれを検討するプロセスにおいて、新しいかたちの自己意識に対応する制度としてはそれが力不足であることが明るみにだされてしまう。しかしそうした状況も物語に描かれることによって変形され、社会の変化を一人ひとりが、自分の置かれた場でどう扱えばいいのかをつかむ手掛かりを与えてくれる。そうした家庭内での調整の努力は多くのフィクションの中に、公の世界にみられる不安定さや道徳的腐敗から身を守るものとして登場するが、そのさいの人間関係の修正や権力争いを通して、ときには明らさまに類比の分かるかたちで、より大きなレベルでの社会的、政治的権威の組み直しを描きだすことにもなる。(18)

社会的なプロセスの一環としての小説という考え方は、小説と個人の関係のとらえ方にも適用され、一八世紀初めのイギリス小説が個人もしくは個人主義を表象したとする論は否定される。小説のテーマは、「さまざまの可能性が優位に立とう、他を排して支配権を握ろうとしている世界の中で揺れ動く主体のありよう」なのであって、「一八世紀のフィクションは、このようにして展開してくるもの、つまり社会の中で構築される自己を形成するための重要な一段階であるとともに、それを理解するための大切な手段でもあるのだ(19)」という考え方になる。その主体の社会的構築をみてゆくにあたってジェンダーの問題に十分な考慮が払われること、そして女の作家の活動にも十分に眼が向けられることは、リチェッティのこれまでの研究歴からして当然のことであろう。彼の手になる一八世紀のイギリス小説史はデフォーから始まるのではなく、ベーンとマンリーとヘイウッドらの〈愛欲小説〉の議論から始まり

――『モル・フランダーズ』、『ロクサーナ』、『パミラ』などの小説はこのジャンルに対抗したのである――世紀後半のシャーロット・レノックスやフランシス・シェリダンの議論も含む。そしてそのあとにはアン・ラドクリフ他のゴシック・ロマンスの作家たち、ジェイン・オースティン、さらには『イギリスの小説家たち』(全五〇巻、一八一〇―二五)を編集して、ウォルター・スコットとともに、小説という制度の確立に重要な貢献をしたバーボウルド夫人の仕事が続くことになる。いずれにしても、このリチェッティの小説史が最近の研究のひとつの到達点として、次への方向を指示するものであることは間違いない。

4

しかし、それでも私には強い不満が残る。それは決して複雑なことではない、リチェッティの眼があまりにもイギリスの内側に釘づけになってしまっているということである。実際問題として、イギリスの小説はそもそもの初めから国内問題のみにかかわるものではなかった(さらに言えば、モアもシェイクスピアもミルトンも、イギリスという島国の空間の中には封じ込められていなかった)。それはイギリスではない――正確にはイングランドではない――いずれかの土地を舞台として、イングランドの人間ではない者を巻き込むことによって成立したジャンルであった。ポストコロニアリズムの批評によって明確に認識できるようになったのは、皮肉なことに、イギリスの小説は最初から外国を、そして植民地を内なる他者として抱え込むことによって自己を支えてきたジャンルであったということである。ベーンの小説『オルーノコ』については論ずるまでもない。ここでは、しばしばイギリスの小説を創設する役割をになわされてきた『ロビンソン・クルーソー』の冒頭を読んでみることにしよう。

私は一六三二年、ヨークの町の立派な家系の家に生まれたが、父はもともとブレーメンから来た外国人で、最初ハルに落ち着いたのであって、その土地が地元というわけではなかった。父は貿易で一財産をなし、仕事から身を引いて、のちにヨークに住むようになり、そこで母と結婚したのだが、母の親戚はロビンソンといい、その土地の大変な名家であった。私はその名前をとってロビンソン・クロイツナーエルと呼ばれたが、イングランドではよく見られる言葉の堕落のおかげで、われわれは今ではクルーソーと呼ばれ、いや、自分でもそう呼び、そう書くので、友人たちもいつも私のことをそう呼んだ。

私には二人の兄があって、そのうちのひとりは、名高いロッカート大佐がかつて指揮を取っていたフランドル在駐のイングランドの歩兵連隊の中佐をしていたが、ダンケルク近くでスペイン人と戦って戦死した。次兄がどうなってしまったのか私は知らないが、その私の運命を父と母は知ることがなかった。(20)

クロイツナーエルという家名の中に「十字架に近い」の意が隠されているとか、ロビンが一八世紀の俗語としてどんな意味をもっていたかといった謎解きは、さしあたりどうでもよい。問題は地名だ——さまざまの地名は、この小説がイングランドに限定されることのない国際小説であることを示しているはずである。しかも決定的な地名が隠されている、スコットランドという地名が。語尾にソンのつく名前はスコットランド系という連想をもつし、ロッカートという人名にしてもそうである。イングランド北東部の二つの地名（ヨーク、ハル）のまわりにスコットランド、ブレーメン、フランドル、スペインといった地名が配されて、この小説の空間的な布置を示しているのである。『ロビンソン・クルーソー』の後篇では主人公が東南アジア、中国、ロシアまでも遍歴させられることを考えあわせると、空間的戦略はこの小説の重要な条件となっていたはずである。そのことがイギリスの小説に、その小説史にどのように介入していったのかを、リチェッティは論ずることをしない。

確かにスコットランドは一七〇七年に制度上はイングランドに併合されるものの、空間的にも文化的にもそこはイングランドにとっての異郷の地、異国であった。デフォーの作品『ダンカン・キャンベル』（一七二〇）の第一章「ダンカン氏の家系、家族、生まれ等々」の書き出しは、この二つの地域のやっかいな関係を下敷きにしていると思われる。

この紳士の名前と家柄の良さ、古さを疑う者はいない。彼はアーガイル家の血筋をひくキャンベルのひとりであって、スコットランドに在住するその名前の現公爵と遠いつながりがあるのだが、その方は現在はイングランドの公爵となられて、グリニッチ公爵式の呼び方をするようになっている。[21]

この二つの地域の境界線の問題はこれ以降も複雑なかたちで、ときには内なる他者として、イギリスの小説に棲みつくことになる。少なくともスモレットとスコットはこの境界線の向こうに体重を残したままの小説家であった。このスコットランド問題も含めて、イギリスの小説を支えてきた空間的戦略の問題を、つまりイギリスのアイデンティティを保証してきた大英帝国の問題を扱うことのない議論は、たとえそれがどんなに理論的で精緻なかたちをしていようとも、今期待されているような小説史を具体的に実現するものとはならないだろう。

問題の所在ははっきりしている。私がリチェッティの一八世紀小説に不満をもつのは、『文化と帝国主義』におけるサイードの問題提起がまったく黙殺されているからである。「ブルジョワ社会の生みだした文化の産物としての小説と帝国主義は、互いに他なくしては考えられない[22]」と、彼は主張する。ヴィクトリア時代の小説については、彼のこのテーゼはすでに充分に検討され、その妥当性が承認されている。一八世紀の小説についてもこの点は検討されてしかるべきであろう。

けれども、一八世紀のイギリス小説のすぐれた研究は――イアン・ワットや、レナード・デイヴィスや、ジョン・リチェッティや、マイケル・マッキオンの研究は――小説と社会空間の関係のありように相当の注意を向けているにもかかわらず、帝国主義からの視角がないがしろにされている。これは例えば、ブルジョワ社会における誘惑行為や貪欲さをリチャードソンが細かく描きあげてゆくのとちょうど同じ時代に、インドのフランス人に対してイギリスが軍事行動に出たことが実際につながっているかどうかはっきりしない、といったような問題ではない。それらがストレートにつながっていないことははっきりしている。しかしその両方に、競いあい、障害の克服、時間をかけて信念と利益を結びつけながら権威を確立してゆく辛抱強さなどをめぐる共通の価値観が見いだせるのだ[23]。

リチェッティはこの批判を黙殺した。彼は一八世紀のイギリス小説と大英帝国のイデオロギーの相互浸透を論ずる必要などいっさい認めず、こう書いただけである。

デフォーは最初の小説から最後の小説まで、一八世紀の前半のイギリスの物語の中で生じた、真面目なフィクションにふさわしい主題とは何かということをめぐる論争の――外に眼を向け、どうしても男性的になるエキゾチックな冒険小説でちゃんとした読者の気をひくのか、それとも家庭の中の出来事や、求愛や、（しばしば）嵐にみまわれる女性の内面性を描く小説でいくのかという論争の――ひとつの処理のしかたを提示するのである。……『ロビンソン・クルーソー』はもちろん単純な冒険小説ではあり得ない。そこでは外部のエキゾチックな土地が徹底して馴化され、やがて自己理解と自己の正当化を求めるクルーソーの内面的な関心に従属させられることになる。(24)

この二人の研究者の間の溝はうまる気配をみせないが、私の不満は言うまでもなくリチェッティに向かう。彼の一八世紀小説史は一八、一九の二つの世紀の小説をつなぐ大きな筋道をとざしてしまい、結果的にはみずからの効力を弱めてしまうことになるからだ。

注

（1）Richard Church, *The Growth of the English Novel* (1951; London: Methuen, 1961), p. 53.
（2）Ian Watt, *The Rise of the Novel* (1957; Harmondsworth, Middlesex: Penguin Books, 1963), p. 13.
（3）*Ibid*., p. 15.
（4）*Ibid*., pp. 33–34.

(5) *Ibid.*, p. 42.

(6) John Richetti, *The English Novel in History 1700–1780* (London: Routledge, 1999), p. 1.

(7) W. A. Speck, *Literature and Society in Eighteenth-Century England* (London: Longman, 1998), p. vi.

(8) J. Paul Hunter, "The novel and social/cultural history," John Richetti ed., *The Cambridge Companion to the Eighteenth-Century Novel* (Cambridge University Press, 1996), p. 11.

(9) Michael McKeon, *The Origins of the English Novel 1600–1740* (Baltimore: The Johns Hopkins University Press, 1987), pp. 20–21.

(10) Ioan Williams ed., *Novel & Romance, A Documentary Record* (London: Routledge & Kegan Paul, 1970) を一読すれば、これらの用語の不統一は明らかである。

(11) Homer Obed Brown, "Of the title to things real : conflicting stories," *ELH*, vol. 55 (Winter 1988), pp. 938–43 を参照。これはこの時点での小説論の問題点をみるのには大変重要な論文である。

(12) Homer Obed Brown, *Institutions of the English Novel* (Philadelphia: University of Pennsylvania Press, 1997), pp. xvii–xviii.

(13) John Richetti, *Popular Fiction before Richardson, Narrative Patterns: 1700–1739* (1969; Oxford: Clarendon Press, 1992). とくに "Introduction: Twenty Years On," pp. xi–xxix が興味深い。さらに彼の仕事としては *The Columbia History of the British Novel* (New York: Columbia University Press, 1994) と *Popular Fiction by Women 1660–1730, An Anthology* (Oxford: Clarendon Press, 1996) の編集がある。

(14) J. Paul Hunter, *op. cit.*, p. 17.

(15) この時期の女の物書きについては Paula McDowell, *The Women of Grub Street; Press, Politics, and Gender in the London Literary Marketplace 1678–1830* (Oxford: Clarendon Press, 1998) が徹底的に解明した。

(16) John Richetti, *The English Novel in History 1700–1780*, p. 2.

(17) *Ibid.*, p. 7.

(18) *Ibid.*, p. 7.

(19) *Ibid.*, p. 4.

(20) Daniel Defoe, *The Life and Strange Surprising Adventures of Robinson Crusoe of York, Mariner* (London: J. M. Dent, 1899), pp. 1-2.

(21) Daniel Defoe, *The History of the Life and Adventures of Mr. Duncan Cambell* (London: J. M. Dent, 1899), p. 1. この作品には、「ハンブルグの人間と、ブレーメンの人間と、オランダ人はさかんに漁業を行なう」(p. 3) という文があって、この時代の土地感覚が今とは違うことを示唆している。但し、Eliza Haywood, *The History of Miss Betsy Thoughtless*, ed. Beth Fowkes Tobin (Oxford: Oxford University Press, 1997) の編者は、その年譜 (p. xi) で *Secret Memories of the late Mr. Duncan Campbell* (1732) をヘイウッドの作としている。

(22) Edward W. Said, *Culture & Imperialism* (London: Chatto & Windus, 1993), p. 84.

(23) *Ibid*., p. 83.

(24) John Richetti, *The English Novel in History 1700-1780*, p. 66. むしろサイードの問題提起と方向を共有するのはバングラデシュの学者の手になる Firdous Azim, *The Colonial Rise of the Novel* (London: Routledge, 1993) である。

涙の流れる文学史

1

不愉快な光景——いたるところでひとが泣く、実に安易に。嬉しいのか、悲しいのか、それほど説得的な理由があるとも思えないのに誰かが涙ぐみ、それが例えばメディアを媒介にして遠くにまで伝染してゆく。現代ではもうありきたりの光景としていいだろう。そうした光景が世界規模のスペクタルと化してゆく事例に、われわれは一九九七年の九月に接したはずである。「皇太子妃ダイアナの葬儀はひとりの人間の上に感傷が集中し、讃美された事例であった。この群衆的な悲しみの中では、感情とイメージと自発性が理性と現実と抑制を乗り越えてしまい、現代の感傷性の全体が誰の眼にも見えるかたちとなった(1)」という説明に異をとなえる者はいないだろう。確かにあの葬儀の日には世界中のいたるところに涙があふれていたように思われる。

問題はその涙を、そして涙のかたちをとって外在化した感傷性をどう解決するのかということである。感傷性を宗教、文学から社会政策にいたるまでのすべてを堕落させたものとして激しく告発するのか。[2] それとも「犠牲者としてのダイアナは、最初の自然な感情はつねに正しく、文明と義務と責任の押しつけてくる抑制はひとを傷つける抑圧力をもつと考えるルソー的な原理を体現している」[3] と考えて、この原理の歴史的な変貌と存続に関心を向けるのか。それとも、ダイアナの葬儀のおりに出現したとされる悲嘆の遍在性そのものの背後に、テレビというメディアによる巧妙な演出をかぎとるのか。「われわれはメディアにだまされて、一九九七年九月、とりわけ情緒に左右される民衆の存在が明るみに出されたと信じてはならない。……人々の泣く姿が眼についたのは静けさとの対比のためであった。……［各メディアのカメラは］情緒的な場面を探しまわっていた。一九九七年九月、そうしたカメラが抱きあって涙する若いカップルをまず写し出し、それから群衆の方向に焦点を転じて、群衆全体が涙にくれているような印象を作り出す。家庭でそれを観ていた人々が、出かけているひとはすべて抱きあって泣いていると信じ込まされたのも無理はない――そして自分たちだけが同調していないような気分になったのも。実に多くの人々が実に奇妙な気分にさせられた所以である」[4]。もしこの社会学者の指摘が正しいとすると、この葬儀のスペクタクルを契機として現代のイギリス社会の感傷化を批判したり、あるいはその「女性化」を云々したりするのは、それこそ虚像との闘いということになってしまうだろう。もちろんそれを、シミュラークル社会としての現代のひとつの病理現象ととらえて分析することも可能であるだろうが、私が興味を引かれるのは、こうした議論の不可欠の要素として感傷性（sentimentality）なるものが浮上してきていることである。この言葉がさすはずの何ものかの同定のしにくさは周知の事実であろう。その何ものかは感情と思考のあわいにあって、そのいずれかに相対的な比重をかけながら、歴史の中で変容してきた。イギリスの場合には、殊に一八世紀以降の文化史の中で。しかし、この感傷性なるものが、それぞれの時代に応じて微妙に変化しながらも、ともかく今日まで存続しているとするならば、この不安定なものをひとつの導きの糸として、少なくとも一八世紀以降のイギリスの文学の歴史をみてゆくことが可能になるだろうか。

感傷性とそのひとつの外在化としての涙の連関。この連関のもつ意味は歴史の常数としてどの時代にも同じように社会の眼に触れたわけではない。歴史学者トム・ルッツは『泣くということ、涙の自然史と文化史』（一九九九）の中で、「一八世紀ヨーロッパの教養あるエリート層は、泣くということを、泣くひとの道徳的な価値と優れた感受性の目印と考えていた[5]」と指摘したあとで、匿名のパンフレット『人間、種の向上をめざして』（一七五五）の一節を引用してみせる。

> 泣くということを本物と偽物の二つの種類に、つまり身体で泣くことと精神で泣くことに区別できるかもしれない。身体で泣く方は、頭の中にそれに呼応する考えがあるわけでも、それを生み出す心の純粋な感情（sentimental feeling）があるわけでもなくて、体のメカニズムに左右される。しかし精神で泣くというのは、人間の本性の誇りとなるような、頭の中にある本物の考え（sentiments）と心の感情から出てくることであって、また必ずその二つがついてまわるのである[6]。

この定義に含まれる曖昧さは、逆に曖昧な分だけ、一八世紀の半ばにsentimentという語を囲繞していた曖昧さを雄弁に物語っているだろう。しかも興味深いことに、ここでは、身体で泣くことと精神で泣くことが因果関係で結ばれていないのである。のちの時代になれば自明ともみえる関係が、このパンフレットの作者の思考の中ではまだ成立していないのだ。

このように不安定な感傷性と涙の連関をひとつの導きの糸として、本当に文学史をみてゆくことが可能であるだろうか。そうした心もとなさにつきまとわれる一方で、この感傷性と涙の連関に対してイギリスの文学がとる親和的な距離の大小には、イギリスの文学の歴史的変化をみるための手掛かりとなるだけの変化があるようにも思われる。単純に思いつくだけでも、デフォーやフィールディングにおいてはその距離が相対的に大きく、リチャードソンやスターンやディケンズにおいては相対的に小さいはずである。またジャンルを考えてみても、この親和的な距離の大小が認められるはずである。そうすると、例えばイギリス小説史の展開をピカレスク小説、ゴシック・ロマンス、歴史小説、社会小説、教養小説、モダニズムなどの枠組みによって分断するかわりに、それらの枠組みを必要なところでは温存しながら、この感傷性と涙の連関への関わりあいの性格と程度とを手掛かりとしてみてゆくことができるかもしれない。問題は、突きつめれば、イギリスの文学は、広い意味でのこの国の思考一般は、このsentimentalityの問題とどう関わってきたのかということである。それぞれの時代の状況に応じて、〈感受性〉や〈心理〉、〈神経過敏〉、ときには〈無意識〉といった言葉までも吸い寄せ、それらと混じりあって変形し、変形しつつ再浮上してしまうこの問題と、イギリスの文化史はどう対応してきたのだろうか。

核心にある最もやっかいな問題を明確なかたちでつかみ出してみせたのが、フレッド・カプランの『聖なる涙、ヴィクトリア時代の文学におけるセンティメンタリティ』の中の次の一節である。

2

混乱の一部は sentiment と sensibility を混同してしまうところから来るのだが、後者は一八世紀に注目を浴びた「感情の人」と関連している。「感情の人」は感受性の豊かなロマン主義の主人公に展開してゆき、「センティメントの人（man of sentiment）」は善良で道徳的な心をもつヴィクトリア時代の主人公へと展開してゆくのだ。(7)

カプランの狙いは、あまりにも道徳的で、善良で、感傷的で、そのために軽薄かつ偽善的ともみえるヴィクトリア時代の小説の主人公たちを、そうした批判から救出することにある。現代のわれわれの眼でみると、あまりにも単純な人物造型としか思えないものが、実は単純なのではなくて——実際問題として、現代のわれわれよりも一九世紀の人々が単純で、粗雑であったはずがない——現代の通念とは違う人間像に依拠した考え方の産物なのだ、というのが彼の主張である。

それでは、われわれの通念とは違う人間像とは、つまり、ダイアナ元皇太子妃の葬儀の日に流された感傷的な涙のもつ意味を批判し否定した人々が前提にしていた現代の通念としてのそれとは違う人間像とは、如何なるものなのか。カプランはそれを一八世紀のスコットランドの啓蒙哲学の人間像のうちに求めた。その人間像を定式化しているのがデイヴィッド・ヒュームの『人間の本性』（一七三九—四〇）

やアダム・スミスの『道徳的なセンティメントの理論』(一七五九)であると考えた。

ヒュームによれば、「人間の行動の最終の目標は……理性によっては説明がつかないものであって、むしろ人間のセンティメントや性向と関係し、知的な能力に左右されるものではない」し、すべての人間の内部に「道徳的な善と悪を区別して、前者を受け容れ、後者を拒否する……ある種の内的な趣味もしくは感情」がひそんでいる。われわれは思考ではなくて、感情をふまえて行動すること、われわれはすべて道徳的な「センティメント」をもっており、それに反応することで喜びを得るのだということを、ヒュームは力説した。人間の本性についての彼の楽観的な定義を補足するのがアダム・スミスの定義である。彼は『道徳的なセンティメントの理論』の中で、「内なる……公平な観察者」という巧みな隠喩を生み出した。それは「胸の内なる人」であり、われわれが誰でも持つ第二の自己であって、その利他的な、他の人々に好意を向けようとする性格を規準にして、われわれは自分の考えや行ないを判定する。この良き自己こそが内在化された導き手として、自己の矯正者として働くわけで、生来そこにある道徳的なセンティメントの投射されたものなのである。(8)

今日ではおそらく冷やかな苦笑しか引き出さないかもしれないこのような人間像が、一八世紀の啓蒙時代に確かに存在したということは、思想史上の事実である。時空を越える「人間の本性」という考え方が、やはり遍在性を付与された啓蒙的理性と同じように、今では西欧の形而上学の生み出した妄想としかみえないのは、もはや否定のできないことである。少なくとも、この考え方を一八世紀の知識人たちと同じように実感するのは困難であろう。しかし、その一方で、このフィクションを共有された事実としてこちらが受け容れないかぎり、一八世紀のスコットランドの啓蒙哲学もイングランドの文学のかなりの部分も了解不可能になってしまうと思われる。あるいは、きわめていびつなかたちの理解にしかつながらない。

われわれの理解をさらに不安定なものにしてしまうのは、カプランが明確なかたちでつかみ出してみせた人間の本性についての考え方が、実際の文学作品の中からはそうくっきりとは浮上してこないという事実である。センティメンタリティもしくは感受性の文学を論ずるときには必ず言及されるヘンリー・マッケンジーの『感情の人』（一七七一）の一節を次に引用してみる。

> 彼女の話し方はいつもほがらかではあったが、機智に富むということはほとんどなく、学んだことをひけらかすことなどないにもかかわらず、女は物欲と信じているトルコ人には皆目説明のつきかねるだけの内容（sentiment）のあるものだった。彼女の思いやりは尽きることがなかった。いや、それどころか、彼女の生まれつきの心のやさしさは、詭弁家の融通のきかない理屈からすると、彼女の美徳の欠陥と言われかねないものであった。彼女の慈愛なるものは、原理原則から来るものではなくて、ひとつの感情であった。しかしハーレーのような人間はこうした区別をあまりせず、われわれの美徳があるのは、われわれの本性の内にもともとある善き意志のためなのだと大体考えてしまう。(9)

今では直截に共感することも感情移入することもむずかしいこの人物描写の背景にヒュームやスミスの人間論があることは、わけなく理解できるだろう。さらに主人公ハーレーの、「涙には美徳が含まれている。涙が美徳という実を結ぶようにすることです[10]」といった科白に接すると、彼の言動の根底に道徳的なセンティメント論があるという印象はさらに強化されることになるだろう。しかしその一方で、こうした了解によって違和感がすべて解消されるわけではない。その理由のひとつは、作者の方が、主人公は愛する女性の慈愛にあふれる行為なるものがひとつの原理なのか、ひとつの感情なのか弁別する能力をもたないと設定することによって、彼の言動をささえているはずの道徳的なセンティメント論を脱構築しているようにもみえるからである。実際に断片的なエピソードをつらねる形式をとる――道徳的なセンティメント論の実践的な有効性をためすはずの挿話をゆるやかにつらねてゆく――この小説では、主人公はおおむね聞くことに徹してしまう。そのために、彼の感想と判断はただそれだけのものに終始してしまい、その感想と判断は今日的な意味での感傷性を呼び込んでしまう結果となるのである。『感情の人』は、結果的には、道徳的なセンティメント論が、あるいはそれに基づく人間像が、たやすく感傷性の次元に移行してしまうことを示唆するあやうい作品であると言うしかない。そして感傷性の次元へと移行した道徳的なセンティメント――最悪の場合には、有効な行為とのつながりを失ってしまったそれ――のすぐ眼の前には、〈感受性〉が待っている。そこでは、外化するはずの行為のモメントが内向し、内なる世界をひたすら洗練し、繊細化する方向に寄与するか、単純なかたちで集合して炸裂する。

カプランによる明確な区別は問題のありかをはっきりさせるというメリットをもつ一方で、その明確さが現実には必ずしもそのままでは通用しないことを逆に認識させるという効果も持ってしまうのである。彼の注目した「感情の人」はただ単に感受性の展開に寄与したのではなくて、むしろ道徳的なセンティメントに基づいて行動する人物が感傷化し、それによって感受性の領域に接近してゆくプロセスを体現していると考えられるのである。

3

しかし、sentiment と sensibility の差異と近似をいくら論じたところで問題の核心的な部分に迫っているような気がしないのも事実である。その理由は、おそらくこの二つのカテゴリーがいずれも何らかのかたちで感情と呼ばれるものとの関わりを含んでいるからである。例えば啓蒙期の合理主義の極限のかたちであるウィリアム・ゴドウィンの考え方と併置してみるならば、その特徴が際立ってくるだろう。

> 健全な理性的思考と真理は、適切なかたちで伝わるならば、必ず錯誤にうち勝つ。健全な理性的思考と真理はそのようなかたちで伝えることができる。真理は万能である。人間の悪徳と道徳的な弱さは乗り越えられないものではない。人間は完全なものになりうる。つまり、絶えず改良し続けることができるのだ。(11)

ゴドウィンにおいては、道徳的な弱さは理性と真理の力によって克服すべきものでしかなく、人間は完成可能性をテロスとしてひたすら前進すべきものとみなされる。このような極論と比較してみるならば、道徳的センティメント論の方が人間の本性をはるかに重層的なものとしてとらえていることは疑い得ない。同じように啓蒙期の思想活動の産物でありながら、それだけの逕庭があることは、カプランもまたはっきりと認めている。

センティメンタリティとは、何よりもまず、自己打算に対して感情と心とが勝利する可能性を生み出す、少なくともその可能性を強化する試みである。啓蒙期の楽観主義から生まれおちたもののひとつとしてのセンティメンタリティは、生まれつき「道徳的センティメント」が存在することを前提とする。……それは道徳的な行為の基礎を感情に、生まれつきそこにある道徳的な感情に置こうとした。(12)

完成可能性に向かう性向が人間に内在すると考えたゴドウィン、生まれつきの道徳的センティメントが内在すると考えたスコットランドの啓蒙哲学——そのいずれもが、言ってみれば、価値の多元的な相対化にさらされてしまったポストモダンの現代からすると、なんとも楽天的な性善説にしかみえないが、しかしそこには、あたかも一枚の紙の表と裏のように、ニヒリズムがはりついている。ここにある楽天的な性善説は、一方ではキリスト教神学の縛りから解放されるよろこびの表明であるとともに、神という中心の喪失以降の世界に対する不安の必死の打ち消しでもあるだろう。一八世紀という世紀が、建前上はすべての人間に共通する「人間の本性」をめぐる議論に、世紀の後半になると、「人間の権利」をめぐる議論に、あるいはそれの具現としての理性尊重の議論に熱中したのは十分に理解できる。それらに遍在性と恒久性を付与しないではいられなかった心理的な必然性もわかる。生まれつき内在するという属性にこだわったこと、それもわかる。しかし、最後に辿りつくところがなぜ感情とかセンティメントという、今日のわれわれの目からするならば、不安定きわまりないものとされているのだろうか。確かにそれらは、ひとりひとりの人間にとって最も直接的に現前するけれども、逆にその移ろいやすさもやはり直接的に体験できることではないのだろうか。

なぜ、生まれつき内在する感情なのか。なぜ、生まれつき内在するセンティメントなのか（この語は感情から考え方、意見にいたるまでの意味の幅をもっているけれども――『感情の人』の中にも、「彼は彼女の考え（sentiments）をとくに注意して聞いた」[13]という文がある――ひょっとしたら、「気持ち」という訳語があてはまるかもしれない）。このような疑問に対するひとつの解決案を提示したのが、思想史家のG・S・ルソーである。彼によれば、「われわれは感覚（sensation）について、そしてそのあとに続く感受性（sensibility）とセンティメントに対する崇拝について、一八世紀の中葉のものと考えてしまいやすい。感受性のブームは一七四〇年代にリチャードソンとともに始まり、一七九〇年代にいたるまでそのかたちを変え続け、ロマン主義なるものに取って替わられるまで存続したと言ったりする[14]」けれども、このような文学史上の、思想史上の通説は大きな見落としを含んでいる。そのような言説そのものを誘発し、その分節化をうながしたもうひとつの、より大きな言説を見落としてしまっているのだ。そしてその見落としは、一八世紀以降の文化を理解しようとするときには、決してどうでもいいものではなくて、逆に大変大きな意味をもっているのである。彼の指摘する問題は、確かに一八世紀の思想史の問題につきるどころか、現代にまで、ダイアナ元皇太子妃の葬儀のときに流された涙の意味づけの問題にまで絡んでくるはずである。

一八世紀のイギリスにおいて人間のとらえ方が革命的に変化したと、G・S・ルソーは主張する。

「センティメンタリズムだけではなく、感受性の問題もまさしくその核心部分にあった」[15]。一体何が起きたというのだろうか。われわれは思想史的な通念として、一八世紀の西欧がキリスト教を中心とする世界観の縛りから人間の理性に信頼をおく考え方への移行が起こる時期だと考えていて、その妥当性を否認する必要はないだろう。問題は、それが歴史の中で具体的にどんなかたちをとったのかということである。どのような資料において、われわれがその移行に遭遇するのかということである。ルソーはこの移行のある側面を最もよく示すのが、つまり人間像の革新を最もよく示すのが、魂の位置づけの問題であると考えた。さまざまのキリスト教神学においても、各種の哲学においても――ラ・メトリ流の人間機械論も含めて――人間の魂がどこにあるのかということは重要な問題である。それは果たして人体の内部にその一部分として帰属しているのか、それとも人体の物理性を越えた何かとして存在しているのか。イギリスではすでに一七世紀の末に、魂のありかを脳の内部とする考え方が実験と仮説の操作を通して形成されていた。「想像力によるこの飛躍がもたらしたものを十分に理解しないと、一八世紀の半ばまでにははっきりと眼につくようになるさまざまの感受性崇拝を生み出した思想の起源なるものがつかめないであろう」[16]。それは人間をめぐるもろもろの探究を人間の内部に、内面に向かわせる考え方であった。知覚、もろもろの感情（情念、情緒など）、道徳的なセンティメントなどをめぐる一八世紀のおびただしい言説は、そのような枠組みの中で増殖していったのである。「リチャードソン、スターン、ディドロ、ルソー、マッケンジー、そしてサド侯爵でさえ」、その枠組みの中での分節化に巻き込まれて、人間について考えるときには、外から見える眼や顔の表情から眼にみえない神経と人間をコントロールする脳に、ひとの外観からそのひとの感ずるものへ、ひとの感ずるものからそのひとの知っていることへ、方向を転換してゆく。内向化というプロセスは、ひとがみずからを行為する者、思考する者と考えて満足することがなくなるということを意味する。ひとは、自分の感情が自分の知識をどのように形成してゆくのか、知りたいと思う。ヨーロッパの歴史の中で初めて、その二つを分断しておくことが、情緒を知覚力に結びつけないでおくことが、できなくなる。リチャードソンはみずから虚構したクラリッサのありようを見究めようとして……クラリッサの体のしくみ、感情、行為、そして知識の内的な関係に眼を向ける。(17)

最初に引用した『人間、種の向上を求めて』における身体で泣くことと精神で泣くこととの分断は、このコンテクストを念頭におくならば、時代の流れの中ではむしろ後向きの考え方であったとみてよいだろう。道徳的なセンティメントや感受性をめぐる議論にしても、当然ながら、このコンテクストに帰属する。

何よりも注目に値するのは一八世紀のイギリスにおいて、脳、神経、知覚、精神をつなぐ思考の枠組みがかたちをなしてくるということである。当然ながら、想像力や空想の問題もその枠組みの中に位置づけられることになる。エドマンド・バークが崇高性を知覚の問題としてとらえるのと同時に身体的な反応としてもとらえるというスタンスを取り得たのは、彼もまたこの思考の枠組みを共有していたからにほかならない。精神が生み出すとされるもの、想像力が生み出すとされるものはこのメカニズムの産物ということになる。このひと続きのプロセスをG・S・ルソーは次のように分解してみせる。(1)魂のありかが脳に限定される。(2)脳は、神経を経由して、すべての仕事を行なう。(3)形態学的にみて、神経が「精妙」かつ「繊細」であるほど、そこから生ずる感受性と想像力の度合いが高くなる。(4)洗練された人々や一般に上流社会の人々は生まれつき、より「精妙」な体のしくみをもち、その神経組織の肌理は、下層階級の人々のそれよりも「繊細」である。(5)ひとは神経の感受性が大きいほど、繊細な文章を書く能力が高くなる。(18)

実際には、この論理的なモデルの五つの段階がさまざまのかたちで結合することになるであろうが、基本的な構成レベルの説明としては十分な説得力をもっていると思われる。単に心身問題という表現をもちだして、それにすべてをもたれかかるのではなく、それに一八世紀文化の要求する具体性をもたせようとするときには、この説明は十分に役立つはずである。さらにゴシック・ロマンスなどのジャンルも含む広義のロマン主義の大きな特徴とされる感受性や感情の偏重にしても——ただ単に啓蒙的な理性への反発としてとらえるよりも——この枠組みに依拠したうえでの理性万能視への反発とみるほうが妥当だと思われる。いわゆる感受性崇拝は、その意味では、時代の風潮に対する単なる反動ではなくて、この一八世紀的な思考の枠組みの展開とみる方が適切かもしれないのである。

問題は、この枠組みと道徳的なセンティメント論がどこで、どのように交差してくるのか、そしていつ、どのようにして分離してくるのかということである。生来的に人間に内在するとされる道徳的なセンティメントの考え方とG・S・ルソーの指摘する思考の枠組みは、突きつめてゆけば別の系列に属するはずであるのだが、一八、一九世紀のイギリスでは確かにこの二つの方向が相互を補強しあう姿がみられるのも事実である。マッケンジー、ゴールドスミス、ディケンズの小説にはそうした例が簡単にみつかるし、アン・ラドクリフのゴシック・ロマンスの中にはその結びつきが極端化した例を認めることができる。別の言い方をするならば、一八世紀以降のイギリス小説史の姿形を明らかにするひとつの手掛かりは、この二つの系列の結びつき方と分離のしかたではないかと思われるのだ。もちろんピカレスク小説から社会・教養小説へ、そしてモダニズム小説へという展開の図式がただちに無効になるわけではない。むしろそれを補足し、明確化するものとして、この二つの系列の関係のありかたが陰に陽に関わっているのではないだろうか。

4

ヴィクトリア時代の文学の大きな課題が、人間にとっての社会と歴史のありようであったことは否定できないが、もうひとつ、今ではあまりにも馴染みのものになりすぎて逆に知覚しづらくなってしまったのが感受性、感情表現の問題である。つまり、感情表現は道徳的なセンティメントのような内在する何かとつながっていて、人間の道徳性を判断する手掛かりとなりうるのか、それとも道徳性と必然的なつながりをもつことのない神経、身体の領域に関わる問題なのかということである。フレッド・カプランの『聖なる涙』は前者の考え方が色濃く残存していたことを十分に論証してみせた。その考え方が今でも生きていることは、ダイアナ元皇太子妃の死に際して流された涙の解釈の中にもはっきりと感じとることができる。私の考えでは、児童文学と総称されるものの多くは、この発想を温存するための文学装置とみてよいだろうと思う。一八世紀の哲学と文学の中であれだけ大きな役割を果たした道徳的なセンティメントの議論は決して自然に消滅してしまったのではなく、ワーズワスに要約されるような子どものイノセンス神話を経由して、一九世紀の児童文学の中に温存されたと考えられる。『サイラス・マーナー』や『黄金の川の王様』等々の作品はそのような系列を形成するのであって、数多いパロディ童話はそのことを逆証するものであるはずだ。今日のわれわれは児童文学を、ときにはディケンズまでもセンティメンタルと評価してしまうことがあるけれども、それは評語としては間違いではない――ただ三世紀にわたる歴史の中でその意味合いが変化してしまったのである。

それに対して、感情表現が神経過敏の問題と密接に結びつきうることを明示したのが、一八六〇年代にとくに注目をあびた、ウィルキー・コリンズやブラッドン夫人の作品を代表例とする煽情小説と呼ばれるジャンルである。神学者H・L・マンセルが一八六三年に『季刊評論』に発表した「煽情小説」は一度に二四冊の小説を書評して、この「文学における病的な現象」を手厳しく批判したものとなっている。彼によれば、このジャンルは「判断力よりも神経に訴えかける」ものであって、「刺戟、刺戟のみがその目的とするところであるように思えるし――どんな犠牲を払っても何らかの手段で達成すべき目的[19]」としている。このような小説の流通をあおっているのは「雑誌類と貸本屋と鉄道の駅の売店」であり、その中味はと言えば、時代を近いところに設定し、あれこれの事件や重婚などを好んで取りあげる。煽情的な宗教小説などというのまであって、要するに、「センセーション渇望が社会の全階級に広がっている[20]」のである。その展開のスピードは、あたかも汽車のスピードに合わせるかのように、従来になく速いものとなり、事件が次々に起こる。読者を刺戟し、興奮させれば十分なのだ。その意味では、ここにこそ、現代の娯楽小説のある部分の出発点があると言ってもいい。少年向けの冒険小説にはこのジャンルの海洋版と言ってよい部分がかなり含まれているのであって——とりわけ、その筋の展開のテンポに——、ロビンソン物語の系譜を辿るのみではその可能性を説明しきれないと思われる。いずれにしても、煽情小説によって喚起される感情や興奮が道徳的センティメントと袂を分かっていることは明白である。

ヴィクトリア時代の文学において、このような二つの傾向が一方では依然として曖昧に交差しながら、他方では分離してゆくことになったとすると、それでは、しばしばジョージ・エリオットの小説と結びつけられる心理小説の成立という事態はどのように説明されることになるのだろうか。さらにサミュエル・バトラーによってきわめて明確に対象化され、フロイトによって探究されることになる無意識の次元は、その構図のどこに、どう絡んでくることになるのだろうか。今ここで、こうした疑問に対する解答を用意したいとは思わない。ただ、確実に言えるのは、ディケンズからウルフにいたる間にその心理小説と呼ばれる始末の悪いジャンルが形成されたということであり、その経緯を説明するにあたっては、小説史のカノンと心理学史を比較検討しただけではおそらく何も見えてこないということである。おそらく心理小説の〈起源〉はヴィクトリア時代のとてつもなく錯綜したディスクールの状況の中にあると言うしかないであろう。しかもその形成史はかたちのくっきりとした拡大、深化といったものではなく、消失と再来すら含むものであるかもしれないのであって、ニコラス・デイリーの論文「鉄道小説、センセーション小説と感覚の近代化」における次のような指摘が興味深いのはそのためである。

近代の神経質な身体は、第一次大戦のあと、近代戦争の余波を説明するためにシェル・ショックという言葉が使われだしたときに、大々的に舞い戻ってくる。そうだとすると、『ダロウェイ夫人』の中でヴァージニア・ウルフの描いたシェル・ショックをうけた近代的主体セプティマス・ウォレン・スミスは、チャールズ・ディケンズ、ウォルター・ハートライト、オードレー夫人、オジアス・ミッドウィンターほかもろもろの実在の、またフィクション上のヴィクトリア時代の神経質な主体の直接の子孫とみなせるかもしれない。[21]

注

（1）Digby Anderson and Peter Mullen, "The idea of a fake society," in Digby Anderson and Peter Mullen ed., *Faking It: The Sentimentalisation of Modern Society* (London: Penguin Books, 1998), p. 18.

（2）*Ibid*., pp. 3–18.

（3）Anthony O'Hear, "Diana, queen of hearts," in *Faking It*, p. 185.

（4）Tony Walter, "The Questions People Asked," Tony Walter ed., *The Mourning for Diana* (Oxford: Berg, 1999), p. 25.

（5）Tom Lutz, *Crying: The Natural & Cultural History of Tears* (New York: W. W. Norton & Company, 1999), p. 21.

（6）*Ibid*., p. 31.

（7）Fred Kaplan, *Sacred Tears: Sentimentality in Victorian Literature* (Princeton, N. J.: Princeton University Press, 1987), p. 19.

（8）*Ibid*., pp. 18–19.

（9）Henry Mackenzie, *The Man of Feeling* (London: Oxford University Press, 1967), p. 16.

(10) *Ibid*., p. 50.

(11) Quoted in Thomas Robert Malthus, *An Essay on the Principle of Population* (London: Penguin Books, 1970), p. 168.

(12) Fred Kaplan, *op. cit*., p. 16.

(13) Henry Mackenzie, *op. cit*., p. 16.

(14) G. S. Rousseau, *Enlightenment Crossings* (Manchester: Manchester University Press, 1991), p. 125.

(15) *Ibid*., p. 126.

(16) *Ibid*., p. 131.

(17) *Ibid*., p. 136.

(18) *Ibid*., p. 133.

(19) H. L. Mansel, "Sensation Novels," *Quarterly Review*, 113 (1863), p. 482.

(20) *Ibid*., p. 505.

(21) Nicholas Daly, "Railway Novels: Sensation Fiction and the Modernization of the Senses," *ELH*, 66 (1999), pp. 480–81.

航海、帝国、ユートピア

一八世紀ユートピア小説論

1

ヴィクトリア時代のイギリスの政治家として重きをなしたベンジャミン・ディズレーリが、それなりに名の通った小説家でもあったということは、恐らく周知の事実であろう。それにもかかわらず少し意外な印象を与えるのは、その作品のうちのひとつがユートピア小説だということかもしれない。そのタイトルは『ポーパニラ船長の航海』、一八二八年の刊である。犯罪まじりの恐怖小説か、諷刺的な社会小説でも書けばいくらかなりとも収入が期待できる出版状況の中で、いきなり「人魚」の登場するユートピア物に手を出すというのは、若い時代のディズレーリの衒気の表われとみることもできるだろうが、興味深いのは、まず最初にユートピアの島を提示するときに作者が取る姿勢である。

インド洋にひとつの島が浮かんでいるが、幸いにもこの島にはまだ発見のための船も宣教師の協会も到着していなかった。そこは、人間が一番見たいと思うにもかかわらず、滅多に眼にする機会に恵まれないものがつねにあふれている島であった。そこには豊かな花々と果実と陽光がある。……この島の住民は、その顔形ともその気候と土地にいかにもふさわしく、男たちは牧神の潑溂とヘラクレスの力強さとアドニスの美しさを兼ね備えていた。……時は真昼間、奇妙なことに、このファンテジー島の砂浜をひとりの人間がうろついていた。

「もちろん難破した帆船の乗組員の誰かでしょう？　危機一髪だったのね！　何と運の強い人なんでしょう！　どんな人なんでしょう！　きっと疲れを知らぬパリー船長ね！　それとも勇敢なフランクリン船長かしら！　ひょっとしたら冒険好きのライオン船長かも！」

いいえ、違います！　青い瞳のお嬢さん！　私の話の筋は、皆さん方が大好きな、すぐに察しがつく類のものではありません。それどころか、この本はいつものやり方通りに最後の頁から読み始めたとしても、「話の進み方」を見つける手掛かりなどひとつも手に入らないようにこしらえてあるのです。

もちろん小説の本体の部分にはイングランドの国制に対する批判や価値の転倒も書き込まれていて、伝統的なユートピア物語としての特質も欠けてはいない。しかし、作品全体を被うチグハグな雰囲気はこの引用からでも十分にうかがい知ることができる。さらに、そうしたある種のチグハグさ自体が、それぞれの時代の特定の社会の逆転した像を提示することを使命とするユートピア文学の本質的な属性であると考えることもできるだろう。

そのことを念頭に置いたうえで、注目したいのは、ユートピアが〈島〉として想像され、そこに辿りつくための〈航海〉が前提とされているという想像力の問題である。これはユートピア文学一般の属性なのだろうか――しかし、海を知らない世界の想像力がそのように働くとは考えがたい。その場合にはユートピアは地上の〈旅〉のあとの〈彼方〉に見出されたり、〈冥府下り〉を要求したりするように思える。しかし、もしそうであるとすると、航海のあとに辿りつく島にユートピアを設定するのは特殊イギリス的な、あるいはイギリスでとくに顕在化する特徴ということだろうか。そのことは海洋国としてのイギリスの島国性と、更に言えば大英帝国なるものの歴史的なあり方と、どこかで、何らかのかたちで相互依存しているのだろうか。イギリスのユートピア文学とは、大英帝国の拡がりをひとつのグローバルな鏡として映し出された巨大な自我像とみなしてもいいのだろうか。それはオリエンタリズムの拡大版と考えても、いや、実はオリエンタリズムの方こそがユートピア文学の特殊なあり方と考えてもいいのだろうか。これらは大きすぎる問題ではあるにしても、イギリスにおけるユートピア文学の位置を綜体的に考えようとするときには避けて通れないものである。ユートピア共同体をその時代の歴史社会に対する諷刺的批判とみて社会思想史的に読むだけでは見えてこないものが、必ずそこには残るはずである。

社会思想史的にみた場合、『ポーパニラ船長の航海』には、エドワード・ベラミーの『顧れば』やウィリアム・モリスの『ユートピア便り』のような意義がないという判断に辿りつくだろうが、それでも私にはこの小説が興味深い。その理由というのは、例えば、三人の船長の名前である。サー・ウィリアム・エドワード・パリー(一七九〇―一八五五)、サー・ジョン・フランクリン(一七八六―一八四七)、ジョージ・フランシス・ライオン（一七九五―一八三二）の三人は、いずれも実在の人物である。ただし、この三人の名前が知られているのは北極地方の探険者としてであるが、作者はこの三つの固有名詞をフィクションの空間に引き入れている。それは一体何のためにであろうか――私はフィクションに現実効果を与えるためだとは思わない。万一作者の側にそういう腹づもりが少しでもあったとしても、ユートピア文学のもつ極度のフィクション性がその意図の実現をたちどころにくじいてしまったであろう。問題は、作品の内に取り込まれた歴史上の事実なるものがフィクションの現実効果を増進させるかどうかということではなく、その二つが併存するということ、つまりユートピアを生み出す極度のフィクション性と歴史上の事実なるものを併存させるような想像力のあり方である。歴史上の実在の航海が想像上の航海の信憑性を保証するというのではなく、その両者の合力としての〈航海〉が逆にその二つのものを互いに支えあうような言説状況こそが、いわゆるイギリスの特徴的なユートピア文学の場になっているのではないだろうか。

インド洋の島、探険隊の船、宣教師という三つの歴史的要素を含む冒頭の文にしても、ただ現実効果を狙った小道具と解釈してすませるわけにはいかない。確かに、アメリカの十三の植民地を独立によって失う以前のイギリスの関心が大西洋を中心として展開していたのに対して、それ以降の植民地活動の場が急速にインド亜大陸やオセアニアにも拡大してくることを考えると、ディズレーリがファンテジー島をインド洋に設定したのにはある種の歴史的な現実性が認められるだろう。しかし大切なのは、冒頭の文が確かにある種の現実効果を伴いながら、実にすんなりと以下のユートピア島の記述に呑み込まれてゆくということである。このような接ぎ木状態のことを私は併存と呼んでいるのだ。もっともこの考え方が十分に機能するためには逆の接ぎ木が、つまりユートピアから歴史的現実に戻るための場が設定されている必要がある。『ポーパニラ船長の航海』の中にはそのような機能を果たす場が書き込まれている。

探険隊はニューギニアからニューホランドに向けて航海したものの、そのあとは、新しい商売相手のところに辿りつくことも、その場所についてのわずかな情報を得ることもまったくできなくなってしまった。セイロンではファンテジーという土地のことなど知られていなかった。スマトラでの情報も同じように満足のゆくものではなかった。ジャワは首を振るだけ。セレベスはそういう問い合わせそのものを冗談とみなした。フィリピン諸島は香料を提供してもいいと言ってくれたものの、その他の点では助けにならなかった。極端に暑くなかったら、ボルネオの人々はゲラゲラ笑いだしただろう。モルディヴ、モルッカ、ルカディヴ、アンダマン各諸島の連中も同じように無礼であった。

一八二八年の頃のイギリスの読者がこれらの固有名詞のさす対象について正確な知識をもっていたとは考えられないが、それらはある種の現実効果を演出しさえすれば、その役目を十分に果たしたことになるのである。皮肉とユーモアと批判をまじえたユートピア島の記述のあとに置かれたこの歴史的、地理的言及は、そのようなユートピアを極端な非現実のフィクションとして囲い込み、切り離しながら、まさしくその切り離しの場において二つの次元が併存し、相互に支えあっていることを示唆する。ユートピア文学を論ずるときには、ややもすると、ユートピア社会を描いた部分のみが切り出されて、何らかの歴史社会と逆立的に比較されることが多い。しかし、同じように大切な意味をもつのは、その二つの次元の往還のルートであり、併存のさせ方であろう。作者はそこで夢のもつ力に訴えかけてくるだろうか、それとも旅や航海を利用してくるだろうか。この副次的ともみえる部分が実はユートピアの存立を左右するものであることは、少し冷静に考えてみれば容易にわかることである。その部分があまりにも超現実的であるならば、その先に発見されるユートピアはたんなる空想にとどまるか、稀に過激すぎる毒をもつ諷刺を呼び出してしまうかするだろう。それが歴史的現実なるものに何らかの程度において繋留されているならば、少なくとも原則的には二つの次元は併存し、互いに還流する可能性を残してしまうことにもなる。あるいは、互いに還流する可能性があるという錯覚を残してしまう。航海の先に黄金郷があるというのなら、航海の先にユートピアがあっても——あるいはその逆であっても——さして驚くにはあたるまい。航海の先に信じがたい富や物産を提供してくれる植民地があるというのなら、航海の先に社会のあるべき姿を提供してくれるユートピアがあったとしても——その逆であっても——さして驚くにはあたるまい。海の航海を重要な契機としてもつイギリスのユートピア文学は恐らくこのような思考ゲームの上に成り立っている。

2

さしあたり、そのような一般論を念頭において、一八世紀のイギリスにおける航海とユートピア物語の関係をみてみることにしよう。そのために必要となるのは、この世紀における航海と大英帝国の関係のあり方を確認しておくことであるだろうが、そのことと関連して、一九世紀の末に刊行され、帝国主義的な拡張を正当化する歴史論として圧倒的な影響力をもつことになった、R・S・シーリーの『イングランドの拡張』（一八八三）の中核をなす指摘は、ポストコロニアリズムの云々される今日にあって、逆に大きな意味をもってくるように思えるところがある。

改革やリベラリズムのような近代の政治運動はイングランドに発したものではなく、大陸で始まって、われわれはそれを借りてきたにすぎない。すでに指摘したように、この時期の特殊イングランド的な運動とは前例のないほどの領土拡張であった。この事実をおさえれば、一八、一九世紀を理解するための手掛かりをつかんだことになる。ルイ一四世からナポレオンにいたるまでの対フランス戦争も理解可能な一連の事件となる。アメリカ革命とインド征服はイングランド史上のたんなる逸脱であることをやめ、その主流のうちにしかるべき位置を占める。富と交易と産業の伸び、古い植民地システムの崩壊と新しいシステムのゆるやかな伸びなども容易に同じ図式に組み込むことができる。そしてこの図式はイングランドの過去と未来をひとつにつなぐのだ。

彼は別のところではもっと大胆に、一八世紀の歴史は議会制度や自由をめぐる国内的な事件をみていても分からない、「その世紀のイングランドの歴史はイングランドではなく、アメリカとアジアにあった」とまで言い切る。アーノルド・トインビーの『一八世紀のイングランドにおける産業革命』（一八八四）とほぼ同時期になされたこの主張の重要性が、今ならばよく分かる。そして、イングランドが前例のないほどの領土拡張に成功したということは、海を最大限に活用したということを意味する。アメリカの独立を契機として第一帝国から第二帝国と呼ばれるシステムに移行することになる大英帝国にとって、一八世紀はまさしく海の時代であり、航海の時代であったということだ。陸上の馬車と海上の船——一八世紀における空間移動をめぐる想像力は、この二つのものに大きく規定されざるを得なかった。かりに空を飛ぶものを想像するとしても、その何かは〈空飛ぶ船〉と呼ばれるしかなく、その運動は〈航海（voyage）〉と呼ばれるしかなかった。

貴族の子弟が教育の仕上げのために大陸にでかけるグランド・ツアーから、各植民地との間を往来する航海にいたるまで、一八世紀のイギリスの文化のいたるところに旅のモチーフが浸透しているのも、当然ながらそれと関連することである。少し考えてみればすぐに分かることであるが、一八世紀のイギリスを代表する散文作家たちは大抵何らかのかたちで陸もしくは海の旅をその題材として取りあげている。デフォー、スウィフト、フィールディング、スターン、スモレット、みなそうである。この世紀の文学の特色は書簡体形式の文学をもったということよりも、むしろ陸上の旅に対応するピカレスク小説と、海の旅に対応する航海記を同時にもったということであるかもしれない。逆に、そのような言説環境の中で呼吸するものにとっては、旅もしくは航海というグリッドを通して、眼の前に現われる冒険的フィクションや航海記を読むことはごく自然の文学的営為であったろうと思われる。そこにあるのがフィクションなのか、事実の報告なのかという判断よりも、まず旅もしくは航海というグリッドを通して読み、そこで未知のものに出会うことを期待するという姿勢があり、真偽の判断はそのあとからあやふやなかたちでついてくるという事態も十分に考えられる。

ホラス・ウォルポールの『最近発見された巨人について』（一七六六）という文章の中に、たとえばそのような例のひとつを見ることができるだろう。この文章は『ジョン・バイロンの物語、彼とその仲間がパタゴニア海岸で体験した苦難の話を含む』に対する諷刺を意図したものであるが、この航海記に対するウォルポールの諷刺的反応のうちに、航海というものが一八世紀の想像力をどのように分節していたのかがある程度読みとれるだろう。そこにあるのは、航海の途中もしくは彼方で遭遇するものの上に国内的事情が投射されるありさまである。外なる他者に遭遇したときに、それを媒介として内なるものが拡大され、また縮小されて、開示と隠蔽を同時にもたらしてしまうメカニズムである。このような明察と死角の相互依存的な同時生成は航海記にも、あるいはそれを前提としたユートピア物語にもほとんどつねについてまわる。われわれは航海記やユートピア物語を書く側の立場から、つまり投射を行なう側の立場から読んでしまうのだが、その一方で他者はその投射を強要されながらも、その投射の拡大および縮小を、デフォルメを誘うことによって、そこに棲みついてしまうのである。表面に現われる投射の欲望をルートとして、投射をうける他者の欲望も還流してくるのだ。航海記やユートピア物語を読むにあたって、少なくともそれくらいの可能性は意識しておかねばならないだろう。現にウォルポールの文章を複雑に屈折させてしまうのも、そうした欲望の多方向性の所産であると思われる。

ジョン・バイロン（一七二三―八六）は実在の航海者であった。その彼が、「パタゴニア海岸で、馬にまたがった五〇〇人の巨人たちを、部下とともに目撃した」と報告する。ゴシック小説『オトラント城の怪』（一七六四）の作者として、巨怪なものに対する嗜好を十分にも持ちあわせていたはずのウォルポールは、この〈体験的な事実〉の衣をまとった報告にどのような反応を示すことになるだろうか。

ひょっとすると、あなたはこの物語を何かの政治的な寓意ととるか、スウィフトの大人国の焼き直し版とみなすか、そのいずれかであるかもしれませんが、実はそのいずれでもないのです。……私は旅行記を読む人間ではありませんが、あの大陸が発見された頃からすでにこのような巨人族（nation）の存在が知られていたという話を聞いていますし、サー・ジョンがそれに言及しておられます。最近ではモーペルチュイがそうしていることも聞いています。スペイン人などは、前々からその存在を知っていたと申しております――してみると、彼らにも秘密を守る力はあるのでしょう。このことがほとんど知られていない理由として挙げられるのは、各船がホーン岬を回るためにほとんど海岸に近づかないということ、この巨人たちが放浪性の部族（nation）で、滅多に海岸まで降りて来ないということです。降りてくるのは、愚考しますに、鯨を釣るためでしょうか。

ウォルポールの行文は、航海記を読むためのグリッドとして政治的なアレゴリーや（例えばモアの『ユートピア』や、ハリントンがクロムウェルに捧げた『オセアナ共和国』や、さらにはキャヴェンディッシュ夫人の『光り輝く世界』など）、『ガリヴァー旅行記』が読者の意識の中に存在したことを示唆している。航海記の信憑性を左右するのは、比較の対象となる他の航海記や報告であるとともに、今日われわれがユートピア文学と呼び慣わしているものでもあるのだ。航海記とユートピア物語は、航海という枠組みの中にあるかぎり、ときには今日のわれわれには信じ難いくらいに相互接近することがあったのである。ウォルポールはそのような言説環境の中でこの諷刺的な戯文を書いている。

もちろん彼はバイロンの航海記を信用しているわけではない。大切なのは、航海記とユートピア物語が混淆しうるような言説環境こそが、次のような諸問題の焦点化を可能にしているということである。

あなたはナチュラリストというよりも政治の方に関心がある方だから、バイロン船長が彼らの国をイングランドの王冠のために占有し、ジョージ三世即ち神の恩寵により、大ブリテン、フランス、アイルランド及び巨人国の王、という称号を捧げることになったかどうか知りたいでしょう！　なぜその国の女たちを少しは連れ帰って、過去何百年かにわたって減少し続けていると立派な愛国主義者たちが主張している我が民族の改善に役立てないのかと問われるでしょう。

ここではパタゴニアの巨人族という実在=不在の他者が、イギリス側の植民地拡大の欲望にくっきりとした輪郭を与えるとともに、その中を還流して、国内における人口減少問題に触れてしまう。そしてそれによって混血化の問題の存在に眼を向けさせてしまうのである――しかも、それは植民地もしくはユートピアで行なわれる実験としてではなく、国内における愛国的な課題としてなのだ。さらに植民地化以降の巨人族の扱いに思いをめぐらすと、それはアフリカの黒人奴隷と砂糖産業の問題を浮上させることになる。「彼らは、黒人と同じように、普通の人間とは違っているし、しかも黒人よりも大きくて役に立つかもしれませんから、私は賢明な商人方に彼らを砂糖業で使うように勧めたいと思います。彼らの方がもっと働くでしょうが、できることならば黒人奴隷よりもひどい扱いをすべきでしょう。手足を部分的にいためつけ、気力をくじいておくべきです、そうしないと危険ですから。奴隷が四年生きていれば購入代金の元はとれるのだから、四年で使い殺してもかまわないという植民者の賢い考え方のおかげで、われわれはアフリカの人間を、つまり黒人種を半ば潰してしまいましたから、これによって一息つけるでしょう」。

パタゴニアの巨人族はこのような諷刺と皮肉を経由して，イギリスの国内問題の奥にまで侵入してくることになる。

すべての善良なるキリスト教徒の頭にまず浮かぶのは，この巨人という人種は絶滅させるべきであり，その国を植民地にすべきだということでしょうが，既に述べましたように，奴隷のことを考えますと，彼らから大きな効果を引き出せるかもしれません。これも前に述べたことですが，わが民族を改善するために少しは輸入していいのかもしれません。しかし，ときおり耳にする計画，子作りとは関係のない計画，つまり，貴族の末亡人の第二の夫として彼らを少々連れてこようという目論見に首を突っ込むつもりはまったくありません。アイルランドは既に屈辱的な状態に置かれています。われわれはその交易を規制し，世界で最もよい位置にあるいくつかの港を使うことさえ許していません。結婚こそは彼らが規制をうけない唯一の商売のルートなのですから，それさえ動きを取りにくくしてしまうのはとんでもない不正でしょう。

スウィフトの筆力ならばこの問題をもっと鮮やかに扱えたかもしれないが，ともかくウォルポールはこのように書いたのである。『最近発見された巨人について』は正統的なユートピア文学には属さない。それは航海記をふまえた諷刺的な戯文以上のものではないかもしれないが，その中途半端な性格のゆえにかえって航海記とユートピア文学が相互に還流し，インターテクストを構成する場をむきだしにして見せてくれるのである。

3

一八世紀の初めのところに『ロビンソン・クルーソー』（一七一九）と『ガリヴァー旅行記』（一七二六）の二つの作品がならんでいる文学史上の奇妙な事態をどう解すればいいのだろうか。各々の作者ダニエル・デフォーとジョナサン・スウィフトはその性格も目的もまったく異なるにもかかわらず、一般の読者にも研究者にも、そして子どもにも読みつがれる古典的な小説を書き残してしまったのだ。もちろん一方を毒のない冒険小説に分類して、あとに続く数えきれないほどの〈ロビンソン物語群〉の原点とし、他方を痛烈きわまりない諷刺の傑作として、メニッポス的諷刺文学の伝統の中に回収してしまうならば、ある意味でことは簡単かもしれないが。しかし、同時代性をもってただちに何かと何かを結びつけてしまうというのは、悪しき連想ゲーム以上のものではない。この二つの小説の場合、それを結びつけて考えるのが適切かつ必要であると思えるのは、その構成の緊密さ、文体、雰囲気にどれだけ大きな違いがあろうとも、航海の物語という決定的な形式を共有しているからである。それは、拡張してゆく帝国の雰囲気に最もうまく合致する文学形式であった。やがて一八世紀の中産階級はみずからの欲望を映しだし定着させるために、家庭や愛という情念や幸福という価値意識に合致する文学形式を求めるようになるのと似たことで、端的に言えば、一八世紀の男性的な価値観は航海の物語を必要としたのである。そのような必要に対応できる形式を背骨として共有する二つの作品の併存が異様に映るとしたら、その理由は恐らくわれわれの側にある——要するに、歴史のコンテクストが見失われ、埋もれてしまっているのだ。

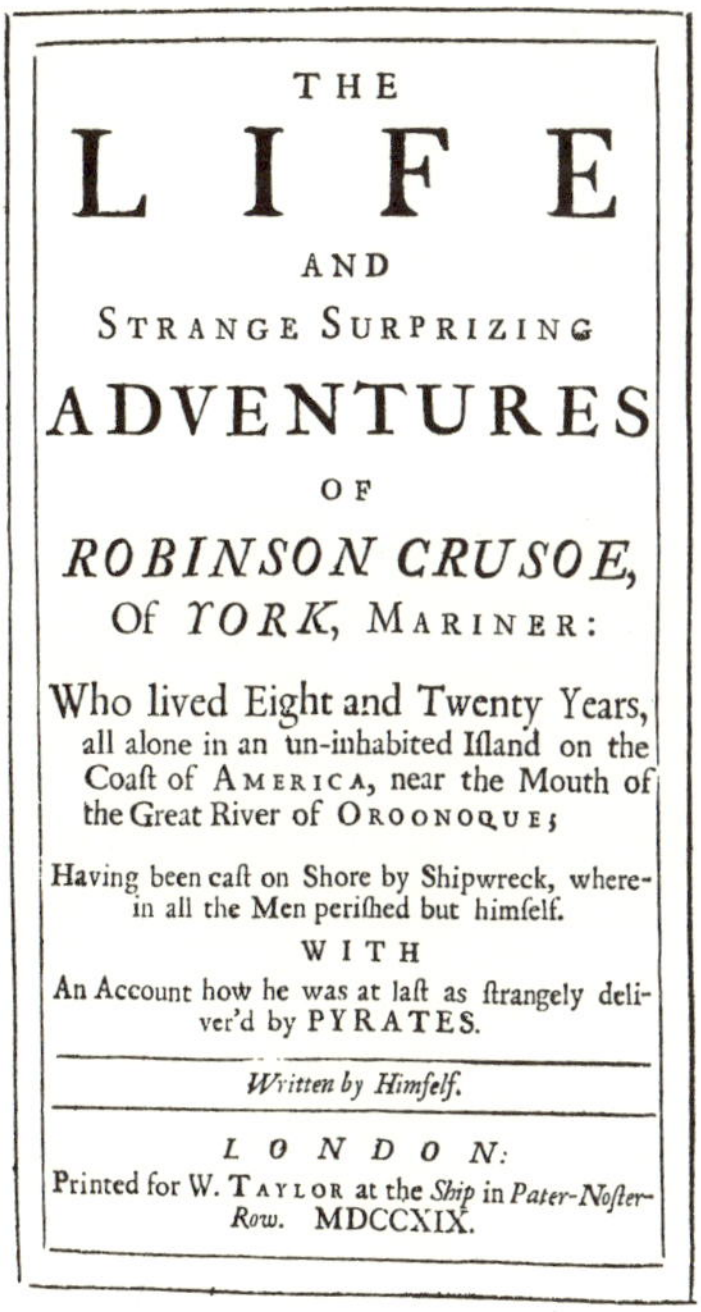

THE
LIFE
AND
STRANGE SURPRIZING
ADVENTURES
OF
ROBINSON CRUSOE,
Of *YORK*, MARINER:

Who lived Eight and Twenty Years, all alone in an un-inhabited Iſland on the Coaſt of AMERICA, near the Mouth of the Great River of OROONOQUE;

Having been caſt on Shore by Shipwreck, wherein all the Men periſhed but himſelf.

WITH

An Account how he was at laſt as ſtrangely deliver'd by PYRATES.

Written by Himſelf.

LONDON:
Printed for W. TAYLOR at the *Ship* in *Pater-Noſter-Row.* MDCCXIX.

図1　『ロビンソン・クルーソー』の表紙頁

TRAVELS
INTO SEVERAL
Remote Nations
OF THE
WORLD.

IN FOUR PARTS.

By *LEMUEL GULLIVER,*
firſt a SURGEON, and then a CAPTAIN
of ſeveral SHIPS.

VOL. I.

LONDON:
Printed for BENJ. MOTTE, *at the Middle*
Temple-Gate *in* Fleet-ſtreet.
M, DCC, XXVI.

図2　いわゆる『ガリヴァー旅行記』の表紙頁

フィリップ・エドワーズの『航海の物語、一八世紀のイギリスにおける海の物語』（一九九四）の中に次のような指摘がある。

> 既に一七一〇年にはシャフツベリー伯爵が、航海の物語こそ「蔵書を整えるときの中心となるものだ。……われわれの時代にあって、祖先の時代にとっての騎士道の書物にあたるのが、これである」と素気ない調子で述べている。確かに航海の物語は、一六世紀の人々の想像力に対して騎士道の世界がもっていたインパク

トに匹敵するだけのインパクトを、一八世紀の人々の想像力に対してもっていた。一六世紀における後者のインパクトの力の大きさがアリオストやスペンサーの叙事詩から分かるのに対して、前者の力はデフォーやスウィフトの小説、クーパーやコールリッジの詩のうちに見出すことができる。具体的な数字をあげるならば、一八世紀だけで二〇〇〇近くの航海記が出版されているというのである。当然ながらその数に、それに言及し、紹介し、あるいはそれを利用して書かれる詩や散文などが加わる。民衆向けのチャップブック形式のものも加わるだろう。

ひとつの具体的な事例がインターテクスト化されるあとを追いかけてみよう。ウィリアム・ダンピア（一六五二―一七一五）は世界一周を二度行なった一七世紀後半の代表的な航海者であるが、彼の『新世界周航』（一七〇三）の一六八四年三月二二日の記述に、ファン・ヘルナンデス島に置きざりにされたモスキート・インディアンの話が出てくる。「一六八一年、ウィルと呼ばれたこの男は、この孤島で三年余をたった一人で生きのびたのちに救出された。アフリカに向かう少し前に、三隻のスペインの船に追跡されたので、ここに残していった」のだと、ダンピアは説明している。そしてこの話は、ウッズ・ロジャーズの『世界周航』（一七一二）の中で次のように語り直される。

ダンピア船長によると、ワトリン船長の船にいたモスキート・インディアンが、森の中で狩りをしているうちに船が島を離れてしまい、そのままそこで三年間一人で何とか生き抜いていたのを、一六八四年にその島に来たダンピア船長本人が救出したとのことであるが、セルカーク氏もほぼ同じやり方で生き抜いたのである。

孤島に残されて生きのびる男の像が、ここで二重化してくる――ということは第三、第四のそういう人物の出現を期待し、予測させることになるだろう。あるいは同一人物が異なるテクストの中に出現したとしても、幾分似たような効果をもつことになるかもしれない。ロジャーズの本と同じ年に刊行されたエドワード・クックの『南太平洋への航海と世界一周』の中にも、「アレグザンダー・セルカーク」なる人物への言及がみられる。彼は「ストラドリング船長のもとを去り、島にあがって、四年と四ケ月、山羊やキャベツヤシの芽」などを食べながら命をつないだのだという。その彼のことは、ロジャーズの本の中に詳しく語られている。

それによれば、アレグザンダー・セルカークはスコットランドのファイフのラーゴという土地の生まれで、若い時から船乗りになり、孤島での生活を強いられたのは三〇歳前後であったという。当時彼はシンク・ポーツ号に乗り組んでいたが、彼がそこに置き去りにされた理由というのは、彼と船長との意見のくい違いで、おまけに船の水漏れがあったので、最初は船長と同行するよりもそこに残ることを望ん

図3　ウィリアム・スペイヴンズ『船乗りの物語』(1796年) の表紙頁

だが、最後に気が変わったときには、今度は船長のほうが拒否した。彼は以前にもこの島に薪と水を取りに来たことがあったが、そのときには船会社の二人が、船が戻ってくるまでの六ケ月間そこにとり残されてしまった。……彼の手元に残されたのは衣類、寝具、火縄銃、いくらかの火薬と弾丸、煙草、手斧、ナイフ、薬缶、聖書、その他の雑品、計測道具、数冊の本。彼はなんとか気晴らしをして、食いつなぎはしたものの、初めの八ケ月は憂鬱に耐え、そのような孤島に一人とり残された恐怖に耐えるのは並大抵のことではなかった。彼は小屋を二つ作り……その小さな方では食事を作り、大きな方では眠ったり、本を読んだり、讃美歌をうたったり、祈ったりした。そのために、それ以前のどんなときよりも、あるいはそれ以降のどんなときよりも、この孤独の中にあったときの方が善きキリスト教徒であったような気がするという。

リチャード・スティールといえば一八世紀初めの有名なジャーナリストであるが、一七一三年一二月三日の『イングリッシュマン』第二六号にこの人物に関する記事を書いている。

私が言っているのはアレグザンダー・セルカークのことであるが、フアン・ヘルナンデス島で四年四ケ月の間一人で生きのびたことが有名なので、好奇心の強い人々には周知のことであろう。氏が一七一一年にイングランドに帰着されて以来、私は幸いにも何度か話を聞く機会があった。もともと良識のある人なので、長い孤独の中で脳裡に去来したさまざまのことを聞くのは実に興味深いことであった。大抵の人間にとってはわずか一晩人に会わないでいるだけでもいかに辛いことであるかを考えると、船乗りとして育ち、つねに仲間と一緒に苦楽をともにし、共に食い、飲み、眠り、務めをはたすことに慣れてきた人物にとって、この避けがたい孤独の連続がいかに辛いものであったか、想像がつくかもしれない。

このあとスティールはロジャーズの『世界周航』の提供する情報を語り直すことになる。国を支える重要な活動としての航海をめぐる諸々の情報があふれかえるなかで、このセルカークの物語がさまざまに語られて増殖してゆく言説状況は容易に想像できるだろう。航海→(難破)→孤島暮らし→冒険→帰還というシークエンスが、宗教的なモラルをともないながら、人々の想像力をとらえ分節化してゆくというのが、一八世紀のイギリスの文学のひとつの公式となる。海洋冒険小説とユートピア小説は実にしばしばそれを共有することになる。

決してデフォーが『ロビンソン・クルーソー』を発明したわけではない。セルカークの物語を消費した言説状況がデフォーという作家に、それを濃縮しかつ細分化することを可能にしたのである。セルカークという実在の人物をもとにしてロビンソン・クルーソーというフィクションが成立したと説明するのはあくまでも文学史的な後知恵であって、一八世紀初めの言説状況の中では、真偽の区別をすり抜けるようにして、その両者が連続していたと考えるべきであろう。『ガリヴァー旅行記』はその連続する流れのスリップ・ストリームにまず身を置き、そこから鮮やかに稀有のユートピア空間に飛翔するのである。この連続する流れがなかったらスウィフトの奇蹟は生じなかったろう、そしてひとたび奇蹟が生じたあとでは、その由来を足元に求めることは極度に困難になるだろう——そのためにこの小説は、ギリシャ以来の歴史をもつ由緒正しいユートピア文学史上のひとつの事件という名誉を与えられてしまうことになるのである。

しかしセルカーク物語のもつ可能性は、『ロビンソン・クルーソー』と『ガリヴァー旅行記』の組み合わせによってすべて使い尽くされてしまったのだろうか。カノンの羅列によって成り立つ文学史の側からするとそう言いたくなるのかもしれないが、社会の全体の中で生きている文学を考えると、明らかにそうではない。むしろ、この二つのフィクションの組み合わせは途轍もない可能性の扉をあけてしまったと言うほうが正確だろう。そのために、ウィリアム・クーパーという予想外の詩人が、セルカークの独白の形をとった詩を出版する（一七八二）ことにもなったのだ。フィリップ・B・ゴーヴの『散文小説による架空の航海』（一九四一）は一八世紀に出版された二一五点の架空の航海物のリストを提供してくれる（問題の二冊も当然その中に含まれている）。あるいは、民衆本の方に眼を向けるならば、二つの作品ともチャップブックとして広く流通していったことが知られている。例えばそのひとつのタイトルは、『ヨーク市出身の船乗りロビンソン・クルーソーの驚くべき人生と摩訶不思議なる冒険。難破のためにアメリカの海岸の巨大なオルーノク河の河口近くの無人島に打ち上げられ（脱出したのは唯一人）、そこで二八年を過ごし、ついに海賊の手で救助され、祖国に連れ戻された男の物語』というもので、原作の内容を極度に単純化した粗末な木版画がそえられている。そのわきに別のチャップブックを置いてみることにしよう。そのタイトルは、『サー・ジョン・マンデヴィルの外国旅行。遠方の王国、諸国、河川、城等々の話。巨人、小人他諸々の異形の人間たち、並びにその法や風俗習慣の記述。魔的な荒野、龍、怪鳥他の多数の不思議な猛禽等々も含む』というもの。その中には次のような記述が含まれている。

三日間旅をしたのち、私はドゥーディンに辿りついたが、そこでは子どもが親を、親が子どもを、夫が妻を、妻が夫を喰う。もし親が病いで倒れると、息子は生か、死かの神託を聞きに出かける。もし死と出れば、神官ともども急いでとって返し、親の息を止める。それが終ると、すぐに体をバラバラにし、縁者を招いてそれを喰う。肉の部分を喰ってしまうと、楽を奏しながら、喜びにあふれて、骨を埋葬する。……プレスター・ジョンの東側に位置するタプラボーンの島はとても心地よい広々とした場所で、言葉にはならないほど豊かであって、あらゆる種類の果実と香料にめぐまれている。……王はつねに選挙で選ばれる。素晴らしいことに、ここには毎年夏が二回と冬が二回あり、収穫が二回できて、いつも豊富な薬草と花がある。人々はやさしく気立てがよく、大半はキリスト教徒で、その法と風俗習慣と行動は信仰と同じように筋が通っていて、それをしっかりと守っている。

カニバリズムと理想郷。その質を問わないとするならば、この例もまた冒険とユートピアがいかに近接していたかを示唆しているだろう。

二人の作家デフォーとスウィフトの開いた可能性をひとつの作品空間の中で合体させた小説も存在する。ロバート・ポルトックの『コーンウォールの男ピーター・ウィルキンズの人生と冒険』(一七五一)は、そのタイトルからしてデフォーの線に立つことを明示しているが——因みに、スウィフトの作品の正式のタイトルは『遠い世界にある幾つかのネイションへの旅』である——「南極の近くでの難破」にいたるまでの前半は、カニバリズムの記述も含んでいて、明らかにデフォー型の冒険小説として意図

③

①

④

⑤

②

⑧

⑥

⑦

図 4　①〜⑧は 18 世紀のチャップブック版『ロビンソン・クルーソー』に使われていた木版画のシリーズ

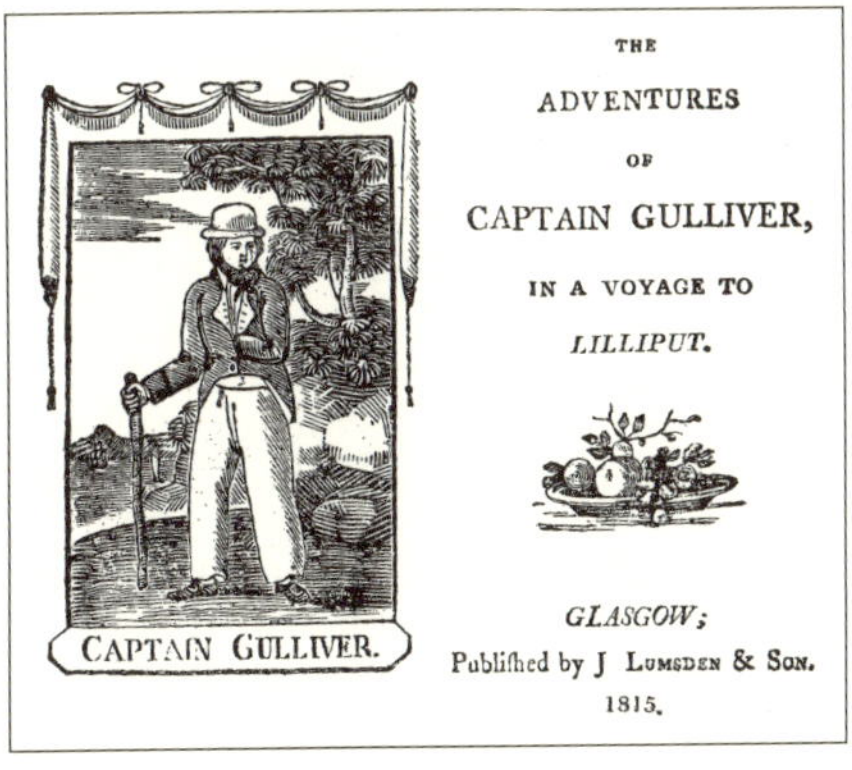

THE

ADVENTURES

OF

CAPTAIN GULLIVER,

IN A VOYAGE TO

LILLIPUT.

GLASGOW;

Publiſhed by J Lumsden & Son.

1815.

図 5　19 世紀のチャップブック版『ガリヴァー旅行記』の表紙頁

されているのに対して、「地下の水路をくぐって新世界」に、つまり空飛ぶ人間の世界に話が進んでからは、明らかに正統色の強いユートピア物語として意図されている。

航海記と海の冒険物語とユートピア物語の近接は、しかしながら、一八世紀のみに限定できる現象ではない。ジェイムズ・E・ギレスピーが『一七〇〇年までのイングランドに対する海外拡張の影響』（一九二〇）の中で詳しく解説している通り、島国イングランドは衣食をはじめとして、ものの考え方から商業にいたるまで、決定的に海の彼方の影響をうけていたのであり、そのことは一六−一七世紀の詩や戯曲や散文に見まがいようのない痕跡を残すことになった。その意味では、モア以降のユートピア物語は決してユートピア文学という系譜にのみ帰属していたのではなく、シェイクスピアの『テンペスト』（一六一一）をも含む新世界や植民地との間の〈交流文学〉のひとつの部分を形成していたと考えられるのである。おそらくユートピア文学しか読まないというのは、かりにいたとしても、ごく例

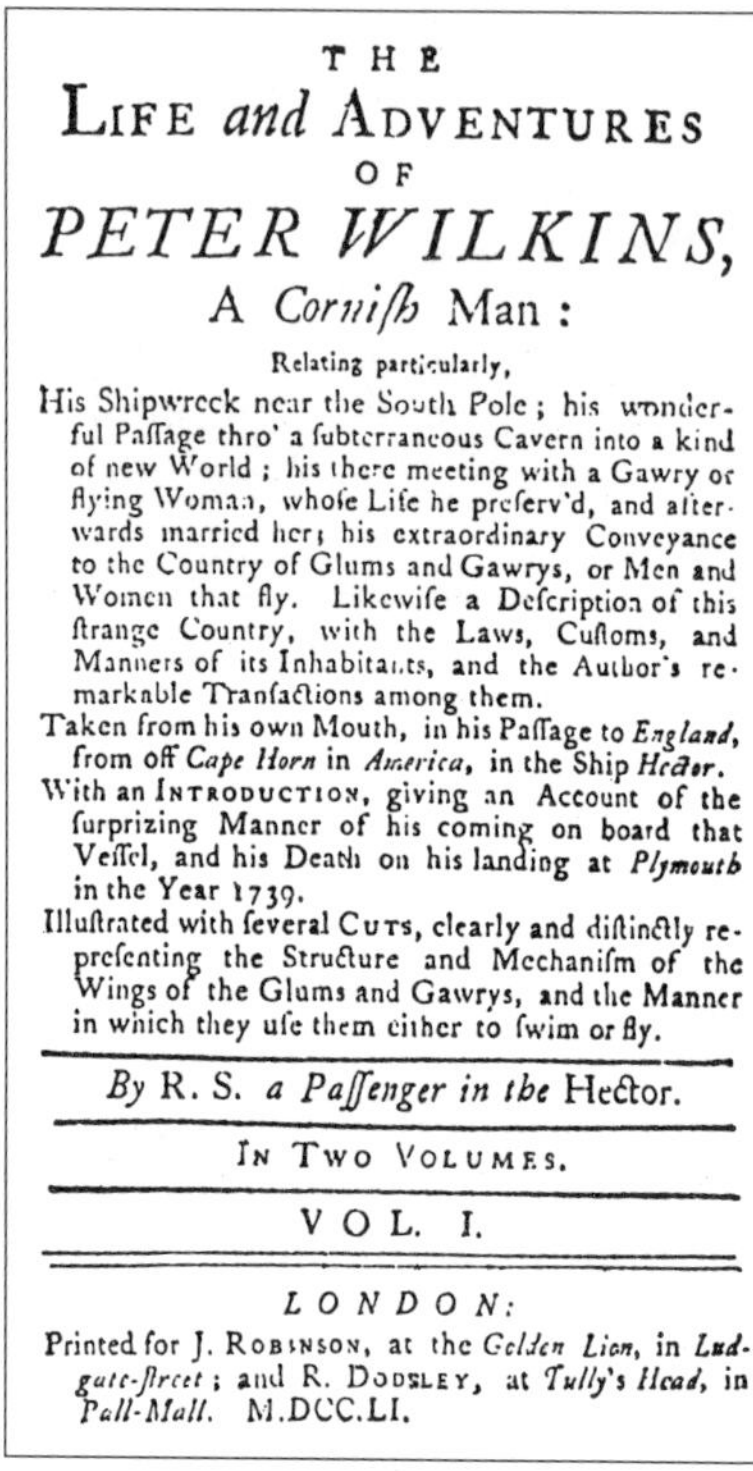

THE
LIFE *and* ADVENTURES
OF
PETER WILKINS,
A *Corniſh* Man:

Relating particularly,
His Shipwreck near the South Pole; his wonderful Paſſage thro' a ſubterraneous Cavern into a kind of new World; his there meeting with a Gawry or flying Woman, whoſe Life he preſerv'd, and afterwards married her; his extraordinary Conveyance to the Country of Glums and Gawrys, or Men and Women that fly. Likewiſe a Deſcription of this ſtrange Country, with the Laws, Cuſtoms, and Manners of its Inhabitants, and the Author's remarkable Tranſactions among them.
Taken from his own Mouth, in his Paſſage to *England*, from off *Cape Horn* in *America*, in the Ship *Hector*.
With an INTRODUCTION, giving an Account of the ſurprizing Manner of his coming on board that Veſſel, and his Death on his landing at *Plymouth* in the Year 1739.
Illuſtrated with ſeveral CUTS, clearly and diſtinctly repreſenting the Structure and Mechaniſm of the Wings of the Glums and Gawrys, and the Manner in which they uſe them either to ſwim or fly.

By R. S. *a Paſſenger in the* Hector.

IN TWO VOLUMES.

VOL. I.

LONDON:
Printed for J. ROBINSON, at the *Golden Lion*, in *Ludgate-ſtreet*; and R. DODSLEY, at *Tully's Head*, in *Pall-Mall.* M.DCC.LI.

図6　ロバート・ポルトック『ピーター・ウィルキンズ』の表紙頁

外的な読者であったろう。一六世紀から一八世紀にかけてイギリスの読者は、遠い植民地から持ち帰られた諸物に囲まれながら、そこにいたる航海やそこの風物と人間を描いた諸々の作品と一緒にユートピア物語を手にしたのである。驚異に満ちた植民地もユートピアもいずれも遠い海の彼方にあった。彼らにとってのユートピアとは、ユートピアの社会思想史や文学史の整理箱の中に半ば見下すかのように収められた何かではなくて、たとえその実在を本気で信ずることはできなくても、逆にその実在性を完全には否定しきれない何かであったように思える。だからこそ何人もの人間が繰り返しそれを想像したのだ。繰り返し想像されるから、その実在性が名残りおしいものになるのだ。そしてユートピアはまさしくそのような転移のプロセスの中に生き続ける。

4

もちろん、ユートピア文学を航海や帝国の方向から語ればすべてがわかるというものでもない。そもそも人間の想像力はいつユートピアを必要とし、その夢を紡ぎ始めるのだろうか。フランク・E・マニュエルとフリッツィ・P・マニュエルの大著『西欧世界におけるユートピア思想』(一九七九)の初めのところでは、「ユートピア空想の核心にある地上の天国という神話」という言い方がされているが、私の問うているのはもっと根源的な欲望の発現する場はどこにあるのかということだ。問題は、地上の天国という形象に身をゆだねてしまう前の欲望のうごめく姿である。

それをうかがわせると思われる場面が、ヘンリー・フィールディングの『この世からあの世への旅』

（一七四三）に含まれている。この作品も一八世紀の架空の旅の物語につらなるものと解していいだろうが、「一七四一年一二月一日、私はチープサイドの拙宅にてこの世から旅立った。体の方が死んでからしばらくして出発する自由を認められたのは、何かの間違いで、それが命の方に逆戻りしてしまうとまずいからであった。これは、不都合が起こるのを防ぐために、永遠の法によってすべての魂に出されている命令である」という書き出しは、もちろん航海物語の典型的な書き出しのユーモラスなパロディ。死者の世界への旅立ちは、この場合、作品がルキアノス的な逆ユートピアの伝統につくものであることを示唆している。問題はその少しあとにある次の文章——

長い間幽閉されていた囚人がついに解放されたときでも、四〇年からうえ拘束されていた地下牢からかく解放されたときに私が味わった以上に自由の甘美さを心ゆくまで味わった者はいないだろうが、ともかく私は囚人の場合と似た思いで、それを振り返ることになった。

ここでは死というものが窒息状態、幽閉からの脱出、そこから自由への逃走として表象されている。あるネガティヴな状態の中にあって、そこではないトポスを夢見る、欲望する——その欲望の発生とともにユートピアを志向するエネルギーも発生するはずなのである。そう考えると、人間が何らかの欠損、欠乏、不満につきまとわれて、それらに屈従してしまわないかぎり、ユートピアへの欲望はつねにそこにあることになる。人間の願望が完全に充足されてしまわないかぎり、ユートピアへの欲望は歴史を越える常数として出現しうるということだ。紀元前のギリシャ社会も、いわゆる未開社会も、われわれの社会も、その形状こそ違え、それぞれのユートピア像を生みだしてきた所以である。その欲望は例えばワーズワスが自伝的な長編詩『序曲』(一八〇五年版)の中で、「緑の野から、雲から/そして大空から」吹いてくる微風を天の使者として歓迎し、

囚われの身であった者がおまえを迎える。束縛の館を出て
市を取り囲む壁から解放されて
長く幽閉されていた牢獄から解放されて。
私は自由だ、解放されて、動きまわる
望むところに居を定められる。

と書いたときに、詩人の中でうごめいていたものと決して無縁ではないだろう。それどころか、フィールディングにおける逆ユートピアへの船出と、ワーズワスの少年時代というユートピアへの回帰があまりにも似た形象を経由して達成されるのは一驚に値するだろう。

しかしユートピアへの欲望が眼前にある何らかの欠損、欠乏、不満に発するということは、その先に構想されるユートピアの性格と運命がその逆転像として規定されるということでもある。そのためにユートピアは豊富、充満、充足を基本的な属性とすることになる。眼の前の混乱に対しては秩序が、不正に対しては正義が対置される。問題はその先だ——正統的なユートピアとされるものはなぜ、ほとんどつねに、限定された空間として意識されなくてはならないのか。なぜある種の境界に囲まれたものとして想像されざるを得ないのか。なぜユートピア的な秩序と豊富と幸福がすべての場に広がり、すべての土地と人とをおおいつくすさまを想像できないのか。なぜそれは限定された共同体とか島としてしか

想像できないのか。

A・L・モートンは『イギリスのユートピア』(一九五二)の中で、イギリスで多くのユートピア的作品が書かれた理由のひとつとして、「島国であるという単純な事実」をあげ、それが孤立し、限定され、自給自足であるということがユートピア的な想像力をかきたてるのだとしているが、果たしてそれで説明になるのだろうか。実際問題として、イギリスのユートピアのかなりの部分は、植民地などの外部の空間への航海を想像力への刺戟として成立しているのである。ユートピアがさまざまの意味での限定性をその本質的な属性としてもたざるを得ないのは、むしろ、その成立を支える論理そのものの内に理由があるからではないのだろうか。ユートピアはもともと自立的な存在ではない。現にある何らかの状況を否定し、改善しようとする欲望によって構想されるユートピアは、逆にその否定されるものによって拘束され規定されざるを得ず、差異としてしか存立し得ないのである。ユートピアの完成とはその差異を極大化することのうちにある。つまり、現実の社会から可能なかぎり遠い場所に、それから可能なかぎり遠い状態を設定するということである。人間の想像力にそれができるのは、今、ここと は別の場所にある、恐らく限定された空間においてである。ユートピアを創造した人々が人間と制度の関係のあり方をどこまで徹底して考えたのかは必ずしも明確ではないが、人間を可能なかぎり向上させ、社会の諸制度を可能なかぎり向上させたユートピアにおいて結果的に出現してしまうのは、理想の社会の中にいる人間であった。人間と制度、社会の相互関係の中で、より先に、より大きな理想化を求められるのは後者の方であった。ユートピアの核心にあるのは、人間が理想の社会を作るという考え方よりも、むしろ、理想社会が人間を幸福にするという考え方である。ユートピア物語とはほとんどの場合それを建設する物語ではなくて、すでにあるユートピアに行き、帰還するという物語である。ヒュトロダエウスもガリヴァー船長もユートピアを訪問するのであって、建設するのではない。

しかし、すでにある理想社会は、すでに理想に達しているがゆえに変化をうけ容れることはできないだろう。いっさいの変化をうけつけない、時間の中に静止状態を維持する秩序が、時間の中に生きるしかない人間にとってもともとのユートピアとは正反対のもの、つまり秩序ある牢獄に転化する可能性は、ユートピアの成立を支える論理そのもののうちにひそんでいたと言わざるを得ない。『われら』、『素晴らしき新世界』、『一九八四年』などに描かれた逆ユートピアは決して伝統にそむく鬼っ子ではない。それはまさしく最初から内在していた論理的な可能性が、時代の要請に応じて現実化したものと考える方があたっている。いや、逆ユートピアの出現を二〇世紀まで待つ必要はない。すでに一八世紀の『ガリヴァー旅行記』の第四部、理性をもつ馬の国が、理性に基づく人間の完成可能性を信じた啓蒙主義の眼には理想のユートピアと映じたとしても、その一方ではすでに理性の悪夢としか思えない世界を提示していたのだから。理想のユートピアが何らかの政治体として想像されるかぎり、その裏側には理性の悪夢と牢獄がはりついているのである。その意味では、ユートピアは人を魅了すると同時におぞましき他者としてわれわれにつきまとうことになる。

神の秩序にかわって、政治体の秩序が人間を幸福にするユートピアの物語に対して、端的に言えば、個人よりも制度の優位性を尊重する物語に対して、それでは航海のエピソードを含む冒険物語はどんな特徴をもつと言えるだろうか。もちろん本格的な海洋冒険小説はマリアット船長、キングストン、バランタイン、スティヴンソン、G・A・ヘンティなどが顔をならべる一九世紀に開花するジャンルではあるが、その基本となる要素はすでにデフォーの諸作品の中に出揃っている。航海、難破、悪との闘い（その悪は海賊や野蛮人によって象徴される）、孤島もしくは異国での生き残り作戦、そして帰還。冒険小説には時間の中に静止した社会秩序は存在しない。主人公に許されているのは神に呼びかけることか、せいぜい数人の仲間による救助である。そしてそこで試されるのは秩序の性格ではなく、秩序の外に放り出された人間個人の勇気と忠誠心である。冒険物語では明らかに制度よりも個人が尊重されるのだ。ユートピア物語と航海を含む冒険物語とは、制度と人間個人の関係のありようをめぐる相互依存的な言説の制度の――それはときには新古典主義の形式尊重と、それに反発するロマン主義的な個人崇拝の対比としても現われることもあったが――そのひとつの現われであった。両者は重なり合うことによって互いの差異を確認しあうという関係にあった。そのとき読者にとっては、海の彼方の帝国の植民地の残像を抜きにしてはユートピアは現前しなかったろうし、逆に実在しないはずのユートピアの残像が植民地のうえに揺曳していたかもしれない。私はゴールドスミスの『廃村』（一七七〇）にうたわれた、故郷を追われる貧しい農民の一家のことを想い出す。「年老いた善き父が初めに決心した／新しい世界へ行こうと」。しかし大西洋を渡って辿りつくべきそこに予測されるのは、

草木の繁り、毒気のたちこめる原野
黒いさそりが死を集めるところ。
他所から来た者は一足ごとに
ガラガラ蛇の復讐を恐れるところ。

うずくまる猛獣が哀れな餌喰を待ちかまえ
もっと恐ろしい野蛮人が待ちうけるところ。

囲い込みのために故郷を追われる農民が航海の果てに辿りつく土地に投射されるのは、すでに失われてしまった村のユートピア的な共同体である。「この平野で一番美しい村」である。

……自然の力があるならば
たとえどんなに貧しくとも、祝福がそこにある。
交易の高慢な帝国はまたたくうちに滅びゆく。

5

一八世紀のイギリスではモアの系列につらなる理想の共同体がいくつも構想されたし、ゴドウィンの『月の男』（一六三八）における着想を継承するものもある。これまで検討してきたように、大航海時代というよりも、大英帝国の版図が拡大、定着して、航海とそれにまつわる物流がイギリスの日常生活に入り込んでくるようになった時代に、航海記や海洋冒険物と連鎖するかたちをとるユートピア物語も多数出現する。しかし、それがすべてだろうか。それとは違う、例えば女性の夢想したユートピアはどんなかたちをしていたのだろうか。

マーガレット・キャヴェンディッシュの『光り輝く世界』（一六六六）は男性作家の手になる典型的

なユートピア物語の系列からはもれ落ちてしまう。『月の男』にはコロンブスの航海への言及があり、『光り輝く世界』でもさまざまのかたちの航海が援用されているにもかかわらず——博物学的関心も両者の共通点で、自然科学に対する関心を示唆しているだろう——キャヴェンディッシュの作品には例外性が強すぎるように思われる。モアの『ユートピア』でも、その理想社会の地勢、都市、職業から奴隷、軍事と順次論じてゆく構成は、それがいかに体系的に組み立てられていても、ある種の羅列性の印象を残さずにはいないが、それに対して彼女の作品には体系性抜きの羅列性が横溢しているようにみえる。途中からは、明らかに作者本人と思われても仕方のない人物まで登場する。ユートピア物語がその信憑性を確保するために、現実の世界とそれとをつなぐさまざまの方法（航海、手紙、聞きとり、夢など）を工夫するのを慣例としていることを考えると、彼女の方法はあまりにも奔放すぎるのだ。こうした特色をどう位置づければいいのだろうか。典型的なユートピア物語に内在する制度的な秩序志向を男性中心的な象徴界に対応するものととらえて、ここに女のエクリチュールの早い例を認めるべきだろうか。それとも文学的技法の稚拙を重くみるべきだろうか。そして、そのような稚拙さしか許さなかった男性中心の制度を批判すべきだろうか——しかし、そうすると、作品の中でキャヴェンディッシュが夫をしきりと持ち上げようとする部分をどう解釈すればいいのだろうか。

例外的な作品がひとつだけならば、あくまでもそれを例外として囲い込み、高くも低くも評価できるだろうが、この場合にそういかないのは、ドラリヴィエ・マンリーの『地位高き男女数名の秘密の回想と行状。地中海の島ニュー・アトランティスより。原作イタリア語』（一七〇九）という作品が存在するからだ。このタイトル自体がフランシス・ベーコンのユートピア物語『ニュー・アトランティス』

（一六二六）を踏まえていて、一見ユートピア物語を装っていることは明らかであるが、継承の外見はそこでとどまる。その内容はチャールズ二世からアン女王にいたる時期のウィッグ派の貴族たちの政治と性の裏幕を暴露したものであって、その第二巻の出た直後に作者、印刷業者、出版者がそろって逮捕されるといういわくつきのものである。主要な人物のモデルがある程度推定できるうえに、次のような描写が次々に出てくるとするならば、そのような結末も納得できなくはない。とても暑くて寝苦しい夜のこと、薄着姿の女が庭に出てくる――

> 彼女は香しい花の臥し所に身を横たえ、眩しくかがやく胸もあらわに、つややかな手足をしどけなくのばし、自然の上に芸術品を重ねた。ロドリゲスは……足音をしのばせて何も気づかぬ美女に近づき、自分もそばに身を横たえて、あっと言う間に唇に唇を重ねてしまい、片腕で彼女の動きを封じて起きあがれぬようにし、姿も足音も分からぬうちにその美しい唇を自分のものとした。彼女は驚いて大声をあげたが、あたりに人影はなかった。……あなたの許しがなければ、あなたの魅力に手出しはしませんと彼は誓った。彼はため息をつき、死にそうな！　焦がれるような！　やさしい眼で彼女をみつめ、美しい彼女も落ち着いて、おだやかになった！　愛される者の巧みさ、そして彼の不思議な魔力。彼女は熱い手がさまようのを許した、その手が胸の豊かな起伏の間を恍惚としてさまようのを。彼女の眼のくらみそうな裸体の美しさに彼の眼が酔いしれ！　凝視し！　燃えあがり！　無上の喜悦とともに抱きしめ、その間に一千回もあえぐように短い接吻をするのを。

ここには、理想の社会とは正反対に、モラルと秩序の混乱があり、ほとんどすべてがその次元に還元されてしまう。正義と秩序のかわりに、陰謀と混乱と糜爛がある。しかし、それと同時に、理想のユートピア社会との倒錯的な共通点があることにも眼を向けておくべきかもしれない。それは、ユートピア社会では現実の諸制度が逆転されたり、そのポジティヴな部分が抽出されたりして、その可能性の極限まで押し進められるのに対して、ここでは負の側面が極端化されているのである。両者ともにロジックの徹底性を目標とする。われわれは啓蒙のユートピアにおける理性主義の徹底化の裏に聖侯爵サドの反モラルの性の徹底があったことを想い出すべきだろうか。それとも馬の国における理性主義の徹底を想い出して、スウィフトが『イグザミナー』誌の編集を自分のあとはマンリーにまかせたという事実に戻ってゆくべきだろうか。初めは揶揄的であった彼も、一七一一—一二年あたりで彼女に出会ったあとは、その才能を認めるようになっていた。「彼女は、あの種の人物としては、とても寛大な考え方をする人で、分別も独創力も大いにあります」。彼女の『ニュー・アトランティス』は間違いなく理想のユートピア社会物の裏側にはりついているのである。

イライザ・ヘイウッドの『ユートピア王国の隣りの島の回想録』（一七二五）に含まれている文章は、しかしながら、もっと直截に猥褻である。作品中のあるエピソードの中で、馬に乗っていた女が股のあたりに痙攣を起こし、降ろしてもらったあとの場面である。語り手はその彼女の恋人。

想像力をぎりぎりまで拡大して、もしできるものならば、私の前にあった途轍もない誘惑を思い描いてみてほしい！——この痛いほどの喜びの場面で私が何を感じたか——そうしているうちにも、いかに際限のない、言葉を越える、気の狂いそうなエクスタシーが私の魂の全体を浸したかを考え

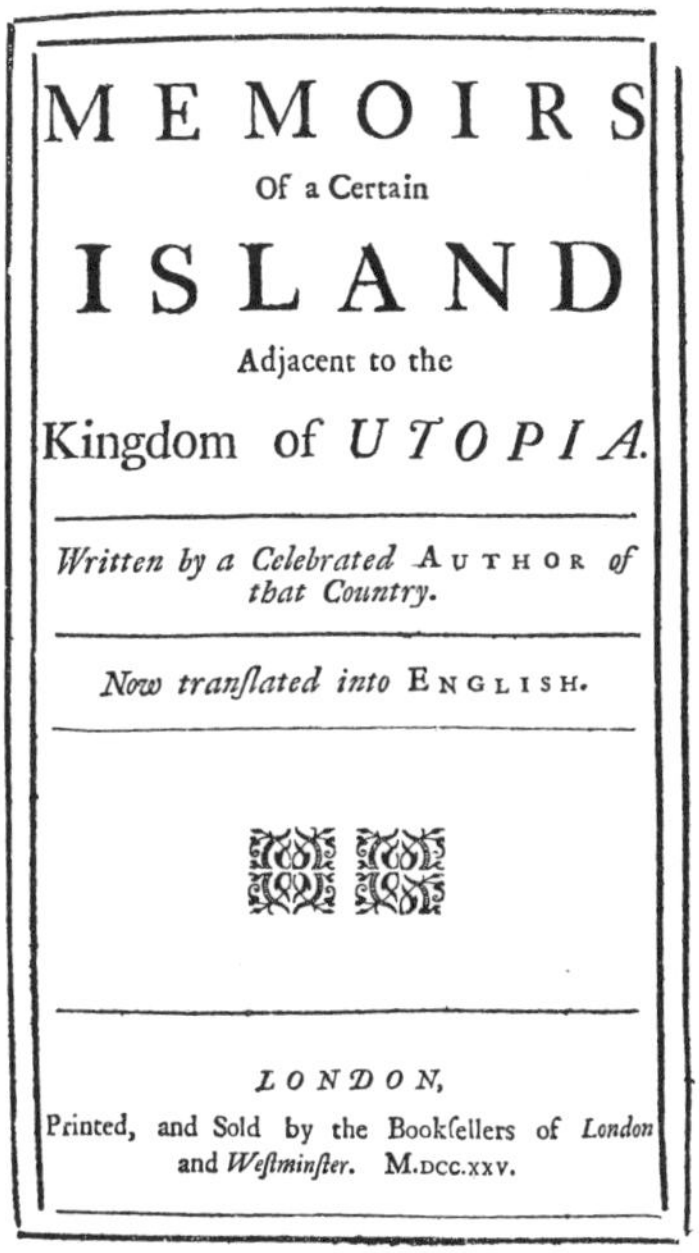
MEMOIRS

Of a Certain

ISLAND

Adjacent to the

Kingdom of *UTOPIA*.

Written by a Celebrated AUTHOR *of that Country.*

Now tranſlated into ENGLISH.

LONDON,

Printed, and Sold by the Bookſellers of *London* and *Weſtminſter*. M.DCC.XXV.

(1)

MEMOIRS

OF A

CERTAIN ISLAND

Adjacent to the

Kingdom of *UTOPIA*.

A Noble Youth, who had ranged o'er almoſt all the habitable Part of the Globe in ſearch of Pleaſure and Improvement, at laſt arrived at an Iſland famous for Arts and Sciences, and talked of, by the neighbouring Nations, as a Place where all uſeful Accompliſhments might, in the moſt elegant manner, be attained. He had no ſooner landed, than he was charmed with even the firſt and rudeſt Proſpect ; but when he had entered farther, and could diſtinctly view the lovely Landſcape, he became quite loſt, and raviſhed in Contemplation. Where-e'er he caſt his wondering Eyes, all had the Face of Joy ! of everlaſting Peace ! and

B ſeſt

図7　イライザ・ヘイウッド『ユートピア王国の隣りの島の回想録』の表紙頁（左）と第1頁（右）

てみてほしい——美しい娘が草の上に手足をのばし、瞳をキラキラと愛にうるませて、欲望に燃えているのだ！——雪白の胸は我慢しきれないかのように喘ぎ、上下し！——着ているものをはだけて、美事に釣合いのとれた美しい手足が丸見えなのだ！——両足、両股、乳白色の肌！——むっちりと、誘うような肉体は、さわるとふるえそうだ！——言葉にはならず、ただ思い描くしかない何千、何万の魅力。

その少しあとにはこの女の告白が続く。彼女はこのようなポーズで恋人を誘惑しながら、自分の犯した別の罪の許しを請おうとしているのだ。

私は最悪の犯罪をおかしてしまったのです――汚れが近親相姦のためにもっとひどいものに！
――姉の夫のバサリアスが私をこのおぞましい秘密にひきずり込んだのは二年前のこと、それが今も続いているのです。……この近親相姦という言葉は、落雷のように私をこわばらせ、驚愕のあまりすべての感覚が動かなくなってしまった。

この作品は、実はほとんどこの種のエピソードでできていると言っていいくらいなのだ。『ニュー・アトランティス』以上に性の秩序の混乱を徹底化しているのだ。マンリーの開いた可能性に依拠しながら、その方向をさらに一歩進めているのだ、しかも『ユートピア王国の隣りの島』という明らさまに皮肉をこめたタイトルをつけて。ここまでくると、ヘイウッドの脳裡に、理想の社会を描きだす男のユートピアとは違う、女の描きだすユートピアとは言えない影のユートピアの形象が少しはあったと言えるかもしれない。論理を徹底させ、混乱を徹底させること――その手法によって男の描くユートピアの反道徳的なパロディを生みだすこと。結果として、そうなっているのだ。かりに彼女たちの意図を忖度しないとしても、一八世紀の初めに結果としてそうなってしまった一時期が存在したのである。

パロディを作りあげる能力は直接的に模倣する力と切り離せない。マンリーやヘイウッドが同時代のフランスの文学から多くを学び、それを模倣しているのは既に確定された事実であるが、興味深いことに、ヘイウッドはデフォーの航海冒険小説を模倣した証拠を作品の中に残している。

めざす港から二日の距離まで来たところで、彼の乗っていた船が海賊に襲われ、こぜり合いのあと、海賊が乗り込んできて、船と積荷を奪ってしまった……しかし海賊船の船長は他の海賊ほどには流血を好まず、船に乗っていた者たちは捕虜になっている間もまあまあの扱いをうけたものの、一〇日ほどで錨をおろすと、ボートがおろされて、悲惨な顛末しか予測できない人気のない海岸にあげられてしまった。彼らのうちの何人かが悲嘆にくれたので、船長はいささか同情し、野獣から身を守るための剣と銃を全員にくれ、必ずしも野蛮人とは言いきれない者たちが住む奥地に辿りつくまでにと称して、いくらかのビスケットを分けてくれた。

ヘイウッドは直接にデフォーを知っていたし、共作説もあるくらいであるが、それを別にしても、この文章の各要素がどこに由来する印象を与えるかは明白であろう。因みに、この作品『フィリドアとプラセンシア』(一七二六)も含めて、彼女は四〇冊ほどの小説を書き残して、以降の文学史からは消されてしまった。

6

一八世紀の末になってメアリ・ウルストンクラフトが、女性にも男性と同じように理性的論理を行使する力があると主張したとき、マンリーやヘイウッドをその例証として使うわけにはいかなかった。彼女らの作品は猥褻すぎたのである。しかし文化的にみると、彼女たちのような性のとらえ方は決して一八世紀において類例をもたないものではなく、むしろ逆に、文化のさまざまの次元に色濃く浸透していたのである。ピーター・ワグナーの『エロスの復活、英米における啓蒙時代のエロティカ』(一九八八)は、そのことを反論不能のかたちで論証してみせた。ジョン・クレランドの『快楽の女の回想記』(一七四八―四九)を突出したポルノグラフィとして文学史を描くのは、そうした部分に眼をつむったときにのみ可能になる単純化にすぎない。それとは反対に、そうした部分に眼を向けるとき、女たちの裏ユートピア物語は確固たる伝統の中にあり、その隣りの島で、子ども用に毒抜きされ、清潔化された『ロビンソン・クルーソー』や『ガリヴァー旅行記』が売られることになるのである。

ジャマイカからの贈り物

植民地と英文学

1

一八六五年一〇月、ジャマイカのモラント・ベイで白人と黒人が衝突し、双方で約三〇名の死者がでた。この衝突が本格的な叛乱になることを懸念した総督ジョン・エアは、ただちに戒厳令を発令して武力鎮圧にでる。二週間をまたずに終熄したこの騒乱のさいに殺された黒人は四三九名、笞刑に処せられたものは六〇〇名、焼かれた家は一〇〇〇軒にも及んだ。これが一九世紀のイギリス史に汚点として残るいわゆるジャマイカ事件であるが、しかしこの事件は植民地における数多の暴動事件のひとつにとどまるものではなかった。イギリスはすでに一八三三年に奴隷解放令を公布し、ジャマイカでも一八三八年には奴隷解放が実現し、三〇万人余の奴隷がともかく自由の身分を保証されていたのであり、したがって総督エアの行為は理論上は自由な市民に向けられたものとなるからである。

時のラッセル政府はその年の内にジャマイカに調査団を派遣する。この騒乱の処理法をめぐって、当時のイギリスの知識人の意見は二つに分かれた。同時代人の証言を引くならば、「一八六五年の総督エアの行動は……議会や新聞で、さらに一般のイギリスの人々によっても、きわめて真剣に議論された」（ウィリアム・モウルズワース『イギリス史、一八三〇―一八七四』一八七六）。『われらが時代の歴史』（一八八〇）の著者ジャスティン・マッカーシーは、この事件に一章をさいて、「数週間の間は、ジャマイカ島で起こった叛乱の話と、その鎮圧と処罰の方法をめぐる話以外のことは、イギリスではほとんど話題にならなかった、いや、考えられもしなかったと言っていいだろう」と述べ、この事件の経緯を細かく記述している。

具体的に名前を挙げるならば、総督の行動は白人を守るための適切で英雄的なものであったとして彼の弁護にまわったのは、カーライル、ラスキン、テニスン、ディケンズ、キングズレーなどの文学者の他に、歴史学者フルード、自然科学者ティンダルなどであった。それに対して、総督の行動を非人間的なものとして弾劾する側にまわったのはJ・S・ミルを代表とする人々で、そこにはダーウィン、ハックスレー、スペンサー、ライエル、ウォレスの他に、フレデリック・ハリスン、レズリー・スティーヴン、ジョン・ブライト、エドマンド・ビールズなども名前をつらねていた。時の大蔵大臣ディズレーリと国会議員J・S・ミルが戒厳令をめぐって国会で論戦を交えるのはこのときのことであり、さらにミルが国会議員の地位を失うことになるのも、この事件をめぐる彼の活動が選挙民の反発をかったからなのである。

それにもかかわらず、エリック・ウィリアムズが『イギリスの歴史家と西インド諸島』（一九六四）で激しく告発したように、この事件の経過の本格的な分析がイギリスの歴史学者によって試みられたことはないようである。最近の唯一の例外はバーナード・センメルによる『総督エア論争』（一九六二）であろうが、彼はアメリカの歴史学者である。歴史学の分野における関心がこのようなものである以上、英文学の分野においてこの事件の与えたインパクトに注目する研究が乏しいのは、屈辱的なことではあるが、当然の帰結と言うしかないだろう。確かにミル、カーライル、ラスキン、ディケンズなどの評伝にはこの事件への言及がみられはするものの、それらはあくまでも補足的な言及でしかないことが多い。しかし、ミルの『女性の隷従』（一八六九）、アーノルドの『教養と無秩序』（同）、ディケンズの『エドウィン・ドゥルードの秘密』（一八七〇）は、この事件の生みだした多重多様な言説からなるインターテクストとして構成されているのである。さらにそこに『タイムズ』や『パンチ』他の新聞・雑誌の言説が加わる。ジャマイカにおける騒乱は、その事実をめぐる言説の戦いとして、遠く離れたイギリスの国内に輸出されたのである。別の言い方をするならば、ヴィクトリア時代のはらんでいた内的な矛盾が、それを単純化し拡大して現実化する植民地の存在によって、時代のスクリーンに大きく投射されるかたちになったのである。

しかし、問題が残る。一八六〇年代の後半のイギリスには、きわめて明示的な言説として存在し続けたこの事件が、なぜ文学のテクストにはあまりにもわずかの痕跡しかとどめなかったのだろうか。まだほんの少女にすぎないジェイン・エアにさえ、「わずか一瞬の叛乱のせいでどんな異様な罰を受けるかもしれない状態にあることが分かっていた。私は、叛乱を起こした奴隷のように、自暴自棄になって、とことんやってみようという気持ちになっていた」（『ジェイン・エア』一八四七）と言わせることができた時代に、なぜこのような擬似の沈黙が生まれてしまったのだろうか。時代の中に明示的に存在する言説を文学のテクストの中にはっきりそれとして転位させるのを拒むのは、いかなる権力の装置の作動した効果なのであろうか。ジャマイカ事件とは、作家たちが明示的に取り込むことを拒否したにもかかわらず、彼らのテクストに棲みついてしまった言説であると言えるかもしれない。その意味では、優生学問題やアナーキズム問題と酷似した性格をもっているのである。

2

ジャマイカが西欧の視野に浮上してくるのは、一四九四年五月のことである。『西インド諸島史』(一八一九)の著者ブライアン・エドワーズの言葉を借りるならば、そのとき「ジャマイカは、第二回目の新世界探険を試みたクリストファー・コロンブスに発見されるという名誉に浴する」ことになる。イギリスは護国卿クロムウェルの方針に基づいて一六六五年にこの島をスペインから奪取し、七〇年のマドリード条約によって正式に自国の植民地とした。この島は、一八世紀にはイギリスにとって最も重要な砂糖の供給地となる。そのことは、同時に、砂糖農園の労働力としてアフリカから連行されてきた黒人奴隷にかかわる問題のすべてが、集約的に現われてくる場になるということも意味した。逆に奴隷解放を主張する人々には、ジャマイカをはじめとする西インド諸島の黒人奴隷の惨状は、その主張を強く押しだすための論拠を提供してくれるものでもあった。『博愛主義者』の第四号が「イギリス領西インド諸島における奴隷の状態」(一八一一)という文章の中で、ハギンズという悪辣な農園主やホッジという農園主(オックスフォード大学出身)の残虐行為をこと細かに報告しているのも、そうした効果を狙った数多い言説のひとつの例である。

奴隷の蜂起も頻発した――一八一六年はバルバドスで、一八二三年はデメララで、一八三一年はジャマイカで。そうした蜂起があるたびに、白人側はそれを、黒人奴隷の自発意志によるものとは考えなかった。黒人にはそのような意志も能力もないとするのが、彼らの常識であった。「それぞれの場合について、植民地の意見では、黒人の行動は非国教会側の宣教師の援助と教唆によるものだということにされた」（W・L・バーン『イギリス領西インド諸島』一九五一）。黒人の叛乱にしばしば重要な関与をするのはバプティスト派であるとされることが多かったのは、ジャマイカ事件との関連上、注目すべき点である。

イギリスは一八〇七年に奴隷売買を禁止し、三三年には奴隷解放令を公布、ジャマイカでは三八年八月一日に実際の解放が実現した。このことは、少なくとも形式的には、黒人がみずからの労働力を契約によって売る自由と権利を獲得したことを意味するし、白人の農園主の側からすれば、労働力の確保が大いに困難になることを意味した。不足した労働力の一部分はインドや中国からの移民によって補われたものの、ジャマイカの経済構造は大きな打撃をうけざるを得なかった。さらに一八四六年には、植民地からの輸入品に関する関税上の優遇措置が撤廃されたために、ジャマイカの砂糖の競争力は、依然として奴隷労働を利用している地域のそれに較べて、著しく低下してしまった。そのために島の農園は荒廃の道をたどることになる。

一八五八年から翌年にかけて西インド諸島を旅した小説家アントニー・トロロープの目撃したのは、そのような歴史を経過したあとのジャマイカであった。彼の眼に映るキングストンの町はいかにも汚ならしく、スパニッシュ・タウンは、「住民の姿ひとつ見あたらない通り」の走る、「死者の町同然」のありさまであった。そんな風景の中で彼はみずからの人種論を述べる。「神はみずからの目的にそって……劣等な人種と優等な人種を作られた。……白人と黒人が共住するところでは、白人が命令し、黒人が服従する」。これはヴィクトリア時代の半ばには常識として通用した考え方であった。カーライルも『タイムズ』の社説も、基本的にはこれと同じ考え方を臆面もなく振り回したのである。いずれにしても、このような人種偏見が辿りつく先は、次のような鈍い憤りを含んだ諦念でしかなかった。

できることならば、われわれはジャマイカのことをすっかり忘れてしまいたい。しかし、それはそこに在る。視野から消すことも、すっかり忘れてしまうこともできない地上の場所としてそこにある以上、少しは望みをもつことにしよう。それはわれわれに帰属する。だから、何らかのかたちで考え、管理し、できるならば統治してゆかねばならないのだ。(『西インド諸島とカリブ海地域』一八五九)

問題の事件が起こるのは、トロロープがこの文章を書きつけてからわずか一〇年もたたない一八六五年の一〇月半ばのことであった。

叛乱勃発のニュースはほどなくイギリス国内にも届くことになる。ここで注意しておく必要があるのは、叛乱をめぐる種々のニュースが、つまり正確さを装ってはいるものの、真偽のほどを確認するすべのないゴシップが到着する以前に、イギリス国内にはジャマイカをめぐる諸々の言説が、すでにゴシップのかたちで存在していたという事実である。そのような場に根拠不明のニュースが流れ込んでくることによって生ずるのは、起源を奪われた言説の戦い以外のなにものでもないだろう。それは権力の戦いでもある。しかも伝えられるニュースがまったく未知のものではないだけに、その戦いはより錯綜した激しいものになってゆかざるを得ない。

3

モラント・ベイで小さな衝突があったのは一八六五年一〇月七日、白人と黒人が武器を取りあって衝突し、双方で三〇名ほどの死者が出たのが一〇月一一日、その二日後には総督エアが戒厳令を発令し、二三日には叛乱の首謀者と決めつけられたジョージ・ゴードンが軍法会議にかけられて処刑された。かりに本当に叛乱があったとしても、それはこの時点ですでに鎮圧されていたと考えていいだろう。

『タイムズ』にこの事件の第一報がのったのは同年の一一月三日、「最新情報」の欄の「ジャマイカの暴動」というわずか二〇行余りの記事である。それは「ジャマイカ総督」より、「黒人の反乱」をおさえるための援軍要請があり、すでにその措置がとられたという内容であるが、「事件の詳細は不明、ただし援軍要請からすると重大なものであろう」としながらも、必要な手段が講じられたのでおさまるであろうと述べている。一一月一一日には、同じ見出しで四行の記事がでた。「先月二二日ジャマイカより到着した情報によれば、黒人暴動はきわめて重大とのこと。黒人たちはひどい残虐行為にでている。ナッソーとハリファックスから、軍隊がジャマイカに向かった」。

今日の報道のあり方からすると信じがたいのは、このような情報不足の状態にありながら、『タイムズ』がすでに一一月三日の紙上に社説を発表して、この事件に関する態度を表明してしまったということである。翌日にも、同じように情報不足のまま再び社説が発表される。その内容をみてゆくならば、最初の社説では、決定的な情報不足を認めながらも、次のように述べている。

しかしながら、黒人の間で何らかの騒動がたくらまれているという主旨の噂がジャマイカに広まっていたと、われわれは信じている。近くのハイチ島の黒人と結託して、ジャマイカにも黒人の共和国を建設しようとする組織的な陰謀が進行しているとも言われた。さらなる情報がないだけに、こうした噂が本当の方向をさしているのかどうかは断定できないが、読者もよくご存知の通り、ハイチでは永らく激しい混乱が続いており、この島の黒人のある者たちがわが国の属領の者たちにつけ込んでいるということは、決してあり得ないことではないからだ。

第二の社説にも、「黒人たちは……ジャマイカにみられる法と秩序を崩してその上に、ハイチに滞在する博愛主義者の眼にうつる魅力的な文明の模造品を作ろうと計画しているのかもしれない」という指摘がある。

なぜこれほどにハイチの黒人共和国にこだわるのだろうか。ハイチはすでに一八世紀の末に、黒人指導者トゥサン・ルヴェルチュールの——批評家エドマンド・ウィルソンがジョージ・ワシントン級の革命家になり得たはずであると評価したこの人物の——指揮のもとに黒人の共和国を作りあげて以来、何回もの政治的混乱を経験しながらも、カリブ海地域の白人社会の脅威のまとになっていた。ジャマイカの暴動を、明確な証拠がないにもかかわらず、それと結びつけてしまうというのは、黒人の暴動が伝染的に転位しうるとする思考法と表裏一体をなしていると考えられる。他のところへ飛び火し、転位するものとしての暴動という隠喩こそ、『タイムズ』的な思考のメカニズムなのである。このメカニズムが作動したからこそ、ジャマイカの騒動は第二次選挙法改正（一八六七）をめぐる国内的な騒ぎや、過激派フェニアンの行動とも結びつけて考えられることになったのである。ジャマイカ事件は、遠い植民地で起こった単なる事実としての事件には終らなかった。それは〈暴動の隠喩〉として、さまざまの次元の政治問題をつなげてゆく役割を果たすことになるのである。さまざまの、それ以前には関係のなかった言説をひとつところに引き寄せる言説の磁場となるのである。

この〈暴動の隠喩〉としてのジャマイカ事件は、異種混在的な言説の場をつくりだすだけでなく、ひとつの警告を発するものとしても作用することになった。その警告を受けとめる立場に追いやられるのはアメリカだ。『タイムズ』の第一の社説の結びの言葉には、すでにその意味合いが読みとれる。

今日、黒人問題が合衆国にとっての大問題であるだけに、ともかくひとつの国において、彼らが恩恵以外のものは何ひとつ受け取らず、極端な奴隷廃止論者でなければ与えられないほどの諸々の権利を享受してきた政府に対して、闇雲に暴動を起こし得たということは、アメリカの人々の気持ちを、黒人をより親切に扱う方向に決して向かわせるものではないだろう。

一八六六年一月三一日の社説では、逆にこの指摘を冒頭にもってくる。そしてジャマイカ事件は奴隷解放のむずかしさを示す警告例になるだろうと、再び強調している。「ジャマイカで三〇年間の実験をした結果をつぶさに観察すれば」、アメリカの人々は「意欲をそがれるに違いない」と。さらに、奴隷は解放されても、その本性上、「労働者になる性向をまったくもたない」とも強調する。そして、次のような皮肉な事態が発生していることを指摘する。「この島では、解放された黒人がみずからの怠惰のおかげで、直接の利益を手にすることになった。労働力不足のために、土地の耕作が放棄されて荒れるにまかせられると、黒人は捨てられた農園にまい戻ってきて不法占拠し、そこで無為に暮らすようになってしまった。廃園が、実際には黒人のためになり、その野蛮な本性に都合のよい自然の荒野を、再び生みだしてしまったのである」。

フランスの歴史学者ミシェル・ド・セルトーは、簒奪者に追われても、しばらくすると元の土地にまい戻るということを繰り返すインディオの土地感覚に注目し、土地を私的所有の対象としかみない土地感覚とは別のものがそこにあると指摘したことがある。もちろん、一九世紀の『タイムズ』にそのような見方を期待することはできない。それどころか、その保守的な論調は、奴隷解放三〇年後の破綻から一挙に黒人劣等論に飛躍し、奴隷解放にゆれるアメリカに警告を発することによって、アメリカに対するイギリスの、ある種の範例としての先進性をひそかに誇ろうとしているようにもみえる。ここでは〈暴動の隠喩〉が転位し波及するという言い方は不十分であろう。むしろそれを波及させることによって垂訓を試みようとする姿勢のうちに、保守主義の焦燥と権力のメカニズムを感知すべきであろう。

一八六五年のジャマイカにおける事件は、しかしながら、黒人劣等論を改めて表面化させ、奴隷解放問題で揺れるアメリカへの教訓を提供すると解釈されるにはとどまらなかった。それは強力な隠喩として、他の政治的事件もそのディスクールの中にとり込んでゆくのである。そのことを典型的に示しているのが、『エコノミスト』誌の一八六五年一一月一八日号の「ジャマイカの暴動」という見出しの記事であろう。ちなみに、この頃までには事件の内容はイギリスの国内にもかなり正確に伝わっていたようで、『絵入りロンドン・ニュース』の一一月二五日の記事は事件の概要を伝えるだけでなく、総督エアの言葉まで引用している。『タイムズ』にしても、一二月になると、事実の報道量が大いにふえてくる。

そうした推移の中で、問題の『エコノミスト』の記事は、「ジャマイカの暴動とフェニアンの運動との間には、ある種の著しい類似が認められる」と書き始められているのだ。さらに、

アイルランドの場合、地代を払わねばならない、賃金が安すぎる、別の人種によって支配されているということ以外には、フェニアンの不満の正確な理由を見いだすことはきわめてむずかしい。ジャマイカの場合にも、いくつかの不満な事柄があるにすぎない。だが、類似はそこで終る。フェニアンの運動は未然に押さえられたが、黒人の暴動はそうはいかなかった。クリスマスまでは事を起こすつもりはなかったようなので、押さえることができたのかもしれないが、ポール・ボグルという、黒人フェニアンの「スティーヴンズ」にあたる男は活動家で、聖トマス教区を用意のできないうちに叛乱にひきずり込んでしまったのである。

という指摘がある。ここに見られるのは、正確さをめざしたはずの事実の把握が逆に隠喩の磁場をさらに広げてしまうという、典型的な政治のメカニズムである。しかもこの隠喩的な類比は、なにも『エコノミスト』の論説に限定されるものではなく、『タイムズ』の一一月一三日の社説にも表われているのである。具体的に言うならば、フェニアンの活動を批判した社説――「アイルランドにおけるフェニアンの〈中枢〉として悪名高いスティーヴンズの逮捕は、合衆国におけるこれら幻視的革命家たちの狂

気の計画に、改めて我々の目を向けさせる」――のすぐ前に、ジャマイカ事件についての社説がおかれ、この二つの類似性が示唆されるしくみになっているからだ。その部分における主張は、すでに見た社説にみられるそれと変わらない。「[ジャマイカの黒人が]どうにもならぬほど怠惰であるのは経験から分かっている」。「黒人が本来白人の監督をうけるというのは、両者の利益になることである」。「黒人を相手にしなければならない人々にとっての最善の策とは、彼らを強力に支配するということである」。

できることならば、黒人が人種特有の悪しき本能をなくして、福音の及んだ自由なジャマイカにおいては、聖ドミンゴの惨劇が繰り返されないでほしかった。しかし、この教訓は重要なときに届いたのであって、アメリカの諸州が多くのアフリカ人を扱うにあたって十分に注意すべきことを教えている。

ジャマイカ事件に直面したときにイギリス側がもち出し得た思考の枠組みの少なくともひとつは、おおよそこのような性格のものであった。その軸となったのは黒人劣等論であり、隠喩としての暴動論である。

4

もっとも『タイムズ』の社説にみられる論調は決して孤立したものではなく、その黒人劣等論においてはトロロープの考え方と軌を一にしているし、何よりもカーライルの人種論に対応しているのである。彼の「黒ん坊問題」（一八四九）という評論を一読したことのある者ならば、ヴィクトリア時代を代表するこの文人を、トリニダード出身の黒人歴史家エリック・ウィリアムズが、ネオ・ファシストと決めつけた理由が苦もなく理解できるであろう。そして逆に、「カーライルとヒトラー」という標題をもつハーバート・グリアソンの論文（一九三三）の弱腰ぶりを痛感することになるであろう。彼の英雄崇拝論と表裏一体をなしているのは、ひとたび劣等とみなされた人々に対する容赦のない蔑視であり、そのことが何の抑制もなしに噴き出しているのが彼の黒人論なのである。

もはや諸君は「奴隷」ではない。私としても、もし避けられるならば、諸君が再び奴隷になるのを見たいとは思わない。しかし、諸君より賢明に生まれつき、諸君の主たるべき人々に対しては、絶対に召使いとならねばならない。白人が諸君よりも生まれつき賢明であるならば（一体いかなる人間がそれを疑うだろうか?）、白人の召使いに。それこそ……諸君にとって、またすべての者にとって、この世の法則なのだ、つねにそうであった。愚かな者がより賢明な者の召使いになること。

この「より賢明なる者」という表現を英雄と置きかえてみれば、ほとんどそのまま彼の英雄崇拝論に転化するはずである。別の言い方をするならば、英雄崇拝は劣等者の排除と一体をなしているのであり、その意味においては、カーライルはのちの社会ダーウィニズム論やその中心となる優生学説の論理の枠組みをすでに申し分なく用意しているのである。それともカーライルは、人間は生まれつき主人になる者と召使いになる者に分かれるとしたアリストテレスの『政治学』の、あまりにも忠実な継承者であったというべきだろうか。

評論「黒ん坊問題」には、のちに『タイムズ』の社説のもち出す論点がほぼ出揃っている。例えば黒人の怠惰ぶりについて――

西インド諸島では労働力が不足しているらしいが、現地の事情を考えると十分にありうることである。太陽と土地に恵まれ、充分な量のカボチャをかかえた黒人は、日に三〇分も働けば生きてゆけるので（計算上はそうなる）きびしい仕事をさせるのは容易ではない。……神から与えられた能力に応じて働こうとはしない黒人は、カボチャを口にする権利をいっさいもたないし、どんなに土地が余っていても、カボチャを育てる土地をもつ権利などない。ただ、その土地の真の所有者によって、生きるためにふさわしい仕事をするように強制される、疑問の余地のない永久の権利をもつのみである。

父から継承したカルヴィニズム的な発想のために、サミュエル・スマイルズとは別のかたちで労働を称讃することになった彼の考え方が、ここでは黒人蔑視の立場を正当化してしまっている。さらに、ハイチの歴史をいまわしい手本とする発想も、すでにカーライルによって表明されている。「ハイチに眼をやって、はるかに厳しい予言を見るがいい！　黒人が、その醜さと怠惰と叛乱によって、西インド諸島からすべての白人を追放し、それをひとつのハイチにするに任せてみよう……それが神と人とにとっていつまでも楽しいことだとでも思っているのだろうか」。このような論調は、ジャマイカ事件のあとに書かれ、それへの言及をも含む評論「ナイアガラを下る、そして?」（一八六七）の中でも変わらない。いや、このような考え方に固執していたからこそ、彼は総督エアを弁護するグループの代表として行動することができたのである。

だが、人種をめぐるカーライルの言説は、決して彼個人のみに帰することのできる何かではないのであって、一九世紀中葉のイギリス社会に広く共有されていたと考えるべきであろう。例えば人類学者ハントは、一八六六年のロンドン人類学協会の挨拶の中で、「我々人類学者は、強い称讃の念を抱いてエア総督の行動を見守ってきた。……黒人がヨーロッパの人間と自然にそむく関係に置かれると、そこでは必ず「ジャマイカのそれのような」革命が起こるだろう」と決めつけている。黒人と白人の平等は自然にそむく関係というわけだ。あるいは、人種偏見を醜悪なまでにむきだしにしているという点ではカーライルの評論と肩をならべる、チャールズ・マッケイの「黒人と黒人愛好者」(『ブラックウッズ・エディンバラ・マガジン』一八六六年五月号)を挙げてもいいだろう。一八六二年から三年間、『タイムズ』のニューヨーク特派員をつとめていた彼は、徹底してカーライルの主張に体をすり寄せようとする。彼によれば、ジャマイカの黒人の「第一の生活必需品はカボチャ」であり、黒人は一般的に「無精と、その本性からくる動物的な浅ましい快楽にひたりきる」。当然ながら、「自己向上の能力はないに等しく」、「ビーバーや蜂や猿のようにまったく変化しない」。このような偏見から出てくるのは、白人優越論のイデオロギー以外のものではあり得ないであろう。彼がジャマイカ事件のもつ意味を定位しようとしてもちだすのは、やはりハイチの例である。

聖ドミンゴにおける黒人の恐るべき行為の物語は世界中に鳴りひびいたが、四ケ月前にこのジャマイカでも……エア総督が人種戦争をおさえるのに示した厳しさと迅速な行動がなかったならば、それ以上におぞましいことが起こって、世界に鳴りひびいたであろう。

類例の収集はいくらでも続けることができる。要するに、ここで重要なことは、カーライル的な黒人蔑視の言説が、実はカーライル個人に帰せばすむようなものではなく、ヴィクトリア時代の社会の各階層の中にとぐろを巻いていた言説であって、条件さえ整えばいつでも噴き出し得たということである。しかも、そのような差別と排除の言説の対象は、なにも黒人に限られる必要はなかった。アイルランドからの移民でもよかったことは、ジャマイカ事件とフェニアンの運動を類比的につなげてしまうことのうちに逆証されている。排除の言説の対象はさらに東欧からのユダヤ人移民でも、ジプシーでもよかったのである。そのような類比的な排除の力の作動ぶりは、例えば『ブラックウッズ・エディンバラ・マガジン』の編集のしかたにもうかがうことができる。一八六七年の上半期のみに話を限ってみても、「フェニアン」、「大西洋をつなぐフェニアン」、「労働者階級」、「選挙法改正」、「ジプシー」といった、いずれも批判的な内容のエッセイが掲載されているのである。これらの一見雑多なテーマは、実はひとつの共通のコンテクストに参与していたと考えられるのである。

『序曲』の第七巻にワーズワスが書きとめたロンドンは、すでにさまざまの人種の混在する都市であった。ヴィクトリア時代にいたってもその基本的な性格は変化していない。その意味では、大英帝国の各地からさまざまの人種の代表を招いた一八五一年の大博覧会は、ロンドンそのものがもつ混淆都市の性格を浮上させるスペクタクルであったと言えるかもしれない。そのような社会における排除の言説は、対外的なものであると同時に対内的なものとして、社会の無意識の部分に棲みついていたと考えられる。ヴィクトリア時代は二つの国民からなるというディズレーリの小説から抽出された有名すぎる科白から、われわれはもう自由にならなければならないだろう。あるいは、二つの国民というイデオロギーの外部に抑圧されてしまった、もうひとつの枠組みを引き受けねばならないだろう。富める者と貧しい者という二つの国民の対立は、大英帝国という特権的なシステムの内側におけるひとつの関係なのであって、当然ながらそのシステムに規定され、かつ規定する関係なのである。カーライル的な人種偏見は、そのような関係に棲みついた、自然で、自明のようにみえる言説であった。J・S・ミルはまさしくその言説に挑戦したのである。

5

一九世紀イギリスの思考法を二分する人物としてベンサムとコールリッジを挙げたのはJ・S・ミルであるが、ヴィクトリア時代の社会思想を代弁するという意味では、むしろミル本人とカーライルを対置すべきかもしれない。スコットランドの寒村の石工の息子として生まれ、やがて保守派の予言者になる人物と、ロンドンの知識階級の息子として生まれたリベラルな思想家、この二人の対比ほど極端なものは珍しいだろう。カーライルはすでに「時代の徴候」（一八二九）の中で、父ジェイムズ・ミルを含む功利主義者たちを、メカニカルな思想傾向を代弁するものとして厳しく批判していたが、J・S・ミルと彼の間には尊敬に近い交流があった。一八三五年にカーライルの『フランス革命』の草稿が誤まってミルの家で焼失してしまうという事件にしても、その背景には、草稿の閲読を託し託されるという信頼関係があっての悲劇に他ならない。しかし二人は、アイルランド問題をめぐって、奴隷問題をめぐって対立した。

カーライルの「黒ん坊問題」を一読したミルは、ただちに「黒人問題」(一八五〇)という文章をまとめて反論する。彼によれば、奴隷制度ならびに奴隷売買に反対するのは「国の良心」の問題であり、「正義の目的」にかなうものであって、感傷性を云々してすむことではない。

ほぼ二世紀にわたって、毎年何千という黒人が暴力と陰謀によって捕えられ、西インド諸島に運ばれて死ぬまで、文字通り死ぬまで酷使されてきた。彼らをすみやかに衰弱させ、さらに輸入しようというのが良き経済の周知の金言、公認の鉄則となっていた。この事実のうちに、他のいっさいの残虐、横暴、勝手放題の弾圧が含まれている。そして奴隷所有者の動機は金銭欲であった。

ミルによれば、カーライルはこうした歴史的経緯をいっさい無視して、西インド諸島の黒人を非難するのみである。カーライルは、「ジャマイカの土の下に何千というイギリス人の骨が」埋まっていると言う。しかし、「じわじわと恐ろしい拷問によって命をしぼりとられたあと、そこに骨を横たえたアフリカの人間が一体何十万いるというのか」。彼はハイチの例を見よと言う。しかし、彼が「ハイチについて何を知っているというのか」。ミルのこの激越な批判は、ジャマイカ事件をめぐる論争のさなかのものではなくて、実にその一五年も前の論争において発せられたものなのである。別の角度から見るならば、ジャマイカ事件はこの二人の対立を再燃させる、格好のきっかけとなったと見ることもできるだろう。しかも一八六五年における二人は、それぞれ保守派とリベラル派の代表となっていたのであって、二人が総督エアを弁護する側と弾劾する側の代表となってゆくのは、なにか運命的な必然のように思えなくもない。

しかしながら、ジャマイカ事件をめぐる闘いを、この二人の私的な対立のドラマに還元できないことは言うまでもない。ここで改めて想起してみる必要があるのは、人種をめぐるカーライル的な言説が、ヴィクトリア時代のイギリスの風土に深く浸透していたのに対して、ミル的な立場は少数派であって、第二次選挙法改正を押すグループなどの支援によって力を補強する以外になかったという事実である。それぞれのグループの言説を支える権力には、歴然たる差があった。ミルの側の言説は、基本的には対抗言説としての性格をもたざるを得ないのである。それは、いかに「正義」とか「道徳」とかいった言葉が振り回されようとも、ミルの側の言説が修辞的な過剰に走る危険性をはらんでいるということを意味するだろう。この場合にはそれが、問題を一般化する傾向となって表われる。そのことは、一八六六年七月二七日にミルの側が提示する総督エアの告発文書の表現に、端的に表われている。

目的は、女王陛下の支配の下にあるすべての人種に対して、正義と人間性の義務を守る必要性を訴えるとともに、法的な権威に訴えることによって、先般の事件において政府が踏みにじり放棄してしまった法的・立憲的大原則の正しさを示すことにある。

この修辞法は、総督エア個人の勇気や決断力を前面に押したてようとするカーライル側の修辞の戦略と、著しい対照をなすことになるだろう。ジャマイカ委員会とエア弁護委員会という両グループの命名法そのものが、そのことをよく物語っている。

歴史記述の常套に従うならば、私はジャマイカ委員会による総督エア告発の文書にふれるまえに、政府の調査団の報告書の内容を説明すべきであったかもしれない。しかし、この事件の場合に実際に生じたのは、報告書の内容をふまえて初めて論争が展開するということではなく、すでに存在していたミル的言説とカーライル的言説が、報告書の内容をくいちぎりあうという事態であった。言説が事実を分節化して取り込んでゆくのである。そしてそのときにこそ、言説に内在するイデオロギー装置が力をふるうことになるのである。そのことを示唆するために、私は小さな方法論的先取りを試みることにしただけの話である。

6

ジャマイカでの事件の報道が始まってから一ケ月余を経過して一八六五年の一二月に入ると、『タイムズ』の紙上には、関係者ならびにこの事件の経過に関心を寄せる人々の投書があふれるようになる。一二月七日には、黒人を弁護し、総督エアを批判するチャールズ・バクストンの長文の投書が載っているし、その前の一二月二日には王立地理学会会長ロデリック・マーチソンの総督擁護が載り、彼の行動は「ハイチのような黒人の共和国」が生まれるのを阻止するためのものであったろうと指摘している。一二月六日には、他紙からの転載というかたちで、妹メアリー・エアが兄のやさしさを訴えた手紙が掲載されている。この時点ではまだジャマイカに特派員を送っていなかった『タイムズ』の紙面が、このような投書とジャマイカ現地の新聞、イギリスの他の新聞、すでに公開された外交関係の手紙などの引用、それに社説を加えたまさしくモザイク的なテクストとして構成されていることは注目に値する。それは、正確な事実が未定のままで繰り広げられる解釈の言説の闘いであった。しかもそれは『タイムズ』の紙面のみに実現した事態ではなかった。正確な事実が未定のまま行動するというのは、何よりも戒厳令を発令した総督エアをはじめとするこの事件の関係者たちを等しく規定したパターンなのである。この同一の行動様式がいたるところに現われる。

そうした情報の混乱の中で『エコノミスト』の一二月二日号は、「実際の叛乱ではなくて、叛乱があるかもしれないという印象が実際の殺戮をひき起こした」のではないかと分析した。「ジャマイカの白人たちの頭は、自分たちの生命と財産に対して何らかの危険をもたらしかねない動きが黒人の内部にあるという、きわめて強い印象に、確信ではなく印象に、過去二ケ月ほどの間とりつかれていたのだ」。『エコノミスト』はこのように分析した上で、事実関係の調査を求めると同時に、総督エアの休職を提案している。しかもこの方向での要求は、イギリス各地の抗議集会でも決議されていた。一二月九日、国会議員を含むイギリス各地からの代表約二五〇名が首相官邸にラッセル卿をたずね、ジャマイカ事件についての真相の調査を要求することになったのも、そのひとつの結実と考えてよいだろう。

『タイムズ』の一二月一一日の記事によれば、この抗議団の代表をつとめたのは反奴隷制協会の会長サミュエル・ガーニーであり、同協会の秘書チャメロブゾウが陳情書を読みあげた。一五項目からなる陳情の主眼は、総督エアのすみやかな解任と、「最近ジャマイカで起こった悲惨な事件とその原因の公平にして徹底的な調査」であるが、政府側はこれにすみやかに同意した。この陳情書の最後のところでは、叛乱の首謀者とみなされて処刑されたジョージ・ゴードンについての詳しい調査が要求されている。このゴードンの処刑をめぐる手続きこそ、ジャマイカ事件をめぐる論争の最大の争点であっただけに、これは当然のことのようにも見えるのだが、ゴードンが処刑の一時間前に妻にあてて書いた手紙の中で、チャメロブゾウに事態を訴えるように頼んでいたことを考え合わせると、そこには新聞報道の字面には取り込まれていない関係が感じとれるのである。

ルイス・チャメロブゾウ——彼こそはストランド街にあるエクセター・ホールの実質的な中心人物として、反奴隷運動の中心となった人物であり、バプティストやメソディストの海外の宣教師活動の軸になった人物でもある。しかもジャマイカにおける事件の有力な拠点になったのがバプティストのチャペルであったことも考えれば、彼がエア糾弾の先頭に立ったのは当然のことと言わねばならない。さらに総督エアは熱烈な国教会の信者であった。こうした事実から浮かびあがってくるのは、ジャマイカ事件は白人の荘園経営者と黒人労働者の対立事件というにつきるものではなく、国教会派と非国教会派の対立という面もあわせもっていたということである。イギリスの国内における宗派の対立が、ジャマイカにその歪んだ自己像を再確認するかたちになるのである。バーナード・センメルが『総督エア論争』の中で、告発側が「主に中流階級の非国教会の各派、バプティスト、コングリゲイショナリスト、メソディスト、クエーカー、ユニテリアン」からなっていたと指摘しているのも、このことと絡んでいるだろう。もちろん総督エアの糾弾に動いたのは彼らだけではなくて、労働者の新聞『ビー・ハイヴ』の論調からも分かるように、第二次選挙法改正の運動に力をいれていた労働者もそれに同調した。チャールズ・バクストンやJ・S・ミルを中心とするジャマイカ委員会が結成されたのも一八六五年一二月のことである。

7

H・K・ストークスを団長とする調査団がジャマイカに到着したのは、翌年一月のことであった。調査の開始は一月二五日、終了は三月二一日、その間の五一日をかけて総計七三〇人の証人調べが行なわれ、必要な手紙や文書がそれにつけ加えられて、六月には報告書がイギリスの議会に提出された。ジャマイカ事件についての〈事実〉はここに収録されていることになり、それ以降の議会での論戦も裁判もこの〈事実〉の集大成を踏まえて進行してゆくことになる。別の言い方をするならば、それまでに流布していた各種の新聞報道は、ゴシップ、もしくは参照されるにとどまるエピソードに格下げされることになるのである。

確かにこの報告書は、一九世紀のイギリスのこの種の報告書のつねとして、詳細をきわめている。証人とのやりとりをすべて番号順に整理し、叛乱の犠牲者も可能なかぎり調べ、詳細な地図によって叛乱の経過をあとづけてゆくやり方も徹底している（このような伝統は、一九世紀の末にチャールズ・ブースが実施したロンドンの貧民調査にも確実に継承されてゆくことになるだろう）。しかしこの報告書は、ただひたすらに事実を羅列しているわけではない。報告書全体の要約が、つまり〈事実〉のひとつの解釈が添えられ、その要約の結論部分においてメタ・レベルの解釈と価値判断が与えられているのである。それは、一方では、膨大な事実を読んでゆくための指針としても機能するだろう。つまり、全体としてみれば、この報告書は——この一次資料なるものは——たとえばヘイドン・ホワイトの歴史哲学の洞察を援用するまでもなく、決して中性的な決定的な事実の集成ではあり得ないのである。むしろそれは、事

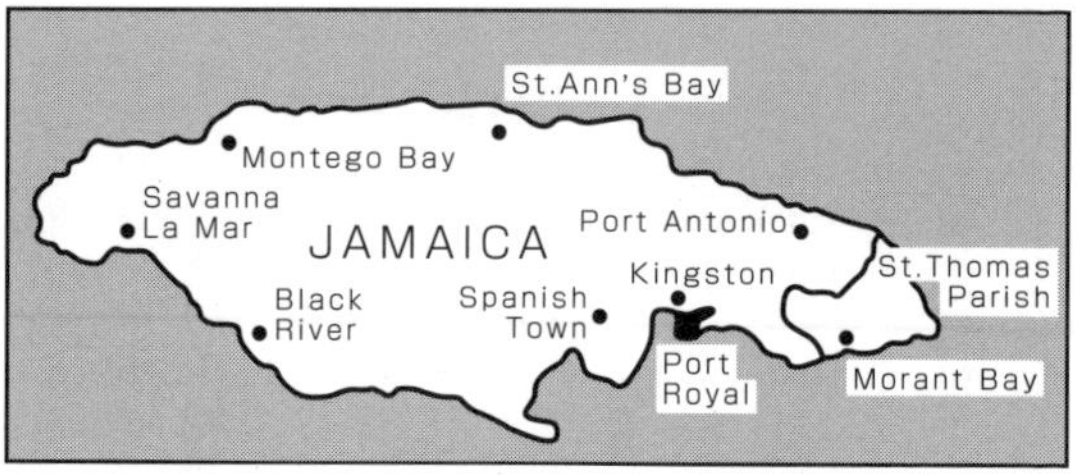

図1　ジャマイカ

件に関与したさまざまの言説からなる異種混在的なテクストなのである。

そのようなテクストの性格を念頭においたうえで、実質三〇頁余の要約部分を見てゆくならば、それは大略、前書き（証人調べの方法等の説明）、騒乱の原因の分析、騒乱抑圧の方法、抑圧側の行動、ジョージ・ゴードンの事例の説明（要約全体のほぼ三分の一を占める）、政治犯とみなされた者の扱い、戒厳令問題、結論となっている。そこで構成されている物語によれば、モラント・ベイ（図1参照）で小さな衝突があったのが一八六五年の一〇月七日、それが一一日には、同地の教区委員会が開かれていた建物の前で白人側の自警団と銃やナイフで武装した黒人たちが衝突して、双方で三〇名ほどの死者がでた。暴動を起こした黒人たちは、そのあとも破壊と掠奪を続けた。総督エアは一三日に暴動地域に戒厳令を発令し、軍を動かして鎮圧にのりだす。この暴動の直接の指導者であったポール・ボグルは二三日に逮捕されて、処刑された。問題はこのボグルの友人で、この叛乱を先導したとされるジョージ・ゴードンである。彼はジャマイカ議会の議員として総督エアの行政を激しく批判していただけでなく、聖トマス・イン・ザ・フィールドの教区では、総督の親友であるフォン・ケテルホット男爵と激しい利害対立を起こしていた。このような事情があったために、暴動が起こると同時に、ゴードンはその首謀者とみなされたのである（しかも男爵は暴動側に殺されてしまっていた）。事態の流れを懸念したゴードンは、戒厳令地域の外にあったキングストンの町で身の潔白をたてるために自首するが、総督の手で海路ただちに戒厳令地区のモラント・ベイに移され、そこで二一日に軍法会議にかけられた。翌日は安息日であったので、処刑が行なわれたのは二三日の朝七時一〇分であった。すでにこの時点で、暴動を起こした側は完全にその実体を失ってしまっていたが、戒厳令は三〇日間にわたって発令されたままとなり、その間に軍の側が黒人民衆に対して残虐をほしいままにしたのである。裁判抜きで処刑された者、ほとんど理由らしい理由もなしに笞刑に処せられた者、そのあまりのひどさに調査団も愕然としている。最終的には、軍法会議で処刑された者三五四名、裁判抜きで殺された者五〇名、その他も含めると死者は四三九名、笞刑の者六〇〇名、焼かれた家一〇〇〇軒に達した。

報告書はこのような事件の展開を踏まえてどのような結論を出しただろうか。要約部分の結論は七つの項からなっているが、その第六項では戒厳令の期間が長すぎたとする。そして第七項では、加えられた刑罰はいきすぎであると認定した。「(1) 死刑が不必要に頻繁に行なわれた。(2) 笞刑はみさかいなく行なわれ、バースでは明らかに残虐であった。(3) 一〇〇〇軒をも焼くというのは理不尽かつ残酷である」というのが、その内容であった。しかし、その一方でこの報告書は、その第四項で、「叛乱の初期の段階で総督エアの示した技術、敏速性、勇気はたたえられてしかるべきである」とし、第五項では、「陸海軍の作戦行動はすみやかでかつ賢明であったように見える」としたのである。そして第一項から第三項までの部分では、叛乱の計画があったこと、それが拡大する危険があったことを認定しているのである。要するにこの結論は、それを読む側がどこに力点を置くのかによって異なる相貌をみせるテクストとして組み立てられているのだ。実際にジャマイカ委員会とエア弁護委員会が模範的なかたちで二つの対立する解釈をひき出してみせることになる。

8

ジャーナリズムの側はこの報告書がまとまるまでの間、事態のなりゆきを座視していたわけではなかった。『タイムズ』は調査団のジャマイカ入りにあわせて特派員を派遣し、証人の取り調べぶりを、ときにはその場のやりとりを報道してゆくし、反対の立場に立つ週刊新聞『ビー・ハイヴ』にしても調査団の仕事ぶりを報道してゆくことになる。しかし『タイムズ』の社説も、一八六六年三月一九日には次のように認めざるを得なくなる。

ジャマイカの叛乱を鎮圧するにあたって、思うだに身震いするような残虐行為が行なわれたことはもはや否定できない。……何十、あるいは何百という囚人が絞首刑になる前に、またしばしば裁判をうける前に笞刑を受けたことは間違いない。……将校もしくはその部下の気紛れのせいで裁判らしきものを受けることもなく銃殺刑あるいは絞首刑になった者が何名かあることも間違いない。

さらに翌日の社説では、「黒人の権利をめぐる問題において偏見を持たないと言えるジャマイカの白人の数はおそらくきわめて少ないであろう」と書くにいたった。もちろん、それと同時に戒厳令を発令する理由はあった、「戒厳令下ではある種の不正はやむを得ない」と主張することを忘れてはいないが。一八六五年一一月以来の報道合戦と論戦は、ついにはジョージ・ゴードンの処刑をめぐる手続きの是非に帰着することになった。軍法会議の場で彼が問われたのは大逆罪と一〇月一一日のモラント・ベイの叛乱についての共謀罪である。調査団の報告書のうち、一八六六年三月一日の部分にこの軍法会議の記録が収録されているが、わずか五頁をしめるにすぎないその資料は、死刑判決を引きだすにはあまりにも不十分なものでしかない。調査団もそのことをはっきりと認めている。そこから総督エアの私憤の存在を想定するかしないかは別にして、この意味での手続き上のミスは、いずれの側に立つ者も否定できない点であった。それに対して、最大の論争点になったのは戒厳令をめぐる問題であった。戒厳令地域の外側で逮捕した民間人を改めて戒厳令のしかれている地域に移し、しかもそこで軍法会議にかけるというのは、果たして合法的なことなのだろうか。報告書は、ゴードンが叛乱に煽動者として関与していたのは明白であると強調するのみで、このやり方の合法性云々については言及していない。一八六六年一月一一日の『タイムズ』は近刊の『ジュリスト』に掲載される論文の紹介として、総督エアのとった手続きを妥当とする戒厳令の解釈をあげている。それによれば、「逮捕の手続きの非合法性が裁判の合法性に影響することはない。たとえ遠く離れた場所で非合法的に逮捕されたとしても、その人物は犯罪を犯した土地で合法的に裁かれ得る。かりにその犯罪が国外で犯されたとしても、その被害者がイギリスの臣民であるならば、そうである」とする判例があるという。もっとも、総督エアを弁護しようとする側が好んで口にしたのは、ディズレーリが議会の弁論の中で援用した論法であった。一八六六年七月一九日の下院でJ・S・ミルの質問をうけた大蔵大臣ディズレーリは、「戒厳令は通常の法を一時停止にしてしまう」と述べて、総督エアのとった手続きを正当化しようとした。この考え方が戒厳令下での軍隊の行動をかなり大幅に免罪してしまうであろうことは容易に推察できる。

このような法解釈に対して正面から反論を加えたのが、ジャマイカ委員会に参加していたフレデリック・ハリスンであった。彼が一八六六年の一一月から一二月にかけて『デイリー・ニューズ』紙に発表した六つのエッセイは、翌年『ジャマイカ・ペイパーズ』のパンフレット第五号として刊行される。そこで彼が行なったのは、『権利の章典』の他、数多くの判例や法解釈を参照しながら、イギリスの法は基本的に戒厳令を認めていないということを論証する作業であった。「国王はグレート・ブリテンあるいはその植民地において民法を一時停止にする力をもたないし、そのような力を委託することはできない。戒厳令はわが国の法の体系になじまず、イングランドの慣習法と制定法の双方によって非とされている。戦時においても平和時においても、一般市民が軍法会議で裁かれることはない」とするのがハリスンの結論であった。さらに彼は、一八二三年に西インド諸島のデメララで黒人暴動があったさいにも、戒厳令の是非の問題が起こり、一八二四年七月一日の下院でブルムが、「私はひとりの法律家として、そのような戒厳令なるものが理解できない。……それはイングランドの法とはまったくなじまない」と述べていることを指摘する(ちなみに、ゴードンに同情する人々の中には、彼をこのデメララの暴動のさいに犠牲になった宣教師スミスになぞらえる者があった。このデメララの暴動については、一八二四年七月一日と一一日の下院で集中審議が行なわれている。初期のフェミニストとして再評価を受けつつあるハリエット・マーティノウの『平和な三〇年の歴史、一八一六—一八四六』(一八四九—五〇)の第一巻の記述によるならば、この暴動は一八二三年八月一八日に勃発し、翌日に戒厳令が発令され、さらにその翌日には暴動は完全に終熄した。しかし戒厳令は五ケ月間も解除されず、「白人の犠牲者はなかったにもかかわらず、最初の段階で約二〇〇名の黒人の死傷者が出て、四七名が処刑された。さらに多くの者が死よりもひどい笞刑をうけ、一〇〇〇回の笞打ちという判決も頻繁に下された」。この事件をイギリス国内でもとくに有名なものにしたのが、宣教師ジョン・スミスの処刑である。彼は非合法のやり方で軍法会議にかけられ、偽証によって暴動の煽動者とされて、翌年の二月六日に処刑されてしまったのである。ジャマイカ事件との類似は歴然としているだろう。とすれば、『タイムズ』に代表される側が繰り返しハイチの黒人共和国を引き合いにだして、このデメララの事件に言及しないというのは、二重に政治的な所作となるのである)。

ハリスンの主張の中でもうひとつ注目しなければならないのは、「植民地の総督は、その植民地で犯された犯罪について、イギリス国内で裁判を受けることがあり得る」という考え方である。もしその通りであるとするならば、総督の職を解任されて本国に戻ってきたエアを裁判の場に引きだすことができるであろう。ジャマイカ委員会の代表ミルはそれが可能であると判断した。罪名はもちろん殺人罪でなければならない。

9

しかしながら、一八六六年六月に調査団の報告書が提出されたあとのジャマイカ委員会の反応は、まったく動揺のないものとは言えなかった。この委員会そのものがチャールズ・バクストンやJ・S・ミルの他に、第二次選挙法改正の運動の先頭に立っているエドマンド・ビールズやジョン・ブライト、反奴隷制協会のルイス・チャメロブゾウ、トマス・ヒューズ（『トム・ブラウンの学校生活』の著者）等の国会議員、聖職者、大学教授、さらにはハックスレー、スペンサー、ハリスン等を抱えている以上、それはやむを得ないことかもしれなかった。最初に異論をとなえたのは、この委員会の代表をつとめていたバクストンである。彼は『タイムズ』に投書をして、総督エアを殺人罪で告発することに反対を表明したのである（投書は二六日付、紙上公開は三〇日）。彼によれば、ジャマイカでの事件の残虐さは否定できないが、総督エアが問われるべきは状況についての判断ミスであって、「故意の殺人」ではない。さらに彼は解任と不名誉という罰をすでに受けている。むしろ問われるべきは、戒厳令下で残虐をほしいままにした将校たちであるということになる。そして彼は、この投書の結びのところで、代表の座を降りることを表明した。

この投書をめぐって七月九日に開かれた委員会の会合の様子は、翌日の『タイムズ』に詳しく報道されている。その席でバクストンは改めて、「もしエア氏を植民地行政にかかわるミスで告発するというのであれば、自分も喜んで行動するけれども、彼がゴードン氏を故意に殺害するという罪を犯したとは考えられない」と釈明した。この意見はジョン・ブライト他の委員から激しい反発をうけ、代表をJ・S・ミルに交代する事態となった。そしてジャマイカ委員会は改めて元総督エアを、故意の殺人で告発する用意を進めることになるのである。七月二七日には委員会のめざすところを説明する文章が、ミル他二名の名前で公開された。

それによれば、ゴードンの処刑にかかわる総督の責任を追及することによってジャマイカ委員会がめざしているのは、第一に、イギリスの国民が統治する側の手で非合法的に処刑された場合、それは上司が責任者を適当に処分してすむことではなく、「法によって罰せられるべき犯罪」であることを明確にするということであった。

第二に、委員会は、先般の出来事からも明らかなように、みさかいのない虐殺と拷問の手段となりかねない戒厳令下の法廷の裁判権に、法廷において疑義を投げかけるとともに……こうした法廷の執行する法なるものが本当の意味での法なのか、それとも法によって禁ずべき死刑の濫用なのか、その判断を仰ぎたいと考えている。

総督エアのとった処置を故意の殺人とみなし、このような告発に踏みきるというジャマイカ委員会の決断の根幹には、ヴィクトリア時代のいわゆる人道主義があることは確かであろう。そこに中流階級の偽善とユートピア的な急進主義が混入していたことは否定できないにしても、それは時代がとらざるを得なかったひとつのスタンスであるように思われる。そのいかにもイギリス的な人道主義が、ここでは、法による個人の安全の保護の主張となって表われているのである。ゴードンの処刑は法律上のひとつの事件であるとともに、J・S・ミル他の人々の信奉するリベラリズムの、ひとつの試金石とうけとめられたとも言えるだろう。彼らにとっては、この事件にこのようなかたちで関与することこそが、思想を生きるという実践であった。

ジャマイカ委員会の活動は——その当否、あるいはその成果は別にしても——ヴィクトリア時代に浸透していた隠然たるイデオロギーを改めて公の場にひき出し、衆目の監視のもとにおくことに成功する。確かに結果のみに目を向けるならば、この委員会の努力は所期の目的を達成することなく終ってしまうにしても、その努力は重要な意味をもっていたと考えていいだろう。そのことがよくわかる場面のひとつが、一八六六年七月三一日の下院での討議である（ちなみに、報告書がまとめられたあとの六―七月の委員会の動きはきわめて迅速である)。この日、チャールズ・バクストンは、ジャマイカ事件のさいの処置に対する非難、犠牲者への保障、更なる調査などを求める四カ条の決議案を提出し、それについての討論が行なわれた。保守派は、総督エアの戒厳令発令を法的に正当なものとみなし、ジャマイカの危険な状況下では当然のものであったと主張しようとする。ある議員によれば、五〇万人の黒人に対して一・五万人の白人しかいない状況をまず考えねばならないということになるし、別の議員によれば、総督を批判する側は「公の秩序を攻撃しようとする輩を大目にみようとするばかりで、それを維持しなければならぬ人々の抱える難題には眼をつぶる」。この議員はさらに、すべては戒厳令下のことであって、「ゴードン裁判にしてもいまだ未決の問題である」と言う。これに対してミルは、かりに戒厳令を認めるとしても、当事者がその結果についていっさいの責任を問われないということはあり得ないと反論している。

もちろん保守派にしても、法によって市民の権利が守られるべきことは百も承知しているだろうが、彼らは、権利と安全をより多く保護されてしかるべき人種・階級とそうではない人々を、陰に陽に差別しているのである。そしてひとたび事が起こると、一方は秩序を守る側に、他方はそれを破壊する側に配分されることになる。ジャマイカ委員会はそうした根強いつながりを打破することには成功しなかったが、そこにこそ問題があることに人々の注意を喚起し続けたのである。保守派の戦略は、それを忘れることであった。七月三一日の討議でそうした問題点を最も的確についたのは、W・E・フォースターの次の発言である。

人間的でかつ良心的なエア総督が、なぜこのような行動を承認してしまったのでしょうか？　かりに犠牲者が白人であったとしたらとてもなし得ないような蛮行を、イギリスの将校がなぜやってしまったのでしょうか？　その理由は、彼らが、いや、この私にしても、この議会のメンバーにしても、人種感情から――劣った人種とされるものに対する侮蔑の感情から、自由ではないということです。しかしながら、このことは、問題を冷静に判断する力をもつ議会に、ひとつの肌の色の人間にはひとつの法、別の肌の色の人間には別の法ということがあってはならぬことを認めるように、より強く迫るはずなのです。

これは、言うまでもなく、カーライルや『タイムズ』の人種論の正反対に位置するものである。しかしそれは、あまりにも反時代的でありすぎたために、すみやかに忘れられてしまうことになる。

10

ハミルトン・ヒューームの呼びかけによって、カーライルを代表とするエア弁護委員会が発足したのは、一八六六年八月のことであった。その月の一二日、総督の職を解かれたエアがサウサンプトンの港に戻ってきた。その直後から市長や聖職者を中心とする人々によって、「イギリスの重要な植民地を救い、忠誠心の豊かな植民地の生命と財産を守り」、「ジャマイカが第二の聖ドミンゴとなるのをくい止めた」彼のために署名が集められたと、八月一八日の『タイムズ』は伝えている。二一日には、彼のため

WISDOM AND WIND-BAG.

図2　カーライル（左）は保守派の代表，ブライト（右）は急進派の代表として対置された（『パンチ』1866年4月14日号）

に大々的なパーティが開かれ、三人の上院議員の他、キリスト教社会主義を主張していたチャールズ・キングズレーも列席して口々に彼をたたえる演説をした。八月二三日の『タイムズ』は、主な列席者の名前の他に各人の演説の内容まで詳細に報道した。この出来事は、イギリス国内におけるエア支持の根強さを示す象徴的な一件であるが、しかしその一方で、この祝宴に反対する労働者の反発があったことも忘れるわけにはいかない。彼らはこの祝宴を「死の祝宴」と呼び、エアを「無差別殺人者」とみなした。当日は会場に来る馬車を労働者が取り囲むという事態も発生した。

『タイムズ』の八月三一日の紙面は、前夜の八時、ロンドンのバーソロミュー地区で労働者を中心とする集会が開かれ、このサウサンプトンの祝宴のことが取りあげられたのち、ロンドンの労働者にジャマイカ委員会の支持を求める決議がなされたことを伝えている。「コフィー氏はこの決議案を支持して、トーリー政権はハイド・パークで人々を射殺する権利をもつわけがない、それは、エア氏がジャマイカで何百という無実の人々を殺す権利がないのと同じことであると述べた」。九月三日にはクラークンウエル・グリーンに多数の労働者が終結して、エアの模擬裁判を行なうにいたった（図2参照）。

カーライルの手紙(ハミルトン・ヒューム宛、八月二三日付)が『タイムズ』の九月一二日の紙上に公開されたのは、このような推移に答えてのことであった。「イギリスの国民がアナーキーを愛したことはない」とする彼は、「総督エアを弾劾する騒ぎは、私には、イギリスの良識を汚すものと映ります」と言い、「彼は公正で、人間的で、勇敢で、いたるところで人々の信頼に答えようとし、しかもそれを実行に移す人並みはずれた能力をそなえています」とたたえている。それだけではなく、彼のために、下院宛の請願書まで執筆しているのである。「総督エアは、その勇敢で、敏速で、巧みな行動によって、ジャマイカの野蛮な叛乱を鎮め……」と始まるこの文章は、調査団の報告書の結論の、とくに第四項と第五項にアクセントをおくことによって、彼の免罪と称揚を意図したものである。その結び近くには、評論「黒ん坊問題」以来の博愛主義者に対する嫌悪感がむきだしになっている(ディケンズが『荒涼館』や『エドウィン・ドゥルードの謎』に書き込むのも、実はこれと同種の嫌悪感である)。

少人数ではあるが、騒々しく熱狂的な、いわゆる「博愛主義者」の集団の……エア氏を徹底的に破滅させようとするひたすら狂信的な行動と、いやそれ以上に、彼を同じ目に遭わせようとする政府の行為は、我々には、きわめて嘆かわしい驚くべき性格のものと思えます。それはエア氏に対して悲劇的に不当であるのみならず、今日のイギリスの国益を考えるとき、不吉なものとならざるを得ません。

カーライルと同じようにエア弁護委員会に参加したラスキンの弁論も、これに劣らず激しい口調になった。彼は九月六日のこの委員会の会合で、多くの人々(もちろん白人)の生命を救い、財産を守るためならば、「疑わしきによって」ひと一人の命を奪うのは合法的ではないかと訴え、エアを解任したうえに告発までするというのは、「史上類例のない国家的な白痴行為」であると決めつけた。ここまで来てしまえば、エアを告発する方も弁護する方も、過剰なレトリックの泥沼にのめり込んでしまっていると言うしかないだろう。逆にそのことは、ここにおいてヴィクトリア時代の根深い諸問題の徴候が一挙に噴きだしているということでもある。そうした問題はその痕跡を残しただけで、解決されることはなく、時とともに忘却に付されてゆくのみである。

11

しかし、これだけの騒動の中で沈黙を守り通したエドワード・エアとは、一体何者なのか。モラント・ベイの事件が起こる六年前とその少し前とに、次のような発言をしていた人物、それがエアなのである。

確かに彼らは罪人であるにしても、人間の背が傷だらけになって血を流すのを見るのは胸の悪くなることであった。笞刑というのはこちらの気分が悪くなるだけでなく、相手に屈辱を与え、硬化させるのみだという印象を、私は拭いきれなかった。

カーライルとその一党は、この島のカボチャ喰いたちが――彼の言い方では、「目までカボチャにつかっている」者たちが――結局のところ、それほど怠惰な役に立たない者たちではないことを思い知るだろう。

この発言とジャマイカ事件の張本人としての総督エアの行動の間には、あまりにも大きなギャップがありすぎる。なぜなのか。

この疑問に答えようとしたのが、オーストラリアの評論家ジェフリー・ダットンによる評伝『殺人者としての英雄、オーストラリアの探険家そしてジャマイカ総督としてのエドワード・ジョン・エア（一八一五―一九〇一）の生涯』（一九六七）と、それを縮約した『エドワード・ジョン・エアを求めて』（一九八二）の二冊である。彼によれば、「オーストラリアの子供なら誰でも、祖国の最も偉大な探険家のひとりである彼の名前を知っている」。確かにビル・ピーチの『探険家たち』（一九八四、ABCテレビ放映のシリーズ）でも彼には一章がさかれているし、のちにエア弁護委員会の実質上の中心となって動くハミルトン・ヒューームにも、探険家として一章がさかれているのである。とすれば、ジャマイカ事件というのは、ジャマイカという古くからの植民地と、オーストラリアという新しい植民地と、イギリス本国をつなぐ関係の中で考えてみるべき性格をもっているということになるだろう。それは、ヴィクトリア時代のイギリス本国の問題に、植民地とその問題という他者がいかに深く喰い込んでいるかを示す典型的な例でもある。

エアは一八一五年八月五日にベッドフォードシャの町で生まれた。父はヨークシャ出身の国教会の牧師。この父の勧めでオーストラリアへの移住を決めた彼がシドニーに到着するのは、一八三三年三月二八日のことである。それから数年間の彼の活動は、まさしくめざましいものである。シドニーからメルボルン、アデレードへの前人未踏の内陸ルートを開拓して羊の輸送に成功しただけではなくて、一八四〇年から一年余をかけて決行したアデレードからパースへの旅は、オーストラリア探険史上でも最も苛酷なものとして知られている。この旅は、途中から長年の使用人兼同僚のバクスターの他には、三人のアボリジニ（原住民）を伴う五人の旅となったが、あまりの苛酷さのために二人のアボリジニはバクスターを殺して逃亡してしまい、アルバニーに到着するときはワイリーと彼の二人が残るだけになってしまった。この探険は、新しい牧草地を発見するなどの経済的な利益はいっさいもたらさなかったが、それだけにいっそう純粋な探険として、歴史に名をとどめることになる。

ダットンによれば、このオーストラリア時代のエアの生き方のうちでとくに注目に値するのは、原住民に接するときの彼の態度である。彼は周囲の白人植民者とは違って、彼らを頭から敵視することはせず、むしろ彼らを友好的な人々として扱おうとした。ワイリーの生活については、のちのちまで気を配っている。「彼はアボリジニを人間として尊敬し、彼らの生活様式を理解しようとした。そして何かの抗争が起こった場合には、よく根をたどってみると、ヨーロッパの人間の方がたいてい先に手を出しているることをよく知っていた」（『エアを求めて』）。そのような抗争の多かったマレイ川沿いのムーランディの原住民保護官の職に、一八四一年の九月に彼が任命されて以来の三年間は、そうした抗争がほとんどなかったという事実は重要である。ヴィクトリア時代の探険家に特有の敬神の心と義務感をそなえていた彼は、一体どの時点で豹変してしまったのだろうか。

エドワード・エアは一八四七年に植民地の副総督としてニュージーランドに移り、その後一八五四年にはセント・ヴィンセント島に、五年後にはアンティグア島に移り、一八六二年にジャマイカに着任、その二年後に総督の地位についた。それは、オーストラリア史上でも屈指の探険家が、本国の植民地局を中枢とする行政組織の中の、ひとりの官吏に転進していったことを意味する。しかし彼は、この転身の過程のどの時点で、なぜ変貌してしまったのだろうか。評伝『殺人者としての英雄』を書いたダットンも、その変貌の内的な動機をさぐりかねて、外的な状況証拠からその理由を推定するにとどまっている。

彼によれば、エアにとってきわめて大きな衝撃となったのは、とくにニュージーランド時代の総督ジョージ・グレイとの関係であったろうと考えられる。今日の言葉で言えばキャリア組の官僚であるこの人物は、自分よりも下の階級の出身であるエアのことを快く思わず、彼の行動の自由を大幅に制限した。しかも結婚まで妨害するという挙に出たのである。ダットンの引用している歴史学者の言葉を引くならば、「サー・ジョージ・グレイの側は、エア氏を公の場で軽んじ、仕事の上でもいじめ、彼のおかれた変則的な立場を実にひどい耐えがたいものにするという、公平を欠く態度をとった」(『エアを求めて』)。探険家あがりのエアには古典語の知識も、社交術も、狡猾な政治技術もなかった。端的に言えば、彼は植民地行政という官僚システムの中に身をおくことによって、みずからの階級的な出自を痛感させられることになるのである。しかし、それではなぜ彼はそのような境涯に甘んじ続けたのだろうか。ひょっとしたら、エア自身のどこかにも、ヴィクトリア時代特有の強烈な階級上昇への志向がひそんでいたのだろうか。

ジャマイカ総督としてのエアは、当然ながら、その地位にふさわしい政治力と社交術を期待されたはずであるが、彼がそれを身につけていたようには思えない。しかもジャマイカは古くからの重要な植民地として、やっかいな経済問題、人種問題を抱えていた上に、そこを統治するにあたっても、議会との交渉という難問がひかえていた。エアの着任当時は、二〇〇〇人に満たない有権者が、四七人の主として荘園経営者からなる議員を選ぶという形式になっていたのであるが、それが当時の全人口四四万人（白人一万三〇〇〇人）中、実質四〇万人を越える黒人住民の上に位置していた。ジャマイカ総督としてのエアは、その職務上の要請からしても、圧倒的に少数の白人側に立たざるを得なかった。それは、とりもなおさず、最初から黒人との敵対を前提として、黒人を暴動へ走らせる脅威をにらみながら行動するということを意味するだろう。彼の前に存在するのは、オーストラリア時代のように個々の姿形の見える原住民ではなくて、黒人という名の一般的な脅威である。

とらえどころのない脅威に直面したときに人間のとる特徴的な行動は、その一般的なものを特定の個体に隠喩的に転位させ、集約させることである。総督エアにとって、ジョージ・ゴードンとはまさしくそのような存在だったはずである。彼には黒人の叛乱をそそのかすような言動が絶えなかったし、ジャマイカ議会でも公然と総督エアへの批判を繰り返していた。「総督が独裁者になってしまったら、専横になってしまったら、そのときは民衆が王座から引きおろすべきときだ。……今のジャマイカ総督くらい残酷で権力欲のつよい動物は見たことがない」（センメル『総督エア論争』）。このような批判は、それまでのエアが受けたことのないものであった。確かにエアの生涯を辿ってみると、このような批判は煽動家の口からしか出てこない暴言のようにも見える。しかし、だからと言って、ゴードンの経済的な逼迫や性格についての不利な事実を拾い集めて、総督エアが彼に対してもったイメージを正当化し、さらには彼のとった処置を免罪しようというのは不公平にすぎるだろう。総督エアがゴードンに対してもったイメージの拘束力を云々するのであれば、逆にゴードンがなぜ総督エアに激しく敵対的なイメージをもったのかも考えてみなければならない。エア弁護委員会が徹底して無視し、また彼の名誉挽回をめざした伝記作者ダットンが軽視してしまったのが、まさしくこの点である。確かにこれは、ある意味では無理な注文かもしれない——ゴードンはすでに総督によって、語る言葉を奪われてしまっていたのだから。

二人の間には、もうひとつの決定的な亀裂があった。宗教問題である。総督エアは徹底した国教会の信者で、非国教会の人々に対して強い反感を抱いていたとされる。しかし一八六一年の段階では、ジャマイカの国教徒は一三万人ほどで、メソディストがほぼそれに近い信者数をもち、バプティストも二万六〇〇〇人を数えた。一八一八年に生まれ、五〇年代にジャマイカ議会の議員となったゴードンがネイティヴ・バプティストとなったのは、一八六一年のことである。西インド諸島に派遣されたバプティスト派の宣教師たちは黒人を煽動するとして、白人の荘園経営者たちから眼の敵にされたが、それはそのままジャマイカの事態でもあった（カーライルが「博愛主義者」と呼んで罵倒し続けたのも、実質的には彼らのことである）。とすれば、総督エアとゴードンの対立は、国教会と非国教会の対立の図式を具体化するひとつの例としての面も、併せもっていたと考えられるのである。これこそは、ジャマイカでの事件がイギリス本国に転位してくるための、もうひとつのルートであった。そして、この角度からジャマイカ問題にかかわっていったのが『パンチ』であり、ディケンズの最後の小説であった。

12

しかし、その問題を取り上げる前に、ジャマイカ委員会による元総督エア告発の成りゆきを確認しておかなければならない。フレデリック・ハリスンが、戒厳令をめぐる法解釈を一八六六年の末に発表したあと、翌年の初めにはゴルドウィン・スミス教授が、告発の必要性を説く講演旅行を試みたりした。そして三月二五日には、委員会の依頼した弁護士がエアの住むシュロップシャの町に出かけて、ゴードン殺害の幇助者としてエアの逮捕状を出すように治安判事に要請し、予備審問が開かれたものの、その要請は通らなかった。四月一〇日には、ミドルセックス大陪審で、ジャマイカ事件に関与したネルソン准将とブランド中尉に対して、高等法院王座部の首席裁判官サー・アレグザンダー・コバーンが六時間にもおよぶ罪状説明を行なったが、このときも大陪審は正式の裁判とする必要なしとする決定を下した。

二つの予備審問で敗れたジャマイカ委員会は、翌一八六八年になると、殺人罪ではなく、植民地総督の職務違反ということでエアを法廷に引きだそうとする。このときは女王座裁判所の大陪審に対して、高等法院の裁判官ブラックバーンが罪状説明を行なった。結果は前の二回と同じであったが、ここでひとつのトラブルが生じた。高い地位にある二人の裁判官が、戒厳令の解釈をめぐって、相対立する意見を表明したのである。コバーンの方はジャマイカ委員会のそれに近い戒厳令の解釈を下したのに対して、ブラックバーンは反対に、ジャマイカの法律の規定からして、総督エアには戒厳令を発令し、通常の法律を一時棚上げにする権利があったと主張したのである。要するに、高等法院の裁判官までもが、親ジャマイカ委員会と親エア弁護委員会に分かれてしまうかたちとなったわけである。このブラックバーンの説明が行なわれたのは六月二日だが、六月二〇日号の『パンチ』は早々とこの対立をカリカチュアのネタにした（図3参照）。

このブラックバーンによる罪状説明において特徴的なのは、ゴードンを、「彼は狂暴にしてかつ悪質な煽動家であり、はなはだ適切を欠く煽動的な言葉を使い、それが今回の叛乱の原因になったのだと考えます」としたあとで、陪審員たちに、総督エアの立場に身を置いてみるように求めていることだ。「我々のように何年もあとになって、冷静沈着にこの問題を論ずるのではなく、植民地に対して責任のある立場にあって、まわりの人みなから突き上げられ……誰も止める者がいないという立場をよく考えてみて下さい」（『殺人者としての英雄』）。ここにあるのは、エアの行動を是認した人々にみられる典型的な思考のパターンである。それは、問題を具体的な場面に還元すると称して、しかもそれをつねに白人の側から想像するのを特徴とする。そこから抽出されてくるのは危機的状況と英雄的行為という物語であって、ジャマイカ委員会が主張するような法と個人の自由といった問題ではないのだ。問題を具体的な場面に還元し、そこに封じ込め

A ROW IN COURT.

図3　法曹界の対立。左がコバーン，右がブラックバーン（『パンチ』1868年6月20日）

てしまうのは、ヴィクトリア時代の保守主義が得意とした思考法であった。J・S・ミルたちの活動は、そこにひそむ問題を明るみに出すことには成功したものの、それを打破するまでにはいたらなかったのである。

ミルは一連の行動の代償として何通もの脅迫状を受けとり、一八六八年の選挙で落選するということになる。一八七二年に国会で、エアの裁判費用を国が負担すべきかどうかの議論が行なわれたとき、ジャマイカ問題をめぐる論争がひとしきり再燃する。しかし、結局一八七四年には、時のディズレーリ内閣がエアに退職した植民地総督としての年金の支給を決定してしまうのである。

13

一八六五年一二月二三日の『パンチ』の漫画は、ジャマイカ問題に対するこの雑誌の姿勢を典型的に表わしている（図4参照）。図の左端の白人荘園経営者が、「私だって人間じゃないですか、兄弟じゃないですか、スティギンズさん？」と訴えかけているのに対して、中央のスティギンズ牧師は拒絶の身振りをし、黒人に味方するという図である。言うまでもなくスティギンズとは、『ピクウィック・ペイパーズ』に登場する、福音主義の熱狂にかぶれた牧師の名前。『パンチ』はこの漫画で、ジャマイカの黒人の叛乱の背後には、スティギンズなみに狂熱的な宣教師たちがいることを衝こうとしたのである。翌一八六六年になると、的ははっきりとエクセター・ホールに——カーライルが悪の根源として嫌悪し、ディケンズがその狂熱と偽善を嘲笑したこの組織に——絞られてくることになる。まず一月一三日には「チャメロブゾウ」という詩で、「チャメロブゾウは黒ん坊のお友だち」と茶化し、同日の「哀れ、罪なき黒人よ！」という文章では、「チャメロブゾウ氏よ！　エクセター・ホールに陣取って、総督エア批判の声も高らかなメソディストやバプティストの牧師方よ！」と書き出して、彼らのやり方を批判する。二月一〇日には、再び「勇敢なる総督エアとエクセター・ホールの雄牛たち」と題する戯作詩による批判。『パンチ』の姿勢は一貫して総督エアの側に立つものだが、その的が宗教問題に絞られているという意味では、きわだった特色をもっていたと言えるであろう。

問題はディケンズの姿勢である。エア弁護委員会の方に加わっていた彼の姿勢の大筋は容易に見当がつくし、ノリス・ポウプが『ディケンズとチャリティ』（一九七八）で詳しく論じてみせたように、早い時期から福音主義の運動や宣教師の活動に対して批判的であった彼にしてみれば、その選択で迷うことはなかっただろう。したがって問題は、この事件が彼の作品の中にいかに表象されていったのかというところに帰着することになる。

THE JAMAICA QUESTION.

図4　ジャマイカ問題と宣教師。中央がスティギンズ牧師（『パンチ』1865年12月23日）

彼自身の編集していた『オール・ザ・イヤー・ラウンド』の一八六一年三月九日号には「ジャマイカの宗教復活」と題された文章が掲載されていて、「ジャマイカの宗教復活は……バプティスト派の牧師二人ともう一人の牧師の妻との合作である」と指摘されているし、一八六五年九月九日号の「我らが植民地」では、西インド諸島の経済の悪化が報告されている。さらに翌年の三月三日号には「黒は必ずしも白ならず」というジャマイカ事件そのものの論評がのる。この文章では、ジャマイカの黒人は「野蛮状態にある」アフリカの黒人の子孫で、「生まれつき浅はかで怠惰」、「遺伝的にずるがしこく」、「人間としてのレベルの低い方へどんどん」落ちてゆくと、カーライルを思わせる口調が感じとれるのである。しかも、「モラント・ベイでの虐殺のあと、殺戮者たちはバプティスト派のチャペルに集まり、勝利をたたえる歌をうたったのではなかったか」とまで言われているのだ。

ジャマイカ事件にかかわるこうした事実と表象のすべてを念頭において、『エドウィン・ドゥルードの秘密』（一八七〇）の第一七章「博愛主義のプロとアマ」の次の一節を読んでみることにしよう。

Preparations were in progress for a moral little Mill somewhere on the rural circuit, and other Professors were backing this or that Heavy-Weight as good for such or such speech-making hits, so very much after the manner of the sporting publicans, that the intended Resolutions might have been Rounds. ... their fighting code stood in great need of revision, as empowering them not only to bore their man to the ropes, but to bore him to the confines of distraction; also to hit him when he was down, hit him anywhere and anyhow, kick him, stamp upon him, gouge him, and maul him behind his back without mercy. In these last particulars the Professors of the Noble Art were much nobler than the Professors of Philanthropy.

これは明らかに、ジャマイカ委員会の人々とその行動に対するパロディである。素直な読者は、博愛主義とボクシングの結びつきを笑ったであろう。エア弁護委員会の面々はしてやったりと二重に笑い、ジャマイカ委員会の面々は苦虫をかみつぶしたことであろう。ディケンズのこの言説はジャマイカ事件にかかわる痕跡のすべてをここに封じ込めている、と言うことすらできるかもしれない。ここにあるのは、文学の言説のもつ類稀れな迫力であると同時に、それが〈歴史〉に対して振るう暴力の縮図でもある。この言説は、〈歴史〉がまさしくテクストの内部にひそんでいることを痛感させるのである。

主要参考文献

定期刊行物としては *All the Year Round*; *The Annual Register*; *The Bee-Hive*; *Blackwood's Edinburgh Magazine*; *Diplomatic Review*; *The Economist*; *The Free Press*; *The Illustrated London News*; *Punch*; *The Times*; *The Westminster Review*、議会関係の資料としては *Hansard's Parliamentary Debates*, Third Series; *Report of the Jamaica Royal Commission* (1866)、とくにエアに関わるものとしては Bernard Semmel, *The Governor Eyre Controversy* (1962); Eric Williams, *British Historians and the West Indies* (1966); Geoffrey Dutton, *The Hero as Murderer* (1967); *In Search of Edward John Eyre* (1982); Christine Bolt, *Victorian Attitudes to Race* (1971); Gillian Workman, 'Thomas Carlyle and the Governor Eyre Controversy,' *Victorian Studies*, vol. XVIII (Sept. 1974) 等。

教養と国家

1

文化もしくは教養について何かを論じようとするときにまず私の頭に浮かぶのは、そもそもなぜこのような概念が歴史のある時点で分節化されてしまったのか、なぜ今この歴史的な概念の磁場の中でその広がりと意味と拘束力を考えてみなくてはならないのかという捻じれた疑問である。考えてみれば、ひとが例えば善人として生きてゆくうえで、この概念とそれに伴う特殊な磁場は決して必要不可欠のものではない——それなのに、なぜ今それにこだわるのだろうか。

われわれが普通に考える文化にしても、あるいは教養にしても、英語ならば culture の一語で表わすことのできるこの何かのアイデンティティと絶対的な必要性を保証するような起源は、恐らく伝統というそれ自体が起源不明のものの内部の不確定の位置にしか見いだすことができないだろう。そうすると、人間にとっての文化や教養なるものは政治的な権力の表われ方のひとつと考えるしかないことになる。あるいはそのような政治的な権力が裸のままで露出してしまうのをかろうじて隠蔽するための美装された装置と考えるしかない。その意味では、文化の研究（カルチュラル・スタディーズ）とはまさしく自己解体の作業となるはずであって、もうひとつの新しい学問研究の方法といったものではあり得ない。ディコンストラクションがともかく流布し終ったところで文化の研究に関心が移行するのには、ある程度の論理の必然性があることを認めなくてはならないのだ。しかし、それにしてもなぜ今われわれはこの文化・教養という概念に拘束されてしまうのか。歴史の偶然的な展開の結果として、この概念が現代の日本に生きるわれわれの伝統の一部分と化していることは否定できないが、その事実は歴史的な制度としての文化・教養に対していかなる関係と距離をもつことを要請してくるのか。それとも、要請しないだろうか。

一体文化とは何なのか、教養とは何なのか。それを定義しようとする文化人類学者や社会学者や文化史家のこれまでの努力にもかかわらず、恐らく唯一確実に言えるのは、その構成要素や特質や輪郭をいかに厳密に規定、分類してみても、そうした規定が文化のエッセンスまで届いたようには思えず、しかも歴史の濁流のためにその効力をそがれてしまうということである。その結果、弱り果ててたどりつくのが例えばレイモンド・ウィリアムズ式の包括的な説明である。「かつてcultureという語は精神の在り方とか習慣を意味するか、知的でモラルに関わる活動の集まりを意味するかしたが、今では生の在り方の全体をも意味するようになっている」(1)。この説明によれば、教養重視から、いわゆる教養プラス文化への力点の移動があったということになるだろう。それから二十数年後の説明の中でも、微妙な違いは見られるものの、根本的な練り直しは試みられていない。

cultureという語の二つの意味の間には実際上いくらかの重なり合いがみられるが、その第一の意味は、他のものと区別できる「生の在り方の全体」という人類学的、社会学的な意味であって、この場合には、その生の在り方全体のうちで「意味作用のシステム」が本質的なものとされるだけでなく、すべてのかたちの社会活動の内にそれが本質的に含まれているとするのに対して、第二の意味はもっと特殊化しているものの、より普通の「芸術的、知的活動」という意味で、意味作用のシステム全体に力点が置かれるために、今では定義の幅がすっかり広がって、伝統的な芸術や知的生産を含むだけでなく、すべての「意味を生成する実践」をも——言語、芸術、哲学からジャーナリズム、ファッション、広告にいたるまでを——含むものとなっており、そうした実践がこの複雑な、広がるべくして広がった場を作りあげているのである。(2)

要するに、ひとつの語をもって文化と教養の二つの場を囲い込んでしまう事態が存在するということである。その内実を定義しづらいのは当然の帰結であろう。

しかもこの始末の悪い概念が、歴史の中のある特定の時点において、概念のインターテクストの中から立ちあがり、国境を越えて今なお生きているとするならば、そこに残存しているのが具体的、個別的な実体としての文化・教養ではなくして、むしろ枠組みあるいは中空の磁場としてのそれであるということも十分に考えられる。もしそうだとすると、文化・教養とは特定の文化・教養がそこにあるかないかということではなくて、ひとまず中味を充たされた中空の磁場の問題だということになる。それは歴史社会の中にあって、同じ名前で呼ばれる他のものとの関係において、ある。江戸時代の儒者や国学者にとって西洋古典の教養などというものは思考不能の領域でしかなかったろうし、一九世紀のイギリスの教養人にとって、東洋の古典についての知識がその資格証明のひとつの要素になることなど夢想もできなかったであろう。彼らにとって伝統とは西欧の伝統のことでしかなかった。——T・S・エリオットにいたっても、依然として。彼らにとって、他者の中にある culture は文化の相のもとに歴史的にか、質的に差異化されるとしても、みずからの手元にあるそれは教養と呼ばれるべきものであった。文化・教養とはそれがあるかないかの問題ではない。問題は、ひとまず中味を充たされた中空の磁場が何のために持ちだされ、どのように利用されるのか、いかなる機能を果たすのかというところに帰着する。教養はその個別的な内実においてよりも、むしろ生の場においてどのように機能させられるかによってその容貌を次々に変えてしまうのである。

2

文化や教養はすでにそれがあるとされる個人や集団にとっても、それが欠如するとされる個人や集団にとっても、さしたる欲望の対象にはならない。それを眼にして熱望や焦燥や不安にとらわれるのは、それを手にできるかもしれない、あるいはそれが枯渇して失われるかもしれないと感ずる人々であろう。ウィリアムズの説明からも推察できるように、他のものと区別できる「生の在り方の全体」は——この中空の磁場は差異化し、差別するためのリミットを形成するものとして機能するのである。ということは、そこに権力の線が発生し、あらゆるかたちの二項対立が発生しうるということだ。

一九世紀のイギリスに例をとるならば、確実に力をつけつつあった中流階級にとって、教育をかいして手にすることのできる教養は自己の存在をアピールするためのひとつの手段であり、彼らなりの権力の有効利用のしかたであった。上流階級の場合には、たとえそれがなくても、家柄や地位や財産がその代用として権力への接近を楽にするだろうし、下層の人々の場合には初めからその欠損が予測されていた。しかし人口比のなかの二〇パーセント強をしめる中流階級の人々にとっては、少なくともそのなかのある部分の人々にとっては、教養の有無はその体得を可能にする経済力を計測する分かりやすい目安として、重要な意味をもつものでもあった。マシュー・アーノルドがみずからの社会評論集のタイトルのうちにそのような意味合いをもつ〈教養〉の一語を置いたというのは、当時としては抜群のセンスであったと言わざるを得ない。もちろんレイモンド・ウィリアムズが『文化と社会』のなかで跡づけてみせたように、この一語は決して彼の発明したものではなくて、すでに他の人々によって、同じような内容が場合によっては別の名称のもとに流通させられていたのだが、この語および概念を特別の意味合いをもつものとして歴史に刻印したのはアーノルドの貢献である。彼の『教養と無秩序』(一八六九)をもって〈教養〉なる一語がイギリスの文化史の中に立ちあがるのである。しかもそれは『文化の定義のための覚え書き』、『二つの文化と科学革命』、文化研究といった表現のうちに今も生きている。あるいは、きわめて日常的な用語として。大切なのは、この自明性の罠にはまって、この教養と文化という二面性をもつ語をめぐる特異な事情を忘れてしまわないことであろう。それは何かといえば、過去三世紀にわたるイギリスの批評史を振り返ってみても、この語のように人々の想像力をとらえて、ひとつの思考の枠組みを形成してしまったものは他に例がないということである。その執拗さ、強靱さ、可能性においては、この語はコギト、資本、想像力、無意識といった語と似た性格をもつにもかかわらず、その特異性が見分けにくいのだ。教養とは何か――日本でいえば明治時代の初めのところで提起されたこの問いは、一度それを口にしてしまったあとではもはやそれ以前に引き返すことのできない決定的な問いであった。そのことを忘れて試みられる教養への問いかけは、かりにどんなに過激なものにみえようと、所詮は既成の枠組みの中での戯れ以上のものではない。

しかし根源的な切断をもたらす問いを立てる者が政治的、思想的、美的にもラディカルであるとは限らない。アーノルドはそのすべての点においてむしろ保守的であった。私の想像するところでは、彼は『教養と……』というかたちで構想したのではなく、『無秩序（アナーキー）と……』というかたちで構想したはずである。結果として組み合わされたこの二つの概念は、現代のわれわれの眼には、異様に二項対立的なバランスを欠いているようにみえるし、その点ではこの評論集の出版された時点でも大差はなかった。当時の知識人にとってアナーキーという語は、フェニアンのようなアイルランド系の過激派を間違いなく連想させたはずだから。(3) そしてこのことひとつをとってみても『教養と無秩序』の読みにくさはすぐに理解できるであろう。

そのような歴史的環境への目配りを怠ってこの本を誤読したとしか思えないのが、T・S・エリオットによる批評である。

アーノルドの第一の関心は個人とその個人がめざすべき「完成」にある。「野蛮人、俗物、大衆」という有名な分類をしたときの彼の関心が階級への批判にあったことは事実であるが、彼の批評はこれらの階級の欠陥をとらえて告発することに限られており、各階級の本来的な機能あるいは「完成」とは何であるかを考える方向には進んでいない。そのために、結果的には、アーノルドが「教養」と呼ぶ特異な「完成」を身につけたいと思う個人に、手の届く最高の理想を現実のものにすることよりも、むしろ、階級の限界を乗り越えることを勧めるかたちにとどまってしまう。

アーノルドの言う「教養」が現代の読者にうすっぺらな印象を与えてしまうのは、ひとつは、彼の描き出す像に社会的な背景が欠けているからである。(4)

別にエリオットの批評の言葉が陰影に富んでいるなどと言うつもりはない。それどころか、彼の言葉は平易すぎて、微妙な曖昧さや陰影ではなく、平板的なもどかしい空白感を生みだすと評してもいいだろうが、その特徴はこの引用文にもみられる。彼が二〇世紀のイギリスの文学を代表する人物のひとりであるという事実の権威主義的な重みを今ともかく度外視するならば、われわれとしては、彼がこの文章を書くにあたって本当に『教養と無秩序』を読み直していたのかどうか、それとも有名すぎるこの本についての紋切り型の意見に従っていただけなのかどうか、それを問わざるを得ない。その理由は単純である。『教養と無秩序』の序の部分にすでに次のような主張が明確に述べられているからである。

> 教養とは完成を学ぶということであるが……人間にとっての真の完成とは、われわれ人間のうちにあるすべての側面を発展させながら調和のとれた完成にいたること、そして、われわれの社会のすべての部分を発展させながら全体的な完成にいたることであると考える方向にわれわれを導いてゆく。なぜなら、ひとりの仲間が苦しむとすると、他のすべての仲間もともに苦しむことになるから

である。……彼らは［非国教徒たちは］みずからの人間性のひとつの側面だけを、他のすべてを犠牲にして発展させ、その結果として、不完全な分断された人間となってしまったのだ。このように調和のとれた完成に手が届かないために、彼らは真の救済の道につくことができない。そのために、他の者たちがその道を見いだすことはさらに困難になり、全体的な完成はさらに遠くわれわれの手の届かないものになる……。(5)

この主張のどこをどう曲解すればエリオットのそれのような批判がでてくるのか、奇怪と言わざるをえない。

明らかにアーノルドは **culture** なるものに、個人の「調和のとれた完成」をめざす部分（恐らくこれは教養と訳していいだろう）と、社会の「全体的な完成」をめざす部分（これを何と訳すべきだろうか、かりに文化と訳してもほとんど用をなさないはずである）の表裏一体をなす二つの面を認めている。彼の言う **culture** は個人と集団・社会の双方に同時に関わるのであって、その意味合いは教養、文化のいずれの語によってもカバーしきれないのだ。最初にそのことを了解しないかぎり、教養、文化をめぐるいかなる議論も貧しいかたちでしか展開しないであろう。別の言い方をするならば、彼が模索して発見したのは個人と社会と国家をつなぐ新しい概念であった。『教養と無秩序』が国家論であることは、読めば分かる。この本のタイトルが「無秩序（アナーキー）」の一語を含むのは、読んでみればすぐに納得のいくことである。ただこの本を読まない者のみがそれを狭義の教養論と思い込み、「野蛮人、俗物、大衆」、「ヘブライ主義とヘレニズム主義」、「甘美と光」といった標語によってその特質を言いあてることができると錯覚するのだ。すでに序において、次のように明言されているにもかかわらず――

culture とは、われわれに最も関わりのあるすべての問題について、これまでに世の中で考えられ言われてきた最もすぐれたことを知り、その知識をかいして、われわれの紋切り型の考え方や習慣に新鮮で自由な思考の流れをさし向け、それによってわれわれの全体的な完成を追求するということである。（五頁）

ここで言われている「全体的な完成」というのは「調和のとれた完成」と「全体的な完成」の両方を含むのであって、決して個人的教養の次元にとどまるものではない。アーノルドの念頭には、ヴィクトリア時代の社会にいかに対処すべきかという問題意識が厳然として存在していた。結論のひとつ前の章にある次のような文章には教養、文化いずれの語も含まれてはいないものの、まさしく『教養と無秩序』の辿りつくべき帰結であった。

ロンドンのイースト・エンド他の場所にいるすべての同胞を、もしわれわれ自身が自分の言葉の通りに完成された者になりたいというのであれば、完成をめざす歩みの道連れとして伴わなければならないし、諸々の製造業や人口といったフェティッシュやメカニズムを崇拝するあまり……伴うことが不可能であるために、おおむね堕落と悲惨のなかに打ち捨てておくしかないほど多数の気の毒な、落ちぶれた、無知の人間を生みだすことになるのを放置してはならないのだ。……富の生産をただ闇雲に追求するだけでは、そしてその目的のために製造業や人口をただメカニカルにふやすだけでは、膨大な数の気の毒な、手におえない、落ちぶれた人々の大集団を――現在では、われわれ一九人に対して浮浪者が一人の割合である――生みだしてしまうことになりかねない、それともすでに生みだしてしまっているのだろうか。（一二八頁）

確かにジャーナリストのヘンリー・メイヒューならばもっと具体的な事実と数字を挙げただろうし、小説家のディケンズならばもっと鮮明な形象化を試みたであろうが、アーノルドもその culture 論を通して同じ事態を見つめていたのである。社会問題への関心ということでは彼は決してラスキンやモリスに劣ることはない。にもかかわらず彼が歴史の外にとり残されてしまったようにみえるのは、社会問題への関心を表明するにあたって〈文化・教養〉という新しすぎる概念に頼り、ヴィクトリア時代の中期にはすでに有力な語としてあった〈経済〉に眼を向けなかったからである。個人と階級と国家をつなぐ鍵語がますます〈経済〉とその関連語になりつつある時代に、彼は〈文化・教養〉という語を選んでしまったのだ。当時としては、それは新しすぎる判断ミスであったかもしれない。しかし、今は？　今では逆に彼の議論の方が、文化多元主義の時代における問題の布置をよりはっきりと見えるようにしてくれる力をもっているのではないだろうか。

3

アーノルドは文化・教養という概念というか、枠組みによって個人と階級と国家をつないでゆこうとしたのだが、そのとき彼の念頭にあった国家のかたちとはどんなものであったろうか。「culture は国家の観念を示唆する」（一四頁）と断言した彼は、そのとき国家をいかなるものとして思い描いていたのだろうか。

『教養と無秩序』のいたるところに鍵となる概念についての規定が撒種されていて、コンテクストに応じて力点の置き方は変化するものの、その基本となるところは変わらない。「教養・文化とは……完成を学び、追求することである」とか、「利害を離れて完成を追求する教養・文化、最もすぐれたものを手にし、それを普及させるために物事をありのままに見ようとする教養・文化」（四八頁、五六頁）といった表現がほぼそれに相当するであろう。T・S・エリオットの誤解もしくは曲解に典型的にみられるように、アーノルドの教養・文化論は個人レベルの問題が中心であると思われていることがあるが、彼の議論は決してそこだけには縛られていない。と言うよりも、そこだけに話を絞るのはまったく似て非なるものを捏造するのに近い。彼にとっての教養・文化とは個人の「調和のとれた完成」であると同時に、社会の「全体的な完成」をも意味した。彼の頭にあるのが、個と全体とが相互につながる有機的な全体のイメージであったことは疑い得ない。

人間はすべてひとつの大きな全体の構成員であって、人間の本性の内にある共感力は、ある構成員が他のものに対して無関心であったり、他のものとは関係なしに完全な幸福を手にすることを許さないので、われわれの人間性を拡張するについても、文化・教養の形成する完成の観念に合致するためには、全体的な拡張でなくてはならない。文化・教養が考えるところの完成は、個人が孤立し

ているかぎり可能にはならないのである。（三三頁）

この主張の根底にある有機体論を手離すまいとするかぎり、ヴィクトリア時代のひとつの有力なイデオロギーとしてあった自由放任主義が、あるいはイギリスの特徴とされる個人主義が許容されるはずはない。それらがもたらすはずのものを彼はためらわずに「無秩序（アナーキー）」と呼んだ。「可能なかぎり自分の好きなことをするのがイギリス人の大いなる権利であり、幸福であると考えていると、われわれはアナーキーの方向に漂流する危険がある」（五〇頁）。これは、ある意味では、実に単純明快な思考の構図だと言っていいだろう。要するにアーノルドの提唱する culture とは、この有機体論をおびやかす無秩序の力に対抗してシステムを守ろうとする行為に与えられた名称なのである。

この『教養と無秩序』という評論集において最も奇怪に思えるのは、これだけ教養・文化の規定にこだわり続け、さまざまの角度からそれを試みながら、その手本となる人物も作品も与えられていないということである。これまでの世の中で考えられ言われてきた最もすぐれたもの――しかし、それは具体的にはどの聖人の、どの哲学者の、どの文学者の、あるいはどの偉人のテクストなのか。どの作品なのか。一体教養人、文化人とは誰のことなのか。この具体性の欠如と比較するときに強烈な対照をなすのがアナーキーの側の扱い方であって、ここでも固有名詞が欠如しているならばそれなりにバランスはとれるのであろうが、そうではなくて、ここには固有名詞があふれているのだ。例えばジョン・ブライト、フレデリック・ハリスン、エドマンド・ビールズ、ウィリアム・バクスターなど。奇妙なことに、それらはジャマイカ問題をめぐる論争の中で反体制派として登場する人々の名前でもある。無秩序の方はそれに加担し、それを助長しているとアーノルドが判断した者たちや具体的な事件（例えばハイド・パークにおける群衆の騒乱）と結びつけられ、それによって脅威としての具体性が効果的に強化されるというレトリックである。この具体性と抽象性の奇妙なほどのアンバランス、この不均衡な関係の中で文化・教養は中空の磁場として働くことになるのである。

もちろんこれは文化あるいは教養の概念の明確化が試みられていないということではなく、その目標とするところを「調和のとれた完成」と「全体的な完成」と説明してみたり、「甘美と光」と言い換えてみることは行なわれている。あるいは、それがヘレニズム主義と呼ばれることもある。

完成を追求するとは甘美と光を追求することである。甘美さのために働く者はつまるところ光のためにも働くことになり、光のために働く者はつまるところ甘美さのために働くことになる。しかし甘美さと光の統一のために働く者は、理性と神の意志を広めようとすることになる。メカニズムのために働く者、憎しみのために働く者は、混乱のために働くのみである。culture はメカニズムの彼方に眼をやる、culture は憎しみを憎む。culture はただひとつの大いなる情熱をもっている、甘美さと光を手にしようという情熱を。いや、もっと大きな情熱をもっている——それらを広めようという情熱を。（四七頁）

聖書を連想させる文体で書かれたこの部分は、その力強さとは裏腹に、致命的な瞬間を浮上させてしまっていると思われる。文化・教養なるものが「憎しみを憎む」とするならば、それは端的な自己否定でしかない。いや、それ以上に、アーノルドが随処で完成という言葉を繰り返せば繰り返すほど、実はそれが人間にとっては達成不可能なものの隠喩として機能してしまうことが、読者の側に痛感されてしまうのである。彼は自分の主張しているかたちの完成が実現しないことに——少なくとも彼を取り巻く生の環境の中では——気がついていたはずである。彼が「完成とは」と言わずに、「完成を追求するとは」と言うのは恐らくそのことと関係している。「ヘレニズム主義の本質としてあるのは、人間全体の発達をめざす衝動であり、人間のすべての部分を結びつけ、調和させ、すべてを完成させ、どの部分も勝手にさせないようにする衝動である」（一〇三頁）。衝動という言葉はアーノルドの内にあるためらいと曖昧さに照応している。

『教養と無秩序』は確かに彼の眼前にあったさまざまの無秩序をきびしく批判はしているものの、その一方で、教養と文化が絶対的に姿のはっきりした、安定した何かとして提示されているようには読みとれない。彼が「甘美と光」、「ヘレニズム主義」などの印象的な用語を援用してその定義を繰り返そうと、教養と文化についての定義が不明確なままで強力な磁場が形成されてしまっていることは否定できない。もっとも私は、そのような不安定さに取りつかれているアーノルドの心理を忖度したいとは思わない。私の関心をひくのは、結果として、この評論集の中には強烈な権威と国家に対する欲望があって、確かにそれはひとつの全体的な調和を志向するものであるかもしれないが、同時にそれは調和のためという大目標のためにそれに見合うだけの抑圧を呼び込んでしまうのではないかという点である。彼の調和願望の中にはアナーキーを許容する余地が、原則的に残されていないのである。人間のすべての部分を展開させると言うとき、彼の念頭には逸脱的なもの、アナーキーなものに対する可能性のことはまったくなかったとしか考えられない——少なくとも分節化された思考の内部では。そのように考えてみると、彼の言う文化・教養の概念の根底にきわめて強固な有機体論がひそんでいるというのは論理的な必然であったとしてもいいだろう。

興味深いのは、個々の構成要素のユニークな独立性を認めるよりも、全体の調和を力説する有機体説は、ファシズム的な国家にいたるまでのさまざまの国家像あるいは社会像に内在しているだけではなく、文学のとらえ方としても存在するということである。コールリッジの批評理論をひとつの始点として、文学の自立を主張した唯美主義の作品のとらえ方を経由し、あたかもそれを理論化したような趣きをもつニュークリティシズムの作品自律論にいたるまで、作品有機体論は隠然たる力を振るってきた。世紀末の唯美主義は、その意味では、ブルジョワ社会の俗悪さに反抗するふりをしながら、社会の根底にある有機体説をコンテクストを改めて再生産していたのだと言うこともできる。文化の批評、社会の批評として、ニュークリティシズムの対極に位置するように考えられている『教養と無秩序』も、こと有機体論に関しては、それに近いところにあると考えざるを得ないのだ。

4

評論集『教養と無秩序』における主張を、今度は教養や文化の側ではなくて、アーノルドが無秩序とみなしたものの側から検討してみることにしよう。彼が社会の中に見られる無秩序をさすのに disorder や confusion のような用語ではなく、アイルランド系の過激派の行動を連想させる anarchy を選んだのはきわめて戦略的な選択であったが（当時は、この語はまだアナーキストという語に直結していない）、そのとき彼の念頭にあったのは具体的には何であったろうか。

彼はJ・H・ニューマンを思想的な支柱とするオックスフォード運動に対して強い共感を抱いていたが——このイギリス国教会内部の改革運動は、当時力を持ち始めていた濃厚な理性主義、功利主義、リベラリズムに反対して、超越的なものに強い関心を示した。その運動は、トマス・カーライルが評論「時代の徴候」で表明した思想的姿勢と重なり合う部分をもつし、何よりもアーノルドが連発する「メカニズム」なる語は明らかにこの評論に由来する——彼によれば、「美と甘美なものに向かう鋭い欲望」と密接に結びついていた「ニューマン博士の運動」を瓦解させたのは当時のリベラリズムにほかならない。それは、ジャマイカ委員会の中心であるJ・S・ミルの内に体現された思想でもあった。

それは中流階級の圧倒的なリベラリズムであって、その信念の主要な点を拾いだしてみると、政治においては一八三二年の選挙法改正と地方自治、社会的な分野では自由貿易、無制限の競争、大きな産業財産の形成、宗教の分野では非国教会派の対立姿勢、プロテスタント宗教を貫くプロテスタンティズムなどであった。私としては、オックスフォード運動に対立するもっと知的な力がほかにはなかったというつもりはない。しかし、これこそがこの運動を敗北におい込んだ力であり、ニューマン博士が闘っていると感じていたのは、まさしくこの力であったのだ。（四二—四三頁）

彼もまたこのようなリベラリズムの力と闘っていると信じていた。つまり彼はニューマンの路線上にみずからを置くことによって、少なくともある部分においては、みずからの活動を正当化しようとしていたということである。さらに重要なことは、敵としてのリベラリズムが政治、経済、宗教の三つのレベルに分節化されていることであり、それらは無秩序に向かう諸力が批判されるときの三つの路線を示唆するものなのだ。それは文化や教養がこの三つのレベルに関与し、対抗的な力として機能するであろうということも意味する。アーノルドの言う教養および文化の概念が、のちに人文的な教養なるものに矮小化されてゆくとするならば、その責任の大きな部分はのちの時代にあるとせざるを得ない所以である。逆に、彼の文化概念が、その有機体的な基底のゆえに結果的には保守的なものにならざるを得ないにしても、今日のカルチュラル・スタディーズのひとつの大きな始まりであったことは否定できないのである。彼は『批評の試み』（一八六五）他のいわゆる評論によってのちの文学批評を確立したというよりも、『教養と無秩序』によって、その出版の約一世紀後にかたちをなすことになる文化の研究のひとつのあり方を示したということである。カーライル、アーノルド、ラスキン、モリス、ワイルド等の批評をつなぐのはまさしくこの路線であった。

アーノルドによるリベラリズム批判は決して抽象的な次元にとどまろうとはしない。彼はそれを各人の好きなように行動することと言い換えるが、その端的な表われとして、無秩序をもたらす最適の、最悪の事件と彼が考えたのは一八六六年七月のハイド・パークの事件であった。ディズレーリの思い切った決断によって一八六七年の第二次選挙法が成立する前の年はそのための運動が激しくもりあがった一年であったが、この年の七月二三日、選挙法改正連盟のデモ隊の一部がハイド・パークの柵を壊すという事件があった。さらに同日の夕方には警察本部長宅の窓ガラスに投石があり、アーノルドはそのとき住んでいた家のバルコニーから妻と一緒にその光景を目撃した。(6) この事件が、というか、たかだかこれだけの騒乱が彼に決定的な衝撃を与えたというのが定説であって、このハイド・パーク事件の唯一の産物は『教養と無秩序』だという冗談めかした言い方すらされることがある。この事件に何度も言及されるのは「自分の好きなようにする」と題された章であるが、そこには「ハイド・パークの荒らくれ者」、「ハイド・パークの暴動者」（五四—五五頁）といった表現が見られるほかに、彼らは「政府の機能のすべてを引き受けようとする」（六三頁）労働者階級として厳しく批判される。「結論」の章ではそれが「パークの柵」となり、「通りで怪物的な行進をしたり、公園に力づくで乱入したりするのを……ためらわずに禁止し、弾圧すべきである」（二三五頁）という問答無用の主張に辿りついてしまうことになる。彼の言う文化・教養とはこのような発言をも許容するものでもあるのだ。

もっとも彼の危機意識を、つまりアナーキーに対する激しい嫌悪感をあおったのは、なにもこの事件のみではなかった。彼は「イングランドの荒らくれ者」と「アイルランドのフェニアン」を区別して、後者が「明らかに無鉄砲で危険である」としながらも、その反抗には正当な理由がともかくあることを認めている（五四頁）。しかし、そこにアナーキーの芽があることを見逃すことはなかったであろう。とくに一八六七年一二月一三日のクラークンウェル牢獄の爆破事件の与えた衝撃を。この日、フェニアン側は拘束されている仲間を救出しようとして牢獄の壁を爆破するのだが、被害は近くの民家にも及んでしまい、一二人の死者と多数の負傷者を出す惨事となってしまった。この事件を前にしてのカール・マルクスの評言を引用しておこう。「これまでアイルランドに対して大きな共感を示していたロンドンの大衆も怒り狂って……政府側の腕の中に追い込まれてしまうことになるだろう。ロンドンのプロレタリアートがアイルランドのスパイのために吹き飛ばされるのを甘んじて受け容れるなどとは思わない(7)」。むしろアーノルドが「フェニアン主義は狂暴きわまりないものかもしれないが、それからの危険はない」（五三頁）と書いているのが不思議なくらいである。

未公開の日記や書簡を利用して初めての本格的な評伝を書いたパーク・ホーナンはさらにもうひとつの事件の与えた影響のことも考えている。それは一八六五年一一月にジャマイカで起こった黒人暴動とその武力弾圧のことであるが、(8)アーノルドにとっての問題は、一九世紀のイギリス史の最大の汚点のひとつであるこの事件そのものよりも、この事件をめぐるその後の国内論争の方ではなかったかと思われる。戒厳令までしいて黒人を弾圧したジャマイカ総督ジョン・エアの対応は妥当であったか否かをめぐって、当時の代表的な人々の意見が二つに割れてしまったのである。総督の行動を権力の濫用として告発するジャマイカ委員会の側には、J・S・ミルを軸としてジョン・ブライト、エドマンド・ビールズ等が加わったのに対して、その行動を正当なものとするエア弁護委員会はカーライルを総帥に、ラスキン、テニスン、ディケンズ等がその共鳴者となった。アーノルドはこの対立の構図の中にあってみずからの立場を明確にすることはなかったが、彼がいずれの側により強く共感したかは容易に推定できるだろう。ジャマイカ委員会の同調者は彼が『教養と無秩序』の中で口をきわめて批判した人々なのだから。それに、暴動そのものに対する彼の考え方があるのだから。

彼が無秩序を厳しく批判したときに念頭にあったのは決して抽象的な観念としてのそれではなくて、これらの具体的な事件であったということは、対抗策として持ち出される文化・教養の概念も強い政治性を帯びざるを得なかったことを意味する。アーノルドにおける教養の概念は政治の次元に関与するものとして構想されているのであって、それを個人の内面的な完成のみに関わるような教養主義とみなすのはまったくのナンセンスである。「文化は国家の観念を示唆する」と言い切る論理的な必然性が、彼にはあったのだ。

5

「自分の好きなようにする」と題された章では、「権威の適切な中心」、「権威の真摯な原理」、「権威の現実的な原理」（六三、六六頁）といった言い方が繰り返されている。そして、それこそが彼の考えていた国家というものなのだ。文化あるいは教養とは最高のものを、完成を追求するということであり、その最高のものがもつ権威を体現するのが——広教会派に属し、緩やかな懐疑主義に馴染んでいた彼は、ここで神もしくはキリストという言葉も、他の偉人の名も口にすることができない——国家なのである。文化あるいは教養は個人の内面的な完成を志向する部分をもつものの、それと同時に、国家を志向する。

われわれの最高の自己によって、われわれはひとつに結ばれ、個人を越えて調和にいたる。それに権威を与えたとしても、それこそわれわれすべてが持ちうる真の友なのだから、危険はない。アナーキーがわれわれを脅かすときには、確かな信頼の念を抱いて、この権威の方に向くしかない。そう、これこそ culture が、つまり完成の研究がわれわれのうちに発達させようとする自己なのだ。そのために、したいことだけを、しなれたことだけをするのを喜びとし、同じようにするすべての人と衝突する危険と向き合わせてしまう古いこわばった自己を犠牲にするしかないとしても！　だとすると、無用の長物としてバカにされているcultureこそが、困惑をきわめる現代の大きな必要をみたす力をもつ観念につながってゆくことになる！　われわれは権威あるものを必要としている。それなのに、嫉妬にとりつかれた階級と障碍と行き詰りしか見いだせないでいるのだ。文化は国家の観念を示唆する。われわれの通常の自己の内には確固たる国家の力の基盤を見いだすことはできない。cultureはわれわれの最高の自己の内にそのようなものがあることを示唆する。（六四―六五頁）

教養主義といった言葉で『教養と無秩序』のもつ可能性を囲い込んでしまおうとしている限り、にわかには信じがたいことかもしれないが、これこそが間違いなくその到達点なのである。「結論」にある、「cultureはアナーキーの最も手ごわい敵となる」（一三六頁）という表現は、このような国家論を通過したあとではきわめて分かりやすい議論であるし、またそれを抜きにして議論するわけにはゆかない。

このようなかたちの国家に貢献しないものは、逆にアナーキーを増進するものとして厳しく断罪される。この原則が例えば宗教に適用されると、イギリスという国家と表裏一体をなしている国教会への批判は表面化せず、非国教会への舌鋒のみが異様なくらいに激化してしまう結果となる。「国家とはその市民すべての宗教に関わるものであって、いずれかの市民の狂熱的な姿勢を必要としない」（一一〇頁）という言い方のうちに、彼の姿勢は要約されている。国家はその成員すべての調和に心をくだくのに対して、「イングランドとスコットランドの非国教徒たちは宗教が［国家を背景にする］制度と補助金をもつこと」に強い恐怖を抱いているし、「国教会に対する反感」（一一一頁）が彼らをつき動かしている。

アーノルドによれば、庶民院の政治を牛耳っているのはまさしく彼らなのだ。その彼らの行動の原則を要約する言葉がヘブライ主義である。

われわれの本性のすべての部分ではなく、ある部分のみの完成を強調すること。モラルの側面、従順と行為の面のみを抜きだして特別に考慮すること。道徳的良心に厳密に従うことを第一のこととし、すべての点において完全になり、われわれの人間性に十分な調和のとれた発達を認めるための心づかいをあとの方に、もうひとつの世界までひき延ばしてしまうこと。（一〇四頁）

それと対立して、「意識の自由な動き」を尊重するヘレニズム主義が文化・教養の別名であることは、もう繰り返して説明するまでもないだろう。むしろ留意すべきは、「甘美と光」という内容を充塡されることもある文化・教養という中空の磁場が、宗教的なコンテクストにおいてはヘレニズム主義という内容を充塡されているということである。その内容が国家とされることすらあった。要するにその内容は、決して内面的、精神的な完成に限定されているのではなく、きわめて大きくコンテクストに左右されるということである。

しかし、まだ難問がひとつ残っている。文化・教養の目的が社会の全体的な完成にあるとすると、一九世紀のイギリスという典型的な階級社会において、それはどのように機能するのであろうか、どのように機能すべきであるのか。有名になりすぎた三分法が持ちだされるのは、そのような問題状況においてである。彼の説明によれば、「野蛮人は、今日風の言い方をするならば、強靱な個人主義と、自分の好きなようにし、個人の自由を主張する情熱をもたらした。……さらに野蛮人はスポーツに対する情熱ももっていて、それを今日の貴族階級に伝えた」(六九頁)ということになるし、俗物という名は「とくに中流階級にあてはまる。彼らは甘美と光を追求しないだけでなく、それよりも、仕事や礼拝場やお茶の会や説教などのメカニズムのほうを好む」(六八頁)。「労働者の大半は……粗削りで、発達も不十分なまま、長い間貧困と汚濁の中に埋もれるようにしていたが、今やその隠れ場所から外に出てきて、自分の好きなようにするというイングランド人の天与の権利を主張し、好きなところを行進し、好きなところで集会を開き、好きなことをわめき、好きなものを壊すようになっている」(七一頁)。修辞法そのもののうちにアーノルドの好悪の感情がしみでていることは否定できないが、ともかくこの最後のグループに彼は大衆という名前を与えることになる。しかし、このような説明のどこに、彼の言う文化・教養は絡んでくるのだろうか。

文化・教養なるものを体現すると思われる具体的な作品名や人名を挙げることのできない、あるいは挙げることを尻込みしている彼にとって、これはきわめて厄介な、しかも重要な問題であったはずである――とりわけ文化・教養の社会性を力説する以上は。この場合に彼の持ち出してくるのは天才論、つまり生来的なエリート論であった。

それぞれの階級の中に、みずからの最高の自己に好奇心を抱き、物事をあるがままに見つめ、みずからをメカニズムから振りほどき、理性と神の意志にこだわりをもち、それを広めるために最善を尽くす――ひとことで言えば、完成を追求する傾向を持つ者が或る数は生まれてくる。この完成への愛が現われてくる人々に、人類は天才という名前を与えてきたのだが、それはその情熱の中に何かオリジナルな、天与のものが在るということを意味している。……このような生来の傾向をもつ者はすべての階級のうちに――野蛮人のうちにも、俗物のうちにも、大衆のうちにも出現する。そしてこの傾向は、すでに述べたように、彼らを所属する階級の外にひき出し、その特徴を野蛮人や俗物のものではなく、人間のものとする。（七二―七三頁）

最後のところからは、大衆という語が巧みに外されている。しかもここで言及されている生来的傾向を持つ者は、すぐあとのところで、「或る数の異物（aliens）」とも呼ばれているのだ。完成が追求できるのは生来的にその資格をもつ少数者のみだと、アーノルドは主張しているようにも読めるのだが、果たしてそれがすべてであろうか。彼らには文化・教養を普及させるという大きな使命があるはずなのに、これで十分な説明になるのだろうか。この点については彼の思考はそれ以上は細密に分節化しようとはしない。それを彼の思考の不徹底と呼ぶことはもちろん可能である。多分にエリート的な異物と社会との関係について彼が言い得たのは、次のようなことに尽きる。

culture は劣等な諸階級［ここは複数形になっている］のレベルにまでは教えてゆこうとはしない。……それは諸階級をなくしてしまおうとする。すべてのものが甘美と光の雰囲気の中に生きられるようにし、観念を、ちょうどみずからがそうするように、自由に使おうとする――それに縛られるのではなく、それを滋養とするために。
これこそが観念の社会化（a social idea）というものだ。culture をもつ者は平等を説く真の使徒なのである。culture をもつ偉大な人々とは、その時代の最高の知識、最高の観念を撒種し、強く普

及させ、社会の端から端まで伝える者のことである。（四八頁）

彼の考えた真の平等とは国家の内部における調和によって保証されるものであった。それが彼の有機体的な調和という考え方がはらんでいるひとつのテロスであることは間違いない。ここにあるのは理想的な国家であろうか、それとも幸福そうにみえる全体主義国家の予告であろうか。そのいずれと解釈するにしても、『教養と無秩序』とは、そのような評論であって、決して教養主義のバイブルなどではないのである。

注

（1）Raymond Williams, *Culture and Society* (London: Chatto and Windus, 1958), p. xviii.

（2）Raymond Williams, *Culture* (London: Fontana Paperbacks, 1981), p. 13.

（3）Cf. L. Perry Curtis, Jr., *Apes and Angels: The Irishman in Victorian Caricature* (Washington D. C.: Smithonian Institution Press, 1971).

（4）T. S. Eliot, *Notes Towards the Definition of Culture* (1948; London: Faber and Faber, 1962), p. 22.

（5）Matthew Arnold, *Culture and Anarchy* (New Haven: Yale University Press, 1994), pp. 8-9. 以下このテクストからの引用は頁数のみを示すことにする。

（6）Park Honan, *Matthew Arnold, A Life* (New York: McGraw-Hill, 1981), pp. 340-41.

（7）John Newsinger, *Fenianism in Mid-Victorian Britain* (London: Pluto Press, 1994), p. 64.

（8）ジャマイカ事件については、本書「ジャマイカからの贈り物——植民地と英文学」を参照のこと。

田舎では農民が……

イギリスの農村文学

1

イギリスの田舎に関する典型的なイメージは、それを、健康な安らぎの場を提供してくれる自然（しばしば田舎の邸宅を中心として展開する秩序ある自然）とする明るいものと、農民の悲惨な生活の情景に眼を向ける暗いものとに要約されるようである。一九九五年の秋にＢＢＣ１が放映した『高慢と偏見』には、前者の凝縮されたノスタルジックな表象を見ることができたし、ピーター・ラビットの作者の故郷に列をなす日本人の観光客の頭の中にあるのもそれに違いない――ナショナル・トラストに守られたその場所に立ってみると、そのような平穏な自然の存在が強く印象づけられるのは事実であるにしても。後者については、『テス』の中の幾つかの場面を思い出してみるだけで十分である。このように二極化して都会と対比される農村の表象なるものが、歴史の過程の中で成立したイデオロギーとしての色彩を濃くもつことは、すでにレイモンド・ウィリアムズが『田舎と都会』（一九七三）において徹底的に指摘したところであった。しかし、イギリスの文学自体の内にひそむこの神話化は、それを読む読者の想像力を依然として既定の方向に単純化してしまい、拘束し続けているように思われる。ためしに、イギリスの農村には誰が住んでいるかと自問してみるといい——農民と、地主。しかし、農民と地主からなる農村共同体など、おそらく何処にも存在しないはずである。

問題点をはっきりさせるために、農村とか田舎という言葉が喚起するものとはまったく縁がないようにみえる、二つの文学作品に眼を向けてみることにしよう。そのひとつは、フェミニズムの思想のある部分を先取りする小説として注目を浴びる、グラント・アレンの『行動する女』（一八九五）。主人公はガートン・カレッジを中退して、ロンドンで自活する女性である。「女の子の学校で教えたり、新聞にちょっとした記事を書いたりして、自活しています(1)」。国教会の高位の聖職者を父にもつ彼女は、今日のイギリスでは珍しい現象とは言えなくなった共棲という、結婚という制度に縛られない平等の生活を志向し、それを実践する女性という設定で、確かに当時としては斬新でラディカルな考え方を刻印した作品ということになると思われる。主人公をロンドンという大都会の貧民街に近いところで寝起きさせるこの作品には、田舎と接触する場面が三回描かれている。そのひとつは、共棲の相手となり、娘を残して死んでしまう人物と彼女が初めて出会い、互いに愛しあうようになる場面である。

「ええ、ここには休日で来ただけですわ。ホルムウッドに滞在しています、とても素敵な古い草屋根のコテッジですのよ。薔薇の花が戸口をのぞき込んでいて、繁みでは鳥の声がして。ロンドンで一学期教えたあとにはとてもいい気分転換になりますわ(2)」

ここにあるのは、都会と対比された田舎の典型的なイメージであるが、われわれにとっては『地球の歩き方』の提供しそうなイギリスの田舎のイメージに近いものと言ってよいだろう。愛を語るために、そのような神話性を帯びた場が要請されているのである。二つめは、娘と二人きりの生活をしいられている主人公が、フェビアン協会の会員から求愛される場面であるが、この男性は「将来のある有能な経済学者で、大臣のポストを狙っていた[3]」。作者はこの場合にも、求愛の場としてはロンドンの外の田舎の自然の中こそがふさわしいと判断している、というか、そう判断させる神話の虜になってしまっている。「何ケ月かの間、二人はフェビアン協会の会合やその他のところでよく顔を合わせていた。そして、とうとう日曜日の朝には、田舎の心地よい風のある高台に一緒にでかけるのが習慣になった。……ある八月の朝、二人は汽車でロンドンからハスルミアに向かった[4]」。このあまりにも露骨と言うしかない対比的な記述の枠組みは、三つめの場合にも作者の構想力を規定している。主人公のフェミニスト的行動にもかかわらず、その娘は時代の因襲的な価値観を完全に受け容れてしまう少女として構成されているが、その彼女が理想とする恋人に出会うのはドーセットシャの田舎の村ということになっているのである。「それは理想の結晶化した姿であった。楡の木の上でカラスが鳴く。破風に蔦がからまる。通りの先に村の教会の塔が見える。……彼女はお仕着せ姿の召使にかしずかれて田舎の屋敷で暮らすのだ[5]」。大胆なフェミニズムの議論を開陳するこの小説も、こと田舎と都会の相互関係に関しては、伝統的なイデオロギーにおよそ無批判に依拠してしまっているのである。田舎と自然とはこの程度のものとして一般化されていたのだ。正確に言えば、都会の人間のそのような考え方が田舎と自然の姿として一般化されていたのである。そしてその一般化からは、田舎で働く人々とその労働の実体が消去されてしまっている。主人公の考え方の抽象性とひとりよがりは、この田舎のとらえ方の抽象的な定式化と奇妙に対応し、相互に転移しているようにも感じられる。

それとくらべると、同じようにロンドンに住む人間の視点から書かれているにしても、ヴァージニア・ウルフの『歳月』（一九三七）の冒頭は神話的なパストラル化を抜け出していると言っていいだろうか。

はっきりしない春であった。ころころ変わる天気に追われて、青や紫の雲が大地の上を流れていった。田舎では農民が、耕作地をながめて、不安を浮かべていた。ロンドンでは人々が、空を見上げて傘を開いたり閉じたりしていた。(6)

文学的に見ると、それなりに興味深い書き出しと言えるかもしれない。イギリス人の大好きな天候の話から始めて、田舎では、ロンドンではと、馴染みの対比がならべば、読者は心地よく作品のテクストの世界に案内されてしまうのかもしれない。しかし、心地よい既視感とともにテクストの内に滑り込めるというのは、われわれがそれと同じひとつのイデオロギーの雰囲気を共有してしまったということにほかならないのだ。少し速度を落として読んでみればわかることであるが、ここにも、『行動する女』のそれに劣らない神話的な紋切り型がひそんでいるのである。「田舎では」とは何処をさすのだろうか、「農民が」とは誰のことであろうか。「田舎」と「農民」は果たして必然的な継起性をもつのだろうか。ここにあるのは、記号としての言葉はある種の一般化をもたざるをえないという事態を越えた、強烈なイデオロギー性を含む一般化だと言うしかない。

すでに『田舎と都会』の中に、「イングランドの田舎の文学と歴史を研究するにあたっては、つねに地域と場所に注意しなくてはならない」(7)という指摘がある。田舎もしくは農村という一般化はきわめて危険なのである。かりに農村というひとつの語でくるとしても、イングランドの南と北では耕作のかたちが大きく違うし、それに対応して農村の地理的な形態も決定的に違うのである。しかも、当然ながら、そこに歴史的な変化が重なってくる。そのように考えてみると、『歳月』の冒頭に登場する「田舎」の自明性は、読者が田舎をめぐる紋切り型の表象に汚染されているかぎりにおいてのみ、その自明性を保証されているとも言えるだろう。皮肉なことに、テクスト自体がそのことを示唆しているのだ。それはどういうことかと言えば、「ロンドン」はすぐそのあとにピカデリー、ハイド・パーク、セント・ジェイムズ、マーブル・アーチなどの個別的な地名によって分節化されて、その一般性に肉づけがされるのに対して、「田舎」はあくまでも「田舎」にとどまるからである。冒頭の対句的な表現は決定的な非対称性を隠しもち、しかも、ただちにそのことをみずから暴いてしまうのだ。同じことが、「農民」と「人々」についても起こる。「農民」は「農民」にとどまるのに対して、「人々」は店の売子、ご婦人方、買物客、ビジネスマン、音楽家、プリンセス、召使の少女などによって分節化される。この多様性は明らかに「農民」の単調さを強調する。『歳月』の冒頭部分は、『行動する女』よりもはるかに技巧的なかたちにおいてではあるにせよ、やはり田舎と農村をめぐる紋切り型の表象に支えられ、それをさらに散種することに加担しているのである。

2

世紀の変わり目の〈新しい女〉は、言うまでもなく、都会の産物であった。また通常の文学史的な整理によれば、モダニズムは都市の文学であった。その二つは都市のもつ可能性を分節化したのだと言っていいのかもしれないが、しかしそれは半面の真理でしかないと言えるのではなかろうか。それらは、「田舎では農民が……」に象徴されるような一般化を介して、田舎のもつ可能性を分節化することを拒み、それを封殺することによってテクストの内部に現前させたのである。田舎は紋切り型の表象にとじ込められ、自明のものとしてそこに保持されることによって封殺されたのである。この自明性による封殺は、モダニズムの特徴的な文学的戦略をも決定したように思われる。モダニズムの文学が都市の可能性を分節化した結果として、その非人間性と不毛と方向喪失を探りあててしまったのちに、神話的なものやプリミティヴなものに活路を見出そうとしたときに、その衝動を正当化したのが、表象としての田舎ではなかったかと考えられるのだ。都市の分節化を魅力あるものにしたその表象の制度は、都市空間から神話的世界への移行を、そして都市空間の中に神話的パターンを発見することを要請し、かつ容易にしたのではないだろうか。しかし、神話的方法の彼方には何もなかった。その方法によれば、都市空間の中のいかなる事象も多重の意味を吸いよせて豊かになるように見えるかもしれないが、それはある意味では意味の渇きと不毛性に対する補償にすぎないのであって、意味の多重化が逆にその空洞化をもたらすこともありうるのだ。日常的な事象は、その意味が多重化したために、その痛切さを失うこともあるのだ。『ユリシーズ』やバースやピンチョンの作品を読みながら、そういう瞬間を体験することはないだろうか。ただひとつの痛切な意味しかもたないように仮装すること、私はそれがセンティメンタリズムの文学の核心だと考えるが、それを実現するような文学は世紀の転換期にはもう不可能だったのだろうか。

個性からの脱却、非人称性の探究、神話化の方法、インターテクストの戯れ――いわゆる実感信仰に陥ることなく、しかもそれらとは別の可能性を考えるとしたら、われわれはどこに眼を向ければいいだろうか。単純に考えれば、眼を向けるべき場所のひとつは、都市の文学によって封殺されてしまった部分ということになるだろう。つまり、紋切り型の田舎の表象によって隠されてしまった部分に何が存在するのかを読み直し、考え直してみるということである。これはあまりにも単純な反射行動と思えるかもしれないが、それでも私には試みるに値するように思える。しかも、一九世紀の末から二〇世紀の初めにかけて、トマス・ハーディの小説とは別に、農村文学とでも総称すべき作品が数多く残されているという事実が存在するのである。それらの作品は、ハーディの小説と、さらにはイギリス文学史とどのように関わっているのだろうか。世紀の末の大英帝国の思想の雰囲気をよく映し出すW・H・G・キングストンやG・A・ヘンティやR・M・バランタインの〈帝国文学〉を知らなくてはコンラッドの十分な理解が望みえないのと似た意味で、農村文学の役割を考えてみないと理解が不十分なままにとどまる問題が幾つもあるのではないだろうか。

農村文学とモダニズムの都市文学を併行して読むにあたっては、その両者の間に幾つかの強い逆立的関係があるということも指摘できる。そのことを示唆するためのひとつの例として、次のような文章を引用してみることにしよう。

私は父の父親をよく知っていた。その父親は、一九一四年よりも前にコテッジから追い出されたとき、村の集会でそのことを話したという。その頑固で強い父親が話しているうちに、こらえきれなくなって声をあげて泣いたときには本当に驚いたと、私の父は話してくれた。(8)

小説か自伝的な文章の中に登場するエピソードならば、これもまた農業労働者のみじめさを語るひとつの話としてかたづけられるかもしれないが、この場合はそうではないのだ。これは『田舎と都会』というすぐれた学問的研究の中の一節であって、「私」とは著者レイモンド・ウィリアムズのことなのである。三人称を使用することによって学問的な客観性を保証されるはずの書物の中に、明らかに意図的に侵入してくるこの「私」を、一体どう解釈すればいいのだろうか。もちろん主観的には、ウィリアムズの激情の発露ということで説明はつく。しかしこれは、彼の主観の次元に還元すればすむ問題ではないし、彼の自我の強度を云々してすむ問題でもない。まさしく農村を語るときに、三人称の制度化したエクリチュールを喰い破るようにして、この「私」が侵入してくるのである。二〇世紀初めの農村文学にも、これと似た「私」がしばしば登場する。もちろん都市の文学にしても「私」で始めることは十分に可能であるが、それにもかかわらず、この二つの間には決定的な差異があるように感じられる。記号学的には明らかに等価のはずの「私」が、ここでは別の働きをしていると言ってもいいだろう。端的な言い方をするならば、都市の文学では自我を崩壊させ、アイデンティティを散逸させるための記号としての「私」が、つまり匿名化のための回転扉としての「私」が、農村文学の場合には濃厚な固有化のための場になるということがしばしば起こるのである。これは都市の新しい自我に対して、古い保守的な自我が残存しているというだけのことなのだろうか——かりにそうだとしても、その古いかたちの自我とは本当に思想史の教えるような不毛なかたちをしているのだろうか。さしあたりここでは、そうした問題は疑問のかたちにとどめておけば十分であろうが、私がモダニズムの文学と農村文学の比較にこだわるのは、それが発見法的な働きをして、いくつもの新しい問題領域が見えてくるのではないかと考えているからである。

3

農村文学を読む前に、イギリスの農村についてはっきりさせておかねばならないことがある。今話を一九世紀以降に限るとしても、イギリスの農村の大切な仕事は各種の穀物を作ることだけでなく、牛や羊の飼育も不可欠の部分をなしていたということである。農村にはわれわれが普通に考える農民の他に、羊飼いも自明のこととして存在したのであり、農民にしても牛飼いや羊飼いを兼ねることがあったということである。収穫の時になれば両者が協力するのは自明の必要であった。もうひとつ大切なことは、彼らのみで農村が、あるいは田舎が構成されていたのではないということである。田舎の村がひとつの自己充足的な有機体として機能するためには、当然ながら、さまざまの職業が必要であった。

囲いの向こう側には鍛冶屋の仕事場があって、そのとなりは車大工と大工の仕事場になっていた。馬屋の向こう側の小屋には村の靴屋が住んでいた。製粉所のすぐ外側のヒル・ハウスには、フリックとかいうひとの青果店があったが、このひとは村の運送屋も兼ねていて、イプスウィッチとの間の物の運送をやっていた。このヒル・ハウスでは仕立て屋も働いていた。角の家には、粉屋のウェブスターさんがあとで買った小型の蒸気エンジンが入れてあった。(9)

このような証言が「田舎では農民が……」とはまったく別の言説に属していることは歴然としているが、興味深いことに、『テス』における農村の記述はそれに近いところにあると考えられる。

かつてこの村は、農業労働者の他にも、もっと教養のある興味深い階級を含んでいたが、彼らは農業労働者――テスの父と母はこの階級に属していた――よりもランクがはっきり上で、大工、鍛冶屋、靴屋、行商人、そして農場で働く者意外のさまざまの労働者を含んでいた。(10)

ここにあるのは、『歳月』の冒頭がロンドンの人々を分節化したのと似た意味で、農村の人々を分節化する言説だと言っていいだろう。しかしこれだけの分節化ではまだ不十分なのであって、農村における権力構造はほとんど見えてこないに近い。その点にも眼を向けておくために、今度は歴史学者の説明を借りることにする。

定型的な「閉じられた」教区の場合、土地の所有権はひとりかふたりの手に集中することになり、階層化がいちばんはっきりしていた。その頂点には主要な地主が立ち、その下に教区の他のジェントリー、牧師、しっかりした農民、田舎の職人、商店主、自作の小農夫ということになる。いちばん下には農業労働者とその家族がきた。ノフォークやレスターなどの幾つかの州では、村全体の三分の一から二分の一が「閉じられて」いた。しかし所有者がそこに住んでいない場合、とくに土地の所有者が多数にわたる「開かれた」教区では、牧師のみが「ジェントルマン」で、社会的な区別が明確でないこともあり得た。[11]

別の歴史学者は、田舎の農村のかたちそのものが地域によって大きく違うことを明確に述べている。

大まかな言い方をすると、イングランドの南部と東部は村中心の地域であり、北部と西部は農場中心であった。クリストファー・テイラーは、「村のイングランドとは、実は、南部の海岸からミッドランドを経由して北西部にのびる広い地域のことなのだ」と書いている。……こうした居住形式の違いは、明らかに異なる社会構造と社会関係を生み出すことになる。これまで多くの人々がしてきたように、村こそがイングランドの田舎の社会の基本単位であるかのように語るのは、明らかにナンセンスである。[12]

しかも、それだけではないのだ。アラン・ハウキンズがすぐれた農村社会史『イングランドの田舎の再編成』(一九九一)で示したように、このような複雑性をもつ農村が一九世紀の末から第一次大戦後にかけて大きく変貌してゆくのである。都市は変化し、農村や田舎は変わらないと考えるのは、単純な幻想にすぎないのだ。

いずれにしても、このような歴史学の成果を前にして、さらにさまざまの農村文学によってその妥当性が追確認できるときに、『行動する女』や『歳月』における田舎の表象をただそれだけのものとして受け容れることは、不可能になってしまう。農村文学を読むというのは、普通考えられているほど単調なことでも、簡単なことでもないのである。

4

私がいま農村文学という曖昧な呼び方をしているのは、農村の情景を描き出すエッセイや回想録——とくに回想録の形式は農村文学の大きな特徴をなすものであるが——さらには農村を主要な舞台とする詩や小説を総称してのことである。その共通性を取り出すのは容易なことではないだろうが、しいてそれを挙げるならば〈事実の文学〉ということになるだろうか。もちろん、記号という媒体が事実そのものの記述を不可能にしてしまうという批評の前提に従うならば、それは〈事実〉と了解されるフィクションということにはなるのだが、しかも、そのうえでただちに問わねばならないのは、それはどのような事実かということである。

農村文学の大きな部分を占める事実は、言うまでもなく、農村をめぐる事実であるが、問題はそれが時、場所、主体という構成要素の間の関係にどのような特徴的な布置を与えるかということである。事実に重点をおく文学の代表としていいドキュメンタリー文学や、ひところアメリカで議論の的になったノンフィクション・ノヴェルのことを考えてみるならば、そこにおける事実は主体（つまり人間か事件）を中心にして、それを時と場所の記述が支えるというのが一般的であろう。したがって、そのプロットは人間の関わる出来事の継起を軸にすることになる。それに対して、農村文学におけるプロットの軸は出来事の継起であるよりも、むしろ自然の変化のサイクルとそれに対応する農作業の手順であることが多いように思われる。「田舎の暦」に対応する表現を都市の文学の中に見つけることは不可能であろう。小説となれば当然出来事の強い継起を必要とすることになるが、しかしその場合でも、メアリー・ウェッブの小説に典型的に見られるように、それは田舎の自然と農作業のサイクルの中に埋め込まれてしまう。小説という形式の自由さからすれば、それから離脱することもできるはずであるが、しかしその場合には農村は単なる背景以上のものではないことになるだろう。

農村、田舎、自然という連想は確かに妥当なものであるだろうが、それをノスタルジックにロマン主義化しすぎると、農村文学における事実の性格は見えにくくなってくる。その特徴的なプロットのあり方からも推定できるように、その事実は主体と場所との均衡のとれた関係に大きく左右される。そして主体はただ自然とのみ向かいあうのではなくて――そのように単純化してしまうのは、農村をめぐる神話である――農作業の場とも向かいあうのである。そこにあるのは、自然のサイクルに従って羊が子を産み、耕作地のようすが変化してくる姿であり、主体としての人間はそのようなテクストの中に織り込まれている。人間は自然のものと農作業に必要な物との間にはさまれている。ここに見られる主体と場所との関係は、商品の間に疎外されて浮遊するのとはまったく別のものと考えていいだろう。農村文学の随処に見られるモノの記述、農作業の道具や建物や調度品の記述は、疎外をもたらす無機的なモノではなくて、主体としての人間に場を提供しながら、場合によっては、人間以上に農村文学の主体として振る舞うものの記述になってゆくのである。

農村文学は歴史の感覚を欠くという言い方は、あるところまで正しいかもしれない。しかしそれは、農村文学を構成する事実が時の流れの外に安定しているということではないのであって、むしろそれは強烈な時間のサイクルの中にある。その事実は、年毎の時間という強烈なサイクルの中にあるために、年号という秩序のインパクトを弱めてしまうのである。別の言い方をするならば、農村文学における事実は年号という継起的な弱い秩序と、年毎のサイクルという強烈な秩序の両方にまたがるようにして存在することになる。回想の中の情景を構成するものとしてたんたんと語られることが多いように見える事実がこのような記述の様式をもつことは、それを読むときにまず念頭におくべきことであろう。既成の文学のジャンルから抽出できる特徴をそのまま読み込もうとするかぎり、安手のノスタルジアの相しか見えてこないにもかかわらず、あまりにも近い場所にあるために見えなくなってしまう、それでいて誰もが見ていると錯覚してしまう文学。これはドゥルーズ゠ガタリの言うマイナー文学と共通する部分をもっている文学かもしれないが、しかし彼らの言うそれよりももっと微妙で、脆弱な存在様式をもつのだと言うべきかもしれない。そのことは、たとえば農村文学が、中心にある主流の文学に対して、それぞれに固有の言文一致に頼ろうとすれば、たちまち方言という枠の内に落ちてしまうことからもわかるはずである。それは、外国語とは違って、絶対的な無理解という状態をかりに望んだとしても、そのような状態を許可されることのない言語のありようなのである。農村文学の中心にはそのような弱さがある。そして、そのような特性に十分な注意を払わないかぎり、今度は自然と農作業のリズムに支配される強い固定化したパターンしか見えてこないことになるだろう。もちろんその固定化したパターンにも武骨なたくましい魅力はあるにしても、もうひとつの大切な魅力は、そこからわずかにずれてしまう〈事実〉の中にあると言わなくてはならない。農村文学が自然の運行と耕作や飼育という軸をもつ一方で、人間と物、道具、調度品、動物、植物、習慣、俗信などをめぐる挿話の連続のかたちをとることが多いのは、その軸を具体化するとともに、そこからずれていくためであると、私は思う。軸となるリズムは動かない、しかし挿話はそれに完全に縛られる状態をすり抜けてしまう。そして、そのわずかな空間に魅力が漂う。

5

アラン・ジョブスンの『時は流れて』(一九六〇)は、一九世紀のサフォークの農村に生きた祖父母の生活ぶりを語る典型的な農村文学である。そこには自然と農作業のリズムがあり、事実を語る挿話が続く。そうした挿話群の中に村の娯楽に触れたものがあるのだが、大切なのは、娯楽でさえも自然と農作業のリズムに規定されるということである。「村の人々がわくわくする最大の理由となるのはフェアであった[13]」――そのフェアは収穫の終了した一一月に設定されているのである。興味深いのは、このフェアの楽しみの説明に続いて、つまり定型化したフェアの説明に続いて語られる芸をする熊の話である。さらに正確に言うならば、一九世紀の娯楽史の中にときおり登場するこうした熊の話そのものよりも、この熊の訪問が引き出すことになる村人の反応の方である。

「この熊の訪問はそれから数週間、村の話のタネになった。最初の疑問は、それがどこから来たのかということであった[14]」。この疑問に対して、かつて騎兵であったという村人のチャーリーは「サーカシア」からだろうと答えて、そこの男と女のようすを説明する。

「それにさ、馬一頭分の荷がありゃきれいな娘がひとり買えるんだ――ま、そんだけの荷がありゃな」

「冗談じゃねえ」と、ペパーが口をはさんだ。「ええ、俺の女房はタダだったぜ」。何人かがゲラゲラ笑った。「ま、そういや、フラニガン［フラムリンガムのこと］のフェアのことを思い出した、あそこじゃ女房が六ペンスで買えるんだとさ。俺ゃ昔のディディコイの連中みたいに聞こえるな」

「うん」と、チャーリーがしめくくった。「そうかもしれん、そうかもしれんよ！」(15)

ここには、大道芸人の到来によって、村の中に潜在していた外部についての情報が歪んだかたちで喚起され、さらにそれがフェアという季節的・定期的な場で行なわれる女房売りという習慣につながってゆくさまが、ユーモラスに定着されている。しかもその「サーカシア」の人間は、ジプシーと混同されることもあったディディコイと呼ばれる非定住の人々と結びつけられて、もう一度村の外部に吐き出されてしまうのである。小さいながらも見事な仕掛けと言うしかないだろう。『時は流れて』という作品にとってこの挿話が、きわだって重要な構成上の位置を占めると示唆する形式上の目印は、作品の中のどこにも存在しない。にもかかわらず、ひとつの挿話が形式上の必然とは関係のないところでこのように輝きだしてしまうのは、挿話の連続からなる農村文学の可能性のひとつとしていいだろう。

もうひとつ、これとは別のタイプの挿話も存在する。典型的な例を挙げるとするならば、次のようなものであるだろう。

大きな領地のあった時代には密猟が流行した。……この地域には二つのタイプの密猟者がいて、そのひとつは定職をもたない役立たずの田舎者、もうひとつは、それを天職とみなし、スポーツとして心ゆくまで楽しむおとなしい、騒ぎとはほとんど縁のない者。実のところ、この後者のタイプの者がつかまって罰金を科せられると、地主が厳しい諫めの言葉と自分が科した罰金と同じ額のお金をポケットに入れて、その者の小屋を訪ねていくことがあるのは周知の事実であった(16)。その地方の有力な地主が判事をつとめ、農村の秩序の安定のために密猟法が運用されたのは歴史学の教えるところであるが(17)、場所と場合によってはこのような事例もあり得たということである。これはただ単に情報として見ても、興味のつきない開示の力をもっている。それと同時に、とかく単純化されやすい農村なるものがおそらくそこに住んでいる人間の数だけ多様なものだという、考えてみれば当然の事実を改めて新鮮なものとして知覚させるのである。シクロフスキーの言う異化の手法は、なにもひとつのジャンル、ひとつの作品の中でのみ成立するわけではない。それは、主流を占める都市の文学に対する農村文学のすぐれた部分をも説明する原理なのである。農村文学を読む楽しさは発見する楽しさでもある。

さらに、連続する挿話は、都市の社会、あるいは上品な社会ではタブーとされる事柄をまさしくひとつの挿話として取り込む力をもっている。再び『時は流れて』によるならば、地主は「素晴らしく美しいパークの懐に抱かれた大きな館に住んでいた」——これならば、われわれが普通カントリー・ハウスに対してもつイメージを追認し、強化するだけだろうが、そのあとに、「しかし館にはバスルームはなかった。もちろん、たくさんの召使が普通に揃ってはいたが」。

彼らが乏しい衛生設備を補って、生活を支えていたのかもしれない。というのは、この衛生設備のうちには巨大な肥溜めも含まれていたからだが、これを空にするのは並大抵の仕事ではなかった。この仕事は、満月の夜の真夜中、すべての窓をしっかりと閉ざしたうえで、衛生班のためのジンを用意して着手された(18)。

この挿話は、建築史の対象としての、ジェイン・オースティンの小説の舞台としてのカントリー・ハウスの、もうひとつの生きられた側面を明るみに出すだろう。そしてそのことを知覚するとき、文学という制度が選択と前景化と排除からなるシステムであることが、改めて、否認しようもないほどはっきりと明るみに出されるのである。文学的想像力は、その魅力が強い分だけ繰り返し脱構築されなくてはならないのだ。

『時は流れて』の作者は聞き取りと歴史の資料をよりどころにしているが、それでは農村文学に手をつけようとする者にとって不可欠の足場とは何であろうか。農村における定住者であることが不可欠の条件であろうか。この疑問に対してすっきりとした解答を与えることは不可能であるだろうが、幾つかの典型的な個別例ならば検討してみることができる。ジョン・ベイカーの『泉のそばのコテッジ』(一九六二)は、ロンドンからウィルトシャのウィルボロの村に数年移り住んだ人物の手になる挿話的な回想録である。彼は田舎のコテッジを買い取り、泉の手入れをし、鳥を観察し、魚釣りを楽しむ——要するに、そこにあるのは田舎の自然を楽しみに来た二〇世紀半ばの都会人の憧れと趣味である。この作品の特色は、そのことが何のけれんみもなしに表現されていて、そのために逆にある種の心地の良さを残すところに求められるかもしれない。彼は田舎をめぐる神話に無意識にからめとられているのではなく、神話の実体を求めて、それがいまや神話としてしか存在しないことを明確に刻印しようとしているのである。その透明感が魅力なのだ。

今日の田舎の世界はロンドンの快適な郊外のどれかに、ハムステッドとかウィンブルドンのいい場所に驚くほど似ている。車や石油スタンドや鉄塔やテレビのアンテナが視野をさえぎる。しかし最大の変化は町と田舎がひとつの天気、ひとつの風景、ひとつの雰囲気を共有し、もう二つのイングランドなるものが存在しないことだ。何か貴重なものが永久に失われてしまったのだ。ひとはもう田舎には行かない、いたるところにサブトピアがあるばかりだ。[19]

これに対してジョージ・スタートの『村の変化』（一九一二）は、もっと間近から、田舎の共同体の一員として（彼は車大工の店の経営者であり、みずからも車大工として働いた）、サリー州のファーナム近くの村の移り変わるさまを見つめたものである。[20] 変化したあとの村に短期間の居住者として関わったベイカーと違って、村の変化をその内部から長期にわたって見つめることになる彼には、長期にわたるそのプロセスが解体と崩壊をもたらすものとしか映らない。「生々とした〈農夫の〉伝統はひとつの文明に近いものであった――イングランドの田舎の手作りの文明に……この文明が実質的に消えてしまったところに村の最大の変化がある」。[21]「イングランドの田舎の古い考え方は死んでしまった。イングランドの田舎は、それにとってかわる何かを待ちながら、何らかの新しい伝統が育つのを待ちながら、澱んでいる」。[22]『村の変化』に書き込まれた挿話と事実は、ほとんど例外なしにこの色調に染めぬかれている。

それは、ときとして読むことが苦痛になる農村文学である。

この二つの作品に共通するのは、田舎あるいは農村の変貌に対する認識が挿話群の明瞭な支えになっているということだろう。問題は農村文学のためにどちらが、外から見つめる眼と内側から観察する眼のどちらが、より有効かということである。挿話の豊かな充実性ということでは後者の方が圧倒的に有効であるように見えるかもしれないが、私の考えではこれは二者択一の問題ではない。むしろ外の眼と内の眼の両方が相補的に農村文学を形成すると考えるべきであろう。農村は確かに自己充足性の強い空間であるにしても、その一方で、さまざまのかたちの共同体の中のひとつとして農村であり得る以上、その存在の様式そのものが内と外の交錯としてあるのであって、その表象に複眼が必要とされるのは当然の帰結と言うべきであろう。たとえ外からの視線が、このエッセイの最初に取りあげたような神話化を呼び込む危険性が多分にあるにしても。

6

『泉のそばのコテッジ』や『村の変化』には、自然の中の変わらぬ村という妄想は存在しない。逆にそれらは変化と歴史の感覚に支えられていると言っていいくらいであるが、そのこととあたかも表裏一体をなすかのように、自然と農作業のサイクルへの依存が弱まっていることにも注目しておくべきだろう。それともうひとつ、これまでに言及した作品では、近くの町などへの言及はあるにしても、基本的にはひとつの農村が主要な舞台になっているということがある。そのことは、結果的に、農村の自己充足性の隠喩として働きかねないが、農村文学は決してそのような形式のみに限定されるわけではないとも銘記する必要がある。農村文学の中の傑作としてよい二つの作品が、まさしくそのような限定性をすり抜けてしまっているのである。

フローラ・トムソンの三部作『ラーク・ライズ』(一九三九)、『キャンドルフォードへ』(一九四一)、『キャンドルフォード・グリーン』(一九四三)の最大の特色は、男性の手になるものが圧倒的に多い農村文学の中で、珍しく女性の手になる自叙伝的な回想録だということである。舞台はオックスフォードのジャニパー・ヒルの村。一八八〇—九〇年代にひとりの少女がひとつの集落から村へ、村から町へ移動しながら成長してゆく物語である。「その集落はオックスフォードシャの北東のはずれ、平たい小麦地帯にあるゆるやかな丘の上にあった[23]」。それはきわめて貧しい集落であったが、「彼女の父は石工で、農業労働者よりもたくさんのお金を稼いだ[24]」。この三部作におびただしく書き込まれている事実と挿話が、たとえばシャリヴァリから郵便局のようすにいたるまで、社会史的にもきわめて高い妥当性をもつことはよく知られている[25]。それらは社会史の記述を補足するものであることもあれば、その常識をすり抜ける思いがけない開示力をもつこともある。たとえば情報の広がりについて——「新聞もこわい話を提供してくれた。切り裂きジャックがイースト・ロンドンの夜の街をうろついていて、かわいそうな女が次々に殺されてバラバラにされているとか[26]」。「集落の女性の何人かは、わずか一ペニーのこうした週刊新聞をとっていて、その頁がすり切れるまで回し読みされた。他のが近くの村や奉公に出ている娘から回ってくることもあって、つねにかなりの量が出回っていた[27]」。また主人公本人は次のような読書もしていた。

彼女は『タイムズ』をとっていて、世の中で起こっていること、とくに発明や科学上の発見のことをよく知っていた。おそらくグリーンの周辺でダーウィンの名前を聞いたことがあるのは彼女ひとりであった。他に彼女の関心をひいたのは国際関係であり、いわゆるビッグ・ビジネスであった。彼女は鉄道と地方の運河会社の株までもっていた。……〔郵便局が暇なときには〕彼女は『種の起源』とか人間の心理学に関する本を読みふけった。(28)

またわれわれはこのオックスフォードシャの片田舎が、服装の流行に無関心ではなかったことも知ることができるし(町に奉公に出ている姉妹から送られてくる品が、何年か遅れで流行を運んでくる)、村の生活、経済、習俗、教育、宗教、子供の遊びについても、さまざまの人間模様についても、そして第三巻になれば田舎の郵便局とその配達のしかたについても、興味深い事実をおびただしく知ることができる。そこからはただ閉じられただけの共同体としての農村ではなく、より大きな外の社会と連動する農村の姿が浮かびあがってくるのである。その変化してゆく姿が、村の少女から町の郵便局員になってゆく主人公の成長とゆるやかに重ねられて語られてゆくのである。

この三部作で語られる出来事や挿話は、農村文学にはよく見られることであるが、厳密な継起的な因果関係には従っていない。そこにあるのは、自然と農作業のサイクルに対するゆるやかな意識と――これは主人公の一家が農業労働者ではないことと関係しているであろうが、それでも第一巻の最後の章は「収穫の日」という枠で、途中のある章は「メイ・デー」という枠でくくられている――少女の成長に対応する時間の流れである。作者の眼は残存するものと新しく流入してくるものの双方にそそがれながら、そこでひとつのバランスを保っている。この作品はただノスタルジアに浸っているわけではないし、『村の変化』のように変化のうちに解体と崩壊を見て暗鬱さを演出しているわけでもない。この作品には、変化に対する苛立ちはない。何と言えばいいのだろう、そこには残存するものにかたくなにしがみつく偏執性はないし、その逆に新しいものに飛びつく欲望のぎらつきもない。そこにあるのは強い否定でも肯定でもなく、すでに在るものとやがて来るものとを、言葉の最もすぐれた意味において受容する姿勢である。作品に漂う健康な明るさは、おそらくそれとひとつになっている。この特質は、ものを書く人間としての作者の力量のみには還元できない何かであろう。それはこの作者の生きた特定の自然と時代の風土と結びついていて、ここにあるのとは別のかたちで反復するのは不可能だと思われる。モダニズムや超現実主義や各種のアヴァンギャルド文学は、場所と時代の拘束から自由になりうるかもしれないし、自由になりうるというのがその主張であるが、トムソンの作品は明らかにそれとは別の方向性をもっている。

しかしこれは、彼女にある種のメタ意識が存在しなかったことを意味するわけではない。そうした意識はむしろ十分すぎるほどにあった。

すべての時代は移行の時代である。しかし一八八〇年代は特別の意味においてそうであった。世界は新しい時代の、機械と科学的発見のとば口にあった。いたるところで価値観と生活条件が変化しつつあった。素朴な田舎の人々の眼にもこの変化ははっきりと見えた。鉄道が、遠くはなれたところを近くした。新聞がどの家庭にも入りだした。農場でもあるところまで、機械が手作業にとってかわりだした。多くの人たちが遠くの国からきた食べ物を店で買うようになり、自分のところで育て、作るものにとってかわるようになった。地平が広がりだしていた。五マイル離れた村から来た者を「外人」とみなすこともなくなった。しかし、こうした変化と平行して、古い田舎の文明が生きのびていた。(29)

しかもこの移行の時代という意識は、外の世界から届くものによってのみ保証されているのではなく、共同体の内部で起こる変化によっても保証されているのである。その典型的な例として挙げることができるのは、宗教問題であろう。農村部のことであるからメソディズムのことが語られるのは当然として、私が興味をひかれるのは、国教会の聖職者の性格のうちに時代の移行性が読みとられていることである。村の牧師のお得意の話題は、「規則的に教会に行く義務」と「現にある社会秩序の絶対的な正しさ」ということであった。

神様はその無限の叡智によって、この世にある男と女と子どもにそれぞれの場所を与えられたのだから、そこに満足してとどまるのが義務である。ジェントルマンは、野で働く者にくらべるとのんきで楽しい生活を送っているように見えるかもしれないが、そこには、この会衆の能力をはるかに越える義務と責任がある。税金を払い、判事をつとめ、領地を管理し、もてなしをして地位を保たねばならないのだから。(30)

これに対して作者は、「彼の説いたのは宗教ではなく、狭い倫理の規範であって、上から下の階級におしつけられた、当時としても時代遅れのものであった」[31]とコメントする。町にも似たような考え方の牧師がいて、みずからの地位に満足することを説いていた。[32]この二人と対比されるのが、少しの間この村の教区の副牧師をつとめた人物である。「彼はこの片田舎の農村の教区にきた副牧師の中では、いちばんの変わり種であった。……教会とみずからの信条については異様なくらいに熱心であったが、それ以外では実に親切でやさしい人物であった。……今日、アングロ=カトリックとして知られるタイプであった」。[33]アッシジの聖フランチェスコを尊敬し、村の道直しをし、教会にいくための靴もない女にみずからの靴を与えるこの人物は、おそらくオックスフォード運動の影響を受けていたのであろう。作者の筆致には尊敬の念があふれている。「不可知論者」であった石工の娘として、家事奉公人から結婚という道を歩まず、郵便局員という新しい仕事についた作者は、国教会の古いタイプの牧師が説く身分のヒエラルキーを逸脱してしまった自分が、十分すぎるほどに移行の時代を生きていることを承知していたはずである。

A・G・ストリートの『農民の栄光』(一九三二)は、イングランド南西部のウィルトシャで耕作地四〇〇エーカー、その他の土地二三〇エーカーを、常時二十数人をやとって経営していた借地農の回想録である。時代は今世紀の初めから第一次大戦後にかけてという、イギリス農業の激動期である。作者自身が農業にたずさわる人間であるこの作品では、出来事や挿話の選び方、構成のしかたの中心軸として、自然と農作業のサイクルが大きな位置を占めるのは自明のことであろう。その大きなサイクルの中で、耕作のしかた、農場の人間関係、収穫の日の祝いのことなどが語られるのだ。たとえば収穫の日の祝いのことを書きしるす章は、「収穫は大体九月の初めに終わり、その月の中旬の大きな羊のフェアが農場の一年の締め括りの出来事になった[34]」と書き出され、大きな納屋での食事のこと、歌のこと（たとえば「ディック・タ－ピン」というバラ－ド）が語られ、「集まりは午後一〇時に国歌をうたうことでお開きになった[35]」という風にまとめられてゆく。あるいは羊のフェアについては、「午前中は仕事中心で、夕方から楽しみのフェアに変わった。さらに羊の売買のほかに、それは雇用のためのフェアでもあって、新しい働き場を探す連中は帽子に自分の職の目印となるものをつけたりした。……一〇月一一日のミクルマスから一年というかたちで、普通は口頭の契約になった[36]」と、別の章で説明される。

しかし、すでに述べたように、挿話を語るというのは一般的な型、常識、原則から逸脱するということでもあって、挿話の楽しさのかなりの部分はそこにあると考えられる。しかも回想録の形式をとる農村文学では、それが〈事実〉としての扱いをうけるだけに意外性をともなって、異化効果を生み出すのである。「当時の農業労働者は機械の扱いが実にうまかった[37]」と書き出される挿話を読んでいくと、『カスタ－ブリッジの市長』の冒頭のヘンチャ－ドの姿に農業労働者をすべて収斂されてしまうのが必ずしも妥当でないことを認めるしかなくなるだろう。その悲惨さを強調するという通常のいきかたからするならば、次のような記述は、かりに田舎と農村をめぐる神話を補強しかねないところをもつにしても、やはりある種の異化力はもつのである。

二五年前には、農業労働者の唯一の関心といえば、自分の働いている農場のことであった。今ではお金をもらった分だけ働くようになってしまったが、当時は賃金とは関係なしに、穀物や家畜のためにいいこと、必要なことをすすんでやった。当時は農場での自分の持ち場に誇りをもち、その責任を引き受けたのに、今ではことあるごとに上の人間の指示をあおぎに走る。[38]

『農民の栄光』がきわめて特色のある作品になっているのは、自己充足性の強いイングランドの農村のみに話の舞台が限定されていないからである。一九〇七年に学校をおえて、一六歳半で父の農場で働きだした作者は、のちに第一次大戦寸前の三年間をカナダのマニトバ州で農業労働者として働き、帰国したのち、父の死後にはみずから農場を経営し、それに失敗し、そののちに穀物の生産から乳牛の飼育に切り換えるという激変を体験した人物なのである。しかもその多岐にわたる体験の中には、第一次大戦終結後の狂熱も含まれている。

すべての階級が熱にうかされたように、スポーツと娯楽の狂躁にのめり込んでいた。……農民の大半は明日のことなど考えもせず、ただ楽しくやることにうつつをぬかしていた。自分の農場のために生きるかわりに、そこから離れて、他のところに快楽を求めることだけが欲望になっていた。……私も冬になれば週に二度は狩りに出かけたし、夏にはほとんど毎日午後のテニス・パーティに出かけ、また自宅のテニス・コートで二〇人もの客をもてなした。[39]

問題はこのことの善悪ではない。大切なのは、モダニズムの文学が力をもっていた時代の農村がこのような姿をとることもあり得たということであり、それによって田舎や農村や農民の表象の単純化に抵抗し、それを脱構築してしまうということである。『農民の栄光』における農民は「海岸の保養地やロンドン」にも平気で遊びにいくのであって、もはや自然の風景の中のひとコマにとどまることはない。しかもそのおだやかな自然自体が、カナダの厳しい冬と比較されて相対化されているのである。この農村はさまざまのかたちで外部と交流し、その交流の中でゆっくりと、しかし大きく変化してゆくのであり、それを通して、停滞する時間ではなく、まさしく歴史の証人となってゆくのである。奇妙なことに、ここでは、都市におけるよりももっとはっきりと残酷に歴史の動きが見えてくる。モダニズムの文学のあるものが歴史の重みから逃れようとしてさまざまの文学的な仕掛けを実験しているときに、トムソンやストリートの農村文学は歴史の変動をそのテクストに刻印してゆくのだと言えばいいだろうか。

『ラーク・ライズ』三部作と『農民の栄光』における「私」は——前者はローラという少女を主人公にし、三人称の形式になっているものの、実質的には一人称の回想である——このような歴史の変化と重なりあう矛盾をゆっくりと吸収しながら、それを場として成立するシステムになっている。ここには純粋な自我とか、整合的なアイデンティティといった観念はまったくないと言っていい。それは特別に保守的でも、特別に進歩的でもない場として、人間と物と自然とが交差するところに、いつも安定しているとは言いかねるにしても、ともかく微妙なバランスを維持しようとしているところに成立しているように見える。自然と農作業のリズムにひきずられて固定化しようとすると、歴史の変化する力にそれを拒まれ、あまりに迅速に変化しようとすると、自然と農作業のリズムがそれを抑制してしまうところに成立する自我は、決して肥大化もしないし崩壊もしないだろう。都市の文学におけるそれとは異なる自我のありようが農村文学のうちにあるのではないかと言うときに私が考えているのは、そのような柔軟で強靭な自我のありようのことである。そこでの〈私〉は、匿名の記号でも、沈澱した実体でもない。農村という自然と人為とが交差する空間には、なにかそのような〈私〉を呼び出す可能性が存在するように思えるのである。

7

そして、このように考えてみると、一八八一年にシュロップシャの村で生まれ、一時期ロンドンで暮らしたことはあるものの、生涯の大半をその故郷の村ですごしたメアリー・ウェッブの農村小説の基本にある力強い構造がはっきりと見えてくるのである。[40] 彼女の作品はウェールズの自然および農作業のリズムと決定的に結びついていて、人間の行動ではなく、自然と農作業のリズムが物語を展開させていくように見える。数少ない登場人物はそのほとんどが農村に住み、その仕事のリズムに大きく左右される。『破滅』（一九二四）において、語り手プルーデンスにとって決定的な出会いが起こるのが「人雇いのフェア」の場であるというのは、その端的な例としていいだろう。

彼女の小説の登場人物は、男女の性別とは関係なしに、大きく二つに分けることができるだろう。端的に言えば、そのひとつはウェールズの自然と農村のリズムを受け容れて、それを生の支えにしてゆく人々である。ただし、これは忍従ということではない。ウェッブの小説が旧態依然たる農村のみじめさに忍従することを賛美していると考えるとしたら、それは誤解である以上に、彼女の言葉の力に対する侮蔑であろう。彼女の描く農民は村の因習の力に拘束されることがほとんどない——というか、村はかすかに背景として存在するにすぎない。彼女の関心をひくのは、農作業を介して自然のリズムの中にある人間の姿であって、ロマン主義の好む主観の投射としての自然とか、観照のための自然はごくわずかにしか混入してこないのである。農耕とそれにまつわる生活の身体性を理解しない人々には、彼女の世界が遅れてきたロマン主義の自然賛美としか映らないとしても。

『黄金の矢』(一九一六)のデボラやその弟、『秘密の七』(一九二一)の牛飼い兼羊飼い(実質的には農業労働者)のライドアウトなどは、おおよそこのグループに属している。それに対置されるのが、たとえばロンドンの生活に強く憧れる人物群であるが、作者はそうした人物の特徴を自然からの乖離と自我の肥大のうちに見ている。

ジリアン・ラヴキンの責任は、自分のことしか考えないということであった。彼女は自分のために結婚した。彼女は自分のためにラルフの腕に抱かれた。自分のためにロバート[・ライドアウト]を拒絶した。(41)

重要なのは、このエゴイズムが個人のモラルの問題や宗教からの離脱として処理されずに、身体を媒介とした自然のリズムからの離脱ととらえられていることである。『黄金の矢』に登場するスティーヴンは鉱山労働者で、メソディストの説教者でもあるが、デボラに対していわゆる共棲を要求する。しかし彼は妻の生のリズムに馴染むことができず、ついには身重の妻を残してアメリカに逃げ出し、彼女を狂気に追い込むことになる(最後には彼女のもとに戻ってくるという設定にはなっているが)。「彼は心の経験を現実の生活とつなぐことができなかった。生が現実のものではなくなった。それは腐肉にむらがる虫のうなりにすぎなかった。……否定のみが事実としてあり、その他は夢にすぎなかった(42)」。鉱山の労働者として農耕のリズムの外にいる彼には、自然は実存的な不快としか映らない。

傑作『破滅』の主人公ギデオンの悲劇的な死の原因は、これらの人物とは違って、宿命的な自我の強さに求められている。本来自我とは宿命などではありえないし、まわりの環境との相互交渉の中で構築されてくるはずのものであるが、作者は彼にあまりにも強烈な目的意識を与えることによって、その自我を宿命に変えてしまうのである。姉プルーデンスの兎唇を治療すること、そして貧しい農民であるのをやめること――その妄執のために、彼にとっては農作業のサイクルが金を手にするために耐えるべき時間になってしまう。「俺はこの土地で金をもうけたい……それから一緒にラリングフォードに出て、家を買って、姉さんが上の連中と対等になれるようにして、金持ちのレディになってもらう(43)」。確かに彼の内にも町への志向は強くあるだろうが、それが何よりも農作業のリズムと目的にとっての異物とされていることに注目すべきだろう。

作者は、町や都会の象徴するものをすべて否定しているわけではない。プルーデンスの恋人の織工は新しい技術を学ぶためにロンドンに出かけ、お伽話の中の騎士のように彼女を死の瀬戸際から救い出すのだから。この二人の恋物語が願望充足的な美しさをもち、農村のみじめさは自然主義文学の題材であるという思い込みを裏切ってしまうとしても、歴史の時間の外部にあると言っていいようなメアリー・ウェッブの世界では、それこそが内的論理の帰結であると言うしかないだろう。歴史の変化を忘れて自然のサイクルに身を寄せる文学には、ギデオン的な悲劇に辿りつくか、プルーデンス的な充足に昇華するか、そのいずれかしか残されていないのかもしれない。しかし、かりにそうだとしても、彼女は中途半端な作家ではなかった。みずからの言葉がはらむ可能性の果てまで突き進んだその文学は、「田舎では農民が……」という言説のはるかに届かないところにある。

注

（1）Grant Allen, *The Woman Who Did* (London: John Lane, 1895), p. 10.

（2）*Ibid*., p. 11.

（3）*Ibid*., p. 172.

（4）*Ibid*., p. 175.

（5）*Ibid*., p. 215.

（6）Virginia Woolf, *The Years* (1937; London: Penguin Books, 1968), p. 5. ここでは farmer をとりあえず〈農民〉と訳すことにする。

（7）Raymond Williams, *The Country and the City* (1973; London: The Hogarth Press, 1993), p. 91. なお二〇世紀初めにおける農村の神話化については Judy Giles and Tim Middleton eds., *Writing Englishness 1900–1950* (London: Routledge, 1995), pp. 73–109 を参照。Richard Harman ed., *The Country-side Mood* (London: Blandford Press, 1943) はむしろ神話化に加担するアンソロジーである。

（8）*Ibid*., p. 190.

（9）George Ewart Evans, *The Crooked Scythe* (London: Faber & Faber, 1993), pp. 35–36.

（10）Quoted in Raymond Williams, *op. cit*., p. 208.

（11）Pamela Horn, *Labouring Life in the Victorian Countryside* (1976; Phoenix Mill, Stroud, Gloucestershire: Alan Sutton, 1987), p. 8.

（12）Alun Howkins, *Reshaping Rural England, A Social History 1850–1925* (London: HarperCollins Academic, 1991), p. 18.

（13）Allan Jobson, *An Hour-Glass on the Run* (London: The Country Book Club, 1960), p. 64.

（14）*Ibid*., p. 67.

（15）*Ibid*., pp. 67–68.

（16）*Ibid*., p. 122.

（17）Cf. Alun Howkins, *op. cit*., pp. 119–30.

(18) Allan Jobson, *op. cit.*, p. 140.

(19) John Baker, *Cottage by the Springs* (London: The Country Book Club, 1962), p. 60.

(20) John Burnett, “Introduction” to George Sturt, *Change in the Village* (London: Caliban Books, 1984), p. ix.

(21) George Bourne, *Change in the Village* (London: The Country Book Club, 1956), pp. 76-77. なおボーンは筆名。

(22) *Ibid.*, p. 194. ジョージ・スタート他の作家の言及する問題は *Countryside Tales from ‘Blackwood’* (Edinburgh, Wm. Blackwood & Sons, 1946) でも確認できる。

(23) Flora Thompson, *Lark Rise to Candleford* (London: Oxford University Press, 1954), p. 1.

(24) *Ibid.*, p. 286.

(25) シャリヴァリあるいはラフ・ミュージックについては E. P. Thompson, *Customs in Common* (1991; London: Penguin Books, 1993), pp. 467-531 を参照。なお同書 pp. 404-66 は注(15)における女房売りの習俗にふれたもの。ハーディの『カスターブリッジの市長』がこの二つの社会風俗を巧みに利用していることは周知の通り。

(26) Flora Thompson, *op. cit.*, p. 60.

(27) *Ibid.*, p. 109.

(28) *Ibid.*, pp. 411, 470.

(29) *Ibid.*, p. 62.

(30) *Ibid.*, p. 229.

(31) *Ibid.*, p. 230.

(32) Cf. *Ibid.*, p. 482.

(33) *Ibid.*, pp. 245-47. 田舎における宗教については Pamela Horn, *op. cit.*, pp. 164-81 及び同じ著者の *The Victorian Country Child* (1974; Phoenix Mill, Stroud, Gloucestershire: Alan Sutton, 1985), pp. 150-71 を参照。なおトムスンの回想録は Molly Hughes, *A London Family 1870-1900* (London: Oxford University Press, 1991) 三部作（初版は一九三四、一九三六、一九三七年）に対抗するものとして書かれたと思われるが、この二つの比較は別稿にゆずる。

(34) A. G. Street, *Farmer’s Glory* (1932; London: Faber & Faber, 1956), p. 45.

(35) *Ibid.*, p. 55.

(36) *Ibid.*, p. 74. A. G. Street, *Country Calendar* (Oxford: Oxford University Press, 1986) は農民の生活を一〇月から月毎に辿るもので、農村のリズムがきわめてよくわかるように構成されている。H. J. Massingham, *The Englishman's Year* (London: Collins, 1948) も同じ構成法をとる。

(37) A. G. Street, *Farmer's Glory*, p. 67.

(38) *Ibid.*, p. 41.

(39) *Ibid.*, p. 205. Cf. Robert Graves and Alan Hodge, *The Long Weekend, A Social History of Great Britain 1918–1939* (1940; London: Abacus, 1995), pp. 113–32. S. L. Bensusan, *Latter-day Rural England 1927* (London: Ernest Benn, 1928) はこの時期の各地の変化を扱っている。

(40) 伝記的事実は Thomas Moult, *Mary Webb: Her Life and Work* (London: Jonathan Cape, 1932) によるが、公式の伝記なので、多分に鼻につくところがある。

(41) Mary Webb, *Seven for a Secret, A Love Story* (1922; London: Jonathan Cape, 1935), p. 309.

(42) Mary Webb, *The Golden Arrow* (1916; London: Jonathan Cape, 1936), p. 183.

(43) Mary Webb, *Precious Bane* (1924; London: Jonathan Cape, 1931), p. 40. 彼女の代表作はこの『破滅』と『逃げる』(*Gone to Earth*, 1917) であるが、当時としては異様な作風のために、Nicola Beauman, *A Very Great Profession, The Woman's Novel 1914–39* (1983; London: Virago Press, 1989) などは、位置づけを放棄している。『逃げる』については、富山太佳夫「明るい農村」(『ダーウィンの世紀末』青土社、一九九五年)、九四―一〇三頁を参照。

おじいちゃん、おばあちゃん

敬老の文学

1

いたるところに老人の姿がある。みずからの言葉を持つひとりの人間としてよりも、まず第一に老齢の形姿を通して表象される老人が、歴史をどんなに薄く輪切りにしてみても必ず見つかる。ただ、周りの人々から、のちの人々から尊敬をあつめる例は少なく、むきだしの不満と奇矯な行動のせいで大抵は敬遠されるか嫌われるという話に落着してしまうことにはなるのだが。しかし、何はともあれ、まず老人の愚痴の例から見てみることにしよう――インフルエンザを何とか脱した老嬢から医者への愚痴である。

「本当によくなったとは思いますよ。でもね、ひどく気分がふさいでしまって、死んでしまっていたらどんなによかったかって気にもなってしまいます。私だって所詮はおバアちゃんでしょ。誰からも必要とされないし、誰も気にかけてくれやしないんだから(1)」

もっともこのような愚痴をこぼしていた老嬢も近所で犯罪事件が起きると背筋がピンと伸び、元気になってしまう。なぜかと言えば、この老嬢の名前がミス・マープルだからである。

それとは対照的に、八〇歳前後の老人たちが犯罪的と言ってよい雰囲気の中にひたりながら愚行と醜行を積み重ねてゆくさまを描き出したのがミュリエル・スパークの諷刺小説『死を忘れるな』(一九五九)である。話は、八〇歳前後の老人たちのところに突然「死を忘れるな」というだけの内容の匿名の電話がかかってくるところから始まり、それが各人各様の(大抵は、見苦しい)反応を引き出すことになり、それが彼らをつなぐ強迫、重婚、遺産争いのネットワークをあぶり出すことになるという仕掛け。もちろんカトリック作家のスパークは、老齢の負の度合いをはかるための尺度となる人物を設定していないわけではない。例えば女性専用のモード・ロング病棟に入っている八二歳のミス・ジーン・テイラーがそれにあたる(彼女もミス・マープルと同じように独身である)。「ミス・ジーン・テイラーは自分の状態について、また老齢一般についても考えた。なぜある人は記憶力を失い、またある人は聴力を失うのか。なぜある者は若い頃のことの話をし、ある者は遺書の話をするのか(2)」。日本的な意味での悟りと同一視するわけにはもちろんいかないが、それでも彼女にはひとつの覚悟がある。

「戦時中に似てますわ」とミス・テイラーは言った。

「どういうこと？」

「七〇を超えるというのは戦争をしているようなもの。知り合いはみんな死にかけているか、死んでしまって、私たちは戦場と同じで死人と死んでゆく人とにはさまれて生きながらえているんです」

頭がおかしくなっちゃって、病気ねと、デイム・レティは考えた。

「それとも、戦争神経症でしょうか」と、ミス・テイラー。

彼女から何かの助言をもらおうと目論んでいたデイム・レティは困惑してしまった。(3)

かつては有名な女流作家のメイドとして働き、今はこの老人病棟にみずから選んで入っている彼女を、老人性の関節炎のために寝たきりに近くなっている彼女の現実を、作者はほとんどおだやかと言ってよいほどの——決して冷徹ではない——静かな筆致で、こう描いている。

最初の一年が過ぎたところで、彼女はその痛みをすすんで受け入れようとした。もしこれが神様の御心であるのなら、そうしましょう。そのような気持ちになったとき、彼女には眼に見えて威厳のようなものが生まれ、それと同時に歯をくいしばって苦痛に耐えることもなくなった。そして前よりも愚痴を言うようになり、おまるを要求する回数もふえ、あるときなど看護婦がぐずぐずしていると、病棟の他のおばあちゃんたちがしょっちゅうやっているのを真似してサッサとベッドを濡らしてしまった。(4)

この信仰に基づく諦念とおもらしの直結こそ、私にはこの作家の、ひいてはイギリス的なユーモアの核心につながる部分ではないかと思われる。そこでは真摯さ、誠実さといった価値が独特のユーモアによって軽く脱構築され、また逆にそのユーモアがたんなるドタバタ的な笑い、もしくは黒い笑いに変質してしまうのが抑制されている。そこから生ずるのは武器としての笑いといった殺伐としたものでも、知的な遊戯としての笑いでもない。ましてやノンセンスなどではない。人間が素直に人間になってしまうと何かしら可笑しくなってしまう、そういう笑いである。そういう笑いの文学である『死を忘れるな』の結末近くに登場する死に方のリストにも同じような性格が感じとれるだろう。一見、突き放したようにも映る老人たちの死に方の報告には奇妙なおかしさと哀しさが漂っていて、かつての実存主義の文学にも、今日のポストモダンの文学にも演出できないような何かを——敢えて言えば、平凡さを——現出させている。

チャーミアンは次の年の春のある日の朝、八七歳で息を引きとった。

ゴドフリーも同じ年、交通事故のために他界した。彼の車が、ケンジントン教会通りの角で他の車と衝突したのだが、即死ではなく、そのショックが引き金となった肺炎のせいで数日後に他界した［本当にこんなことがありうるのだろうか］。即死したのは相手の車に乗っていたカップルだった。

ガイ・リートは享年七八。

パーシー・マナリングは老人ホームに入っていて、「教授」と呼ばれて特別の尊敬をうけ、共同部屋のいちばん奥の小部屋にベッドを置いてもらっている——かつては派振りがよかった患者のための特別室である。孫娘のオリーヴがときどき訪ねて来る。彼の詩と書簡を編集者に届けるのが彼女の仕事で、それをタイプしては、パーシーの指示に従って郵送している［もちろん採用される見込みはない」。ロナルド・サイドボトムは午後は起きてもいいことになっているが、次の冬は越えられそうにない。ジャネット・サイドボトムは高血圧に続く発作で他界、享年七七歳。

アントニー夫人（現在は未亡人）はチャーミアンから少しの遺産をもらい、海辺の町で、家庭を持った息子の近くで暮らしている。そしてときおり、老人たちが匿名の電話に悩まされているという話を聞くたびに、いろいろ見てきたけれど、耳が遠いってのも得かもしれないわ、とわけ知り顔をしてみせることもある。

モーティマ警部は七三歳のときに、ドラゴンフライという名前のヨットの上で心不全で急死した。未亡人はたくさんの孫たちの世話に忙しい毎日を送っている。

アレック・ウォーナーは脳出血のあと発作を起こしてしまった。しばらくの間は半身麻痺が続き、ろれつが回らなくなってしまった。(5)

おそらく世界の文学の中でもこれだけ皮肉をきかせた結末のつけ方は稀有であろう。ひとによってはこれを老人差別と受けとめて本当に怒りだすことすらあるかもしれないが、そのような反応も一概には否定できないと思われる。老人の奇態と醜態を描いた『死を忘れるな』は確かに弱者いじめの小説であって、この作品をユーモア文学に分類する人々もどこかでやましさを感じているはずである。とすると、イギリスのユーモア文学、あるいはもっと広く諷刺文学の中には老人いじめを効果的な素材とする部分が存在するということだろうか——確かに存在すると思う。老人の奇行を見て、笑うのだ。『リア王』における道化の役割とはまさしくそれではないのか。

しかし、いきなりシェイクスピアまで遡る必要はないのであって、じっとテレビの前に坐っていればこの現象の存在が確認できる。ＢＢＣの代表的なコメディ『おとうちゃんの軍隊』を一度でも見れば、銀行の支店長キャプテン・マナリングや肉屋のジョーンズさんの活躍に啞然とするはずである。『見かけが大事』ではバケット夫人の明らかに痴呆気味の父親が第一次大戦のときの兵隊の格好で登場して、教会のバザールで銃を乱射する。『夏の最後のワイン』のおじいちゃん三人組の活躍には眼をおおいたくなるし、『墓場に片足つっ込んで』ではまず冒頭でのそのそと歩く年齢不詳のゾウガメの姿を写し出す。ＢＢＣのコメディ番組はほとんど定番的なテーマと言わんばかりに老人を笑っているのであり、このような笑いの社会的コンテクストの中ではスパークの小説などきわめて正統的にしか見えないのだ。現代のイギリスの笑いの文学について考えようとするときにシェイクスピアの喜劇の上演を云々しても始まらない。むしろ最初に考慮すべきはおびただしい数の、しかもきわめて良質の――つまり、ドタバタのジェスチャーではなく、良質の言葉の笑いを詰め込まれた――テレビ・コメディであると思われる。『Mr. ビーン』は、言ってみれば、その言葉による笑いのラディカルなパロディ版と見るべきであって、同じローワン・アトキンソンが主演する警察コメディ『シン・ブルー・ライン』は、老人こそ素材にしていないものの、本来の言葉による笑いに回帰している。このようなテレビ・コメディと『プライベート・アイ』のような笑いの専門誌とユーモア小説（P・G・ウッドハウスからスパイク・ミリガン、デイヴィッド・ロッジまで）などによって構成される文学と文化のある部分こそいわゆる英文学の核心であるはずなのだが、同時にそれはわが国の立派な英文学研究には最もなじまない部分でもある。しかし笑わない英文学者にフィールディングやスターンや、さらにオースティン、ディケンズ、サッカレー、ワイルド等が理解できるのだろうか——モダニズムの文学ならば何とかなるかもしれないが。

老人を笑いのネタにした小説の中で極悪のものと言えば、一九九二年に刊行されてたちまちベストセラーとなったスー・タウンゼントの『女王様と私』であろう。その構想自体は単純なもので、選挙の結果イギリスの王制が廃止され、地位を失ったエリザベス女王一家が町の住宅に引っ越して来る。イギリス自体は経済大国日本に買収されてしまうという話である（もちろん最後には夢物語であったことが判明する）。読みどころは、王族から一市民に戻った女王一家の面々の引き起こすトラブルの数々ということであるが、その中に、国民の尊敬と信望の的となっていた皇太后の臨終の場面が書き込まれているのである。存命中の皇太后に息を引きとらせてしまうのだ。

……皇太后様の御臨終が近づいた。女王は母の手を握り、生きていてほしいと願った。御母様がいらっしゃらなくなったら、私、どうしましょう。アンとピーターとザラが部屋に来た。「御別れのキスをして差し上げて」と女王様。次に来たのは、ハリーを抱きかかえ、ウィリアムの手を引いたダイアナ。二人ともパジャマ姿であった。……マーガレットは母を強く抱きしめて、それから姉に訊いた。「お医者さまは呼びにやったの？」女王様の返事は、いいえであった。「ママは九二よ。素敵な人生だったんだから」……皇太后はもう一度眼を開けて、「あんな人と結婚したくなかったのよ。三回も迫られて。私には他に好きな人があったのに！」と言ってから、また眼を閉じた。(6)

女王の夫君となると、さらに悲惨な結末になる。

葬式が終ろうとするころ、フィリップ殿下は流動食で元気が出たらしく、ベッドに上半身を起こして、新しく病棟に来たバイトの看護婦に、自分は本当にエディンバラ公であると言いきかせようとしていた。女王と結婚してるんだ、プリンス・オヴ・ウエールズの父なんだ。走らせるのに日に三万ポンドかかる王室のヨット、ブリタニアを使っていたんだ、と。

「はい、そうね」と、看護婦は鼻歌でもうたうように答えて、このギョロ眼の狂人をじっと見つめた。「そうよね、はい」。彼女がフィリップのベッドから隣りの患者の方に向くと、こちらは大音声で、「我は新しきメシアなり!」である。

「はい、そうね。そうよね、はい」(7)


絶句である。しかもこの小説が『タイムズ』紙でも、『ガーディアン』紙でも絶讃されて、読者を大いに楽しませたのである。一体イギリスとはどんな神経をした国なのか。われわれは、こんな国が生み出した文学を一体理解できるのだろうか。『女王様と私』を笑って享受してしまう人々の文学を、私は一体理解できるのだろうか。確かに私はこの小説を読んで笑い、かつあきれた。そして滑稽なことであるが、その瞬間に私ははじき飛ばされていた——何処へ?

2

イギリスの文学が老人にどのように接してきたかを考えようとすると、やはり『ガリヴァー旅行記』

（一七二六）の第三篇の第一〇章に登場する不死の老人たちストラルドブラグの記述に言及しないわけにはゆかないだろう。確かに不老不死は昔から人間の願望のひとつであったが、スウィフトはこの願望にグロテスクなひねりを加えて老醜の極を提示してみせる。彼が想像してみせるのは、老いから来る負の側面をすべて抱え込みつつ、なおかつ死ぬことのできない人種である。この人種を前にして、「六〇歳を過ぎたらもう結婚は考えず、ひとをもてなしつつも質素に暮らしたい。前途有望な青年たちの精神を陶冶し導くことをわが楽しみとし、自分の記憶と経験と意見に数多の実例をつけ加えて、公私両面における美徳の効用を彼らに説きたい(8)」というガリヴァー船長の願望など吹きとんでしまう。八〇歳を過ぎても死ぬことのできない者たちに向けられるスウィフトの毒舌はまさしくすさまじいのひと言に尽きる。ともかく読んでみよう、誰もが読むべき名文である。

この国では八一歳が人生の極とされていますが、そのときまでには彼らも他の老人なみの愚かしさと脆弱さを身につけているうえに、死ぬに死ねないという絶望的な見通しからくるそれをごっそりと身につけています。頑固で、怒りっぽくて、強欲で、暗くて、自惚れが強くて、話が長い、それでいて人づきあいが悪くなり、自然の情愛もさめてしまって、せいぜい孫のあたりまでしか届かない。嫉妬と手にあまる欲望だけがむき出しになる。しかしその嫉妬の対象たるや、若い連中がやってのける悪行と、普通の老人の迎える死。前者を見れば、自分たちがもはや快楽とは無縁であることを思い知らされ、葬式を眼にすれば、自分たちには望むべくもない憩の港に他の連中がさっさと入ってしまったことを嘆き悲しむという次第です。覚えていることといえば若い時代から中年にかけて見聞きしたことのみ、しかもそれとて覚束ないことかぎりなく、何事かの真相、詳細となれば、自分の記憶をひっぱり出すよりも、世上の噂に頼るほうが確かなのです。その彼らのなかで一番惨めでないのはすっかり耄碌して、記憶をきれいに無くしてしまった者でしょう、他の者にはこびりついている嫌なところが消えてしまって、まだしも同情や介護をうけられるからです。

　ストラルドブラグ同士が結婚した場合には、若い方が八〇歳に達した時点で、王国の優遇措置によってもちろんその結婚は解消されることになっています。法律の側だって、自分の罪でも何でもないのにこの世に存続しつづける罰を与えられた者に、妻という重荷を背負わせて悲惨さを倍増させることはあるまいと、温情を示すということでしょう。

　八〇年という期間をまっとうすると、彼らは法的には死んだ者とみなされ、ただちにその跡継ぎが資産を継承し、ごくわずかが生活費として残されるだけになり、困窮している者は公費で養われます。これ以降の彼らは、信用や利潤のからむ仕事はできないものとされ、土地の購入や貸借契約はできませんし、民事、刑事を問わず、かりに境界線の確定のような事例であっても、証人となることは許されません。

　九〇歳にもなると、歯は欠け、髪は抜け、味の善悪などもうからきし分からなくなり、好き嫌いも食欲も関係なしに手当りしだいに食べ、かつ飲む。罹る病気の数はと言えば、増えもしなければ減りもしない。話をしていると、ごく普通の物の名前も、ひとの名前も、しかも親しい友人や親戚の名前まで失念してしまう。同じ理由で、本を読んでも楽しくないのです。なにしろ記憶力の方が文の頭から最後までもってくれないのですから。この欠陥が出てくると、本来ならばあるはずの唯一の楽しみすらも奪われてしまうことになるのです。[9]

彼らほど恐ろしいものを私は見たことがない。しかも、男よりも女の方がもの凄かった、老衰が極まったときの醜怪さに加えて、その年齢に対応して、言葉に窮するほどの鬼気がつけ加わるものだから、彼らがわずか五、六人集まっただけでも、齢の差が一、二世紀しかなくても、誰が最古参なのか、すぐに見分けがついた。

こうしたことを見聞した結果、私の強い永生願望がすっかりしぼんでしまったことは、読者にも容易に察しがつくだろう。私は勝手に楽しい夢幻を描いていたことが心底恥しくなり、こんな人生から逃れるためならば、どんな暴君の発明したどんな死の中にでも喜んで跳び込めるとさえ思った。[10]

文学の怖ろしさは、たとえこのような内容を扱う場合であっても、なおかつ名文にできるということかもしれない。これを書いたときのスウィフトは失意と病魔を抱え、六〇歳を間近にしている。しかし周囲の人々に対する怨念と憎悪だけではこの文章は書けないのではないかと、私は思う。むしろこの激しさは、その憎しみと怖れが自分自身にも向かっているからではないのか。相手の裡に自己の似像を感じとったときにのみ生じうる激しさではないのだろうか。老齢への憎しみはここまで冷徹になる前に挫折するか、他の何かに変化してしまうものではないのか。例えば、笑いに。

もちろん『ガリヴァー旅行記』のこの一節がいかなる種類の笑いをも寄せつけない深刻な省察だということではない。それどころか、シュールレアリスムが発見した黒い笑いのひとつの典型として、ラガドのベンチャー企業研究院の気違い学者たちよりも、むしろここを引き合いに出すことも可能かもしれないが、それではその黒い笑いなるものの実体とは、効果とは何であるのか。ここにあるのは人を仰天させるような畸想の産物ではない。誰もが日常的に眼にし、そして一刻も早く自分から遠ざけ、忘れたふりをしようとする事態である。スウィフトはそれを書いたにすぎない。その文章を読む読者はそのあまりにも自明の指摘のもつ正しさを否定できないことを了解はするものの、逆にそうだからこそその事態を正視したくないと感じてしまう。それを敢えて正視してみせるのは作者の裡にある天邪鬼の精神なのだろうか、それとも残忍性なのか。そして読者はそれに感謝すべきなのか、憤激、もしくは無視すべきなのか（私にはそのいずれもが自然な反応であるように思える）。しかし、そのいずれの反応をとるにしても、このスウィフトの文章はあまりにも整然としていて、透明で、バランスがとれていて、美しくさえある。作者も読者も老いて代替りしてゆくのに、この激しい文章だけは透明なガラスの箱の中に収まって、永遠にそこにあるような気さえしてくるのだ。じっと見つめていると、そこには透明な批評の精神が宿っているような錯覚すら覚える。そしてそのレベルにおいて、もともとの由来が何であれ、この文章は万人にとっての教訓となる。それは間違いなく、文学の精華と呼んでよい何かである。

3

ディケンズはこれとはまったく別の老人像を提示した。私が今考えているのは、例えば『デイヴィッド・カパーフィールド』（一八四九―五〇）の第一五章に登場する、多少なりとも惚けの入ったディックさんのことである。主人公は両親を失ったあと、伯母の家で暮らすようになり、そこでこの老人にめぐり会うことになる。この老人は回顧録なるものを書こうとしているが、いわゆる清教徒革命のおりに断頭されたチャールズ一世が必ず途中で介入してきて、その執筆が中断してしまう。

その回顧録が完成したらそれがどうなるとディックさんは思っていたのか、それをどこへ持って行って、どうするつもりであったのか、他人はおろか、ディックさん本人にも何の見通しもなかったのではないかと思う。それに、そんなことで頭を悩ます必要もなかっただろう。なぜかと言えば、その回顧録が出来上るということなどおよそあり得ないことだったからである(11)。

少年はそのような老人とじきに大の仲良しになり、何度も一緒に凧上げに出かけることになる。

空のずっと高くにまで凧を上げているおじさんの姿を眺めていると本当に胸があつくなったのをよく覚えている。おじさんが家の中で、わしの意見をはりつけて世に広めるんじゃと言っていたのは、中断続きの回顧録の反古にすぎないのだから、ときおりの空想にすぎなかったのかもしれないが、外に出て、空に舞う凧を見上げ、その糸のぐんとした手応えを感じているときのおじさんは別だった。そんなときほどおじさんの表情が晴れやかになることはなかった。夕暮れ、緑の斜面にすわって、静かな空の高みに舞う凧をじっと見つめているおじさんをそばから見ていると、その凧がおじさんの心を混乱の中から引き出して大空に運んでくれるような気がしたものだ（幼ない私はそんな空想をしたものだった）。やがておじさんが紐をたぐると、美しい光の中から凧がゆっくり、ゆっくりと降りてきて、バサッと地面に落ち、死んだものか何かのように動かなくなり、おじさんもおもむろに夢から覚めるかのようだった。今でも覚えている、おじさんがその爪を拾いあげて、まるで一緒に降りて来たかのように途方に暮れて左右を見まわす姿を。それが、私は気の毒でならなかった。(12)

私がこれまでに読んできた英文学の作品すべての中で、これが一番好きな文章である。この夕暮れのやわらかな光の中に浮かぶ老人と少年の描写の裡に、英文学が達成しえた最もすぐれた哀しみとやさしさの表現がある。これは一枚の宗教画である。きわめて難解な文章も、ジョイスをしのぐ実験的な文体も自由に使いこなせたディケンズが、ここでは平易そのものの語彙しか必要としないのだ。にもかかわらず、半ば惚けてしまった老人の哀しみと、そばに坐る少年の気持ちとが、このやさしさ以外の何ものでもない場面を演出しているのである。英文学の最良の部分とは、少なくとも私の考えでは、思想的な深みでも、文学的な実験性でもなく、日常の中のどこかにありうる、このように平凡な瑣事をそれ以外にはあり得ない的確な表現で描き出すところにあるのではないだろうか。興味深いのは、それがしばしば老人の登場をまって実現するということである。それが、この小説の主人公ではない老人の爪上げの場面のうちに実現しているということである。

同じ小説の第一七章、少年の通う学校の校長（やはり多少惚け気味）とディックさんの散歩の場面も決して忘れることのできないもののひとつである。

……彼はいつも決まった片隅の、決まった床几にすわったので、それは彼の名前をとって「ディックさん」と呼ばれていた。彼はそこに坐って、灰色の頭を前にかしげるようにし、自分では修得できなかったことへの深い敬意の念を浮かべて、どんな話でも傾聴していた。

ディックさんはこの敬意の念を校長先生にも向け、博士を叡知、鋭敏をきわめた史上随一の哲人と考えていた。ディックさんは長い間、先生に話をするときには必ず帽子をとっていた。すっかり仲良くなって、生徒たちが校長先生の散歩道と呼んでいた中庭の一角を一時間、二時間と一緒に散歩するようになってからも、ディックさんはときおり帽子をとって知恵と知識に対する敬意を表わしていた。こうした散歩のおりに、どうして校長先生が名高い辞書のための走り書きを読んで聞かせるようになったのか、その経緯は分からない。ひょっとすると、少なくとも始めのうちは、自分に向かって読むのと似たような感覚だったのだろうか。しかし、それも習慣になってしまった。誇りと喜びで顔を輝やかせながら聞いているディックさんは、それこそ心の奥の奥で、この辞書こそ世界で一番面白い本だと信じていたのだろう。

教室の窓の外を往きつ戻りつする二人の姿を思い浮かべるにつけ――満足気な微笑みを浮かべ、ときどき原稿を振りまわしたり、重々しくうなずいたりする校長先生と、なけなしの知力は難渋な言葉の翼にのせられて、何処へともなく静かにさまよい出てしまうものの、それでも好奇心にしっかりとつながれて耳を傾けるディックさんの姿を思い浮かべると――それこそ何の派手さもないものの、私が今までに眼にした最も心地よい光景のひとつのようにも思えてくる。二人はあのままいつまでも往きつ戻りつを続けるのかもしれない。そしてこの世の中はその分だけよくなるのかもしれない――世の中が大騒ぎする諸々のことなど、その半分も役に立っていないのかもしれない。

世の中のためにも、私のためにも。[13]

ひとつだけ注釈をつけておくならば、この校長先生の作ろうとしている辞書も決して完成せず、その意味ではディックさんの回顧録と似ているということである。ディックさんの知力はすでにあまり正常なものとは言いがたくなっているのだが、ディケンズはその表現の中にやさしい神をそっとしのび込ませている（his poor wits calmly wandering God knows where）。半ば惚けのきた二人の老人の散歩は、『死を忘れるな』に描かれた老人病棟の図の正反対のものである。しかし主人公は、その静かで安らかな光景によって、「この世の中はその分だけよくなるかもしれない」と感じるのだ。なぜか——作者はそれを説明するロジックを書き込まなかった。いや、書き込めるロジックなどないはずである。それにもかかわらず、ディケンズの文章は読者を納得させてしまうのだ。それをヴィクトリア時代のセンティメンタリズムという概念でどこまで説明できるかどうかは別にして、これが彼の特徴的な、しかも見事に構成されたレトリックであることは疑い得ない。

私が注目したいのは、しかしながら、そうした点だけではなくて、もうひとつ別の際立った特徴である。それは、この二つの老人の描写がいずれも直接、間接に子どもの視線の存在を前提にしているということだ。老人たちの呆化混りの行動をそばからやさしく見つめているのは、中年層の分別のある大人ではなくて、そばに坐っている少年であったり、教室の中から窓の外を眺めている生徒たちであったりする。ディケンズの小説に老人にやさしいおじさんやおばさんが登場しないわけではないが——例えばデイヴィッド少年の伯母さんは親切にディックさんの世話をしているし、リトル・ドリットは、いかに少女的な純真さを残しているとしても，老いた父の世話をする一人前の女性である——圧倒的に強烈な印象を残すのは子どもの眼を通した老人の姿である。もちろん，それには単純な理由もある。子どもであれば，老人の介護の苦労や疲労からくるいっさいの苛立ちを離れて，老人を見つめさせることができるからだ。介護の苦労におしひしがれている中年の登場人物にデイヴィッド少年のような言動をさせようとするならば，その人物はあまりにも善意にあふれすぎて，逆に現実味を大なり小なり失ってしまうかもしれない。老人にやさしい眼を少年にもたせるということは，子どもに内在する純真性という価値を称揚するものであるよりも，おそらくそのような神話を口実として，老人に対する接し方のひとつの理念を示唆するものと解釈すべきかもしれない。老人にどう接し，どう世話してゆくのか，それはもちろんどの時代のどの社会にもつきまとった問題であることは簡単に想像がつくし，『リア王』はその雄弁な証左である。しかしその問題が真剣に取り組むべきものとして社会的意識の前に浮上してきたのは，一八世紀の後半から一九世紀にかけて，ロマン主義の時代からヴィクトリア時代にかけて，とくにイギリスでは社会構造がすべての面で大きく変化し，今日も続く人口増加が緒につき，社会の姿そのものが大きく変化してくる時期ではなかったろうか。この時期が〈子ども〉を発見したことはよく知られている。だが，その同じ時期は改めて老人も発見したのではなかったか。にもかかわらず，児童文学は生まれても，老人文学は誕生しなかった。老人はあたかも子どものかげに隠れるようにして，さまざまの文学のジャンルの中に忍び込んで来るようにも見える。今必要なのは『子どもの世紀』でも，『子どもの誕生』でもない，今われわれが必要としているのはまさしく『老人の誕生』である。

4

話は当然ワーズワスに展開しなければならないが、その前に、この子どもと老人という問題構制のヴァリエーションを二つだけ見ておくことにする。そのひとつ、ジョージ・エリオットの『サイラス・マーナー』（一八六一）では、信仰も愛も家族の絆もすべて失ってしまったひとりの織工が、捨て子にも近い赤ん坊を育てあげ（実は、村の地主の秘密結婚で生まれた子であるが）、老いてからは我が娘として育てたその少女に助けられるという話が展開する。主人公を破滅させたイングランドの北の町――「『なんて汚なくて暗いところなんでしょう！……空まですっかりおおい隠してしまって！　救貧院よりひどいわ……』。……大きな工場の前の空き地に立っていると、男や女が昼の食事のためにゾロゾロと出てきた」[14]――と、南部の伝統的な農村の対比、非国教会のチャペルでの信仰と国教会の信仰の対比など、幾重もの歴史的関係を背景としながら、この小説の中では老いてゆく人をケアするための最も伝統的なモデルが提示されているように読めるのである。その基本となる考え方は、一人前となった少女を改めて引き取ろうとする地主に対して激しく、かつ毅然として反発する彼女の言葉の中に刻印されている。

お父さんが家にひとり残されて、私のことを考えて淋しい想いをしているのが分かっているのに無理矢理お父さんから引き離されたりしたら、私の人生にはもう何の喜びもないでしょう。私たちはいつも一緒に幸せに暮らしてきました。お父さんのいない幸福なんて考えられません。私が来るまでお父さんのそばには誰もいなかったそうですし、私がいなくなってしまったら何もなくなるでしょう。お父さんは初めから私の世話をして大事にしてくれました、だから、元気なうちはずっとそばにいます、誰もお父さんと私の間にはいれません。……お父さんがいつもどこか隅にすわっていて、私が何でもお父さんのためにしてあげられる、そんな小さな家庭（home）のことがいつも頭にありました。それ以外の家庭なんて思いつきません。私はレディになるような躾は受けていませんし、そんな興味もありません。私は働いている人が好きです。そういう人たちの食べ物や生き方が。……私は働いている人と結婚する約束をしています、その人は私の父と同じ家に住んで、一緒に世話をしてくれる人です。(15)

これを読んで、所詮はヴィクトリア時代の古めかしい感傷主義と渋面を作ってみせる人々があるかもしれない。それはそれでいい、勝手に渋面作りをやっていればいいだろう。しかし、英国留学から帰国してまもない漱石が東大で最初に教えて学生の反発をかったこの小説には、イギリスの歴史的文化が刻明にきざみつけられているのは間違いない。そのひとつが、老いてゆく者のケアに関わる文化的了解とそのある種の理念型と呼んでもよいものである。この小説が提示しているのは、なじみの家庭という場における、子どもによる、つまり次の世代によるケアという介護像である。「歳をとると物がぼけてくる。そうなると、周りの若い人の眼があって、世の中は昔と変わらんということを教えてくれると有難いんだよ」。(16) そのような理想の介護がなり立つための条件としてジョージ・エリオットが要請したのは、都会とは違う農村の共同体であり、日常に根をはった信仰であり、働くことの価値であり、そしてイギリスの究極の神話とも言うべき庭つきの家庭であった。五五歳を越えて、齢よりもふけこんだように見える主人公を老人として成型してゆくのは、この小説の場合、彼の言動そのものではなく、むしろ彼の娘というかたちをとった子どもの言動とその人間関係（とりわけ、実の父との関係）なのである。ここでは一方的な自己成型ということはありえない。ひとは老人になるのではなく、老人扱いされることによって老人として自己を成型してゆくのである。そしてそのさいに大きな働きをする関係は必ずしも血のつながりを絶対の前提とはしないのだ。きわめて保守的な価値観を提示しているように見える、いや、げんに提示しているこの小説が、一転して、ラディカルな今日的な意味をおびてくるのはそのためである。サイラスとその娘エピーには血のつながりはない——彼女は実の父である地主の日常的な世話を拒否した上でサイラスの介護を選択するというねじれた関係がそこにはある。伝統的な介護の理念では、血のつながった子どもの世代が親の世話をするのがごく自然な自明の理想とされるはずであるが、『サイラス・マーナー』ではその自明性が、その理由はともかくとして、いったん拒否され、老いたる者の世話をするという理念のみが、血のつながりを持たない家族によって代行されている。その擬似家族によって——もちろん、家族とは何であるのかという疑問が噴きだしてくるだろうが——本来的な家族のはたすべき機能が代行されるとき、一方ではその機能がより純粋なかたちで現出してきて、読者にそれを教えるであろうが、他方、それと同時に、本来的な家族の足場はゆらいでしまうことになる。この擬似家族による老人の世話という行動は一体何を意味するのだろうか。作者は家族による老人の世話のあり方をより純粋にくっきりと描きたかったのだろうか。その可能性は十分に考えられるが、しかしその機能をサイラスとエピーの構成する血のつながりのない擬似家族に代行させたとき、つまり本来的な家族ではなくてもそれができることを示したとき、その構成自体が老人の世話は本来的な家族の不可欠の要件ではないことを暴露してしまいはしないだろうか。作者が、作品の締め括りのところで、サイラスの家族を使って家族にかかわるひとつの理念を達成してみせた瞬間に、その理念は家族なるものを離れて浮遊し始めるのではないか。ここにあるのは、家族のある像が構築されると同時に脱構築されてしまうという事態ではないのだろうか。この小説は、これまでのジョージ・エリオット批評が考えてきたような、ノスタルジアに満ちた、心暖まる、感傷的なメルヘン調の作品ではないはずである。この危険な小説をそのような女子ども向けの安全な小説に変えてしまったのは、むしろ読者の裡にひそむイデオロギー的な欲望であるように思える。かりに文化的な精読なるものが成立しうるとするならば、それはわれわれをそうした場から少なくともある瞬間は自由にしてくれるような読みであろう。

5

もうひとつ見ておきたいのはテニスンの詩「リズパー」（一八八〇）であるが、一七九三年に実際に行なわれた或る処刑の話に取材した八六行からなるこの詩[17]では、『サイラス・マーナー』の場合とは対照的に、家の母と子の関係に――「あのこはあたしの腹の中で動いたんだ」――焦点が絞られる。全体は嵐の夜、すでに死の床にあって、半ば狂乱しているようにも見える老女の回想的な独白のかたちをとっている。つまり、この作品では、老女が我が子の生き死にを語ることによって、みずからの存在の証明を残すことになるのである。子による介護の欠損が逆に社会のある側面を鋭く照らしだすことになるのだ。

彼女の息子は悪い仲間に引き入れられて郵便馬車を襲い、挙句の果てにすべての罪をかぶせられて絞首刑にされてしまう。母は吊されたまま白骨と化した我が子の亡骸をおろし、ひそかに教会の墓地の隅に埋めたものの、今嵐の中にその息子の声を聞く。決して高級な内容とは言えない、おどろおどろしいゴシック詩と評してしまえばそれですまないこともないのだが、興味を引くのはそのプロセスで告発されるものである。

法廷に行って、裁判官や法律家の前に出たんだよ。あたしは本当の話をしたんだよ、
神様に誓って——なのにあいつらは殺したんだ、郵便馬車を襲ったって、殺したんだ。
あのこを見せしめに鎖で吊したんだ。

……

牢番に追い返されたんだ。あのこに最後の別れを言ったら
牢獄の戸を閉めたんだ。「おっかあ!」って叫ぶのに。
戻りたくても戻れやしない。もっと言いたいことがあったんだろうに
今更分かるもんじゃない。あたしは牢番に追い返されたんだ。

……

あたしの耳にゃ死んだあのこの声しか聞こえやしない。
そしたらあいつらあたしを捕えて、閉じ込めて、ベッドに縛りつけたんだ。
「おっかあ、おっかあ!」——何年も暗闇であの声が聞こえたから——

だからあたしを殴ったんだ。あいつらは――でも、聞こえんだから。
とうとうつけて大人しくなったら
出してくれたんだ――あいつらの思い通りになったから。

ここには犯罪、不法な裁き、牢獄、処刑、狂気の母とその妄想、その母を収容した施設と、当時流行した安手のゴシック文学の要素が凝縮されているが、その典型性にもかかわらずというよりも、むしろその典型性のゆえに、社会のある階層の人々が恐れたものが明示されていると言うべきだろう。それこそはこのひとりの女を狂った老女に仕立てあげた制度そのものである。それは「おっかあ」の世話をしたかもしれない息子を彼女から奪い取り、老女を介護することを拒否した社会制度でもある。彼女のそばには子どもの姿がない、彼女を支えてくれる社会の制度も共同体もない。この狂気の老女は老いたサイラスの対極に位置する。

宗教による慰めはどうなのか。サイラスは非国教会の宗派を離れて田舎の国教会に戻ってゆくことになるが――その手助けをするのは篤実な牧師ではなく、村の気のいいおばちゃんであるが――テニスンのこの詩の中にもそうした契機が存在するのだろうか。実は比較的短いこの詩の中にもそれが存在する、拒否されるために。この年老いた狂女の独白の或る部分は、死の床のかたわらにいて世話をしようとしているように見える女性、ひょっとすると女性の説教者に向けられているのだ。

神の選び、選びと刧罰――けっこうな話ね。
でもね、あたしは今夜、あのこんところへ行くのよ、地獄なんか堕ちちゃいない。

本当にあのこを大事にしてきたんだ、神様だってその苦労はご存じょ
……
もしあのこが地獄に堕ちたら——あたしの魂を救うのだけがあんたの魂胆でしょ。
あのこが火に焼かれてんのに、あたしが自分の魂を気にかけるなんて、思ってんの？
闇の中でも神様はそばにいて下さった——帰って、もう帰って、ひとりにしといて——
あんた、子ども産んだことなんかないんでしょ——石みたいに硬い女でしょ。

ヴィクトリア時代に蔓延していた過剰なセンティメンタリズムは多少割引いて考えるにしても、今この老女のそばに国教会の聖職者の姿はないし、おそらくカルヴィニズム色の強い宗派に属する「奥様」の説得も拒否されている。しかし老女に信仰がないわけではなく、逆に神への強烈な信仰がある。宗教組織にもたれかかることも、キリストの名にすがることもなく、ひたすら直截に神に向かう個人。この老女は、見方によっては、ヴィクトリア時代の福音主義の信仰をまさしく体現していることになる。「風の中にウィリーの声」を聞く老女の意識の中で、最後には、その息子の声と神の声が重なるようにさえ見える。

… it is coming — shaking the walls —
Willy — the moon's in a cloud — Good-night. I am going. He calls.

二つの作品『サイラス・マーナー』と「リズパー」は、結果的には、そのあまりの対照性によって老人

の介護の二つの極をわれわれの前に提示していると言ってよいのかもしれないが、それを可能にした要素として子どもと老人の関係が、家族の関係のひとつのヴァリエーションとして、うごめいていることは間違いない。それは、結婚と父権性の機能のみに的を絞るアプローチでは十分に見えてこない家族問題の一面であるように思われる。ヴィクトリア時代の、あるいはそれ以降の小説がしばしば主人公の成長と社会化のプロセスを描くことを眼目にしてきたのは事実であるし、その研究のために教養小説、教育小説という枠組みが立てられてきたのは理由のあることではあるが、その角度からは十分に見えてこない部分もあるということだ。社会の一員に成長した主人公もやがては老いてゆき、そこから離脱せざるをえなくなる。それならば、その離脱してゆく老人たちとどのように暮らしてゆくのかという問題の発生は自明のことであろう。いわゆる教養小説は老人問題を潜伏させている。というか、老人問題は子どもの成長、青春の冒険、結婚と家庭の形成といったテーマ群に寄生するかたちでしか——ときには遺産相続にもからんでくる独身の老嬢といったかたちで（ミス・マープルはその偉大なる典型である）——文学一般の中に受け容れられなかったようにも見える。そう考えて眼を凝らしてみると、見えてくることが幾つもある。ヴィクトリア時代の代表的な教養小説『デイヴィッド・カパーフィールド』にはディックさんが登場していたし、『骨董屋』（一八四〇）のリトル・ネルも、『リトル・ドリット』（一八五五—五七）の主人公も老いたる人の介護をする子どもの役割を演じていた。

6

子どもを発見したのはワーズワスひとりではなく、むしろロマン主義の時代全体であったとすべきであろうが、知能に障害を抱えた少年や乞食やインディアンの狂女や黒人の奴隷にも（そしてトゥサン・ルヴェルチュールにも）関心をもったこの詩人は、当然ながら、老人の姿にも眼を向けた。しかしその視線はこれまで検討してきたどの作家のそれよりも冷たい。なぜこのようなことが起きてしまうのだろうか。

まず「決意と自立[18]」（一八〇七）に登場する有名な蛭取りの老人を見てみることにしよう。実体験に基づくこの詩の中で、詩人は嵐の夜の明けたあとの荒れ地を旅する者として登場してくる。嵐のあとのいかにも楽しげな自然の姿はその心をなごませるが、それと同時に、その心の裡には将来に対する不安がつきまとっている。

世を遠く離れて私は行く、すべての心労を離れて
だが別の日が来るかもしれぬ――
孤独と、心の痛みと、苦難と、貧困とが。
我等詩人は若き日に欣然と歩みを始めるが
だが、そこから最後には消沈と狂気が訪れる。

興味深いのは、この詩人の場合、詩人としての挫折と老齢化がどこかで重なり合っているように見えることである。確かにこの詩の中には夭折した詩人チャタートンへの言及も含まれてはいるものの、詩人の頭にあるのは狂気のうちに夭折する詩人の姿ではないだろう。そのような相反する心理の中で、彼の眼前に老人の姿が現われる。

……生きているのでも、死んでいるのでも
眠っているのでもない――老齢を極めたひと。
体を二つに折って、足と頭が
つくかのごとく、人生の巡礼を行く。

そして詩人とこの老人の話が始まる。老人は荒れ地に点在する池で蛭を取り、それを売って命をつないでいる。老人には身寄りも、住む家もないらしいが、それでも蛭取りをしてかろうじて命をつないでいる。詩人はこの孤独な老人から詩人として生きてゆくのに必要な決意と自立を学びとることになる。

我が身を笑いたいくらいであった、この
よぼよぼのひとのうちにかくも強い心を見て。
「神よ、我を助け給え、支え給え
孤独な荒れ地の蛭取りを忘れまじ！」

老人の生きざまが詩人に伝染したことは容易に理解できるし、孤独の中での自立がワーズワスのロマン主義の中で重要な意味をもつことも分かっているのだが、しかしそれでもここにはひとつの異様な事態がひそんでいると言うしかない。それは、この出会いと会話のあと、詩人はこの老人のために何をしたのかということだ。確かにこの名前も分からない老人は――詩の中にはそれが確認されたと判断する手掛かりはない――ワーズワスの詩の中に転写され、その意味では不滅の姿を残すことになったものの、詩人からケアの眼差しを向けられたようにはまったく感じられない。詩人のために決意と独立の手本となったあとは、突き放されて、そこに放置されているようにすら見えるのだ。他の詩でも乞食や狂人は詩人に観察され、意味を吸いとられたあと、その場に、つまり自然の中に放置されてしまう。彼の描く自然の中には鳥が鳴き、花が咲くだけではなく、老人や乞食が遺棄されているのだ。ワーズワスの詩を読んでいるとこの遺棄のモチーフにわれわれは繰り返し出会う。そしてその最たるものが、「ひとり歩いていると老いた乞食に出会った」と始まり、「自然の眼の中で生きてきたのだから／自然の眼の中で死なせてやるといい！」と、結ばれる詩「カンバーランドの老乞食」[19]（一八〇〇）である。私はこの詩に言いようのない冷たさを感じてしまう。

この詩の前書きには次のように説明されている。

ここに描いた老人のような乞食たちは恐らくもうじき絶滅してしまうであろう。それは貧しい、大抵は年老いた病弱の人々で、近在の決まったルートを徘徊し、決まった日に何軒かの家をまわっては施し物を、大抵は食料であるが、ときにはお金をもらっていた。

詩人はどのような心境でこのような解説をつけたのだろうか。もちろん悪意などあったはずはないにしても、この文章にはどこか突き放すような冷たさが漂っている。詩人は、「決意と自立」の場合以上に老乞食を観察し、そしてみずからの思いを吐露するためのきっかけとし、村人にとっての効用にまで言い及ぶことになる。

「ひとり歩いていると老いた乞食に出会った」と詩が始まり、道のわきで、村人にもらったらしいパンをかじっている老人の姿が出現すると、読者としては、それが詩人にとっては初めての体験であるがゆえにとくに強く眼をひかれたのだと思いそうになるが、実際にはそうではない。

彼のことは子どもの頃から知っていた、すでに
年老いていた老人は今も変わらない。
歩き回っているのだ、たったひとりで。

われわれの頭にただちに思い浮かぶのは、この老人はどこで寝起きし、何を食べ、村人とどのような関係にあるのかということだろう。つまり、この身寄りのない老人の介護がこの共同体の中でどのように行なわれているのかということだろう。しかし定期的に徘徊してくる老人に何人かがパンをめぐむ以外には、子どもも、若い人々も、犬も、馬車もただすれ違うか追い抜くかするだけで、人間的な相互関係らしきものはいっさい成立しないのだ。ここにあるのはディケンズの文学では考えられないほどの薄情さ、冷淡さであると言ってもいい。しかしそのことはいっさいの人間的関係が不在であるということを意味するのではなくて、むしろこのようなディタッチメントを、ある種の不在の空間を絶対の前提として、逆にその忘却と想起を促すような関係性が構築されるのがワーズワスの独特の世界なのである（あ

る種の不在が逆に充実した現前性をもたらすということこそ彼の詩学の根本である。彼がこだわった〈記憶〉の問題はまさしくそのような構造をもっているはずである）。老人はまさしくこのメカニズムを通して、村人にとって、また詩人の中にある反啓蒙的な心性にとって、強烈な意味をおびてくることになるのだ。

……戸口から戸口へ
この老人が這いすすむとき、村人はそこに
記憶から消えたはずの過去の慈善の行ないを
ひとつに結び、心にやさしい気持ちを生かしつづける
記録を見る。

慣習の力は必ずや愛の行為を
促し、習慣が理性のなすべきことを
やりとげ、しかも理性が大事にする
のちの喜びを用意する。かくして魂は
甘美なる快楽の味につきまとわれることもなく
美徳と真の善とに
知らずして赴くことになる。

蛭取りの老人が詩人に垂範となったのに対して、この老人は村人の行為の意味を照射し、詩人の内なる

想いを分節化し強化する働きをしている。それを通して，彼らにとっての手本となるのであるが，正確にはこの乞食の老人が手本となっているのではなく，老人に接する彼らの行動のうちにひそんでいるものが，老人を場として，彼らの眼の前に出現するのである。絶対的な自己中心主義。ワーズワスのこの癖は，金曜日ごとにこの老人に施し物をする「隣りのひと」の中で極限化する。

……彼女は戸口から
高揚した心で戻って来て
暖炉のわきにすわり，天国に希望をかける。

この女性は「ひとの心はひとつ」の例として顕彰されている――腹立たしい欺瞞にすぎない。私はこの部分を読むたびに怒りをおぼえる。なぜ老人を招き入れて，炉端に場を提供しないのか。なぜこの老人は施し物を手にしたまま，いつもひとりで徘徊を続けなければならないのか。前の詩行に続くのは，「だから通してやるといい，祝福の言葉をかけて！」の一行である。確かにそれは乞食の老人を束縛せず，人生の最後の自由を認める行動ではあるかもしれないが，その一方で，老人は路上に放置されるのである。確かに彼は，それによって，この村の中でひとつのポジションを保証されているとも言えるだろうが，そこにあるのはあまりにも酷薄な老人の介護と言うべきではないだろうか。詩人もおそらくどこかでそのことには気づいている。

だがこの人物を無用とみなしてはならない――政治家たちよ！　おまえたちは

やたらと知恵を振りかざして落ち着かず、おまえたちは
いつも掃木を手にして
やっかいなものを除こうとする、おまえたちは誇り高々
胸を一杯にはり、誇らしげに
才能と力と知恵に御満悦だが
彼を地の重荷と見るな！

具体的には、この老人を救貧院の「囚人」とするなとまで詩人は書く――つまり、この老人が、それだけの窮状にあることは意識しているのだ。しかし、このケンブリッジ大学出の知的な詩人にできるのは、老人を啓蒙的な合理主義と快楽重視を批判するための価値の具現者に読み換えてしまうことである。理性よりも慣習（伝統）が、快楽（現世志向）よりも魂（宗教）が大切であることを教えてくれる手本にしてしまうことである。フランス革命の行きすぎに失望した知的な詩人は低い声でイングランドの伝統的な価値への回帰を歌っているようにも感じられる。

しかしワーズワスはみずからの詩がはらんでしまった冷淡さと欺瞞性に本当に気がつかなかったのだろうか。村の中に繭で包まれたようなポジションを与えられたまま徘徊を続けるこの乞食の老人の死の可能性についてはまったく考えなかったのだろうか。もちろん、考えたはずである。路上に放置された老人の死のことは彼の念頭にあったはずである。全一九七行からなるこの詩の最後の部分はまさしくその問題にかかわっているのだから。

老人の望むところに、望むときに、すわらせてやるといい
木の下でも、道のほとりの
草の土手でも、そして小鳥と一緒に
たまたまもらえた食べ物を分けあうといい、そして最後に
自然の眼の中で生きてきたのだから
自然の眼の中で死なせてやるといい！

私は老人の安らかな死に顔を想像することができる、詩人の静かな祈りを聞くこともできる——しかし、それと同時に、ここにある残酷さを消すことはできない。老人は家族からも、伝統的な村の共同体からも、救貧院という社会制度からも介護の手を差しのべてもらうことなく、大文字の自然の中で死ぬ。私の心にかかるのは自我の自由を保証する自然でも、汎神論的な自然でもなく、ましてやエコロジーの原点となる緑の自然でもなく、ワーズワスのこの死をはらんだ自然である。死を吸収した自然である。テニスンの詩に影をひいていたのもそのような自然であった。

7

すべての原型は荒れ狂う自然の中で狂乱するリア王ということになるのだろうか。これまで見てきたような老人問題にかかわるさまざまのテーマが重要な里程標としての『リア王』[20]の中に凝縮されている

と言うことが可能であるだろうか。私の感想では、否である。確かにそこには、老いた親とその子どもたちの関係をめぐる、財産分与と介護の問題をめぐる悲劇が深くえぐるように刻印されてはいるものの、これまで検討してきた、おおむねロマン主義以降に浮上してきた老人の問題とは根本的に違うものがあるように思える。その理由というのは別に大したことではなく、中心にいるのが所詮は途徹もない権力をもった人物であるということだ。リアの判断ミスと錯乱は——彼の状態は、年齢からくる衰退を考えれば、そのようなものとしてとらえて周囲の人間が的確に対処すべきもののはずであって、そこに宇宙や時代の崩壊感覚を読みとるといった方向には、私は共鳴できない——国王という特異な立場上、まわりの人々に混乱をひき起こしてしまうものの、狂気というレッテルを貼るべきほどのものではない。げんに最後の場面でコーデリアの死を悲しむリア王は、その悲しみがいかに深いにしても、あくまでも正気の人間である。

　　　　　　だめだ、命がない。
犬にも、馬にも、ネズミにも命があるのに
おまえは息をしてくれんのか？　もう生き返ってはくれんのか。
二度と、もう、二度と。——頼む、このボタンを
外してくれ。すまんな……　（第二四場、三〇〇—四行）

このあとリアはうめきをもらし、みずからの心臓に、「裂けてくれ、頼む、裂けてくれ」という言葉を残して息絶える。確かに『リア王』にはスペクタクル化になじむ要素が数多く含まれてはいるものの、

その核心にあるのは親子関係と財産継承という問題であり——たとえどれだけの流血と死を伴おうとも——さらに、そうした状況の中で、年老いた親の介護に失敗するという物語である。少し距離をおいてみれば、そのようなかたちで浮上して来るはずの問題が王権や領土分割といったいかにもスペクタクル化になじみやすい主題と結びつけられることによって、半ば見せ消ちの状態に置かれているようにも思える。それは、ひとつには、いくら介護を必要とする老人になろうとも、その当事者が強大な権力の座にいる人物である場合には極度に弱い者としては描けないという単純な理由のためであるかもしれない。リアの老衰は深刻なスペクタクルのかたちでしか提起できなかったのかもしれない。それに対して、このエッセイの中で検討してきたロマン主義の老衰者の多くは、社会通念上の地位とはあまり関係なく、そのようにスペクタクル化されてしまいかねない権力の制度の外側にあって、その弱さがはっきりと可視化されている。ひょっとしたら、子どもとの共存はそのことを示唆するための指標であるかもしれない（シェイクスピアが舞台の上に子どもを自由に登場させることができていたらというのは、あくまでも想像の次元にとどめるしかない）。

いかなる言葉、いかなる行動も王としての特権的な磁場から自由にはなり得ないように見えるリア王にも、しかしながら、そこから自由になれる瞬間が訪れるように感じられることがある。コーデリアの死を確信して悲嘆にくれ、疲れて、「頼む、このボタンを外してくれ、すまんな」というくだりがそれである。悲嘆の痛切な深さのあとに来る、このあまりにも平凡な一行において、王としてのリアの演技は消えている。生身の弱い人間の地声が聞きとれるということではない。彼を取り巻く権力の制度が要求していた演技が終るというのではなく、フッと消えてしまうのである。そこにはこの戯曲の全体に浸透しているスペクタクル的な悲劇の雰囲気のかわりに、静かな哀しみが漂っている。それをもたらしたのはケント伯爵の忠誠心でも、コーデリアの誠実さでもなかった。

リア王の物語においてはすべての介護の努力が挫折してしまうのに対応して、グロスター伯爵の物語においても、嫡男エドガーによる父の世話は成功する気配をみせない。しかし、庶子エドマンドの讒言によって父のもとから追放されながらも、コーンウォール伯爵のために両眼をえぐり取られてしまったその父を、気違いの乞食のふりをして助けようとする彼の行動の中には、リア王の物語にからむ人々の行動とは、明らかに異なる意味がこめられている。それがとくに前景化されるのが、失明したグロスター伯爵が、気違いの乞食に身をやつしたエドガーに案内されて、おそらくは死を覚悟しつつ、ドーヴァーの絶壁の縁をめざす場面である。エドガーは忠実なる息子として、そこに辿りつきたいという父親の願いに従おうとするものの、もちろん正直にそれに応えるわけにはいかない。彼は、父が失明していることに乗じて、嘘をつく——今、坂をのぼっている、波の音が聞こえる、と。疑問をもつ父には、眼の激しい痛みが他の感覚まで狂わせてしまったのだろうと、嘘をつく。そして崖の上まで辿りついたことにして、嘘を続ける。

さあ着いた、ここですよ。動かないで。なんと恐ろしい。
眼がくらみそうだ、あんなに下まで見える！
中程を飛んでいるカラスもベニハシガラスも
カブトムシの大きさだ。崖の途中にひとがいて浜芹を取っている、あんな恐ろしい仕事を！
人の頭くらいの大きさだ。
浜辺を歩いている漁師など
やっとネズミの大きさだし、沖に錨をおろした船だって
小舟ほどの大きさで、その小舟が浮標くらい
小さくて眼に見えない。無数の小石に
押し寄せる波のざわめきひとつすら
聞こえてこない、高い崖だ。もうやめだ
頭がくらくらするし、眼がもたなくて
まっさかさまといきかねない。（第二〇場、一一―二四行）

絶壁の高さを強調しようとする説明のロジックの単純さはすぐにも見てとれるが、そのことが嘘をつくエドガーの必死の心理を映しだす場面である。彼は父の手をひいて、ドーヴァー近くの田舎の平地にいるのだ。彼にはそのことが分かっているし、観客にも平たい舞台の上での嘘だということが見えている――盲目の父以外、この場面にいあわせる者はおそらくいたたまれない哀しみとともにこの場面をうけとめる。そのようにして嘘をうけとめる姿勢がなければ、老いて衰えてゆく者のケアは成立しない。コーデリアの純粋さ、潔癖さに欠けているのがそれである。父リア王の要求をいったんは認めるふりをして、つまり、ある種の嘘をうけいれて、次の善処法を考えること、それができなかったところに彼女

の無垢な非情さがある。この場面にみられるような哀しみとやさしさがエドガーの永続的な特徴というわけではないし、必要とあれば彼は剣をとりもするけれども、逆にそうした側面との対照において、そしてコーデリアの父リア王に対する自己中心性との対照において、彼のここでのやさしさは印象的なのである。

考えてみれば、『リア王』はさまざまのかたちの嘘にこだわり続けた芝居であると言えるかもしれない。それはゴネリルとリーガンの、いちがいに非難するのは気の毒な気もする嘘に始まり、げんにある継承制度への怒りをあらわにする庶子エドマンドの巧妙な嘘の策略へとつながってゆく。そこでは、「わしは誰なのだ」というリア王自身の問いでさえ、みずからの現状を見つめまいとする、自分に向けられた嘘となるのであって、道化の役割はそのレトリックの仮面はがしを迫ることにある。ケント伯爵とエドガーは身を守るために変装し、さらにリア王とグロスター伯爵は欺かれるというかたちで嘘の犠牲となる。コーデリアは嘘をつくことを拒否する――しかし、まさしくそのことによって、父を地獄の業苦にひきずり込んでしまったのではないか。確かに『リア王』は悲劇の崇高性を体感させる表現に満ちあふれてはいるものの、そうした表現の連鎖の発火点となるのは、実は嘘をつくというきわめて日常的で、かつ凡庸な行為でしかない。そこにあるのは英雄の物語ではない、至高の愛の物語でもない。たかだか老人と子どもたちの財産争いの物語でしかない。英雄も神々も、怪力も登場しない。言ってみれば、家庭内の争いを、嘘の連鎖を乗りつぎながらサブライムな次元にまで引き上げてしまう、それが『リア王』という劇である。光を失った父の手を引いて、平地に立ちながら崖の上の光景を想像する、そのような嘘をつくエドガーのやさしさは、この激しい悲劇の中ではきわめて例外的な瞬間であるのかもしれないが、私にとっては、その瞬間こそがこの戯曲の核であるように思える。

8

いたるところに存在する老人が文学の関心をひかないはずはないのだが、その関心のひき方は当然ながら時代によっても、国によっても違う。イギリスの文学でも老人を邪魔者として扱ったり、達観した賢人とあがめたり、呆化を日常として生きるケアの対象とみたり、実にさまざまの扱い方がある。そこから何らかの国民的特徴を引きだすのは無理なような気がするものの、老人に対するそのような関心がつねにあるということは確かな事実のように思われる。一九九七年九月三〇日、ブライトンで開催された労働党の党大会で「世界の指標」となるべきイギリスの将来像を語ったトニー・ブレアの言葉からもそのことがうかがわれる。

単純なことです、私が待望する国とは。それは子どもたちが誇りをもち、明るく成長していって、自分のことだけでなく、周囲のコミュニティに対しても喜びを感じられるような国です。……年金生活者の皆さんが長期にわたる介護を受けようとすれば持ち家を売るしかないとか、この国の自由を守るために戦った人々が、冬が来るたびに生き残り競争に直面し、切り詰めに切り詰めた生活をしながら、ひとり寒さにふるえつつ死を待つしかなくなるという、そういう国で育ってほしくはないのです。そういう国が過去のものとなり、飢えに苦しむ子どもなどいない、青年失業者のいない、年老いた人々が最後の日まで大切にされる、そんなイギリスを子どもたちに提供できるようになるまで、私は休むことをしません。[21]

このブレアの演説の中に出てくるあまりにも自然な子どもと老人の組み合わせそのものが、イギリスの歴史のある時点で成立した言説のシステムかもしれないのである。

このエッセイの締め括りにはハンガリーからイギリスに移住して、この国の事情を外から見る眼をもっているユーモア作家ジョルジュ・ミケシュの言葉を引くことにしたい。「世界中のどこを見ても、この国ほど、老人や弱者に対して残酷な冗談をとばす国はない」とするす一方で、彼はこうも述べているのだ。

イギリス人は世界で唯一、死ぬことを楽しみとする人種である。他の大抵の国民は死をじっと見つめると、あわれなほど、情ないと言ってよいほど、不安になるのに対して、イギリス人はなんだか楽しそうにそれを待っている。[22]

その通りである。イギリスの敬老の文学はその証言である。

注

（1）Agatha Christie, *Miss Marple's Final Cases* (1979; London: HarperCollins, 1994), p. 75.

（2）Muriel Spark, *Memento Mori and the Ballad of Peckham Rye* (New York: Random House, n. d.), p. 12.

（3）*Ibid*., p. 33.

（4）*Ibid*., p. 13.

（5）*Ibid*., p. 219.

（6）Sue Townsend, *The Queen and I*（1992; London: Mandarin, 1995）, pp. 246-47.

（7）*Ibid*., p. 276.

（8）ジョナサン・スウィフト『ガリヴァー旅行記』（富山太佳夫訳、岩波書店、二〇〇二年）、二二一頁。

（9）同書、二二三—二五頁。

（10）同書、二二六頁。

（11）Charles Dickens, *David Copperfield*（London: Chapman and Hall, 1891）, vol. I, p. 257.

（12）*Ibid*., pp. 257-58.

（13）*Ibid*., pp. 301-02.

（14）George Eliot, *Silas Marner*（London: Penguin Books, 1996）, pp. 178-79.

（15）*Ibid*., pp. 172-73.

（16）*Ibid*., p. 182.

（17）Christopher Ricks ed., *The Poems of Tennyson*（London: Longman, 1969）, vol. III, pp. 30-34 による。

（18）William Wordsworth, "Resolution and Independence," *The Poems*（Harmondsworth: Middlesex: Penguin Books, 1977）, vol. I, pp. 551-56 による。

（19）William Wordsworth "The Old Cumberland Beggar," *ibid*., pp. 262-68 による。

（20）テクストには William Shakespeare, *The History of King Lear*（Oxford: Oxford University Press, 2000）を使用し、R. A. Foakes ed., *King Lear*（The Arden Shakespear）も参照した。なお、エドガーとグロスターの関係については、Richard C. McCoy, ""Look upon me, sir": Relationships in *King Lear*," *Representations*, 81（Winter 2003）, pp. 46-60 を参照。

（21）Brian MacArthur ed., *The Penguin Book of Twentieth-Century Speeches*（London: Penguin Books, 1999）, p. 514.

（22）George Mikes, *How to be a Brit*（London: Penguin Books, 1986）, p. 168.

結語　闇の中の遊園地

1

英文学者は、今、何をしているのか。英文学の研究にたずさわる人々は、大学院生から教授までを含めて、その研究を一体誰に向かって発表しており、その発表されたものの学問的な質はどのようなレベルにあるのか。さらにこれから先、彼らはどのような方向に進もうとしているのか――英文学研究の内外からこうした一連の問いを突きつけられたとき、正直なところ、私はそのいずれに対しても明確な答えを返すことができない。そんな疑問は日本英文学会の首脳部にぶつけてほしいと答えて身をかわす方が楽かもしれないが、例えば友人の国文学者から日本の英文学研究は水準が高いのか低いのかと直截に問いかけられると、それは私個人の問題としても受けとめざるを得ないことになる。そして私はほとんど闇の中の泥沼に足をとられているような気分になる。私は仕事柄否応なしに英文学者というレッテルをはられ、今、英文学者として自分がどこで何をしているのかを問わざるを得なくなる。

英文学者は何重にも不安定で、かつ困難な状況に身をおいている。語学力を身につけ、歴史文化についての知識を得るのに大きな労力を要するのは当然のことであるが、この不安定で、かつ困難な状況は英文学研究の〈本場〉が英米にあるという事実と結びついている。つまり、日本の英文学者は外国の文学を研究する者として、英米の国文学者と向かい合わざるを得ないのだ。しかも、その一方で、現在の日本には日本における英文学研究というもうひとつの制度が厳然として存在し、日本人の英文学の研究を大なり小なり拘束している。日本人の英文学者は〈本場〉の英米の研究と日本における英文学研究というレベルの異なる二つの焦点を持ついびつな楕円形の中で仕事をすることになる。もちろんこれは外国の何かを研究しようとする場合にはほとんどつねについて回る事態であるし、似たようなことは国文学なるものの内部でも形を変えて起こりうると思われる。

語学力と歴史文化についての知識の習得を度外視して考えてみるならば、この二つの焦点の問題が最も鋭いかたちで研究者の前にあらわれてくるのは、ある対象について研究をするときに、それについての先行研究をどう扱うのかという判断を迫られる場合である。日本の英文学者は、研究上の一種のルールとして、英米で刊行された研究を必ずいくつかは参照する――そして多くのひとは日本語で刊行された研究も参照する（多くのひとはという言い方をせざるを得ないのは、国内の先行研究をまったく無視してかかる研究者もいるからだ）。問題は、国内ではおそらく正統的とされるこのような研究の到達点は、単純に言えば、想定されている研究水準は、どこにあるのかということであろう。その到達点なるものは、公然と口にされることは少ないものの、まずは〈本場〉における研究と国内における従来の研究水準の中間のどこかをめざすということになると思われる。所詮は、外国というポジションから行なわれる研究である以上、〈本場〉の研究の水準に達することはできないとする諦めと苛立ちをひきずりながら、そういう目標地点に辿りつくしかないのであろう（もちろん何らかの僥倖によって例外は起こりうるが、そうした例外は通常の典型的な事態を逆証するだけである）。それにしても、このような目標地点に達した英文学の研究のレベルを高いと言うべきであろうか、それとも低いとみなすべきであろうか。それを国文学の研究水準とただちに比較することが有意味であるのだろうか。さらに、価値判断の基準となる二つの焦点をひとつにまとめて、〈本場〉である英米のものにすべて一元化し、すべての研究をその物差しではかるようにすれば問題は解決するのだろうか。日本の英文学者にとって、英米でも通用するという評価はきわめてポジティヴな響きをもっているのだが、しかし少し冷静に考えてみれば、これは必ずしも手放しで喜べる事態ではないかもしれない。そもそも英米で通用するという評価が正確に意味するところは何なのか。実際問題として、英米の学術雑誌なるものに発表された日本人の研究者の論文で、もし日本語で発表されていたら簡単には通用しそうにないものも、最近ではよく見かけるのだ。ときには、英米でも通用するという評価法のうちに、かつての宗主国と植民地の間のコロニアルな関係の濃い影が落ちているようにみえることすらあるくらいだ。

2

〈本場〉の英米における研究とこれまでの日本における英文学研究の中間のどこかに着地するというのは、具体的にはどんなかたちをとることになるのだろうか。言うまでもなく、この場合の研究とは先行研究の中の最も良質と考えられる部分と、最近の最先端の研究を含むものと考えなくてはならない。その二つを視野におさめることなしに行なわれる研究は、ほとんどの場合、すでにある解釈の物真似と繰り返しに終始するのであって、本来的には学問的研究として発表するに値しないであろう。極端な言い方をするならば、研究とは新しさを競いあう知的なゲームでもある。ただその新しさなるものに、基準のとり方次第で、それなりの幅がでてくるということである。

話を具体化するために、以下でひとつの実演を試みることにする。材料として取りあげるのは、ワーズワスが一八〇二年三月一二、三日に制作し、一八〇七年に発表した「アリス・フェル、貧しさ」という六〇行の詩。彼の全作品の中ではとても傑作とは呼べそうにない部類に入るであろう。従って、私の調べたかぎりでは、日本にはこの詩の本格的な解釈を試みたものはまだないように思われる。つまり、日本での先行研究はないと考えてよいだろうということだ。にもかかわらずこの詩を取りあげるのは、エイダン・デイの『ロマン主義』(一九九六)の中に興味深いコメントが見られるからである。

詩の内容そのものは単純である。空模様のあやしくなるなか、語り手の〈私〉が馬車で旅をしていると、風の音にまじって悲痛な哀しみの声が耳に届く。馬車を止めさせてみると、それは外の席にいた少女がボロボロの外套を車輪にはさまれて嘆いている声であった。彼女の境涯に同情した〈私〉は、馬車の中継点である宿屋の主にお金を渡して、新しい外套を求めてやるように依頼する。貧しい少女と紳士の人道的な慈善行為を焦点化しただけの詩だと言えば、確かにそれに尽きるような気がしないでもない。ところがデイによれば、この詩には二人のすぐれた研究者のコメント、つまり先行研究がある。そのひとつはジェフリー・ハートマンの『ワーズワスの詩、一七八七―一八一四年』(一九六四)に含まれるもので、いわゆるイエール学派を代表する批評家である彼は次のように指摘しているという。

ワーズワスの詩において苦悩する者たちは……何かひとつのものか観念にしがみついて、さらに深い断絶感から救われようとする。ボロボロの外套を失った少女であれ、子どもや恋人を失った女であれ、関係はない——そこに開く傷は同じであって、たとえごく普通に起こる喪失であっても、そこに生ずる情念は並外れたもので、その届くところはその人間の奥にある深い哀しみであり、そこに自然を見てとるというのは、つまるところ人間の本性自体に威厳をもたせることになるのである。

この読みによれば、外套の喪失を嘆くアリス・フェルの悲しみは、人間という存在の根源にある断絶、離別の意識につながることになる（その究極のかたちは、言うまでもなく、「神からの離別」であり、根源的な故郷喪失の意識であるだろう）。彼女の悲しみと執着はそのような方向にアレゴリカルに展開してゆくことになる。この段階でのハートマンの読みは、基本的には、作品の言語のもつ可能性を作品の内部で読み込んでゆくというフォルマリズムの方法を土台としたものであって、すでに現象学的な批評が彼の中でしっかりと意識されているとしても、そのことに変わりはない。彼が同僚となったポール・ド・マンの問題提起をうけて大きく変わってゆくのは、これよりもあとのことである。

エイダン・デイは、しかしながら、このような先行研究に対して別の読みを接ぎ木してみせる。ハートマンの読みは巧みではあるが、デイヴィッド・シンプソンが『ワーズワスの歴史的想像力』（一九八七）において焦点化した点を見落としている。つまり、語り手と少女のやりとりの中に、「貧しい浮浪者を救済するにあたって、個人的な慈善行為と公の政策のいずれが正しいか」をめぐる一八世紀末から一九世紀初めにかけての論争とつながりのある歴史的に特殊なことばを探りあてることが可能であるということだ。

シンプソンが問題にしているのは、とくに次の部分である。

'And whither are you going, child,
Tonight along these lonesome ways ?'
'To Durham,' answered she, half wild-
'Then come with me into the chaise.'

Insensible to all relief
Sat the poor girl, and forth did send
Sob after sob, as if her grief
Could never, never have an end.
'My child, in Durham do you dwell ?'
She checked herself in her distress,
And said, 'My name is Alice Fell;
I'm fatherless and motherless.

'And I to Durham, Sir, belong.'
Again, as if the thought would choke

Her very heart, her grief grew strong;
And all was for her tattered cloak!　(三三一四八行)

確かに、「なぐさめもうけつけず／彼女はそこに座っていた」(三七―三八行) という表現のうちには、この時代の重要な政治・経済がらみの言葉である「貧民救済 (poor relief)」が埋め込まれている。それを私的な慈善行為に頼るのか (その場合には、有効性に疑問がでるだろう)、それとも公的なかたちで行なうのか (この場合には、逆に貧民化を推奨することにもなりかねない) というのは、この時代の熱いトピックのひとつであった。マルサスが『人口の原理』の中で言及する必要性を感ずるほどに。確かにこの詩の見たところロマンティックな設定の中に、語り手と少女をつなぐ貧民救済の問題がひそんでいるという指摘は妥当であるように思える。シンプソンの解釈では、この語り手の行為は公的、組織的な手当てではらちがあかないことを示すものであるということになる。そして彼は、「語り手の慈善行為をワーズワスは明らかに是認しているが、そこには、〈公的な救済よりも、私人レベルの慈善の実践をよしとするエドマンド・バーク的な考え方〉を認めることができる」と言う。

ともかくエイダン・デイの『ロマン主義』はこのように二つの特徴的な先行研究をまとめて紹介しながら、ロマン主義研究の現時点におけるとりあえずの共通のスタート台を指示しようとするのである。この本は実は学生向けの概説のかたちをとっており――だからと言って、内容が薄っぺらだということではないのだが――共通のスタート地点を整地するのを大きな目標としている。当然ながら、日本人の研究者にしてもこの程度の常識はもたなくてはならないということになるだろう。かりにそれすらできないと言うのであれば、研究者とか英文学者というレッテルはみずから返上すべきであるかもしれない。

しかし、それでは、このような紹介をふまえてワーズワスの詩「アリス・フェル」を読むとすると、それは例えばどんな作業になるのだろうか、私ならばまず四一—四四行に内在するちぐはぐさにまず注目する。この部分で語り手は少女に、「ダラムに住んでいるの?」と問いかけているのに対して、少女の返す答えにはある奇妙なズレが含まれているはずである。なぜならば、この問いに対する最も自然な答えはイエスかノーのかたちをとるはずであるにもかかわらず、それに近い返答は四五行目に回され、少女はまず自分の名前を告げ、次には父と母がいないことを告げているからだ。語り手には少女の身なりからして、彼女の貧しさはすぐに了解できているはずであり、問題はこの貧民がどこの教区の世話になっているのか、それとも浮浪者なのかということなのである。住んでいる場所を訊くというのはそれを確認するということである。この私的な慈善家にとって、少女の名前はさしあたりどうでもいいことなのだ。サブ・タイトルの「貧しさ」が示唆する通り、彼女は貧しい少女という一般名詞でくくれば十分なのである。それに対する彼女の反応は、私的な慈善家の一般名詞化しようとする言葉の拘束力に穴をあけてしまう。「私の名前はアリス・フェル/父も母もありません」。この語り手と少女の生きている世界がまったく別のものであることをこの数行は鋭く意識させるのであって、この二人の間に『コリント人への第一の手紙』の第一三章に言うチャリティが成立するとは考えられない。ここにあるアイロニイは、私的なものであれ公的なものであれ、慈善とか貧民救済とかいう行為の内包する空虚さを思わず触知させる。語り手が宿屋の主に新しい外套を求めてやるように指示をしたあと、詩は「あくる日彼女は誇らしかった／小さな身なし子アリス・フェル！」と結ばれるが、そのときアイロニイはさらに深まるだけである。新しい外套ひとつで貧しい少女を救済できるものではないだろう。このように読んでみると、シンプソンの解釈とは違って、私的な慈善行為を是認するようなモメントは読みとりがたいことになる。

それに加えてもうひとつの問題がある。それは、この詩の中に三度登場するダラムという地名がどのような意味をもっているのかということだ。もともとこの詩は詩人の純粋な想像力の産物ではなくして、彼の知りあいの或る人物の実体験をほとんどなぞったものであることが分かっている。貧しい少女がボロボロの外套を馬車の車輪に巻き込まれてしまうというのも実際に起きたことであった。詩人の妹ドロシーの『日記』によれば、「彼女の名前はアリス・フェルといった。両親はなく、隣りの町に住んでいた。G氏［グレアム氏］は次の町で、新しい外套を買うためのお金をその町のちゃんとした人にあずけた」ということになっている。詩の中では、この「隣りの町」がダラムという実在の地名を与えられているのである。とすれば、ワーズワスはこの地名を刻印することによって何を狙ったのであろうか。あるいはその意図は不明のままに残るとしても、同時代の読者にはこの地名がどのような意味をもっていたのだろうか。イングランドの北部に位置するダラムはノルマン時代以来の有名な大聖堂をもち、宗教色の濃い土地というイメージに包まれていた。詩の中でアリス・フェルはその町に「属する」ことになっている。詩の与える乏しい情報からするならば、この身寄りのない貧しい少女はそこのいずれかの教区で世話されていると判断するしかないだろう。ディケンズが『ボズのスケッチ集』（一八三六―三七）の冒頭で印象的に書きしるしているように、一般の人々にとってはイギリス国教会の教区という単位こそが慈善活動の、そして生活のまず第一の現場であった。貧民救済の直接の現場となるのもそこであった。そのことを考えあわせてみると、ダラムという地名は、詩の中の語り手の私的な慈善行為と対比される公的な救済のひとつの象徴としておかれ、語り手の行為が含む公的な制度への批判をうけとめるべきものの隠喩となっているのだろうか。もしそうだとすればシンプソンの解釈にとっては好都合な設定となるだろう。

私自身は、語り手の私的な慈善がもつはずのポジティヴな意味合いは、少女の返事によって脱構築されていると考えた。公的な救済についても同じことである。少女は四五行目で、自分がダラムに属することを認めているものの、そのことがいかなる慰めももたらさないことは、そのあとの三行からして明らかである。アリス・フェルという名前をもつ少女は、私的な救済も公的な救済も手の届かないところに存在するのである。エイダン・デイの解説を踏まえて、〈本場〉の先行研究と日本における先行研究をにらみながら新しい方向をめざすという言い方をするときに私が考えているのは、例えばこうした作業である。

3

しかし、これまで書いてきたことはおおむねきれいごとにすぎないかもしれない。そうした不安がよぎる理由は簡単なことだ——この三〇年ほどの間に〈本場〉英米の研究があまりにも急角度にレベル・アップしたために、先行研究についてゆくのが困難になったためである。方法と問題設定そのものが、それ以前とは激変してしまったのだ。ロマン主義の研究ひとつをとってみても、ポール・ド・マンの批評以降、さらにニューヒストリシズムの流行以降、そしてエドワード・サイードの壮大な問題提起以降、テクストの精密すぎるほどの読みを踏まえて、ロマン主義と帝国主義、ワーズワスと歴史、女性のロマン派詩人といった問題設定をすることが異様ではなくなってしまった。ケンブリッジ大学の出版局が刊行するロマン主義の研究叢書もすでに三〇冊を越え、その中には『ロマンティックな帝国主義、普遍帝国と近代の文化』、『ワーズワスと地質学者たち』、『ルソー、ロベスピエール、イギリス・ロマン主義』といったタイトルが並ぶ。正直なところ、悲鳴をあげて、ここぞと昔ながらの読み方に逆戻りしたくなるくらいであるが、曲りなりにも研究者というレッテルをはられている以上はそういうわけにもいかないのだ。

〈本場〉の英米における英文学の研究といっても実質的には一世紀余の歴史しかないのであるが、その中でもこの三〇年ほどのうちに起きた激変はすさまじいものであった。そのような事態をもたらした理由はさまざまのレベルから摑みだすことができるだろうが、少なくとも表面的には、一九六〇年代の末から仏独の新しい批評と思想がどっと流れ込んできたことが決定的な契機となった。モダニズムの発想に依拠して、文学作品という自律体を偏重してきた英米の批評は、その段階で、人類学、哲学、精神分析学、文学、歴史学などの境界線を越えてテクストを読む営為の洗礼をうけることになった。ラカン、アルチュセールからフーコー、デリダ、そしてハバーマス、バフチンらの著作が、日本とはまったく違って、実に質のよい英訳で提供され、彼らの語法と思考の技術が英文学研究のいたるところに浸透してゆくことになった。さらにフェミニズムの側からの強烈な問題提起がある。その動きは保守派や自称良心派の研究者による多少の抵抗や反発によってくいとめられるようなものではなかった。

こうした動きに対する反応については、少なくとも初めのうちは、イギリスとアメリカでかなりの差があったように私は記憶している。具体的に言うと、イギリスではイーグルトンなどの仕事によってアルチュセール系列のマルクス主義の移入が早かったのに対して、アメリカではイエール大学のド・マンとデリダを中心としてディコンストラクションが急速に広がった。そして八〇年代に入ると、それを踏まえながら新しい方向を追い求めるニューヒストリシズムが力をもってくることになる。それとともに、英文学を研究するにあたってはイギリスの学者の仕事を重視する――アメリカの英文学者の仕事はイギリスで評価されたもの（具体的には、イギリスの出版社から刊行されたもの）を重視する――という、日本の英文学者が抱いていた暗黙の了解が通用しなくなってしまう。ド・マン、ハートマン、ヒリス・ミラー、ハロルド・ブルーム、そしてスティーヴン・グリーンブラットに対抗できる同世代のイギリス人の学者の名前を挙げることは不可能である。

日本人の英文学者たちにはこのような大きなうねりに真剣に対処しようとする姿勢が、少なくとも私の見聞した範囲内では、八〇年代の末になってもほとんどみられなかった。もともと日本の英文学者は、文学は理論では分からないという教条主義的なイデオロギーにしがみつき、理論嫌いを誇るべきことと錯覚してきたのだから、これは自然な結末であると言うしかない。それでは今、彼らはどうしているのか――茫然としている。質のよい最新の研究書は読みこなせず、*ELH* などの雑誌にのる論文には手がでず、あたかも突然照明の切れた遊園地の中にとり残されたかのごとくである。空にはメロンの皮よりも薄い三日月の明かりがあるくらいだ。私自身もその中にいて、打つ手がない。〈本場〉英米の先

配するカノンや文学の研究法の囲いの中に女性を無理やり押し戻そうとしてもダメなのと同じことです。ですから、もしみなさんが保守派の研究者であるのなら、文学理論に体を開くことで失うものは何もないと申しあげます。今日の人文学を前に進めるためには、理論が不可欠なのです。

もちろんこれはアメリカの学会のことで、日本の英文学研究とは関係ないと割り切ってしまうこともできる。しかし、それでは日本の英文学研究がほぼ一〇年の時差をともないながら英米の研究を模倣してきたという事実をどうするのか。国内にも本当にひと握りのすぐれた研究があることは私も承知しているが、研究のモデルとされるのがつねに〈海外の新動向〉であったことは否定できないだろう。それでは、今、どうするのか――答えはない。かりに日本人としての英文学と答えるとしても、それが答えにならないのは一目瞭然である。今できるのは、ただこの問いを立てることだけかもしれない。自力では解決できなかった問いを、あとから来る人々に手渡すことだけかもしれない。そのために今必要なのは、この三〇年間ほどの日本の英文学の〈業績〉なるものを徹底的に、批判的に検討してみることであろう。

5

若い大学院生や研究者が次々に英米の大学に留学し、学術博士を取得して戻ってくる。そうした若い人々の中に将来の大きな可能性があるのかどうか、正直なところ、今の私には判断がつかない。三〇年前ならば、それはひとつの称讃すべきことであったのかもしれないが、今ではそれがひとつの資格証明以上のものではないことが、はっきりと分かってきている。確かにそれを手にするだけの能力をもつ若い人が顕在化してきたのは好ましいことかもしれないが、だからと言ってこの傾向に全面的に希望を託すわけにはいかない。問題は、彼らが英米の大学で学術博士を取得するにあたって、英米もしくは英国中心の価値観をあまりにも無批判に受けいれ、それに寸法を合わせるという精神構造を体に刻みつけてしまうということである。そして日本語で書くよりも英語で書くことの方を、国際学会なるもので発表することの方を優位におくということを平然とやってのける、本当に臆面もなく。英文学の研究である以上、英語で書いて、もしくは英語をしゃべって、英国で発表する──それがゆるがしがたい価値の基準とされ、いささかも疑念をもつ気配がみられない。これは他の外国文学の研究においてもよく見られることだ。まさしくそこにこそポストコロニアリズムの問題がひそんでいるという批評的な意識のかけらもなく、英作文の練習とスピーチ・コンテストを反復しているだけと言うしかない。そうした実例を私は嫌になるほど眼にしてきた。そうした若い人々が、十分に読みこなせもしない文学理論を──英米の大学で学ぶうちに聞きかじった程度の知識を──振り回して、作品のテクストを英米流の紋切り型に区分けしてゆく光景も絶えず眼にする。その意味では、海外における学術博士取得者の増加は、日本における英文学研究のレベルを変えつつあるようには思えないのである。さらに、そうした学位の取得は日本における英文学教育の場での能力と適性をいささかも保証するものではない。彼らの指導の下で、独創性のある研究のできる若い優秀な研究者が十分に育ってきている気配は依然としてみえない。私のこの判断は間違っているのだろうか。あるいは、そうかもしれないが、私もイギリス流の経験主義を尊重するので、私の判断の間違いを証明する何冊かの研究が眼の前に置かれないかぎり、何人かの研究者が出現しないかぎり、自分の意見を変更するつもりはない。人間、五五歳にもなれば、保守化する権利はある。

あとがき

眼の前にテクストを置いて、神経を集中して、それを読む——それを精読だと考えるひとがいるが、思い違いというものである。例えば、その途中で何らかの辞書を引いたとしよう。辞書とは歴史的な文化の痕跡をとどめる言葉の集蔵庫であって、それを参照した瞬間にわれわれは長い歴史の影の中にいやおうなしに入ることになる。テクストの自立した言語空間にとどまるといった説明は悪い冗談としてしか通用しない。いや、それ以前に、眼の前にあるテクストに向かう解釈者本人がさまざまの作品を読むという経験を重ね、歴史的な文化によって形成された読者としてそこにいるはずであり、その眼の前にあるテクストは解釈者の読みをかいして、歴史的な文化に参入してゆくのである。

そのように考えてみると、精読というのはそれ相応の長い期間の訓練をへたのちにやっと具体化するものということになるだろう。そしてその訓練の中には文学作品の読破、歴史の知識の修得の他に、今日では文学の理論的な見方についての知識も含まれる。精読と文学理論を対立させて、そのどちらかに肩入れするという読み方では文学の可能性が十分には見えてこないというのは、今日の文学研究の基本的な了解事項としてよいだろう。げんにわれわれに新鮮なインパクトを与える読みは、そのような方向から提示されてくる。

しかし、そのような読みを志向するときの難題のひとつは、とくに一九六〇年代以降の文学理論の展開があまりにも多岐にわたって、容易に入口がみつからないということである。そのために特定の理論的なアプローチのみに固執するタコ壺状態が出てきたりもする。そうしたことも考慮して、第I部では、ある程度の単純化は覚悟の上で、今そして近い将来に文学の研究に関わろうとするときに不可欠と思われる理論的方向のいくつかを解説した。それに対して第II部には、それらを踏まえてどのような可能性が開けてくるのかを多少なりとも示唆するエッセイを収録した。イギリス小説史に関わるものが多いのは、私の目下の関心がしみ出してしまったためである。

私はこれまでにも何冊かの本を出してきたけれども、いずれもその時々の自分の関心に応じてまとめたもので、読者のことなど考えたことはなかった。しかし、今回は違う。この本ははっきりと若い人々のための入門書としてまとめたもので、正直なところ、大変恥しい。このような本をまとめるようにそそのかした橘宗吾に頭突きくらいかましてやりたいところであるが、さしあたりは編集者としての彼に深く感謝するのが礼儀かもしれない。校正を担当して下さった長畑節子さんには素直に感謝。さらに、このような形の本をまとめるのも、ここに収録したエッセイを書くように最初に勧めて下さった何人もの編集者の方々の意図を裏切ることにはならないだろうと思う。書いたことはすべて、講義や演習の場で学生たちに話したことである。その聞き役となってくれた学生諸君に、そして編集者の方々に、もう一度お礼を申しあげたい。

この本は私の教師としての仕事である。

二〇〇三年六月

富山太佳夫

《著者紹介》

富山太佳夫《とみやまたかお》

1947 年生まれ
東京大学大学院人文科学研究科修士課程修了
現　在　青山学院大学文学部教授
著　書　『テキストの記号論』（南雲堂）
『方法としての断片』（南雲堂）
『空から女が降ってくる』（岩波書店）
『『ガリヴァー旅行記』を読む』（岩波書店）
『笑う大英帝国』（岩波書店）
『英文学への挑戦』（岩波書店）
『シャーロック・ホームズの世紀末』（青土社）
『ダーウィンの世紀末』（青土社）
『ポパイの影に』（みすず書房）他

文化と精読

2003 年 9 月 20 日　初版第 1 刷発行
2009 年 6 月 20 日　初版第 3 刷発行

定価はカバーに
表示しています

著　者　富　山　太　佳　夫

発行者　石　井　三　記

発行所　財団法人　名古屋大学出版会
〒464-0814　名古屋市千種区不老町 1 名古屋大学構内
電話(052)781-5027/FAX(052)781-0697

Printed in Japan
印刷／製本 ㈱太洋社
ISBN978-4-8158-0467-1
乱丁・落丁はお取替えいたします。

索　引

ア 行

アウエルバッハ，エーリッヒ（Auerbach, Erich）　4, 137
アクロイド，ピーター（Ackroyd, Peter）　35
アディソン，ジョゼフ（Addison, Joseph）　20
アトキンソン，ローワン（Atkinson, Rowan）　348
アドルノ，テオドール（Adorno, Theodor）　13, 160
アーノルド，マシュー（Arnold, Matthew）　17-8, 39, 239, 288-304, 306-7
アビッシュ，ウォルター（Abish, Walter）　117
アラック，ジョナサン（Arac, Jonathan）　93
アリオスト（Ariosto）　214
アリストテレス（Aristotle）　249
アルチュセール，ルイ（Althusser, Louis）　12-4, 62, 101, 109, 124, 168, 395-6
アレン，グラント（Allen, Grant）　310
アン王女（Princes Anne）　349
アン女王（Queen Anne）　231
イェイツ，W・B（Yeats, W. B.）　139
イーグルトン，テリー（Eegleton, Terry）　14, 28, 38, 396
イプセン，ヘンリク（Ibsen, Henrik）　5
ヴィクトリア女王（Victoria, Queen）　126
ヴィーコ（Vico）　153
ヴィーザー，H・アラム（Veeser, H. Aram）　97
ウィリアムズ，エリック（Williams, Eric）　238, 249
ウィリアムズ，レイモンド（Williams, Raymond）　4-5, 12-4, 21, 28, 285, 287-8, 309, 316
ウィルソン，エドマンド（Wilson, Edmund）　134-46, 148-52, 244
ウィルソン，ドーヴァ（Wilson, Dover）　28
ウエスト，コーネル（West, Cornel）　34
ウェッブ，メアリー（Webb, Mary）　321, 337, 339
ウエーバー，マックス（Weber, Max）　13
ウェルギリウス（Virgil）　136
ウォルポール，ホラス（Walpole, Horace）　207-9, 211
ウォレス，アルフレッド・ラッセル（Wallace, Alfred Russel）　238
ウッドハウス，P・G（Wodehouse, P. G.）　348
ウルストンクラフト，メアリ（Wollstoncraft, Mary）　45, 52-3, 55-7, 235
ウルフ，ヴァージニア（Woolf, Virginia）　9, 11, 50-2, 54, 136, 197-8, 312
エア，エドワード・ジョン（Eyre, Edward John）　237, 243, 247, 250-1, 255-8, 260-1, 263, 265-81, 302
エイブラムズ，M・H（Abrams, M. H.）　60-1
エドワーズ，フィリップ（Edwards, Phillp）　213
エドワーズ，ブライアン（Edwars, Brian）　240
エマーソン，ラルフ・ウォルド（Emerson, Ralph Waldo）　16
エリオット，ジョージ（Eliot, George）　197, 360-1, 363
エリオット，T・S（Eliot, Thomas Stearns）　5, 28, 33, 39, 54, 86-7,

136-7, 139, 148, 287, 289-91, 294
エリザベス女王 (Queen Elizabeth) 349
エンプソン，ウィリアム (Empson, William) 13, 28, 141
オースティン，ジェイン (Austen, Jane) 7, 174, 326, 348

カ 行

ガウス，クリスチャン (Gauss, Christian) 143-5
ガシェ，ロドルフ (Gasché, Rodolf) 67
ガタリ，フェリクス (Guattari, Felix) 322
カプラン，フレッド (Kaplan, Fred) 185, 187-8, 190, 195
カーモウド，フランク (Kermode, Frank) 32
カーライル，トマス (Carlyle, Thomas) 16-8, 238-9, 242, 248-56, 269, 271-2, 277, 280, 282, 299-300, 302
ギーアツ，クリフォード (Geertz, Clifford) 98
ギッシング，ジョージ (Gissing, George) 35
ギボン，エドワード (Gibbon, Edward) 121
キャヴェンディッシュ，マーガレット (Cavendish, Margaret) 209, 229-30
ギャス，ウィリアム (Gas, William) 117
キャロル，ルイス (Carroll, Lewis) 90
ギレスピー，ジェイムズ・E (Gilespie, James E.) 222
キングストン，W・H・G (Kingston, W. H. G.) 227, 315
キングズレー，チャールズ (Kingsley, Charles) 238, 270
ギンズブルグ，カルロ (Ginsburg, Carlo) 121-2
クック，エドワード (Cooke, Edward) 215
クーパー，ウィリアム (Cowper, William) 214, 218
グリアソン，ハーバート (Grierson, Herbert) 249
クリーガー，マリ (Krieger, Murray) 96-8, 105
クリスティ，アガサ (Christie, Agatha) 6-7, 10
クリステヴァ，ジュリア (Kristeva, Julia) 12, 62
クリフォード，ジェイムズ (Clifford, James) 3
グリーンブラット，スティーヴン (Greenblatt, Stephen) 97-9, 104, 106, 163, 396
クルーズ，フレデリック (Crews, Frederick) 61
クレランド，ジョン (Cleland, John) 236
クロムウェル，オリヴァー (Cromwell, Oliver) 209, 240
クワイン，ウィラート・ヴァン・オーマン (Quine, Willard van Orman) 74
クーン，トマス (Kuhn, Thomas) 81
ゲイツ・ジュニア，ヘンリー・ルイス (Gates Jr., Henry Louis) 32-4
ゴドウィン，ウィリアム (Godwin, William) 161, 189-90, 229
コードウェル，クリストファー (Caudwell, Christopher) 13
ゴードン，ジョージ (Gordon, George) 243, 257-8, 260, 262-4, 266-8, 276-9
コバーン，サー・アレグザンダー (Cockburn, Sir Alexander) 278
コリー，リンダ (Colley, Linda) 16
コリンズ，ウィルキー (Collins, Wilkie) 196
ゴールドスミス，オリヴァー (Goldsmith, Oliver) 195, 228
コールリッジ，サミュエル・テイラー (Coleridge, Samuel Taylor) 214, 253, 298
コロンブス，クリストファー (Columbus, Christopher) 230, 240
コンラッド，ジョゼフ (Conrad, Joseph) 315

サ 行

サイード，エドワード (Said, Edward) 28-30, 40, 177, 395
サッカレー，ウィリアム・メイクピース (Thackeray, William Makepeace) 348
サックヴィル＝ウエスト，ヴィタ (Sackville-West, Vita) 9
サド侯爵 (Marguis de Sade) 192, 232
サール，ジョン (Searle, John) 72
サルトル，ジャン・ポール (Sartre, Jean-Paul) 97
シェイクスピア，ウィリアム (Shakespeare, William) 3, 10-1, 49, 63, 78, 106, 137, 174, 222, 348, 377
ジェイムズ，C・L・R (James, C. L. R.) 34
ジェイムズ，ヘンリー (James, Henry) 139-40, 146, 152
ジェイムソン，フレドリック (Jameson, Fredric) 168
シェリー，メアリ (Shelley, Mary) 49
シェリダン，フランシス (Sheridan, Frances) 174
シクロフスキー，ヴィクトル (Shklovsky, Victor) 325
シャフツベリー伯爵 (Earl Shaftesbury) 213
シャーマ，サイモン (Shama, Simon) 121, 130
ジョイス，ジェイムズ (Joyce, James) 11, 39, 137, 139, 356
ジョイス，パトリック (Joyce, Patrick) 121
ショインカ，ウォレ (Soynka, Wole) 34
ショウ，バーナード (Shaw, Bernard) 140
ショウォーター，エレイン (Showalter, Ellaine) 37, 50
ジョージ三世 (George III) 132-3, 210
ジョンソン，バーバラ (Jhonson, Babara) 70
ジョンソン，ベン (Jonson, Ben) 140
シーリー，R・S (Seeley, R. S.) 206
シンフィールド，アラン (Sinfield, Alan) 37-8
シンプソン，デイヴィッド (Simpson, David) 389-91, 393-4
スウィフト，ジョナサン (Swift, Jonathan) 119, 170, 207, 209, 211-2, 214, 217, 219, 232, 351, 353-4
スコット，ウォルター (Scott, Walter) 174, 176
スタイナー，ジョージ (Steiner, George) 135
スタイン，ガートルード (Stein, Gertrude) 139
スタート，ジョージ (Sturt, George) 327
スターン，ローレンス (Sterne, Laurence) 170, 184, 207, 348
スティーヴン，レズリー (Stephen, Leslie) 238
スティーヴンズ，ウォレス (Stevens, Wallace) 3
スティヴンソン，ロバート・ルイス (Stevenson, Robert Louis) 227
スティール，リチャード (Steele, Richard) 20, 216-7
ストリート，A・G (Streat, A. G.) 333, 336
ストレイチー，リットン (Strachey, Lytton) 134, 136
スパーク，ミュリエル (Spark, Muriel) 344, 348
スピヴァック，ガヤトリ (Spivak, Gayatri) 28, 30, 134
スペック，W・A (Speck, W. A.) 163
スペンサー，ハーバート (Spencer, Herbert) 214, 238, 265
スマイルズ，サミュエル (Smiles, Samuel) 17, 250
スミス，アダム (Smith, Adam) 186-7
スミス，ゴルドウィン (Smith, Goldwin) 278
スミス，ジョン (宣教師) (Smith, John)

264-5
スモレット，トバイアス (Smollett, Tobias) 170, 176, 207
セルカーク，アレグザンダー (Selkirk, Alexander) 214-8
センメル，バーナード (Semmel, Bernard) 239, 258, 276
ソシュール，フェルディナン・ド (Saussure, Ferdinand de) 72, 107, 125
ソンタグ，スーザン (Sontag, Susan) 135

タ 行

ダイアナ元皇太子妃 (Princess Diana) 181-2, 185, 191, 195, 349
ダーウィン，チャールズ (Darwin, Charles) 238, 330
タウンゼント，スー (Townsend, Sue) 349
ダットン，ジェフリー (Dutton, Geoffrey) 273-5, 277
ダンピア，ウィリアム (Danpier, William) 214
チャタートン，トマス (Chatterton, Thomas) 369
チャメロブゾウ，ルイス (Chamerovzou, Lewis) 257-8, 265, 281
チャールズ一世 (Charles I) 355
チャールズ二世 (Charles II) 231
デイ，エイダン (Day, Aidan) 388-9, 391, 394
デイヴィス，レナード (Davis, Leonard) 177
ディケンズ，ジョン (Dickens, John) 132-3
ディケンズ，チャールズ (Dickens, Charles) 49, 129, 132-4, 184, 195-8, 238-9, 271, 277, 280-1, 283, 293, 302, 348, 354, 356, 358, 371, 393
ディズレーリ，ベンジャミン (Disraeli, Benjamin) 200, 203, 238, 253, 263, 280, 300
ディドロ，ドニ (Diderot, Denis) 192
デイリー，ニコラス (Daly, Nicholas) 197
ティンダル，ジョン (Tyndal, John) 238
デカルト，ルネ (Descartes, René) 160
テニスン，アルフレッド (Tennyson, Alfred) 238, 302, 363, 365, 375
デービス，N・Z (Davis, Natalie Zamon) 122
デフォー，ダニエル (Defoe, Daniel) 161, 170, 173, 176, 178, 184, 207, 212, 214, 217, 219, 228, 234-5
デュルケーム，エーミール (Durkheim, Emile) 13
デリダ，ジャック (Derrida, Jacques) 60, 62, 64-74, 85-7, 96, 109, 168, 395-6
トインビー，アーノルド (Toynbee, Arnold) 206
トウェイン，マーク (Twain, Mark) 92
トゥサン・ルヴェルチュール (Toussaint l'Ouverture) 244, 368
ドゥルーズ，ジル (Deleuz, Gille) 152, 322
ド・セルトー，ミシェル (de Certeau, Michel) 13, 246
ド・マン，ポール (de Man, Paul) 28-9, 31-2, 62, 68, 129, 389, 395-6
トムソン，E・P (Thompson, E. P.) 12, 21, 121, 169
トムソン，フローラ (Thompson, Flora) 329, 331, 336
トルストイ，レフ (Tolstoi, Lev) 151
トレヴェリアン，G・M (Trevelyan, G. M.) 121
トロロープ，アントニー (Trollope, Anthony) 241-2, 248

ナ 行

夏目漱石 361
ナポレオン (Napoléon Bonaparte) 206
ニューマン，J・H (Newman, J. H.) 299
ニン，アナイス (Nin, Anais) 49

ネアン，トム (Nairn, Tom)　16
ネルソン，ホレイショー (Nelson, Horatio)　15

ハ　行

バイロン，ジョン (Byron, John)　208-10
ハウキンズ，アラン (Howkins, Allan)　319
パーキンズ，デイヴィッド (Perkins, David)　83
バーク，エドマンド (Burke, Edmund)　40, 193, 391
バクスター，ウィリアム (Baxter, William)　274, 295
バクストン，チャールズ (Baxton, Charles)　256, 258, 265-6, 268
パーシー，トマス (Percy, Thomas)　137
バース，ジョン (Barth, John)　314
ハチスン，フランシス (Hutcheson, Francis)　40
ハックスレー，トマス (Huxley, Thomas)　238, 265
ハーディ，トマス (Hardy, Thomas)　315
ハートマン，ジェフリー (Hartman, Geoffrey)　388-9, 396
バトラー，サミュエル (Butler, Samuel)　197
バーバ，ホミ・K (Bhabha, Homi K.)　26-30, 134
ハバーマス，ユルゲン (Habermas, Jürgen)　168-9, 395
バビット，アーヴィング (Babbit, Irving)　144
バフチン，ミハイル (Bakhtin, Mikhail)　3-5, 14, 98, 168, 395
バーボウルド夫人 (Mrs. Barbald)　174
バランタイン，R・M (Ballantyne, R. M.)　227, 315
パリー，サー・ウィリアム・エドワード (Parry, Sir William Edward)　201-2
ハリスン，フレデリック (Harrison, Frederick)　238, 264-5, 278, 295
ハリントン，ジェイムズ (Harrington, James)　209
バルト，ロラン (Barthes, Roland)　12, 19, 62, 72-3, 78, 105, 109
ハンター，J・ポール (Hunter, J. Paul)　164, 169, 171
ヒューズ，トマス (Hughes, Thomas)　265
ヒューム，デイヴィッド (Hume, David)　185-7
ヒューム，ハミルトン (Hulme, Hamilton)　269, 271, 273
ビールズ，エドマンド (Beales, Edmund)　238, 265, 295, 302
ピンチョン，トマス (Pynshon, Thomas)　314
ビン・ラディン，オサマ (bin Laden, Osama)　118
フィードラー，レズリー (Fiedler, Leslie)　92
フィールディング，ヘンリー (Fielding, Henry)　161, 165, 170, 184, 207, 223, 225, 348
フォークナー，ウィリアム (Faulkner, William)　92, 139
フーコー，ミシェル (Foucault, Michel)　62, 72, 96, 98-9, 108-12, 115, 130, 168-9, 172, 395
ブース，チャールズ (Booth, Charles)　259
フッサール，エドムント (Husserl, Edmund)　66
ブライト，ジョン (Bright, John)　238, 265-6, 295, 302
ブラウン，ホーマー・オウベド (Brown, Homer Obed)　165, 167-8
ブラックバーン，フランシス (Blackburn, Francis)　278-9
ブラックマー，R・P (Blackmur, R. P.)　28
ブラッドン夫人 (Mrs. Braddon)　196
フランクリン，サー・ジョン (Franklin, Sir John)　201-2
ブリュデュー，ピエール (Bourdieu,

Pierre) 13
プルースト，マルセル (Proust, Marcel) 145, 151-2
フルード，ジェイムズ・アントニー (Froude, James Anthony) 238
ブルーム，ハロルド (Bloom, Harold) 3, 396
ブレア，トニー (Blair, Tonny) 381
フロイト，ジクムント (Freud, Sigmund) 101, 118, 197
ブロッホ，エルンスト (Bloch, Ernst) 13
フロベール，ギュスタヴ (Flaubert, Gustave) 140
ヘイウッド，イライザ (Haywood, Eliza) 170, 173, 232, 234-5
ベイカー，ジョン (Baker, John) 326-7
ベイム，ニーナ (Baym, Nina) 98, 101-2
ヘーゲル，ゲオルグ・ヴィルヘルム・フリードリッヒ (Hegel, Georg Wilhelm Friedrich) 41
ベーコン，フランシス (Bacon, Francis) 230
ベネット，アーノルド (Bennet, Arnold) 34
ヘブディッジ，ディック (Hebdige, Dick) 12
ヘミングウェイ，アーネスト (Hemmingway, Ernest) 92
ベラミー，エドワード (Bellamy, Edward) 202
ペレック，ジョルジュ (Perec, Georges) 116
ベーン，アフラ (Behn, Aphra) 170, 173-4
ベンサム，ジェレミー (Bentham, Jeremy) 253
ヘンティ，G・A (Henty, G. A.) 227, 315
ベンヤミン，ヴァルター (Benjamin, Walter) 13, 129, 148
ホイットマン，ウォルト (Whitman, Walt) 146
ポオ，エドガー・アラン (Poe, Edgar Allan) 93
ホガート，リチャード (Hoggart, Richard) 12-3
ボグル，ポール (Boggle, Paul) 247, 260
ポコック，J・G・A (Pocock, J. G. A.) 169
ポスター，マーク (Poster, Mark) 91
ホーソン，ナサニエル (Hawthorne, Nathaniel) 92-3
ホーナン，パーク (Honan, Park) 302
ホメーロス (Homer) 63
ホラティウス (Horace) 136
ホール，スチュアート (Hall, Stuart) 12, 34
ホール，ラドクリフ (Hall, Radcllyffe) 9
ボールドウィン，ジェイムズ (Baldwin, James) 34
ポルトック，ロバート (Poltock, Robert) 219
ホワイト，ヘイドン (White, Haydon) 98, 107, 110, 130, 259

マ 行

マーガレット王女 (Princess Margarett) 349
マシュレー，ピエール (Mucheley, Pierre) 13
マーチソン，ロデリック (Murchison, Roderick) 256
マッカーシー，ジャスティン (McCarthy, Justin) 238
マッキオン，マイケル (MacKeon, Michael) 164, 167-8, 177
マッケイ，チャールズ (McKay, Charles) 251
マッケンジー，ヘンリー (McKenzie, Henry) 187, 192, 195
マーティノウ，ハリエット (Martineau, Harriet) 264
マニュエル，フランク・E (Manuel, Frank E.) 223
マリアット船長 (Captain Marryat) 227
マルクス，カール (Marx, Karl) 17, 35,

96, 301
マルサス，トマス・ロバート (Malthus, Thomas Robert) 161, 391
マンセル，H・L (Mansel, H. L.) 196
マンデルボーム，モーリス (Mandelbaum, Maurice) 130
マンリー，ドラリヴィエ (Manley, Delarivière) 170, 173, 230, 232, 234-5
ミケシュ，ジョルジュ (Mikes, George) 382
ミシュレ，ジュール (Michelet, Jule) 151-2
ミッチェル，ウィア (Mitchell, Weir) 149
ミラー，J・ヒリス (Miller, J. Hillis) 95, 97-8, 168, 396-8
ミリガン，スパイク (Milligan, Spike) 348
ミル，J・S (Mill, J. S.) 45, 238-9, 253-6, 258, 263, 265-8, 280, 299, 302
ミル，ジェイムズ (Mill, James) 253
ミルトン，ジョン (Milton, John) 3, 63, 81, 88, 137, 174
ミレット，ケイト (Millett, Kate) 44
メイヒュー，ヘンリー (Mayhew, Henry) 20, 293
メルヴィル，ハーマン (Melville, Herman) 84, 92-3
モア，トマス (More, Thomas) 174, 209, 222, 229-30
モア，ポール・エルマー (More, Paul Elmer) 139
モウルズワース，ウィリアム (Molesworth, William) 238
モートン，A・L (Morton, A. L.) 226
モーペルチュイ，ピエール・ルイ・モロー・ド (Maupertuis, Pierre Louis Moreau de) 209
モリス，ウィリアム (Morris, William) 202, 293, 300
モリスン，トニ (Morrison, Toni) 34
モントローズ，ルイス (Montrose, Louis) 102-3, 105

ラ 行

ライエル，チャールズ (Lyell, Charles) 238
ライオン，ジョージ・フランシス (Ryon, George Francis) 201, 203
ラカン，ジャック (Lacan, Jacques) 62, 96, 395
ラス，ジョアンナ (Russ, Joanna) 47
ラスキン，ジョン (Ruskin, John) 238-9, 271, 293, 300, 302
ラッセル，バートランド (Russell, Bertrand) 237, 257
ラドクリフ，アン (Radcliffe, Ann) 174, 195
ラ・メトリ，ジュリアン・オフレー・ド (La Mettrie, Julian Offroy de) 192
ラム，チャールズ (Lamb, Charles) 18-9
リア，エドワード (Lear, Edward) 90
リーヴィス，F・R (Leavis, F. R.) 28
リオタール，ジャン・フランソワ (Lyotard, Jean-François) 58
リチェッティ，ジョン (Richetti, John) 163, 168, 171-4, 176-8
リチャードソン，サミュエル (Richardson, Samuel) 161, 165, 170, 177, 184, 191-3
ルイス，ジェフ (Lewis, Jeff) 12
ルカーチ，ジェルジ (Lukács, Georg) 4, 13
ルキアノス (Lucian) 224
ルソー，G・S (Rousseau, G, S.) 182, 191-2, 194
ルッツ，トム (Lutz, Tom) 183
レヴィ＝ストロース，クロード (Levi-Strauss, Cloude) 168
レサーマ＝リマ，ホセ (Lezama Lima, José) 116
レノックス，シャーロット (Lennox, Charlotte) 174
ロジャーズ，ウッズ (Rogers, Woods) 214-5, 217
ロッカート大佐 (Colonel Lockhart)

175-6
ロッジ，デイヴィッド (Lodge, David) 348
ロルフ先生 (Mr. Rolfe) 140-2, 144-5
ロレンス，D・H (Lawrence, D. H.) 49

ワ 行

ワイルド，オスカー (Wilde, Oscar) 144, 300, 349
ワグナー，ピーター (Wagner, Peter) 236
ワシントン，ジョージ (Washington, George) 244
ワーズワス，ウィリアム (Wordsworth, William) 3, 10-1, 81, 196, 225, 252, 360, 368-71, 373-5, 388, 391-3, 395
ワーズワス，ドロシー (Wordsworth, Dorothy) 392
ワット，イアン (Watt, Ian) 160-4, 167, 171, 177

初出一覧

「序　文化と精読」（書き下ろし）

第Ⅰ部

「境界線の文学」『文学の境界線（現代批評のプラクティス 4）』研究社，1996 年

「フェミニズム批評の混沌」『フェミニズム（現代批評のプラクティス 3）』研究社，1995 年

「これからのディコンストラクション」『ディコンストラクション（現代批評のプラクティス 1）』研究社，1997 年

「文学史が崩壊する」『文学』1994 年 1 月号

「ニューヒストリシズム」（原題「歴史への転回」）『ニューヒストリシズム（現代批評のプラクティス 2）』研究社，1995 年

「文学，フィクション，歴史」（原題「フィクション抜きの史実は存在するのか」）森明子編『歴史叙述の現在』人文書院，2002 年

「批評における均整について」八木敏雄編『アメリカ！　幻想と現実』研究社，2001 年

第Ⅱ部

「最初は女」『文学』2000 年 1・2 月号

「涙の流れる文学史」『批評のヴィジョン（現代批評のプラクティス 5）』研究社，2001 年

「航海，帝国，ユートピア」『月の男／新世界誌　光り輝く世界（ユートピア旅行記叢書 2）』解説，岩波書店，1998 年

「ジャマイカからの贈り物」『英語青年』1990 年 8 〜12 月号

「教養と国家」（原題「『教養と無秩序』には何が書かれているのか」）『文学』1996 年 11 月号

「田舎では農民が……」『文学の境界線』研究社，1996 年

「おじいちゃん，おばあちゃん」（書き下ろし）

「結語　闇の中の遊園地」『文学』2000 年 5・6 月号